倚天屠龍記
金庸

前頁圖片／王蒙「春山讀書圖」（部份）。王蒙（1301或1308－1385），字叔明，浙江吳興人。倪瓚讚其畫云：「王侯筆力能扛鼎，五百年來無此君。」因曾在明朝宰相胡惟庸家中看過一次畫，被朱元璋關在獄中而死。此圖評者認為於幽靜之中含有春光澹宕氣象，現藏上海博物館。圖中題詩有：「曾采茯苓驚木客，為尋芝草識仙人」及「露肘巖前擣蒼朮，科頭林下煮新茶」句，則圖中人似為隱居的醫生。

漢墓出土帛書「導行圖」摹本：馬王堆漢墓出土。圖中人物有男有女。「導行術」是中國古代治病健身的功夫，即「氣功」，後代易筋經、太極拳等均由此而衍化出來，可說是中國內家拳術的始祖。據學者考證，這些圖中包括熊經、鳥伸、狼踞、猴喧、龍登、鴟背、猿呼、鶴展等動作。

宋人「灸艾圖」——舊題爲李唐作。李唐（1049—1130）宋徽宗、高宗朝大畫家。圖中繪村醫在病人背上穴道灸艾，病人痛苦大叫，村醫及其藥僮聚精會神，病人家屬焦慮關切，均甚生動。

郎世寧「白猿圖」——郎世寧，清康熙、雍正、乾隆年間清宮宮廷畫家，意大利人。

新刊補註銅人腧穴鍼灸圖經卷一

翰林醫官朝散大夫殿中省尚藥奉御騎都
尉賜紫金魚袋臣王　惟一　奉
聖旨編修

黃帝內經

凡人兩手足各有三陰脈三陽脈以合爲十
二經脈也手之三陰從藏走至手〻之三陽
從手走至頭足之三陽從頭下走至足〻之

金朝雕版印刷「新刊補註銅人腧穴鍼灸圖經」之一頁。

元刊「大觀本草」插畫「筠州仙人掌草」。以上兩部醫書，胡青牛與張無忌都可能讀到。

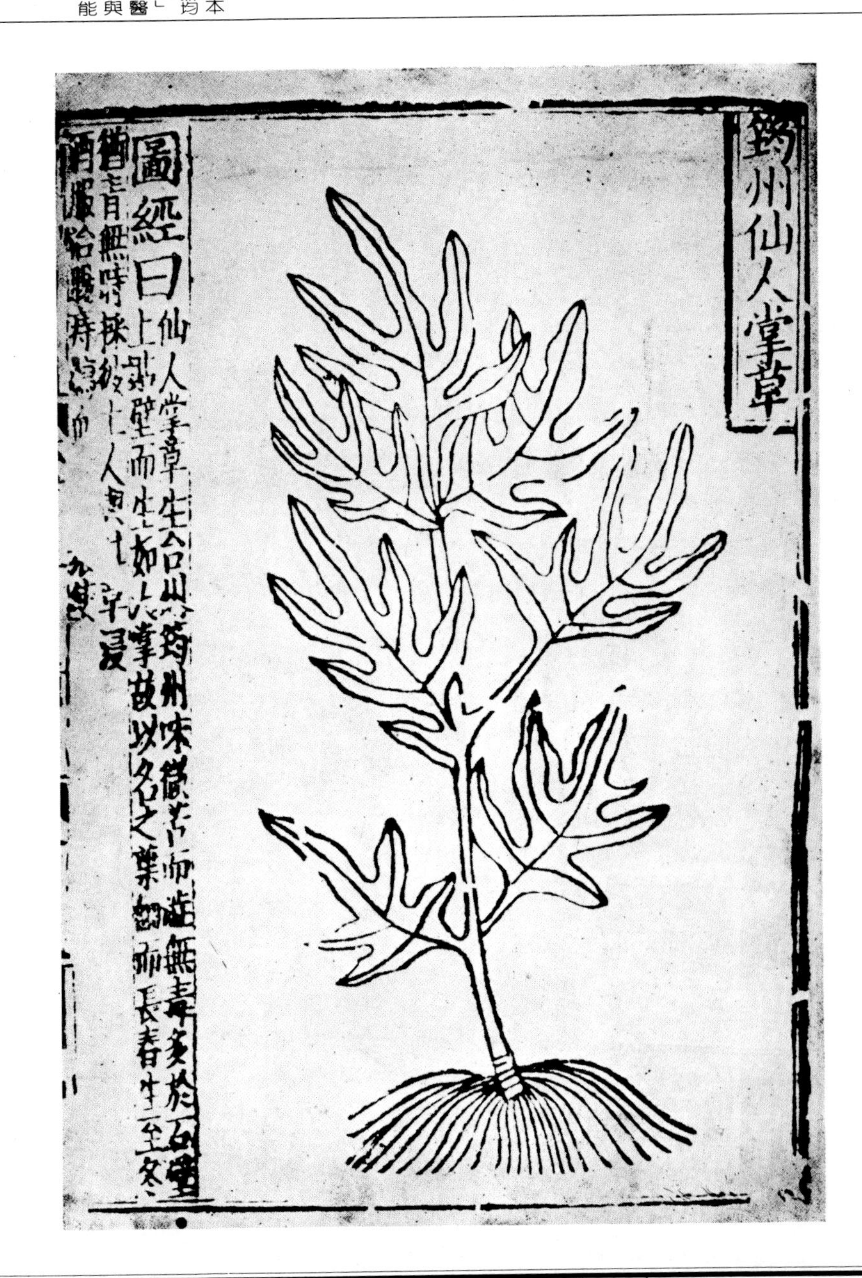

上圖／崑崙山
下圖／峨嵋山金頂，相傳在該處有時可見到「佛光」。

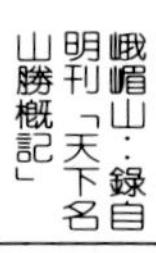

峨嵋山：錄自明刊「天下名山勝概記」

漢墓出土帛書「陰陽十一脈灸經」：長沙馬王堆漢墓出土，西漢初年醫書，此頁中有關於「足少陽」、「足陽明」等經脈的解說。二千餘年女子軟屍即從該處出土。

江國公吳良

周顛

圖一／開平王常遇春
圖二／鐵冠道人張中
圖三／中山王徐達
圖四／寧河王鄧愈

以上六圖，均錄自上官周「晚笑堂畫傳」。上官周，福建長汀人，生於康熙四年（一六六五），卒年不詳，乾隆八年（一七四三）時尚健在。「晚笑堂畫傳」共圖古人一百二十人，評者認爲圖中人物神情生動，是版畫中的佳構。

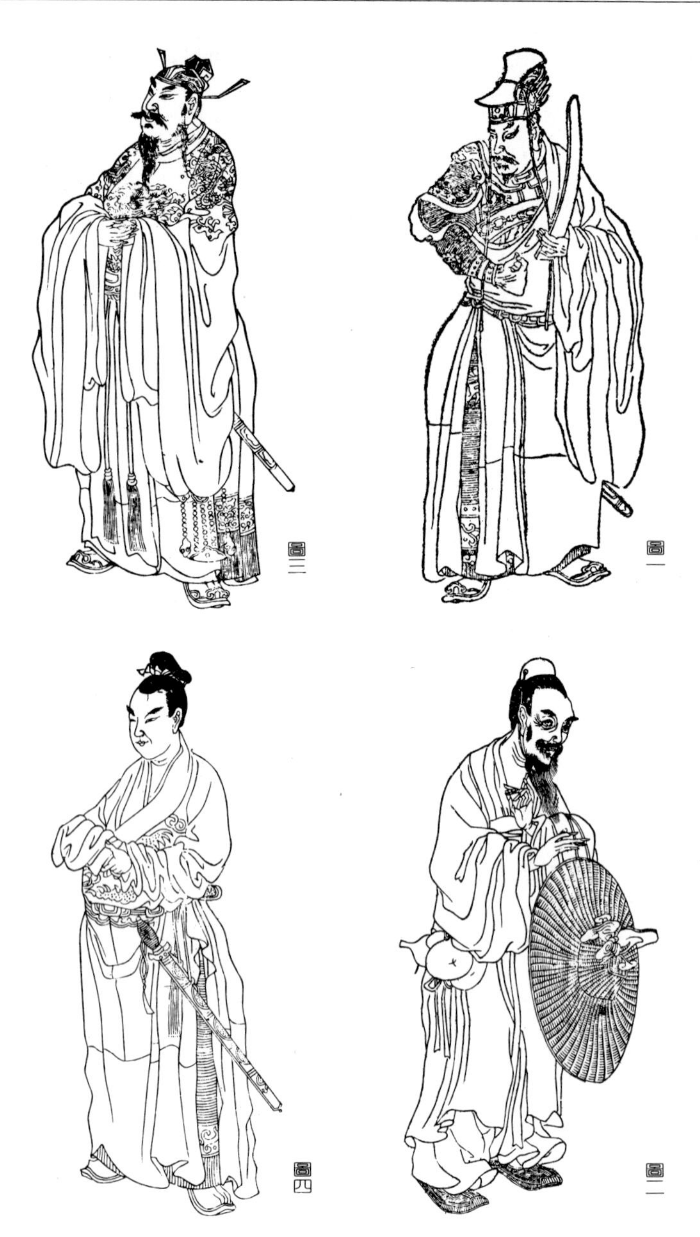

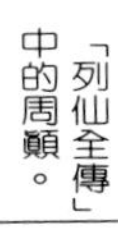

「列仙全傳」中的周顛。

「毓秀堂畫傳」中的周顛——周顛在傳說中爲人滑稽神奇，後世版畫家都喜繪刻。「毓秀堂畫傳」的畫家是清人王芸階。

倚天屠龍記

金庸著

金庸作品集⑰

倚天屠龍記㈡

The Heaven Sword and the Dragon Sabre, Vol. 2

作　者／金　庸

平裝版封面設計／霍榮齡　典藏版封面設計／霍榮齡
內頁插畫／姜雲行　內頁圖片構成／霍榮齡・潘清芬・陳銘

發 行 人／王　榮　文
出版・發行／遠流出版事業股份有限公司
臺北市南昌路 2 段 81 號 6 樓
電話／2392-6899　傳真／2392-6658
郵撥／0189456-1

印　刷／優文印刷有限公司

□1987 年 2 月 1 日　初版一刷
□2007 年 7 月 16 日　三版二十八刷

平裝版　每冊250元（本作品全四冊，共1000元）
〔典藏版「金庸作品集」全套36冊，不分售〕

行政院新聞局局版臺業字第1295號

ISBN　957-32-2926-9（套：平裝）
ISBN　957-32-2928-5（第二冊：平裝）
Printed in Taiwan

金庸茶館網站
http://jinyong.ylib.com.tw　E-mail:jinyong@yuanliou.ylib.com.tw

YLib 遠流博識網
http://www.ylib.com.tw　E-mail:ylib@yuanliou.ylib.com.tw

目錄

前面一艘小船上一個虬髯大漢操槳急划，艙中坐着一男一女兩個孩子。在後追趕的一艘大船中站着幾名番僧和蒙古武官，彎弓搭箭，向那大漢射去。但聽得羽箭破空，嗚嗚聲響。

十一　有女長舌利如槍

張三丰帶了張無忌下得少室山來，料想他已然命不長久，索性便也絕了醫治的念頭，只是跟他說些笑話，互解愁悶。這日行到漢水之畔，兩人坐了渡船過江。船到中流，漢水波浪滔滔，小小的渡船搖幌不已，張三丰心中，也是思如浪濤。

張無忌忽道：「太師父，你不用難過，孩兒死了之後，便可見到爹爹媽媽了，那也好得很。」張三丰道：「你別這麼說，太師父無論如何要想法救你。」張無忌道：「我本來想，如能學到少林派的九陽神功，去說給俞三伯聽，那便好了。」張三丰道：「爲甚麼？」張無忌道：「盼望俞三伯能修練武當、少林兩派神功，治好手足殘疾。」

張三丰嘆道：「你俞三伯受的是筋骨外傷，內功再強，也是治不好的。」心想：「這孩子明知自己性命不保，居然不怕死，卻想着要去療治岱巖的殘疾，這番心地，也確是我輩俠義中人的本色。」正想誇獎他幾句，忽聽得江上一個洪亮的聲音遠遠傳來：「快些停船，把孩子乖乖交出，佛爺便饒了你的性命，否則莫怪無情。」這聲音從波浪中傳來，入耳清晰，顯然呼叫之人內力不弱。

張三丰心下冷笑，暗道：「誰敢如此大膽，要我留下孩子？」抬起頭來，只見兩艘江船，如飛的划來，凝目瞧時，見前面一艘小船的船梢上坐着一個虬髯大漢，雙手操槳急划，艙中坐着一男一女兩個孩子。後面一艘船身較大，舟中站着四名番僧，另有七八名蒙古武官。衆武官拿起船板，幫同划水。那虬髯大漢膂力奇大，雙槳一扳，小船便急衝丈餘，但後面船上畢竟人多，兩船相距越來越近。過不多時，衆武官和番僧便彎弓搭箭，向那大漢射去。但聽得羽箭破空，嗚嗚聲響。

張三丰心想：「原來他們是要那虬髯大漢留下孩子。」他生平最恨蒙古官兵殘殺漢人，當下便想出手相救。只見那大漢左手划船，右手舉起木槳，將來箭一一擋開擊落，手法甚是迅捷。張三丰心道：「這人武功不凡，英雄落難，我怎能坐視不救？」向搖船的梢公喝道：「船家，迎上去。」

那梢公見羽箭亂飛，早已嚇得手酸足軟，拚命將船划開尚嫌不及，怎敢反而迎將過去？顫聲道：「老……老道爺……，你……你說笑話了。」張三丰見情勢緊急，奪過梢公的櫓來，在水中扳了兩下，渡船便橫過船頭，向着來船迎去。

猛聽得「啊」的一聲慘呼，小船中男孩背心上中了一箭。那虬髯大漢一個失驚，俯身去看時，肩頭和背上接連中箭，手中木槳拿揑不定，掉入江心，坐船登時不動。後面大船瞬即追上，七八名蒙古武官和番僧跳上小船。那虬髯大漢兀自不屈，拳打足踢，奮力抵禦。

張三丰叫道：「韃子住手，休得行兇傷人！」急速扳櫓，將渡船搖近，跟着身子縱起，大袖飄飄，從空撲向小船。

兩名蒙古武官颼颼兩箭，向他射來。張三丰袍袖揮動，兩枝羽箭遠遠飛了出去，雙足一踏上船板，左掌揮出，登時兩名番僧摔出丈許，撲通、撲通兩聲，跌入了江中。衆武官見他猶似飛將軍由天而降，一出手便將兩名武功甚強的番僧震飛，無不驚懼。領頭的武官喝道：「兀那老道，你幹甚麼？」

張三丰罵道：「狗韃子！又來行兇作惡，殘害良民，快快給我滾罷！」那武官道：「你可知這人是誰？那是袁州魔教反賊的餘孽，普天下要捉拿的欽犯！」

張三丰聽到「袁州魔教反賊」六字，吃了一驚，心道：「難道是周子旺的部屬？」轉頭問那虬髯大漢道：「他這話可眞？」

那虬髯大漢全身鮮血淋漓，左手抱着男孩，虎目含淚，說道：「小主公……小主公給他們射死了。」這一句話，便是承認了自己的身分。

張三丰心下更驚，道：「這是周子旺的郎君麼？」

那大漢道：「不錯，我有負囑咐，這條性命也不要了。」輕輕放下那男孩的屍身，向那武官撲去。可是他身上本已負傷，肩背上的兩枝長箭又未拔下，而且箭頭有毒，身剛縱起，口中「嘿」的一聲，便摔在船艙板上。

那小女孩撲在船艙的一具男屍之上，只是哭叫：「爹爹！爹爹！」張三丰瞧那具屍身的裝束，當是操舟的船夫。

張三丰心想：「早知是魔教中的人物，這件閒事不管也罷。可是旣已伸手，總不能半途抽身。」當下向那武官道：「這男孩已然身亡，餘下那人身中毒箭，也是轉眼便死，你們已然立功，那便走罷！」那武官道：「不成，非將兩人的首級斬下不可。」張三丰道：「那又何必趕人太絕？」那武官道：「老道是誰？憑甚麼來橫加插手？」張三丰微微一笑，說道：「你理我是誰？天下事天下人都管得。」

那武官使個眼色，說道：「道長道號如何？在何處道觀出家？」張三丰尚未回答，兩名蒙古軍官突然手舉長刀，向他肩頭猛劈下來。這兩刀來勢好不迅疾，小舟之中相距又近，實是無處閃避。

張三丰身子一側，本來面向船首，畧轉之下，已面向左舷，兩刀登時砍空。他雙掌起處，已托在兩人的背心，喝道：「去罷！」掌力一吐，兩名武官身子飛起，砰砰兩響，剛好摔在原本所乘的舟中。他已數十年未和人動手過招，此時牛刀小試，大是揮洒如意。

那爲首的武官張大了口，結結巴巴的道：「你……你……你你莫非……是……」張三丰袍袖揮動，喝道：「老道生平，專殺韃子！」衆武官番僧但覺疾風撲面，人人氣息閉塞，半晌不能呼吸。張三丰袍袖一停，衆人面色慘白，齊聲驚呼，爭先恐後的躍回大船，救起落水的番僧，急划而去。

張三丰取出丹藥，餵入那虬髯大漢口中，將小舟划到渡船之旁，待要扶他過船，豈知那大漢甚是硬朗，一手抱着男孩屍身，一手抱着女孩，輕輕一縱，便上了渡船。張三丰暗暗點頭：「這人身受重傷，仍是如此忠於幼主，確是個鐵錚錚的好漢子。我這番出手雖然冒失，但這樣的漢子卻也該救。」當下回到渡船，替那大漢取下毒箭，敷上拔毒生肌之藥。

那女孩望着父親的屍身隨小船漂走，只是哭泣，那虬髯大漢道：「狗官兵好不歹毒，一上來就放箭射死了船夫，若非老道爺相救，這小小的船家女孩多半也是性命不保。」

張三丰心想：「眼下無忌不能行走，若到老河口投店，這漢子卻是欽犯，我要照顧兩人，只怕難以周全。」取出三兩銀子交給梢公，說道：「梢公大哥，煩你順水東下，過了仙人渡，送我們到太平店投宿。」那梢公見他將蒙古衆武官打得落花流水，早已萬分敬畏，何況又給了這麼多銀子，當下連聲答應，搖着船沿江東去。

那大漢在艙板上跪下磕頭，說道：「老道爺救了小人性命，常遇春給你老人家磕頭。」張三丰伸手扶起，道：「常英雄不須行此大禮。」一碰他手掌，但覺觸手冰冷，微微一驚，問道：「常英雄可還受了內傷麼？」常遇春道：「小人從信陽護送小主南下，途中與韃子派來追捕的鷹爪接戰四次，胸口和背心給一個番僧打了兩掌。」

張三丰搭他脈搏，但覺跳動微弱，再解開他衣服一看傷處，更是駭然，只見他中掌處腫起寸許，受傷着實不輕，換作旁人，早便支持不住，此人千里奔波，力拒強敵，當眞英雄了得。當下命他不可說話，在艙中安臥靜養。

那女孩約莫十歲左右，衣衫蔽舊，赤着雙足，雖是船家貧女，但容顏秀麗，十足是個絕色的美人胎子，坐着只是垂淚。張三丰見她楚楚可憐，問道：「姑娘，你叫甚麼名字？」那女孩道：「我姓周，名叫周芷若。」張三丰心想：「船家女孩，取的名字倒好。」問道：「你家住在那裏？家中還有誰？咱們會叫船老大送你回家去。」周芷若垂淚道：「我就跟爹爹兩個住在船上，再沒……再沒別的人了。」張三丰嗯了一聲，心想：「她這可是家破人亡了，小小女孩，如何安置她才好？」

常遇春說道：「老道爺武功高強，小人生平從來沒有見過。不敢請教老道爺法號？」張三丰微笑道：「老道張三丰。」常遇春「啊」的一聲，翻身坐起，大聲道：「老道爺原來是武當山張眞人，難怪神功蓋世。常遇春今日有幸，得遇仙長。」

張三丰微笑道：「老道不過多活了幾歲，甚麼仙不仙的。常英雄快請臥倒，不可裂了箭創。」他見常遇春慷慨豪爽，英風颯颯，對他甚是喜愛，但想到他是魔教中人，不願深談，便淡淡的道：「你受傷不輕，別多說話。」

張三丰生性豁達，於正邪兩途，原無多大偏見，當日曾對張翠山說道：「正邪兩字，原本難分。正派中弟子若是心術不正，便是邪徒；邪派中人倘若一心向善，那便是正人君子。」又說天鷹教主殷天正雖然性子偏激，行事乖僻，卻是個光明磊落之人，很可交交這個朋友。可是自從張翠山自刎而亡，他心傷愛徒之死，對天鷹教不由得極是痛恨，心想三弟子俞岱巖終身殘廢，五弟子張翠山身死名裂，皆由天鷹教而起，雖然勉強抑下了向殷天正問罪復仇之念，但不論他胸襟如何博大，於這「邪魔」二字，卻是恨惡殊深。

那周子旺正是魔教「明教」中「彌勒宗」的大弟子，數年前在江西袁州起事，自立爲帝，國號稱「周」，不久爲元軍撲滅，周子旺被擒斬首。彌勒宗和天鷹教雖非一派，但同爲「明教」的支派，相互間淵源甚深，周子旺起事之時，殷天正曾在浙江爲之聲援。張三丰今日相救常遇春，只是激於一時俠義之心，兼之事先未明他身分，實在是大違本願。

這晚二更時分才到太平店。張三丰吩咐那船離鎭遠遠的停泊。梢公到鎭上買了食物，煮了飯菜，開在艙中小几之上，鷄、肉、魚、蔬，一共煮了四大碗。張三丰要常遇春和周芷若先吃，自己卻給無忌餵食。常遇春問起原由，張三丰說他寒毒侵入臟腑，是以點了他各處穴道，暫保性命。張無忌心中難過，竟是食不下咽，張三丰再餵時，他搖搖頭，不肯再吃了。

周芷若從張三丰手中接過碗筷，道：「道長，你先吃飯罷，我來餵這位小相公。」張無忌道：「我飽啦，不要吃了。」周芷若道：「小相公，你若不吃，老道長心裏不快，他也吃不下飯，豈不是害得他肚餓了？」

張無忌心想不錯，當周芷若將飯送到嘴邊時，張口便吃了。周芷若將魚骨鷄骨細心剔除乾淨，每口飯中再加上肉汁，張無忌吃得十分香甜，將一大碗飯都吃光了。

張三丰心中稍慰，又想：「無忌這孩子命苦，自幼死了父母，如他這般病重，原該有個細心的女子服侍他才是。」

常遇春不動魚肉，只是將那碗青菜吃了個精光，雖在重傷之下，兀自吃了四大碗白米飯。張三丰不忌葷腥，見他食量甚豪，便勸他多吃鷄肉。常遇春道：「張眞人，小人拜菩薩的，不吃葷。」張三丰道：「啊，老道倒忘了。」這才想起，魔教中人規矩極嚴，戒食葷腥，自唐朝以來，即是如此。北宋末年，明教大首領方臘在浙東起事，當時官民稱之爲「食菜事魔教」。食菜和奉事魔王，是魔教的兩大規律，傳之已達數百年。宋朝以降，官府對魔教誅殺極嚴，武林中人也對之甚爲歧視，因此魔教教徒行事十分隱秘，雖然吃素，卻對外人假稱奉佛拜菩薩，不敢洩漏自己身分。

常遇春道：「張眞人，你於我有救命大恩，何況你也早知曉我的來歷，自也不用相瞞。

小人是事奉明尊的明教中人，朝廷官府當我們是十惡不赦之徒，名門正派的俠義道瞧我們不起，甚至打家刦舍、殺人放火的黑道中人，也說我們是妖魔鬼怪。你老人家明知我的身分來歷，還是出手相救，這番恩德，當眞不知如何報答。」

張三丰於魔教的來歷略有所聞，知道魔教所奉的大魔王叫做摩尼，教中人稱之爲「明尊」。該教於唐朝憲宗元和年間傳入中土，當時稱之「摩尼教」，又稱「大雲光明教」，教徒自稱「明教」，旁人卻稱之爲魔教，他微一沉吟，說道：「常英雄……」

常遇春忙道：「老道爺，你不用英雄長，豪傑短啦，乾脆叫我遇春得了。」張三丰道：「好！遇春，你今年多大歲數？」常遇春道：「我剛好二十歲。」

張三丰見他雖然濃髯滿腮，但言談舉止間顯得年紀甚輕，是以有此一問，於是點頭道：「你不過剛長大成人，雖然投入魔教，但陷溺未深，及早回頭，一點也沒遲了。我有一句不中聽的話勸你，盼你不要見怪。」常遇春道：「老道爺見教，小人怎敢見怪？」

張三丰道：「好！我勸你即日洗心革面，棄了邪教。你若不嫌武當派本領低微，老道便命我大徒兒宋遠橋收你爲徒。日後你行走江湖，揚眉吐氣，誰也不敢輕視於你。」

宋遠橋是七俠之首，名震天下，尋常武林中人要見他一面亦是不易。武當諸俠直到近年方始收徒，但揀選甚嚴，若非根骨資質、品行性情無一不佳，決不能投入武當門下。常遇春出身魔教，常人一聽早已皺起眉頭，竟蒙張三丰垂青，要他投入宋遠橋門下，於學武之人而言，實是難得之極的莫大福緣。

豈知常遇春朗聲道：「小人蒙張眞人瞧得起，實是感激之極，但小人身屬明教，終身不敢背教。」張三丰又勸了幾句，常遇春堅決不從。

張三丰見他執迷不悟，不由得搖頭嘆息，說道：「這個小姑娘……」常遇春道：「老道長放心，這位小姑娘的爹爹因我而死，小人自當設法妥爲照料。」張三丰道：「好！不過你不可讓她入了貴教。」常遇春道：「眞不知我們如何罪大惡極，給人家這麼瞧不起，當我們明教中人便似毒蛇猛獸一般。好，老道長旣如此吩咐，小人遵命。」

張三丰將張無忌抱在手裏，說道：「那麼咱們就此別過了。」他實不願與魔教中人多打交道，那「後會有期」四字也忍住了不說。常遇春又再拜謝。

周芷若向張無忌道：「小相公，你要天天吃飽飯，免得老道爺操心。」張無忌眼淚奪眶而出，哽咽道：「多謝你好心，可是……可是我沒幾天飯可吃了。」張三丰心下黯然，舉起袍袖，給他擦去了腮邊流下來的眼淚。周芷若驚道：「甚麼？你……你……」張三丰道：「小姑娘，你良心甚好，但盼你日後走上正途，千萬別陷入邪魔才好。」

周芷若道：「是。可是這位小相公，爲甚麼說沒幾天飯好吃了？」張三丰悽然不答。

常遇春道：「張眞人，你老人家功行深厚，神通廣大，這位小爺雖然中毒不淺，總能化解罷？」張三丰道：「是！」可是伸在張無忌身下的左手卻輕輕搖了兩搖，意思是說他毒重難愈，只是不讓他自己知道。

常遇春見他搖手，吃了一驚，說道：「小人內傷不輕，正要去求一位神醫療治，何不便和這位小爺同去？」張三丰搖頭道：「他寒毒散入臟腑，非尋常藥物可治，只能……只能慢慢化解。」常遇春道：「可是那位神醫卻當眞有起死回生的能耐。」

張三丰一怔之下，猛地裏想起了一人，問道：「你說的莫非是『蝶谷醫仙』？」

常遇春道：「正是他，原來老道長也知道我胡師伯的名頭。」

張三丰心下好生躊躇：「素聞這『蝶谷醫仙』胡青牛雖然醫道高明之極，卻是魔教中人，向爲武林人士所不齒，何況他脾氣怪僻無比，只要魔教中人患病，他盡心竭力的醫治，分文不收，教外之人求他，便是黃金萬兩堆在面前，他也不屑一顧。因此又有一個外號叫作『見死不救』。既是此人，寧可讓無忌毒發身亡，也決不容他陷身魔教。」

常遇春見他皺眉沉吟，明白他的心意，說道：「張眞人，胡師伯雖然從來不給教外人治病，但張眞人相救小人，大恩深重，胡師伯非破例不可。他若當眞不肯動手，小人決不和他干休。」張三丰道：「這位胡先生醫術如神，我是聽到過的，可是無忌身上的寒毒，實非尋常……」常遇春大聲道：「這位小爺反正不成了，最多治不好，左右也是個死，又有甚麼可擔心的？」他性子爽直之極，心中想到甚麼，便說了出來。

張三丰聽到「左右也是個死」六個字，心頭一震，暗想：「這莽漢子的話倒也不錯，眼看無忌最多不一月之命，只好死馬當作活馬醫了。」他一生和人相交，肝膽相照，自來信人不疑，這常遇春顯然是個重義漢子，可是張無忌是他愛徒唯一的骨血，要將他交在向來以詭怪邪惡出名的魔教弟子手中，確是萬分的放心不下，一時拿不定主意。

常遇春道：「張眞人不願去見我胡師伯，這個我是明白的。自來邪正不並立，張眞人是當今大宗師，如何能去相求邪魔外道？我胡師伯脾氣古怪，見到張眞人後說不定禮貌不周，雙方反而弄僵。這位張兄弟只好由我帶去，但張眞人又未免不放心。這樣罷，我送了張兄弟去胡師伯那裏，請他慢慢醫治，小人便上武當山來，作個抵押。張兄弟若有甚麼失閃，張眞人一掌把我打死便了。」

張三丰啞然失笑，心想無忌若有差池，我打死你又有何用？你若不上武當山來，我卻又到何處去找你？但眼下無忌毒入膏肓，當眞「左右也是個死」，生死之際，須得當機立斷，便道：「如此便拜託你了。可是咱們話說明在先，胡先生決不能勉強無忌入教，我武當派也不領貴教之情。」他知魔教中人行事詭秘，若是一給糾纏上身，陰魂不散，不知將有多少後患，張翠山弄到身死名裂，便是一個活生生的例子。

常遇春昂然道：「張眞人可把我明教中人瞧得忒也小了。一切遵照吩咐便是。」張三丰道：「你替我好好照顧無忌，倘若他體內陰毒終於得能除去，請你同他上武當山來。你自己先來抵押，卻是不必了。」常遇春道：「小人必當盡力而爲。」

張三丰道：「那麼這個小姑娘，便由我帶上武當山去，另行設法安置。」

常遇春上岸在一棵大樹下用刀掘了個土坑，將周公子屍身上的衣服除得一絲不掛，這才埋葬，跪在墳前，拜了幾拜。原來「裸葬」乃明教的規矩，以每人出世時赤條條的來，離世時也當赤條條的去。張三丰不知其禮，只覺得這些人行事處處透着邪門詭異。

次日天明，張三丰攜同周芷若，與常遇春、張無忌分手。張無忌自父母死後，視張三丰如親祖父一般，見他忽然離去，不由得淚如泉湧。張三丰溫言道：「無忌，你病好之後，常大哥便帶你回武當山。乖孩子，分別數月，不用悲傷。」張無忌手足動彈不得，眼淚仍是不斷的流將下來。

周芷若回上船去，從懷中取出一塊小手帕，替他抹去了眼淚，對他微微一笑，將手帕塞在他衣襟之中，這才回到岸上。

張無忌目送太師父帶同周芷若西去，只見周芷若不斷回頭揚手，直走到一排楊柳背後，這才不見。他霎時間只覺孤單淒涼，難當無比，忍不住又哭了起來。

常遇春皺眉道：「張兄弟，你今年幾歲？」張無忌哽咽道：「十二歲。」常遇春道：「好啊，十二歲的人，又不是小孩子了，哭哭啼啼的，不怕醜麼？我在十二歲上，已不知挨過幾百頓好打，從來不作興流過半滴眼淚。男子漢大丈夫，只流鮮血不流眼淚。你再妞兒般的哭個不停，我可要拔拳打你了。」

張無忌道：「我是捨不得太師父才哭，人家打我，我才不哭呢。你敢打我便打好了，你今日打我一拳，他日我打還你十拳。」常遇春一愕，哈哈大笑，說道：「好兄弟，好兄弟，這才是有骨氣的男子漢。你這麼厲害，我是不敢打你的。」張無忌道：「我動也不會動，你為甚麼不敢打？」常遇春笑道：「我今日打了你，他日你跟着你太師父學好了武功，這武當派的神拳，我可挨得起十拳麼？」張無忌波的一聲，笑了出來，覺得這個常大哥雖然相貌兇惡，倒也不是壞人。

當下常遇春僱了一艘江船，直放漢口，到了漢口後另換長江江船，沿江東下。那蝶谷醫仙胡青牛所隱居的蝴蝶谷，是在皖北女山湖畔。

長江自漢口到九江，流向東南，到九江後，便折向東北而入皖境。兩年之前，張無忌曾乘船溯江北上，但其時有父母相伴，又有俞蓮舟同行，旅途中何等快活，今日父母雙亡，自己悽悽惶惶的隨常遇春東下求醫，其間苦樂，實在天壤之別。只是生怕常遇春發怒，心中雖然傷感，卻也不敢流淚。其時身上張三丰所點的穴道早已自行通解，寒毒發作時痛楚難當，他咬牙強忍，只咬得上下口唇傷痕斑斑，而且陰寒侵襲，日甚一日。

到得集慶下游的瓜埠，常遇春捨舟起旱，僱了一輛大車，向北進發，數日間到了鳳陽以東的明光。常遇春知道這位胡師伯不喜旁人得知他隱居的所在，待行到離女山湖畔的蝴蝶谷尚有二十餘里地，便打發大車回去，將張無忌負在背上，大踏步而行。

他只道這二十餘里路轉眼即至，豈知他身中番僧的兩記陰掌，內傷着實不輕，只走出里許，便全身筋骨酸痛，氣喘吁吁的步履爲艱。張無忌好生過意不去，道：「常大哥，讓我自己走罷，你別累壞了身子。」常遇春焦躁起來，怒道：「我平時一口氣走一百里路，也半點不累，難道那兩個賊和尚打了我兩掌，便叫我寸步難行？」他賭氣加快脚步，奮力而行。但他內傷本就沉重，再這般心躁氣浮的勉強用力，只走出數十丈，便覺四肢百骸的骨節都要散開一般，他兀自不服氣，既不肯放下張無忌，也不肯坐下休息，一步步向前挨去。

這般走法，那就慢得緊了，行到天黑，尚未走得一半，而且山路崎嶇，越來越是難走。挨到了一座樹林之中，常遇春將張無忌放下地來，仰天八叉的躺着休息。他懷中帶着些張無忌吃的糖果糕餅，兩人分着吃了。常遇春休息了半個時辰，又要趕路。張無忌極力相勸，說在林中安睡一晚，待天明了再走。常遇春心想今晚便是趕到，半夜三更的去吵胡青牛，定然惹他生氣，只得依了。兩人在一棵大樹下相倚而睡。

睡到半夜，張無忌身上的寒毒又發作起來，劇顫不止。他生怕吵醒了常遇春，一聲不響，強自忍受。便在此時，忽聽得遠處有兵刃相交之聲，又有人吆喝：「往那裏走？」「堵住東邊，逼他到林子中去。」「這一次可不能再讓這賊禿走了。」跟着脚步聲響，幾個人奔向樹林中來。常遇春一驚而醒，右手拔出單刀，左手抱起張無忌，以備且戰且走。張無忌低聲道：「似乎不是衝着咱們而來。」常遇春點點頭，躲在大樹後向外望去，黑暗中影影綽綽的只見七八個人圍着一個人相鬥，中間那人赤手空拳，雙掌飛舞，逼得敵人無法近身。鬥了一陣，衆人漸漸移近。

不久一輪眉月從雲中鑽出，清光瀉地，只見中間那人身穿白色僧衣，是個四十來歲的高瘦和尚。圍攻他的衆人中有僧有道，有俗家打扮的漢子，還有兩個女子，共是八人。兩個灰袍僧人一執禪杖，一執戒刀，禪杖橫掃、戒刀揮劈之際，一股股疾風帶得林中落葉四散飛舞。一個道人手持長劍，身法迅捷，長劍在月光下閃出一團團劍花。一個矮小漢子手握雙刀，在地下滾來滾去，以地堂刀法進攻白衣和尚的下盤。

兩個女子身形苗條，各執長劍，劍法也是極盡靈動輕捷。酣鬥中一個女子轉過身來，半邊臉龐照在月光之下。張無忌險些失聲而呼：「紀姑姑！」這女子正是殷梨亭的未婚妻子紀曉芙。張無忌初見八個人圍攻一個和尚，覺得以多欺少，甚不公平，盼望那個和尚能突圍而走，這時認出紀曉芙之後，心想那和尚和紀姑姑爲敵，自是個壞人，一顆心便去幫住紀曉芙一邊了。那日他父母雙雙自盡，紀曉芙曾對他柔聲安慰，張無忌雖不收她給的黃金項圈，事後想起，對她的一番好意卻也甚是感激。

張無忌見那被圍攻的和尚武功了得，掌法忽快忽慢，虛虛實實，變幻多端，打到快時，連他手掌的去路來勢都瞧不清楚。紀曉芙等雖然人多，卻久鬥不下。

忽聽得一名漢子喝道：「用暗青子招呼！」只見一名漢子和一名道人分向左右躍開，跟着便是嗤嗤聲響，彈丸和飛刀不斷向那白衣和尚射去。這麼一來，那和尚便有點兒難以支持。那持劍的長鬚道人喝道：「彭和尚，我們又不是要你性命，你拚命幹麼？你把白龜壽交出來，大家一笑而散，豈不甚妙？」

常遇春吃了一驚，低聲道：「這位便是彭和尚？」張無忌在江船之中，曾聽父母對俞二伯說起王盤山揚刀立威、以及天鷹教和各幫派結仇的來由，知道白龜壽是天鷹教在王盤山僅得安然生還的玄武壇壇主，這些年來各幫派和天鷹教爭鬥不休，為的便是要白龜壽吐露謝遜的蹤迹。他心道：「莫非這彭和尚也是我媽教中的人物？」

卻聽彭和尚朗聲道：「白壇主已被你們打得重傷，我彭和尚莫說跟他頗有淵源，便是毫無干連，也不能見死不救。」那長鬚道人道：「甚麼見死不救？我們又不是要取他性命，只是向他打聽一個人。」彭和尚道：「你們要問謝遜的下落，為何不去問少林寺方丈？」一名灰袍僧人叫了起來：「這是天鷹教妖女殷素素嫁禍我少林寺的惡計，誰能信得？」這僧人顯然是少林派的。張無忌聽他提到亡母的名字，又是驕傲，又是傷心，暗想：「我媽雖已去世兩年，仍能作弄得你們頭昏腦脹。」

猛聽得站在外圈的道人叫道：「自己人大家伏倒！」六人一聽，立即伏地，但見白光閃動，五柄飛刀風聲呼呼，對準了彭和尚的胸口射到。本來彭和尚只須低頭彎腰、或是向前撲跌，要不然就使鐵板橋仰身，使飛刀在胸前掠過，但這時地下六般兵刃一齊上撩，封住了他下三路，卻如何能矮身閃躲？

張無忌心頭一驚，只見彭和尚突然躍高，五柄飛刀從他脚底飛過，飛刀雖然避開，但少林僧的禪杖戒刀、長鬚道人的長劍已分向他腿上擊到。彭和尚身在半空，逼得行險，左掌拍出，波的一響，擊在一名少林僧頭上，跟着右手反勾，已搶過他手中戒刀，順勢在禪杖上一格，借着這股力道，身子飛出了兩丈。

那少林僧被他一掌重手擊在天靈蓋上，立時斃命。餘人怒叫追去，只見彭和尚足下一個踉蹌，險些摔倒，七人又將他圍住了。那使禪杖的少林僧勢如瘋虎，禪杖直上直下的猛砸，只道：「彭和尚，你殺了我師弟，我跟你拚了。」那長鬚道人叫道：「他腿上已中了我的蝎尾鈎暗器，轉眼便要毒發身亡。」果見彭和尚足下虛浮，跌跌撞撞的站立不穩。

常遇春心道：「他是我明教中的大人物。非救他不可！」他雖身負重傷，仍想衝出去救人，當下猛吸一口氣，左脚一大步跨將出去。不料他吸氣既急，這一步跨得又大，登時牽動胸口內傷，痛得幾乎要昏暈過去。這時彭和尚一躍丈許，也已摔倒在地，似已毒發身亡。常遇春強忍疼痛，睜大了眼觀看動靜，見那七人也不敢走近彭和尚身邊。

那長鬚道人道：「許師弟，你射他兩柄飛刀試試。」那放飛刀的道人右手一揚，拍拍兩響，一柄飛刀射入彭和尚右肩，一柄射入他的左腿。彭和尚毫不動彈，顯已死去。那長鬚道人道：「可惜！可惜！已經死了，卻不知他將白龜壽藏在何處？」七人同時圍上去察看。

忽聽得砰砰砰砰砰，五聲急響，五個人同時向外摔跌，彭和尚卻已站立起身，肩頭和腿上的飛刀卻兀自揷着，原來他腿上中了餵毒暗器，知道難以支持再鬥，便裝假死，誘得敵人近身，以驚雷閃電似的手法連發「大風雲飛掌」，在五個男敵的胸口各印了一掌。他躺在地下之時，一直便在暗暗運氣，這五掌掌力着實凌厲剛猛。

紀曉芙和她同門師姊丁敏君大驚之下，急忙躍開，看那五個同伴時，個個口噴鮮血，兩名漢子功力較遜，不住口的慘呼。但彭和尙這一急激運勁，也已搖搖欲墜，站立不定。那長鬚道人叫道：「丁紀兩位姑娘，快用劍刺他。」

雙方敵對的九人之中，一名少林僧已死，彭和尙和五個敵人同受重傷，只有紀曉芙和丁敏君並無損傷。丁敏君心道：「難道我不會用劍，要你來指點？」長劍一招「虛式分金」，逕往彭和尙足脛削去。

彭和尙長嘆一聲，閉目待死，卻聽得叮噹一響，兵刃相交，張眼一看，卻是紀曉芙伸劍將師姊長劍格開了。

丁敏君一怔，道：「怎麼？」紀曉芙道：「師姊，彭和尙掌下留情，咱們也不能趕盡殺絕。」丁敏君道：「甚麼掌下留情？他是掌下無力。」厲聲道：「彭和尙，我師妹心慈，救了你一命，那白龜壽在那裏，這該說了罷？」

彭和尙仰天大笑，說道：「丁姑娘，你可將我彭瑩玉看得忒也小了。武當派張翠山張五俠寧可自刎而死，也決不說出他義兄的所在。彭瑩玉心慕張五俠的義肝烈膽，雖然不才，也要學他一學。」說到這裏，一口鮮血噴出，坐倒在地。

丁敏君踏步上前，右足在他腰脅間連踢三下，叫他再也無法偷襲。

彭和尚這幾句話只聽得張無忌胸中熱血湧了上來，心中對他登時既覺親近，又生感激。他父親張翠山自刎身亡，名門正派人士談論起來總不免說道：「好好一位少年英俠，卻受了邪教妖女之累，一失足成千古恨，終至身死名裂，使得武當一派，同蒙羞辱。」這些話張無忌雖然聽不到，但他在太師父和各位師叔伯的言談神色之間，瞧得出他們傷心之餘，對母親頗有怨恨怨責的意思，都覺他父親一生甚麼都好，就是娶錯了他的母親，卻從無一人似彭和尚這般對他父親衷心敬佩。

丁敏君冷笑道：「張翠山瞎了眼睛，竟去和邪教妖女締婚，這叫作自甘下賤，有甚麼好學的？他武當派……」紀曉芙插口道：「師姊……」丁敏君道：「你放心，我不會說到殷六俠頭上。」她長劍一幌，指着彭和尚的右眼，說道：「你若不說，我先刺瞎你的右眼，再刺瞎你的左眼，然後刺聾你的右耳，又刺聾你的左耳，再割掉你的鼻子，總而言之，我不讓你死便是。」她劍尖相距彭和尚的眼珠不到半寸，晶光閃耀的劍尖顫動不停。

彭和尚睜大了眼睛，竟不轉瞬，淡淡的道：「素仰峨嵋派滅絕師太行事心狠手辣，她調教出來的弟子自也差不了。彭瑩玉今日落在你手裏，你便施展峨嵋派的拿手傑作吧！」

丁敏君雙眉上揚，厲聲道：「死賊禿，你膽敢辱我師門？」長劍向前一送，登時刺瞎了彭瑩玉的右眼，跟着劍尖便指在他左眼皮上。

彭瑩玉哈哈一笑，右眼中鮮血長流，一隻左眼卻睜着大大的瞪視着她。丁敏君被他瞪得心頭發毛，喝道：「你又不是天鷹教的，何必為了白龜壽送命？」

彭瑩玉凜然道：「大丈夫做人的道理，我便跟你說了，你也不會明白。」

丁敏君見他雖無反抗之力，但神色之間對自己卻大為輕蔑，憤怒中長劍一送，便去刺他的左眼。紀曉芙揮劍輕輕格開，說道：「師姊，這和尚硬氣得很，不管怎樣，他總是不肯說的了，殺了他也是枉然。」丁敏君道：「他罵師父心狠手辣，我便心狠手辣給他瞧瞧。這種魔教中的妖人，留在世上只有多害好人，殺得一個，便是積一番功德。」

紀曉芙道：「這人也是條硬漢子。師姊，依小妹之見，便饒了他罷。」

丁敏君朗聲道：「這裏少林寺的兩位師兄一死一傷，崑崙派的兩位道長身受重傷，海沙派的兩位大哥傷得更是厲害，難道他下手還不夠狠麼？我廢了他左邊的招子，再來逼問。」那「問」字剛出口，劍如電閃，疾向彭和尚的左眼刺去。

紀曉芙長劍橫出，輕輕巧巧的將丁敏君這一劍格開了，說道：「師姊，這人已然無力還手，這般傷害於他，江湖上傳將出去，於咱們峨嵋派聲名不好。」

丁敏君長眉揚起，喝道：「站開些，別管我。」紀曉芙道：「師姊，你……」丁敏君道：「你既叫我師姊，便得聽師姊的話，別在囉裏囉唆。」紀曉芙道：「是！」丁敏君長劍抖動，又向彭和尚左眼刺去，這一次卻又加三分勁。

紀曉芙心下不忍，又即伸劍擋格。她見師姊劍勢凌厲，出劍時也用上了內力，雙劍相交，噹的一聲，火花飛濺。兩人各自震得手臂發麻，退了兩步。

丁敏君大怒，喝道：「你三番兩次迴護這魔教妖僧，到底是何居心？」紀曉芙道：「我勸師姊別這麼折磨他。要他說出白龜壽的下落，儘管慢慢問他便是。」

丁敏君冷笑道：「難道我不知你的心意。你倒撫心自問：武當派殷六俠幾次催你完婚，爲甚麼你總是推三推四，爲甚麼你爹爹也來催你時，你寧可離家出走？」

紀曉芙道：「小妹自己的事，跟這件事又有甚麼干係？師姊怎地牽扯在一起？」

丁敏君道：「我們大家心裏明白，當着這許多外人之前，也不用揭誰的瘡疤。你是身在峨嵋，心在魔教。」紀曉芙臉色蒼白，顫聲道：「我一向敬你是師姊，從無半分得罪你啊，爲何今日這般羞辱於我？」

丁敏君道：「好，倘若你不是心向魔教，那你便一劍把這和尚的左眼給我刺瞎了。」

紀曉芙道：「本門自小東邪郭祖師創派，歷代同門就算不出家爲尼，自守不嫁的女子也是極多，小妹不願出嫁，那也事屬尋常。師姊何必苦苦相逼？」丁敏君冷冷道：「我才不來聽你這些假撇清的話呢。你不刺他眼睛，我可要將你的事都抖出來了？」

紀曉芙柔聲道：「師姊，望你念在同門之情，勿再逼我。」

丁敏君笑道：「我又不是要你去做甚麼爲難的事兒。師父命咱們打聽金毛獅王的下落，眼前這和尚正是惟一的綫索。他不肯吐露眞相，又殺傷咱們這許多同伴，我刺瞎他右眼，你刺瞎他左眼，那是天公地道，你幹麼不動手？」紀曉芙低聲道：「他先前對咱二人手下留情，咱們可不能回過來趕盡殺絕。小妹心軟，下不了手。」說着將長劍揷入了劍鞘。

丁敏君笑道：「你心軟？師父常讚你劍法狠辣，性格剛毅，最像師父，一直有意把衣鉢傳給你，你怎會心軟？」

她同門姊妹吵嘴，旁人都聽得沒頭沒腦，這時才隱約聽出來，似是峨嵋派掌門滅絕師太對紀曉芙甚是喜愛，頗有相授衣鉢之意，丁敏君心懷嫉妒，這次不知抓到了她甚麼把柄，便存心要她當衆出醜。張無忌一直感念紀曉芙當日對待自己的一番親切關懷之情，這時眼見她受逼，恨不得跳出去打丁敏君幾個耳光。

只聽丁敏君道：「紀師妹，我來問你，那日師父在峨嵋金頂召聚本門徒衆，傳授她老人家手創的『滅劍』和『絕劍』兩套劍法，你卻爲甚麼不到？爲甚麼惹得師父她老人家大發雷霆？」紀曉芙道：「小妹在甘州忽患急病，動彈不得。此事早已稟明師父，師姊何以忽又動問？」丁敏君冷笑道：「此事你瞞得師父，須瞞不過我。下面我還有一句話問你，你只須將這和尙的眼睛刺瞎了，我便不問。」

紀曉芙低頭不語，心中好生爲難，輕聲道：「師姊，你全不念咱們同門學藝的情誼？」

丁敏君道：「你刺不刺？」紀曉芙道：「師姊，你放心，師父便是要傳我衣缽，我也是決計不敢承受。」丁敏君怒道：「好啊！這麼說來，倒是我在喝你的醋啦。我甚麼地方不如你了，要來領你的情，要你推讓？你到底刺是不刺？」

紀曉芙道：「小妹便是做了甚麼錯事，師姊如要責罰，小妹難道還敢不服的麼？這兒有別門別派的朋友在此，你如此逼迫於我……」說到這裏，不禁流下淚來。

丁敏君冷笑道：「嘿，你裝着這副可憐巴巴的樣兒，心中卻不知在怎樣咒我呢。那一年你在甘州，是三年之前呢還是四年之前，我可記不清楚了，你自己當然是明明白白的，那時當眞是生病麼？『生』倒是有個『生』字，卻只是生娃娃罷？」

紀曉芙聽到這裏，轉身拔足便奔。丁敏君早料到她要逃走，飛步上前，長劍一抖，攔在她面前，說道：「我勸你乖乖把彭和尙左眼刺瞎了，否則我便要問你那娃娃的父親是誰？問你爲甚麼以名門正派的弟子，卻去維護魔教妖僧？」

紀曉芙氣急敗壞的道：「你……你讓我走！」

丁敏君長劍指在她胸前，大聲道：「我問你，你把娃娃養在那裏？你是武當派殷梨亭殷六俠的未婚妻子，怎地去跟旁人生了孩子？」

這幾句石破天驚的話問了出來，聽在耳中的人都是禁不住心頭一震。張無忌心中一片迷惘：「這位紀姑姑是好人啊，怎能對殷叔叔不住？」他對這些男女之事自是不大了然，但便是常遇春、彭和尚、崑崙派長鬚道人這些人，也均大爲詫異。

紀曉芙臉色蒼白，向前疾衝。丁敏君突下殺手，刷的一劍，已在她右臂上深深劃了一劍，直削至骨。紀曉芙受傷不輕，再也忍耐不住，左手拔出佩劍，說道：「師姊，你再要苦苦相逼，我可要對不住啦。」丁敏君知道今日既已破臉，自己又揭破了她的隱秘，她勢必要殺己滅口，自己武功不及她，當眞性命相搏，那可是凶險之極，是以一上來乘機先傷了她的右臂，聽她這麼一說，當下一招「月落西山」，直刺她小腹。紀曉芙右臂劇痛，眼見師姊第二劍又是毫不容情，當即左手使劍還招。

她師姊妹二人互相熟知對方劍法，攻守之際，分外緊湊，也是分外的激烈。

旁觀衆人個個身受重傷，旣無法勸解，亦不能相助那一個，只有眼睜睜瞧着，心中均暗自佩服：「峨嵋爲當今武學四大宗派之一，劍術果然高明，名不虛傳。」

紀曉芙右臂傷口中流血不止，越鬥鮮血越是流得厲害，她連使殺着，想將丁敏君逼開，以便奪路而走，但她左手使劍甚是不慣，再加受傷之後，原有的武功已留不了三成。總算丁敏君對這個師妹向來甚是忌憚，不敢過份進逼，只是纏住了她，要她流血過多，自然衰竭。眼見紀曉芙脚步蹣跚，劍法漸漸散亂，已是支持不住，丁敏君刷刷兩招，紀曉芙右肩又接連中劍，半邊衣衫全染滿了鮮血。

彭和尚忽然大聲叫道：「紀姑娘，你來將我的左眼刺瞎了罷，彭和尚對你已然感激不盡。」他想紀曉芙甘冒生死之險，迴護敵人，已極為難能，何況丁敏君用以威脅她的，更是一個女子瞧得比性命還重要的清白名聲。

但這時紀曉芙便去刺瞎了彭和尚左眼，丁敏君也已饒不過她，她知今日若不乘機下手除去這個師妹，日後可是後患無窮。彭和尚見丁敏君劍招狠辣，大聲叫罵：「丁敏君，你好不要臉！無怪江湖上叫你『毒手無鹽丁敏君』，果然是心如蛇蝎，貌勝無鹽。要是世上女子個個都似你一般醜陋，令人一見便即作嘔，天下男子人人都要去做和尚了。你這『毒手無鹽』老是站在我跟前，彭和尚做了和尚，仍嫌不夠，還是瞎了雙眼來得快活。」

其實丁敏君雖非美女，卻也頗有姿容，面目俊俏，頗有楚楚之致。彭和尚深通世情，知道普天下女子的心意，不論她是醜是美，你若罵她容貌難看，她非恨你切骨不可。他眼見情勢危急，便隨口胡謅，給她取了個「毒手無鹽」的諢號，盼她大怒之下，轉來對付自己，紀曉芙便可乘機脫逃，至少也能設法包紮傷口。但丁敏君暗想待我殺了紀曉芙，還怕你這臭和尚逃到那裏去？是以對他的辱罵竟是充耳不聞。

彭和尚又朗聲道：「紀女俠冰清玉潔，江湖上誰不知聞？可是『毒手無鹽丁敏君』卻偏偏自作多情，妄想去勾搭人家武當派殷梨亭。殷梨亭不來睬你，你自然想加害紀女俠啦。哈哈，你顴骨這麼高，嘴巴大得像血盆，焦黃的臉皮，身子卻又像根竹竿，人家英俊瀟洒的殷六俠怎會瞧得上眼？你也不自己照照鏡子，便三番四次的向人家亂拋媚眼……」

丁敏君只聽得惱怒欲狂，一個箭步縱到彭和尚身前，挺劍便往他嘴中刺去。

丁敏君顴骨確是微高，嘴非櫻桃小口，皮色不夠白皙，又生就一副長挑身材，這一些微嫌美中不足之處，她自己確常感不快，可是旁人若非細看，本是不易發覺。豈知彭和尚目光銳敏，非但看了出來，更加油添醬、張大其辭的胡說一通，卻叫她如何不怒？何況殷梨亭其人她從未見過，「三番四次亂拋媚眼」云云，眞是從何說起？

她一劍將要刺到，樹林中突然搶出一人，大喝一聲，擋在彭和尚身前，這人來得快極，丁敏君不及收招，長劍已然刺出，那人比彭和尚矮了半個頭，這一劍正好透額而入。便在這電光石火般的一瞬之間，那人揮掌拍出，擊中了丁敏君的胸口，砰然一聲，將她震得飛出數步，一交摔倒，口中狂噴鮮血，一柄長劍卻揷在那人額頭，眼見他也是不活的了。

崑崙派的長鬚道人走近幾步，驚呼：「白龜壽，白龜壽！」跟着雙膝一軟，坐倒在地。原來替彭和尚擋了這一劍的，正是天鷹教玄武壇壇主白龜壽。他身受重傷之後，得知彭和尚爲了掩護自己，受到少林、崑崙、峨嵋、海沙四派好手圍攻，於是力疾趕來，替彭和尚代受了這一劍。他掌力雄渾，臨死這一掌卻也擊得丁敏君肋骨斷折數根。

紀曉芙驚魂稍定，撕下衣襟紮包好了臂上傷口，伸手解開了彭和尚腰脅間被封的穴道，一言不發，轉身便走。彭和尚道：「且慢，紀姑娘，請受我彭和尚一拜。」說着行下禮去。紀曉芙閃在一旁，不受他這一拜。

彭和尙拾起長鬚道人遺在地下的長劍，道：「這丁敏君胡言亂語，毀謗姑娘淸譽令名，不能再留活口。」說着挺劍便向丁敏君咽喉刺下。

紀曉芙左手揮劍格開，道：「她是我同門師姊，她雖對我無情，我可不能對她無義。」

彭和尙道：「事已如此，若不殺她，這女子日後定要對姑娘大大不利。」紀曉芙垂淚道：「我是天下最不祥、最不幸的女子，一切認命罷啦！彭大師，你別傷我師姊。」彭和尙道：「紀女俠所命，焉敢不遵？」

紀曉芙低聲向丁敏君道：「師姊，你自己保重。」說着還劍入鞘，出林而去。

彭和尙對身受重傷、躺在地下的五人說道：「我彭和尙跟你們並無深仇大寃，本來不是非殺你們不可，但今晚這姓丁的女子誣衊紀女俠之言，你們都已聽在耳中，傳到江湖上，卻叫紀女俠如何做人？我不能留下活口，乃是情非得已，你們可別怪我。」說着一劍一個，將崑崙派的兩名道人、一名少林僧、兩名海沙派的好手盡數刺死，跟着又在丁敏君的肩頭劃了一劍。

丁敏君只嚇得心膽俱裂，但重傷之下，卻又抗拒不得，罵道：「賊禿，你別零碎折磨人，一劍將我殺了罷。」

彭和尙笑道：「似你這般皮黃口濶的醜女，我是不敢殺的。只怕你一入地獄，將陰世裏千千萬萬的惡鬼都嚇得逃到人間來，又怕你嚇得閻王判官上吐下瀉，豈不作孽？」說着大笑三聲，擲下長劍，抱起白龜壽的屍身，又大哭三聲，揚長而去。

丁敏君喘息良久，才以劍鞘拄地，一跛一拐的出林。

這一幕驚心動魄的林中夜鬥，常遇春和張無忌二人淸淸楚楚的瞧在眼裏，聽在耳中，直到丁敏君離去，兩人方鬆了一口氣。

張無忌道：「常大哥，紀姑姑是我殷六叔的未婚妻子，那姓丁的女子說她……說她跟人生了個娃娃，你說是眞是假？」常遇春道：「這姓丁的女子胡說八道，別信她的。」

張無忌道：「對，下次我跟殷六叔說，叫他好好的教訓教訓這丁敏君，也好代紀姑姑出一口氣。」常遇春忙道：「不，不！千萬不能跟你殷六叔提這件事，知道麼？你一提那可糟了。」張無忌奇道：「爲甚麼？」常遇春道：「這種不好聽的言語，你跟誰也別說。」

張無忌「嗯」了一聲，過了一會，問道：「常大哥，你怕那是眞的，是不是？」常遇春嘆道：「我也不知道啊。」

到得天明，常遇春站起身來，將張無忌負在背上，放開脚步便走。他休息了大半夜，精神已復，步履之際也輕捷得多了。走了數里，轉到一條大路上來。常遇春心想：「胡師伯在蝴蝶谷中隱居，住處甚是荒僻，怎地到了大路上來，莫非走錯路了？」

正想找個鄉人打聽，忽聽得馬蹄聲響，四名蒙古兵手舞長刀，縱馬而來，大呼：「快走，快走！」奔到常遇春身後，擧刀虛劈作勢，驅趕向前。常遇春暗暗叫苦：「想不到今日終於又入虎口，卻陪上了張兄弟一條性命。」

這時他武功全失，連一個尋常的元兵也鬥不過，只得一步步的挨將前去。但見大路上百姓絡繹不斷，都被元兵趕畜牲般驅來，常遇春心中又存了一綫生機：「看來這些韃子正在虐待百姓，未必定要捉我。」

他隨着一眾百姓行去，到了一處三岔路口，只見一個蒙古軍官騎在馬上，領着六七十名兵卒，元兵手中各執大刀。眾百姓行過那軍官馬前，便一一跪下磕頭。一名漢人通譯喝問：「姓甚麼？」那人答了，旁邊一名元兵便在他屁股上踢上一脚，或是一記耳光，那百姓匆匆走過。問到一個百姓答稱姓張，那元兵當即一把抓過，命他站在一旁。又有一個百姓手挽的籃子中有一柄新買的菜刀，那元兵也將他抓在一旁。

張無忌眼見情勢不對，在常遇春耳邊悄聲道：「常大哥，你快假裝摔一交，摔在草叢之中，解下腰間的佩刀。」常遇春登時省悟，雙膝一彎，撲在長草叢中，除下了佩刀，假裝哼哼唧唧的爬起身來，一步步挨到那軍官身前。

那漢人通譯罵道：「賊蠻子，不懂規矩，見了大人還不趕快磕頭？」

常遇春想起故主周子旺全家慘死於蒙古韃子的刀下，這時寧死也不肯向韃子磕頭。一名元兵見他倔強，伸脚在他膝彎裏橫腿一掃。常遇春站立不穩，撲地跪下。那漢人通譯喝道：「姓甚麼？」常遇春還未回答，張無忌搶着道：「姓謝，他是我大哥。」那元兵在常遇春屁股上踢了一脚，喝道：「滾罷！」

常遇春滿腔怒火，爬起身來，暗暗立下重誓：「此生若不將韃子逐回漠北，我常遇春誓不爲人。」負着張無忌，急急向北行去，只走出數十步，忽聽身後慘呼哭喊之聲大作。兩人回過頭來，但見被元兵拉在一旁的十多名百姓已個個身首異處，屍橫就地。

原來當時朝政暴虐，百姓反叛者眾多，蒙古大臣有心要殺盡漢人，卻又是殺不勝殺，當朝太師巴延便頒下一條虐令，殺盡天下張、王、劉、李、趙五姓漢人。因漢人中以張、王、劉、李四姓最多，而趙姓則是宋朝皇族，這五姓之人一除，漢人自必元氣大傷。後來因這五姓人降元爲官的爲數亦是不少，蒙古大臣中有人向皇帝勸告，才除去了這條暴虐之極的屠殺令，但五姓黎民因之而喪生的，已是不計其數了。

常遇春加快脚步，落荒而走，知道胡青牛隱居之處便在左近，當下耐心緩緩尋找。一路上嫣紅姹紫，遍山遍野都是鮮花，春光爛漫已極，兩人想起適才慘狀，那有心情賞玩風景？轉了幾個彎，卻見迎面一塊山壁，路途已盡。

正沒作理會處，只見幾隻蝴蝶從一排花叢中鑽了進去。張無忌道：「那地方既叫作蝴蝶谷，咱們且跟着蝴蝶過去瞧瞧。」常遇春道：「好！」也從花叢中鑽了進去。

過了花叢，眼前是一條小徑。常遇春行了一程，但見蝴蝶越來越多，或花或白、或黑或紫，翩翩起舞。蝴蝶也不畏人，飛近時便在二人頭上、肩上、手上停留。二人知道已進入蝴蝶谷，都感興奮。張無忌道：「讓我自己慢慢走罷！」常遇春將他放下地來。

行到過午，只見一條清溪旁結着七、八間茅屋，茅屋前後左右都是花圃，種滿了諸般花草。常遇春道：「到了，這是胡師伯種藥材的花圃。」

他走到屋前，恭恭敬敬的朗聲說道：「弟子常遇春叩見胡師伯。」

過了一會，屋中走出一名僮兒，說道：「請進。」常遇春携着張無忌的手，走進茅屋，只見廳側站着一個神清骨秀的中年人，正在瞧着一名僮兒煽火煮藥，滿廳都是藥草之氣。

常遇春跪下磕頭，說道：「胡師伯好。」張無忌心想，這人定是「蝶谷醫仙」胡青牛了，便跟着行禮，叫了聲：「胡先生。」

胡青牛向常遇春點了點頭，道：「周子旺的事，我都知道了。那也是命數使然，想是韃子氣運未盡，本教未至光大之期。」他伸手在常遇春腕脈上一搭，解開他胸口衣服瞧了瞧，說道：「你是中了番僧的『截心掌』，本來算不了甚麼，只是你中掌後使力太多，寒毒攻心，治起來多花些功夫。」指着張無忌問道：「這孩子是誰？」

常遇春道：「師伯，他叫張無忌，是武當派張五俠的孩子。」

胡青牛一怔，臉蘊怒色，道：「他是武當派的？你帶他到這裏來幹甚麼？」常遇春於是將如何保護周子旺的兒子逃命，如何爲蒙古官兵追捕而得張三丰相救等情一一說了，最後說道：「弟子蒙他太師父救了性命，求懇師伯破例，救他一救。」胡青牛冷冷的道：「你倒慷慨，會作人情。哼，張三丰救的是你，又不是救我。你見我幾時破過例來？」

常遇春跪在地下，連連磕頭，說道：「師伯，這個小兄弟的父親不肯出賣朋友，甘願自刎，是個響噹噹的好漢子。」胡青牛冷笑道：「好漢子？天下好漢子有多少，我治得了這許多？他不是武當派倒也罷了，既是名門正派中的人物，又何必來求我這種邪魔外道？」常遇春道：「張兄弟的母親，便是白眉鷹王殷教主的女兒。他有一半也算是本教中人。」

胡青牛聽到這裏，心意稍動，點頭道：「哦，你起來。他是天鷹教殷白眉的外孫，那又不同。」走到張無忌身前，溫言道：「孩子，我向來有個規矩，決不爲自居名門正派的俠義道療傷治病。你母親既是我教中人，給你治傷，也不算破例。你外祖父白眉鷹王本是明教的四大護法之一，後來他自創天鷹教，只不過和教中兄弟不和，卻也不是叛了明教，算是明教的一個支派。你須得答允我，待你傷愈之後，便投奔你外祖父白眉鷹王殷教主去，此後身入天鷹教，不得再算是武當派的弟子。」

張無忌尚未回答，常遇春道：「師伯，那可不行。張三丰張眞人有話在先，他跟我說道：『胡先生決不能勉強無忌入教，倘若當眞治好了，我武當派也不領貴教之情。』」

胡青牛雙眉豎起，怒氣勃發，尖聲道：「哼，張三丰便怎樣了？他如此瞧不起咱們，我幹麼要爲他出力？孩子，你自己心中打的是甚麼主意？」

張無忌知道自己體內陰毒散入五臟六腑，連太師父這等深厚的功力，也是束手無策，自己能否活命，全看這位神醫肯不肯施救，但太師父臨行時曾諄諄叮囑，決不可陷身魔教，致淪於萬刼不復的境地。雖然魔教到底壞到甚麼田地，爲甚麼太師父及衆師伯叔一提起來便深痛絕惡，他實是不大了然，但他對太師父崇敬無比，深信他所言決計不錯，心道：「寧可他不肯施救，我毒發身死，也不能違背太師父的教誨。」於是朗聲說道：「胡先生，我媽媽是天鷹教的堂主，我想天鷹教也是好的。但太師父曾跟我言道，決計不可身入魔教，我既答允了他，豈可言而無信？你不肯給我治傷，那也無法。要是我貪生怕死，勉強聽從了你，那麼你治好了我，也不過讓世上多一個不信不義之徒，又有何益？」

胡青牛心下冷笑：「這小鬼大言炎炎，裝出一副英雄好漢的模樣，我眞的不給他醫治，瞧他是不是跪地相求？」向常遇春道：「他旣決意不入本教，遇春，你叫他出去，我胡青牛門中，怎能有病死之人？」

常遇春素知這位師伯性情執拗異常，自來說一不二，他既不肯答應，再求也是枉然，向張無忌道：「小兄弟，明教雖和名門正派的俠義人物不是同道，但自大唐以來，我明教世世代代都有英雄好漢。何況你外祖父是天鷹教的教主，你媽媽是天鷹教堂主，你答應了我胡師伯，他日張眞人跟前，一切由我承擔便是。」

張無忌站了起來，說道：「常大哥，你心意已盡，我太師父也決不會怪你。」說着昂然走了出去。常遇春吃了一驚，忙問：「你到那裏去？」張無忌道：「我若死在蝴蝶谷中，豈不壞了『蝶谷醫仙』的名頭？」說着轉身走出茅屋。

胡青牛冷笑道：「『見死不救』胡青牛天下馳名，倒斃在蝴蝶谷『牛棚』之外的，又豈止你這娃娃一人？」

常遇春也不去聽他說些甚麼，急忙拔步追出，一把抓住了張無忌，將他抱了回來。

常遇春氣喘吁吁的道：「胡師伯，你定是不肯救他的了，是不是？」胡青牛笑道：「我外號叫作『見死不救』，難道你不知道？卻來問我。」常遇春道：「我身上的傷，你卻肯救的？」胡青牛道：「不錯。」常遇春道：「好！弟子曾答應過張眞人，要救活這位兄弟，此事決計不能讓正派中人說一句我明教弟子言而無信。弟子不要你治，你治了這位兄弟罷。咱們一個換一個，你也沒吃虧。」

胡青牛正色道：「你中了這『截心掌』，傷勢着實不輕，倘若我即刻給你治，可以痊愈。過了七天，只能保命，武功從此不能保全。十四天後再無良醫着手，那便傷發無救。」

常遇春道：「這是師伯你老人家見死不救之功，弟子死而無怨。」

張無忌叫道：「我不要你救，不要你救！」轉頭向常遇春道：「常大哥，你當我張無忌是卑鄙小人麼？你拿自己的性命來換我一命，我便活着，也是無味之極！」

常遇春不跟他多辯，解下腰帶，將他牢牢縛在椅上。張無忌急道：「你不放我，我可要罵人啦！」見常遇春不理，便把心一橫，大罵：「見死不救胡青牛，當眞是如笨牛一樣，連畜生也不如。」胡青牛聽他亂罵，也不動怒，只是冷冷的瞧着他。

常遇春道：「胡師伯，張兄弟，告辭了。我這便尋醫生去！」胡青牛冷冷的道：「安徽境內沒一個眞正的良醫，可是你七天之內，未必能出得安徽省境。」常遇春哈哈一笑，說道：「有『見死不救』的師伯，便有『豈不該死』的師姪！」說着大踏步出門。

胡青牛冷笑道：「你說一個換一個，我幾時答應了？兩人都不救。」隨手拿起桌上的半段鹿茸，呼的一聲，擲了出去，正中常遇春膝彎穴道。常遇春咕咚一聲，摔倒在地，再也爬不起來了。

胡青牛走將過去解開張無忌身上綁縛，抓住了他雙手手腕，要將他摔出門去，由得他和常遇春一起自生自滅。張無忌大叫：「你幹甚麼？」寒毒上衝頭腦，暈了過去。

張無忌毛手毛脚的一番亂攪，常遇春小腹關元穴上登時鮮血湧出。張無忌心下大急，更是手足無措起來，忽聽得身後有人發笑，回過頭來，只見胡青牛正笑嘻嘻的瞧着他。

十二 鍼其膏兮藥其肓

胡青牛一抓到張無忌手腕，只覺他脈搏跳動甚是奇特，不由得一驚，再凝神搭脈，心道：「這娃娃所中寒毒十分古怪，難道竟是玄冥神掌？這掌法久已失傳，世上不見得有人會使。」又想：「若不是玄冥神掌，卻又是甚麼？如此陰寒狠毒，更無第二門掌力。他中此寒毒為時已久，居然沒死，又是一奇。是了，定是張三丰老道以深厚功力為他續命，現下陰毒已散入五臟六腑，膠纏固結，除非是神仙才救得他活。」當下又將他放回椅中。

過了半晌，張無忌悠悠醒轉，只見胡青牛坐在對面椅中，望着藥爐中的火光，凝思出神，常遇春卻躺在門外草徑之中。三人各想各的心思，誰也沒有說話。

胡青牛畢生潛心醫術，任何疑難絕症，都是手到病除，這才搏得了「醫仙」兩字的外號，「醫」而稱到「仙」，可見其神乎其技。但「玄冥神掌」所發寒毒，他一生之中從未遇到過，而中此劇毒後居然數年不死而纏入五臟六腑，更是匪夷所思。他本已決心不替張無忌治傷，然而碰上了這等畢生難逢的怪症，有如酒徒見佳釀、老饕聞肉香，怎肯捨卻？尋思半天，終於想出了一個妙法：「我先將他治好，然後將他弄死。」

可是要將他體內散入五臟六腑的陰毒驅出，當眞是談何容易。胡青牛直思索了兩個多時辰，取出十二片細小銅片，運內力在張無忌丹田下「中極穴」、頸下「天突穴」、肩頭「肩井穴」等十二處穴道上插下。那「中極穴」是足三陰、任脈之會，「天突穴」是陰維、任脈之會，「肩井穴」是手足少陽、足陽明、陽維之會，這十二條銅片一插下，他身上十二經常脈和奇經八脈便即隔斷。人身心、肺、脾、肝、腎，是謂五臟，再加心包，此六者屬陰；胃、大腸、小腸、膽、膀胱、三焦，是謂六腑，六者屬陽。五臟六腑加心包，是爲十二經常脈。任、督、衝、帶、陰維、陽維、陰蹻、陽蹻，這八脈不屬正經陰陽，無表裏配合，別道奇行，是爲奇經八脈。

張無忌身上常脈和奇經隔絕之後，五臟六腑中所中的陰毒相互不能爲用。胡青牛然後以陳艾灸他肩頭「雲門」、「中府」兩穴，再灸他自手臂至大拇指的天府、俠白、尺澤、孔最、列缺、經渠、大淵、魚際、少商各穴，這十一處穴道，屬於「手太陰肺經」，可稍減他深藏肺中的陰毒。這一次以熱攻寒，張無忌所受的苦楚，比之陰毒發作時又是另一番滋味。灸完手太陰肺經後，再灸足陽明胃經、手厥陰心包經……

胡青牛下手時毫不理會張無忌是否疼痛，用陳艾將他燒灸得處處焦黑。張無忌不肯有絲毫示弱，心道：「你想要我呼痛呻吟，我偏是哼也不哼一聲。」竟是談笑自若，跟胡青牛講論穴道經脈的部位。他雖不明醫理，但義父謝遜曾傳過他點穴、解穴、以及轉移穴道之術，各處穴位他倒是知之甚詳。和這位當世神醫相較，張無忌對穴道的見識自是膚淺之極，但所言既涉及醫理，正是投合胡青牛所好。胡青牛一面灸艾，替他拔除體內的陰毒，一面滔滔不絕的講論。

張無忌聽在心中，十九全不明白，但為了顯得「我武當派這些也懂」，往往發些謬論，與他辯駁一陣。胡青牛詳加闡述，及至明白「這小子其實一竅不通，乃是胡說八道」，已是大費了一番唇舌。可是深山僻谷之中，除了幾名煮飯煎藥的僮兒以外，胡青牛無人為伴，今日這小孩兒到來，跟他東拉西扯的講論穴道，倒也頗暢所懷。

待得十二經常脈數百處穴道灸完，已是天將傍晚。僮兒搬出飯菜，開在桌上，另行端一大盤米飯青菜，拿到門外草地上給常遇春食用。

當晚常遇春便睡在門外。張無忌也不出聲向胡青牛求懇，臨睡時自去躺在常遇春身旁，和他同在草地上睡了一夜，以示有難同當之意。胡青牛只作視而不見，毫不理會，心中卻暗暗稱奇：「這小子果是和常兒大不相同。」

次日清晨，胡青牛又以半日功夫，替張無忌燒灸奇經八脈的各處穴道。十二經常脈猶如江河，川流不息，奇經八脈猶如湖海，蓄藏積貯，因之要除去奇經八脈間的陰毒，卻又為難得多。胡青牛潛心擬了一張藥方，卻邪扶正，補虛瀉實，用的卻是「以寒治寒」的反治法。張無忌服了之後，寒戰半日，精神竟健旺了許多。

午後胡青牛又替張無忌針灸。張無忌以言語相激，想迫得他沉不住氣，便替常遇春施治，那知胡青牛理也不理，只冷冷的道：「我胡青牛那『蝶谷醫仙』的外號，說來有點名不副實，『仙』之一字，何敢妄稱？旁人叫我『見死不救』，我才喜歡。」

其時他正在針刺張無忌腰腿之間的「五樞穴」，這一穴乃足少陽和帶脈之會，在同水道旁一寸五分。張無忌道：「人身上這個帶脈，可算得最爲古怪了。胡先生，你知不知道，有些人是沒有帶脈的？」胡青牛一怔，道：「瞎說！怎能沒有帶脈？」張無忌原是信口胡吹，說道：「天下之大，無奇不有。何況這帶脈我看也沒多大用處。」

胡青牛道：「帶脈比較奇妙，那是不錯的，但豈可說它無用？世上庸醫不明其中精奧，針藥往往誤用。我著有一本『帶脈論』，你拿去一觀便知。」說着走入內室，取了一本薄薄的黃紙手抄本出來，交給了他。

張無忌翻開第一頁來，只見上面寫道：「十二經和奇經七脈，皆上下周流。惟帶脈起小腹之間，季脇之下，環身一周，絡腰而過，如束帶之狀。衝、任、督三脈，同起而異行，一源而三歧，皆絡帶脈……」跟着評述古來醫書中的錯誤之處，「十四經發揮」一書中說帶脈只四穴，「針灸大成」一書說帶脈凡六穴，其實共有十穴，其中兩穴忽隱忽現，若有若無，最爲難辨。張無忌一路翻閱下去，雖然不明其中奧義，卻也知此書識見不凡，於是就他指摘前人錯誤之處，提出來請教。

胡青牛甚是喜歡，一路用針，一路解釋，待得替他帶脈上的十個穴道都刺過了金針，讓他休息了片刻，說道：「我另有一部『子午針灸經』尤是我心血之所寄。」從室內取了一部厚達十二卷的手書醫經出來。

胡青牛明知這小孩不明醫理，然他長年荒谷隱居，終究寂寞。前來求醫之人雖然絡繹不絕，但人人只讚他醫術如神，這些奉承話他於二十年前便早已聽得厭了。其實他畢生眞正自負之事，還不在「醫術」之精，而是於「醫學」大有發明創見，道前賢者之所未道。他自知這些成就實是非同小可，卻只能孤芳自賞，未免寂寞。此時見這少年樂於讀他著作，隱隱有知己之感，便將自己的得意之作取出以示。

張無忌翻將開來，只見每一頁上都是密密麻麻的寫滿了蠅頭小楷，穴道部位，藥材份量，下針的時刻深淺，無不詳爲注明。他心念一動：「我查閱一下，且看有無醫治常大哥身上傷勢的法門？」於是翻到了第九卷「武學篇」中的「掌傷治法」，但見紅沙掌、鐵沙掌、毒沙掌、綿掌、開山掌、破碑掌……各種各樣掌力傷人的徵狀、急救、治法，無不備載，待看到一百八十餘種掌力之後，赫然出現了「截心掌」。

張無忌大喜，當下細細讀了一遍，文中對「截心掌」的掌力論述甚詳，但治法卻說得極爲簡畧，只說「當從『紫宮』、『中庭』、『關元』、『天池』四穴着手，御陰陽五行之變，視寒、暑、燥、濕、風五候，應傷者喜、怒、憂、思、恐五情下藥。」

須知中國醫道，變化多端，並無定規，同一病症，醫者常視寒暑、晝夜、剝復、盈虛、終始、動靜、男女、大小、內外、……諸般牽連而定醫療之法，變化往往存乎一心，少有定規，因之良醫與庸醫判若雲泥。這其間的奧妙，張無忌自是全然不懂，當下將這治法看了幾遍，牢牢記住。那「掌傷治法」的最後一項，乃是「玄冥神掌」，述了傷者徵狀後，在「治法」二字之下，註着一字：「無」。

張無忌將醫經合上，恭恭敬敬放在桌上，說道：「胡先生這部『子午針灸經』博大精深，晚輩是十九不懂，還請指點，甚麼叫做『御陰陽五行之變』？」

胡青牛解釋了幾句，突然省悟，說道：「你要問如何醫治常遇春嗎？嘿嘿，別的可說，這一節卻不說了。」

張無忌無可奈何，只得自行去醫書中查考，胡青牛任他自看，卻也不加禁止。張無忌日以繼夜，廢寢忘食的鑽研，不但將胡青牛的十餘種著作都翻閱一過，其餘「黃帝內經」、「華陀內昭圖」、「王叔和脈經」、「孫思邈千金方」、「千金翼」、「王燾外台秘要」等等醫學經典，都一頁頁的翻閱，只要與醫治截心掌之傷法中所提到語句有關的，便細讀沉思。每日辰申兩時，胡青牛則給他施針灸艾，以除陰毒。

如此過了數日，張無忌沒頭沒腦的亂讀一通，雖然記了一肚皮醫理藥方，但醫道何等精妙，他年少學淺，豈能在數天之內便即明白？屈指一算，到了蝴蝶谷來已是第六日。胡青牛曾說常遇春之傷，若在七天之內由他醫治，可以痊愈，否則縱然治好，也是武功全失。常遇春在門外草地上已躺了六天六晚，到了這日，卻又下起雨來。胡青牛眼見他處身泥潭積水之中，仍是毫不理會。張無忌心中大怒，暗想：「我所看的醫書之中，除了你自己的著作之外，每一部書中都道，醫者須有濟世惠民的仁人之心，你空具一身醫術，卻這等見死不救，那又算得是甚麼良醫了？」

到得晚上，雨下得更加大了，兼之電光閃閃，一個霹靂跟着一個霹靂。張無忌把牙一咬，心道：「便是將常大哥醫壞了，那也無法可想。」當下從胡青牛的藥櫃中取了八根金針，走到常遇春身畔，說道：「常大哥，這幾日中小弟竭盡心力，研讀胡先生的醫書，雖是不能通曉，但時日緊迫，不能再行拖延。小弟只有冒險給常大哥下針，若是不幸出了岔子，小弟也不獨活便是。」

常遇春哈哈大笑，說道：「小兄弟說那裏話來？你快快給我下針施治。若是天幸得救，正好羞我胡師伯一羞。倘若兩三針將我扎死了，也好過在這汚泥坑中活受罪。」

張無忌雙手顫抖，細細摸準常遇春的穴道，戰戰兢兢的將一枚金針從他「關元穴」中刺了下去。他未練過針灸之術，施針的手段自是極爲拙劣，只不過照着胡青牛每日給他施針之法，依樣葫蘆而已。胡青牛的金針乃軟金所製，非有深湛的內力，不能使用。張無忌用力稍大，那針登時彎了，再也刺不進去。只得拔將出來又刺。自來針刺穴道，決無出血之理，但他這麼毛手毛脚的一番亂攪，常遇春「關元穴」上登時鮮血湧出。「關元穴」位處小腹，及人身要害，這一出血不止，張無忌心下大急，更是手足無措起來。

忽聽得身後一陣哈哈大笑之聲，張無忌回過頭來，只見胡青牛雙手負在背後，悠閒自得，笑嘻嘻的瞧他弄得兩手都染滿了鮮血。張無忌急道：「胡先生，常大哥『關元穴』流血不止，那怎麼辦啊？」胡青牛道：「我自然知道怎麼辦，可是何必跟你說？」張無忌昂然道：「現下咱們也一命換一命，請你快救常大哥，我立時死在你面前便是。」

胡青牛冷冷的道：「說過不治，總之是不治的了。胡青牛不過見死不救，又不是催命的無常，你死了於我有甚麼好處？便是死十個張無忌，我也不會救一個常遇春。」

張無忌知道再跟他多說徒然白費時光，心想這金針太軟，我是用不來的，這個時候也沒處去尋找別樣金針，便是銅針鐵針也尋不到一枚，略一沉吟，去折了一根竹枝，用小刀削成幾根光滑的竹籤，在常遇春的「紫宮」、「中庭」、「關元」、「天池」四處穴道中扎了下去。竹籤硬中帶有韌性，刺入穴道後居然並不流血。過了半晌，常遇春嘔出幾大口黑血來。

張無忌不知自己亂刺一通之後是使他傷上加傷，還是竹針見效，逼出了他體內的瘀血，回頭看胡青牛時，見他雖是一臉譏嘲之色，但也隱然帶着幾分讚許。張無忌知道這幾下竹針刺穴並未全錯，於是進去亂翻醫書，窮思苦想，擬了一張藥方。他雖從醫書上得知某藥可治某病，但到底生地、柴胡是甚麼模樣，牛膝、熊膽是怎麼樣的東西，卻是一件也不識得，當下硬着頭皮，將藥方交給煎藥的僮兒，說道：「請你照方煎一服藥。」

那僮兒將藥方拿去呈給胡青牛看，問他是否照煎。胡青牛鼻中哼了一哼，道：「可笑，可笑！」冷笑三聲，說道：「你照煎便是。他服下倘若不死，世上便沒有死人了。」張無忌搶過藥方，將幾味藥的份量減少了一半。那僮兒便依方煎藥，煎成了濃濃的一碗。

張無忌將藥端到常遇春口邊，含淚道：「常大哥，這服藥喝下去是吉是凶，小弟委實不知……」常遇春笑道：「妙極，妙極，這叫作盲醫治瞎馬。」閉了眼睛，仰脖子將一大碗藥喝得涓滴不存。

這一晚常遇春腹痛如刀割，不住的嘔血。張無忌在雷電交作的大雨之中服侍着他，直折騰了一夜。到得次日清晨，大雨止歇，常遇春嘔血漸少，血色也自黑變紫，自紫變紅。

常遇春喜道：「小兄弟，你的藥居然吃不死人，看來我的傷竟是減輕了好多。」張無忌大喜，道：「小弟的藥還使得麼？」常遇春笑道：「先父早料到有今日之事，是以給我取個名字，叫作『常遇春』，那是說常常會遇到你這妙手回春的大國手啊。只是你用的藥似乎稍嫌霸道，喝在肚中，便如幾十把小刀子在亂削亂砍一般。」

張無忌道：「是，是。看來份量確是稍重了些。」

其實他下的藥量豈止「稍重」，直是重了好幾倍，又無別般中和調理之藥爲佐，一味的急衝猛攻。他雖從胡青牛的醫書中找到了對症的藥物，但用藥的「君臣佐使」之道，卻是全不通曉，若非常遇春體質強壯，雄健過人，早已抵受不住而一命嗚呼了。

胡青牛盥洗已畢，慢慢踱將出來，見常遇春臉色紅潤，精神健旺，不禁吃了一驚，暗道：「一個聰明大膽，一個體魄壯健，這截心掌的掌傷，倒給他治好了。」

當下張無忌又開了一張調理補養的方子，甚麼人參、鹿茸、首烏、茯苓，諸般大補的藥物都開在上面。胡青牛家中所藏藥材，無一而非珍品，藥力特別渾厚。如此調補了十來日，常遇春竟是神采奕奕，武功盡復舊觀，對張無忌道：「小兄弟，我身上傷勢已然痊愈，你每日陪我露宿，也不是道理。咱們就此別過。」

這一個多月之中，張無忌與他共當患難，相互捨命全交，已結成了生死好友，一旦分別，自是戀戀不捨，但想常遇春終不能長此相伴，只得含淚答應。

常遇春道：「小兄弟，你也不須難過，三個月後，我再來探望，其時如你身上寒毒已然去盡，便送你去武當山和你太師父相會。」

他走進茅舍，向胡青牛拜別，說道：「弟子傷勢痊可，雖是張兄弟動手醫治，但全憑師伯醫書指引，又服食了師伯不少珍貴的藥物。」胡青牛點點頭，道：「那算不了甚麼。你傷勢已愈，所減者也不過是四十年的壽算而已。」常遇春不懂，問道：「甚麼？」胡青牛道：「依你體魄而言，至少可活過八十歲。但那小子用藥有誤，下針時手勁方法不對，以後每逢陰雨雷電，你便會週身疼痛，大概在四十歲上，便要見閻王去了。」

常遇春哈哈一笑，慨然道：「大丈夫濟世報國，若能建立功業，便三十歲亦已足夠，何必四十？要是碌碌一生，縱然年過百歲，亦是徒然多耗糧食而已。」胡青牛點了點頭，便不再言語了。（按：「明史．常遇春傳」：「（常遇春）暴疾卒，年僅四十。」）

張無忌直送到蝴蝶谷口，常遇春一再催他回去，兩人才揮淚而別。張無忌心下暗暗立志：「我胡裏胡塗的醫錯了常大哥，害得他要損四十年壽算。他身子在我手中受損，難道日後便不能在我手中受益？我總要設法醫得他和以前一般無異。」

自此胡青牛每日為張無忌施針用藥，消散他體內的寒毒。張無忌卻孜孜不倦的閱讀醫書，記憶藥典，遇有疑難不明之處，便向胡青牛請教。這一着投胡青牛之所好，便即詳加指點。有時張無忌提一些奇問怪想，也頗能觸發胡青牛以前從未想到過的某些途徑。他初時打算將張無忌治愈之後，便即下手將他殺死，但這時覺得這少年一死，谷中便少了惟一可以談得來的良伴，倒不想他就此早愈早死。

如此過了數月，有一日胡青牛忽然發覺，張無忌無名指外側的「關衝穴」、彎臂上二寸的「清冷淵」、眉後陷中的「絲竹空」等穴道，下針後竟是半點消息也沒有。這些穴道均屬「手少陽三焦經」。三焦分上焦、中焦、下焦，為五臟六腑的六腑之一，自來醫書之中，說得玄妙秘奧，難以捉摸（按：中國醫學的三焦，據醫家言，當即指人體的各種內分泌而言。今日科學昌明，西醫對內分泌之運用和調整仍是所知不多，自來即為醫學中一項極為困難的部門。）胡青牛潛心苦思，使了許多巧妙方法，始終不能將張無忌體內散入三焦的陰毒逼出。十多日中，累得他頭髮也白了十餘根。

張無忌見他勞神焦思，十分苦惱，心下深爲感激，又是不安，說道：「胡先生，你已盡心竭力爲我驅毒。世上人人都是要死的，我這散入三焦中的陰毒驅除不去，那是命數使然，你也不必太過費心，爲了救我一命而有損身子。」

胡青牛哼了一聲，淡淡的道：「你瞧不起我們明教、天鷹教，我幾時要救你性命了？只是我治不好你，未免顯得我『蝶谷醫仙』無能。我要治好你之後，再殺了你。」

張無忌打了個寒噤，聽他說來輕描淡寫，似乎渾不當一回事，但知他說出了口，決計不再變更，嘆了一口氣，說道：「我看我身上的陰毒終是驅除不掉，你不用下手，我自己也會死的。世人似乎只盼別人都死光了，他才快活。大家學武練功，不都是爲了打死別人麼？」

胡青牛望着庭外天空，出神半晌，幽幽的道：「我少年之時潛心學醫，立志濟世救人，可是救到後來卻不對了。我救活了的人，竟反過面來狠狠的害我。有一個少年，在貴州苗疆中了金蠶蠱毒，那是無比的劇毒，中者固然非死不可，而且臨死之前身歷天下諸般最難當的苦楚。我三日三晚不睡，耗盡心血救治了他，和他義結金蘭，情同手足，又把我的親妹子許配給他爲妻。那知後來他卻害死了我的親妹子。你道此人是誰？他今日正是名門正派中鼎鼎大名的首腦人物啊。」

張無忌見他臉上肌肉扭曲，神情極是苦痛，心中油然而起憐憫之意，暗想：「原來他生平經歷過不少慘事，這才養成了『見死不救』的性子。」問道：「這個忘恩負義、狼心狗肺的人是誰？」胡青牛咬牙切齒的道：「他……他便是華山派的掌門人鮮于通。」張無忌道：「你怎麼不去找他算帳？」

胡青牛嘆道：「我前後找過他三次，都遭慘敗，最後一次還險些命喪他手。此人武功了得，更兼機智絕倫，他的外號便叫作『神機子』，我實在遠不是他的對手。何況他身爲華山派掌門，人多勢衆。我明教這些年來四分五裂，教內高手自相殘殺，個個都是自顧不暇，無人能夠相助。再說，我也恥於求人。這場怨仇，只怕是報不成的了。唉，我苦命的妹子，我自幼父母見背，兄妹倆相依爲命……」說到這裏，眼中淚光瑩然。

張無忌心想：「他其實並非冷酷無情之人。」胡青牛突然厲聲喝道：「今日我說的話，從此不得跟我再提，若是洩漏給旁人知曉，我治得你求生不得，求死不能。」張無忌本想挺撞他幾句，但忽地心軟，覺得此人遭遇之慘，亦不下於己，便道：「我不說便是。」胡青牛摸了摸他頭髮，嘆道：「可憐，可憐！」轉身進了內堂。

胡青牛自和張無忌這日一場深談，又察覺他散入三焦的寒毒總歸難以驅除，即以精深醫術與他調理，亦不過多延數年之命，竟對他變了一番心情。雖然自此再不向他吐露自己的身世和心事，但見他善解人意，山居寂寞，大是良伴，便日日指點他醫理中的陰陽五行之變、方脈針灸之術。張無忌潛心鑽研，學得極是用心。胡青牛見他悟性奇高，對「黃帝蝦蟆經」、「西方子明堂灸經」、「太平聖惠方」、「鍼灸甲乙經」、孫思邈「千金方」等醫學尤有心得，不禁嘆道：「以你的聰明才智，又得遇我這個百世難逢的明師，不到二十歲，該當便能和華陀、扁鵲比肩，只是……唉，可惜，可惜。」

言下之意自是說等你醫術學好，壽命也終了，這般苦學，又有何用？張無忌心中卻另有一番主意，他決意要學成高明醫術，待見到常遇春時，將他大受虧損的身子治得一如原狀，又盼能令俞岱巖不必靠人扶持，能自己行走。這是他的兩大心願，若能如願以償之後自己壽元再盡，也無所憾了。

谷中安靜無事，歲月易逝，如此過了兩年有餘，張無忌已是一十四歲。這兩年之中，常遇春曾來看過他幾次，說張三丰知他病況頗有起色，十分欣喜，命他便在蝴蝶谷多住些日子，以求痊愈。張三丰和六名弟子各有衣物用品相贈，都說對他甚是想念記掛，由於門派有別，不便前來探視。張無忌對太師父和六位師叔伯也是思念殊深，恨不得立時便回武當山去相見。常遇春又說起谷外消息，這年來蒙古人對漢人的欺壓日甚，衆百姓衣食不周，羣盜並起，眼見天下大亂；同時江湖上自居名門正派和被目爲魔教邪派之間的爭鬥，也是愈趨激烈，雙方死傷均重，寃仇越結越深。

常遇春每次來到蝴蝶谷，均是稍住數日即去，似乎教中事務頗爲忙碌。

一日晚間，張無忌讀了一會王好古所著醫書「此事難知」，覺得昏昏沉沉的甚是困倦，當即上床安睡。次日起身，更覺頭痛得厲害，想去找些發散風寒的藥物來食，走到廳上，只見日影西斜，原來已是午後。他吃了一驚：「這一覺睡得好長，看來是生了病啦。」一搭自己脈搏，卻無異狀，更是暗驚：「莫非我陰毒發作，陽壽已盡？」

走到胡青牛房外，只見房門緊閉，輕輕咳嗽了一聲。只聽胡青牛道：「無忌，今兒我身子有些不適，咽喉疼痛，你自個兒讀書罷。」張無忌應道：「是。」他關心胡青牛病勢，說道：「先生，讓我瞧瞧你喉頭好不好？」胡青牛沉着嗓子道：「不用了。我已對鏡照過，並無大碍，已服了牛黃犀角散。」

當天晚上，僮兒送飯進房，張無忌跟着進去，只見胡青牛臉色憔悴，躺在床上。胡青牛揮手道：「快出去。你知我生的是甚麼病？那是天花啊。」張無忌看他臉上手上，果有點點紅斑，心想天花之疾發作時極爲厲害，調理不善，重則致命，輕則滿臉麻皮，胡青牛醫道精湛，雖染惡疾，自無後患，但終究不禁擔心。

胡青牛：「你不可再進我房，我用過的碗筷杯碟，均須用沸水煮過，你和僮兒不可混用。」沉吟片刻，又道：「無忌，你還是出蝴蝶谷去，到外面借宿半個月，免得我將天花傳給了你。」張無忌忙道：「不必，先生有病，我若避開，誰來服侍你？我好歹比這兩個僮兒多懂些醫理。」胡青牛道：「你還是避開的好。」但說了良久，張無忌總是不肯。這幾年來兩人朝夕與共，胡青牛雖然性子怪僻，師生間自然而然已頗有情誼，何況臨難相避，實是大違張無忌的本性。胡青牛道：「好罷，那你決不能進我房來。」

如此過了三日，張無忌晨夕在房外問安，聽胡青牛雖然話聲嘶啞，精神倒還健旺，飯量反較平時爲多，料想無碍。胡青牛每日報出藥名份量，那僮兒便煮了藥給他遞進去。

到第四日下午，張無忌坐在草堂之中，誦讀「黃帝內經」中那一篇「四氣調神大論」，讀到「是故聖人不治已病治未病，不治已亂治未亂，此之謂也。大病已成而後藥之，亂已成而後治之，譬猶渴而穿井，鬥而鑄錐，不亦晚乎？」不禁暗暗點頭，心道：「這幾句話說得眞是不錯，口渴時再去掘井，要跟人動手時再去打造兵刃，那確是來不及了。國家擾亂後再去平變，雖然復歸安定，也已元氣大傷。治病也當在疾病尚未發作之時着手。但胡先生的天花是外感，卻不能未病先治。」又想到內經「陰陽應象大論」中那幾句話：「善治者治皮毛，其次治肌膚，其次治筋脈，其次治六腑，其次治五臟。治五臟者，半死半生也。」心道：「良醫見人疾病初萌，即當治理。病入五臟後再加醫治，已只一半把握了。似我這般陰毒散入五臟六腑，何止半生半死，簡直便是九死一生。」

正讚嘆前賢卓識、行復自傷之際，忽聽得隱隱蹄聲，自谷外直響進來，不多時已到了茅舍之外，只聽一人朗聲說道：「武林同道，求見醫仙胡先生，求他老人家治病。」

張無忌走到門口，只見門外站着一名面目黝黑的漢子，手中牽着三匹馬，兩匹馬上各伏着一人，衣上血迹模糊，顯見身受重傷。那漢子頭上綁着一塊白布，布上也是染滿鮮血，一隻右手用繃帶吊在脖子中，看來受傷也是不輕。

張無忌道：「各位來得眞是不巧，胡先生自己身上有病，臥床不起，無法爲各位効勞。還是另請高明罷！」那漢子道：「我們奔馳數百里，命在旦夕，全仗醫仙救命。」

張無忌道：「胡先生身染天花，病勢甚惡，此是實情，決不敢相欺。」那漢子道：「我三人此番身受重傷，若不得蝶谷醫仙施救，那是必死無疑的了。相煩小兄弟稟報一聲，且聽胡先生如何吩咐。」張無忌道：「旣是如此，請問尊姓大名。」那漢子道：「我三人賤名不足道，便請說是華山派鮮于掌門的弟子。」說到這裏，身子搖搖欲墜，已是支持不住，猛地裏嘴一張，噴出一大口鮮血。

張無忌一凜，心想華山派鮮于通是胡先生的大仇人，不知他對此如何處置，走到胡青牛房外，說道：「先生，門外有三人身受重傷，前來求醫，說是華山派鮮于掌門的弟子。」胡青牛輕輕「咦」的一聲，怒道：「不治不治，快趕出門去！」

張無忌道：「是。」回到草堂，向那漢子說道：「胡先生病體沉重，難以見客，還請原諒。」那漢子皺起眉頭，正待繼續求懇，伏在馬背上的一個瘦小漢子忽地抬起頭來，伸手彈出，只見金光閃動，拍的一響，一件小小暗器擊在草堂正中桌上。那瘦漢子說道：「你拿這朵金花去給『見死不救』看，說我三人都是給金花的主兒打傷的。那人眼下便來尋他的晦氣，『見死不救』若是治好了我們的傷，我們三人便留在這裏，助他禦敵。我三人武功便算不濟，也總是多三個幫手。」

張無忌聽他說話大剌剌的，遠不及第一個漢子有禮，走近桌邊，只見那暗器是一朵黃金鑄成的梅花，和眞梅花一般大小，白金絲作的花蕊，打造得十分精巧。他伸手去拿，不料那瘦子這一彈手勁甚強，金花嵌入桌面，竟然取不出來，只得拿過一把藥鑷，挑了幾下，方才取出，心想：「這瘦子的武功不弱，但在這金花的主兒手下卻傷得這般厲害，他說那人要來尋仇，倒須跟先生說知。」於是手托金花，走到胡青牛房外，轉述了那瘦小漢子的話。

胡青牛道：「拿進來我瞧。」張無忌輕輕推開房門，揭開門帘，但見房內黑沉沉的宛似夜晚，他知天花病人怕風畏光，窗戶都用氈子遮住。胡青牛臉上蒙着一塊青布，只露出一對眼睛。張無忌暗自心驚：「不知青布之下，他臉上的痘瘡生得如何？病好之後，會不會成爲麻皮？」胡青牛道：「將金花放在桌上，快退出房去。」

張無忌依言放下金花，揭開門帘出房，還沒掩上房門，聽胡青牛道：「他們三人的死活，跟我姓胡的絕不相干。胡青牛是死是活，也不勞他三個操心。」波的一聲，那朶金花穿破門帘，飛擲出來，噹的一響，掉在地下。張無忌和他相處兩年有餘，從未見他練過武功，原來這位文質彬彬的神醫卻也是武學高手，雖在病中，武功未失。

張無忌拾起金花，走出去還給了那瘦漢，搖了搖頭，道：「胡先生實是病重……」猛聽得蹄聲答答，車聲轔轔，有一輛馬車向山谷馳來。

張無忌走到門外，只見馬車馳得甚快，轉眼間來到門外，頓然而止。車座上走下一個淡黃面皮的青年漢子，從車中抱出一個禿頭老者，問道：「蝶谷醫仙胡先生在家麼？崆峒門下聖手伽藍簡捷遠道求醫……」第三句話沒說出口，身子幌了幾下，連着手中的禿頭老者，一齊摔倒在地。說也湊巧，拉車的兩匹健馬也乏得脫了力，口吐白沫，同時跪倒。

瞧了二人這般神情，不問可知是遠道急馳而來，途中毫沒休息，以致累得如此狼狽。張無忌聽到「崆峒門下」四字，心想在武當山上逼死父母的諸人之中，有崆峒派的長老在內，這禿頭老者當日雖然沒曾來到武當，但料想也非好人，正想回絕，忽見山道上影影綽綽，又有四五人走來，有的一跛一拐，有的互相攜扶，都是身上有傷。

張無忌皺起眉頭，不等這干人走近，朗聲說道：「胡先生染上天花，自身難保，不能爲各位治傷。請大家及早另尋名醫，以免躭誤了傷勢。」

待得那干人等走近，看清楚共有五人，個個臉如白紙，竟無半點血色，身上卻沒有傷痕血迹，看來都是受了內傷。爲首一人又高又胖，向禿頭老者簡捷和投擲金花的瘦小漢子點了點頭，三人相對苦笑，原來三批人都是相識的。張無忌好奇心起，問道：「你們都是被那金花的主人所傷麼？」那胖子道：「不錯。」那最先到達、口噴鮮血的漢子問道：「小兄弟貴姓？跟胡先生怎生稱呼？」張無忌道：「我是胡先生的病人，知道胡先生說過不治，那是決計不治的，你們便賴在這裏也沒用。」

說話間，先後又有四個人到來，有的乘車，有的騎馬，一齊求懇要見胡青牛。

張無忌大感奇怪：「蝴蝶谷地處偏僻，除了魔教中人，江湖上知者甚少，這些人或屬崆峒，或隸華山，均非魔教，怎地不約而同的受傷，又不約而同的趕來求醫？」又想：「那金花的主人既如此了得，要取這些人的性命看來也非難事，卻何以只將各人打得重傷？」

那十四人有的善言求懇，有的一聲不響，但都是磨着不走，眼見天色將晚，十四個人擠滿了一間草堂。煮飯的僮兒將張無忌所吃的飯菜端了出來。張無忌也不跟他們客氣，自顧自的吃了，翻開醫書，點了油燈閱讀，對這十四人竟是視而不見，心想：「我既學了胡先生的醫術，也得學一學他『見死不救』的功夫。」

夜闌人靜，茅舍中除了張無忌翻讀書頁、傷者粗重的喘氣之外，再無別的聲息。突然之間，屋外山路上傳來了兩個人輕輕的脚步聲音，足步緩慢，走向茅舍而來。

過了片刻，一個清脆的女孩聲音說道：「媽，屋裏有燈火，這就到了。」從聲音聽來，女孩年紀甚幼。一個女子聲音道：「孩子，你累不累？」那女孩道：「我不累。媽，醫生給你治病，你就不痛了。」那女子道：「嗯，就不知醫生肯不肯給我治。」

張無忌心中一震：「這女子的聲音好熟！似乎是紀曉芙姑姑。」只聽那女孩道：「醫生定會給你治的。媽，你別怕，你痛得好些了麼？」那女子道：「好些了，唉，苦命的孩子。」

張無忌聽到這裏，再無懷疑，縱身搶到門口，叫道：「紀姑姑，是你麼？你也受了傷麼？」月光之下，只見一個青衫女子携着一個小女孩，正是峨嵋女俠紀曉芙。

她在武當山上見到張無忌時，他未滿十歲，這時相隔將近五年，張無忌已自孩童成爲少年，黑夜中突然相逢，那裏認得出來，一愕之下，道：「你……你……」

張無忌道：「紀姑姑，你不認得我了罷？我是張無忌。在武當山上，我爹爹媽媽去世那天，曾見過你一面。」

紀曉芙「啊」的一聲驚呼，萬料不到竟會在此處見到他，想起自己以未嫁之身，卻携了一個女兒，張無忌是自己未婚夫殷梨亭的師姪，雖然年少，終究難以交代，不由得又羞又窘，脹得滿臉通紅。她受傷本是不輕，一驚之下，身子搖幌，便要摔倒。

她小女兒只八九歲年紀，見母親快要摔交，忙雙手拉住她手臂，可是人小力微，濟得甚事？眼見兩人都要摔跌，張無忌搶上扶住紀曉芙肩頭，道：「紀姑姑，請進去休息一會。」扶着她走進草堂。燈火下只見她左肩和左臂都受了極厲害的刀劍之傷，包紮的布片上還在不斷滲出鮮血，又聽她輕聲咳嗽不停，無法自止。

張無忌此時的醫術，早已勝過尋常的所謂「名醫」，聽得她咳聲有異，知是肺葉受到重大震盪，便道：「紀姑姑，你右手和人對掌，傷了太陰肺脈。」

當下取出七枚金針，隔着衣服，便在她肩頭「雲門」、胸口「華蓋」、肘中「尺澤」等七處穴道上刺下去。其時他的針灸之術，與當年醫治常遇春時自已有天壤之別。這兩年多來，他跟着胡青牛潛心苦學，於診斷病情、用藥變化諸道，限於見聞閱歷，和胡青牛自是相去尚遠，但針灸一門，卻已學到了這位「醫仙」的七八成本領。

紀曉芙初時見他取出金針，還不知他的用意，那知他手法極快，一轉眼間，七枚金針便分別刺入自己的穴道，她這七處要穴全屬於手太陰肺經，金針一到，胸口閉塞之苦立時大減。她又驚又喜，說道：「好孩子，想不到你在這裏，又學會了這樣好的本領。」

那日在武當山上，紀曉芙見張翠山、殷素素自殺身亡，憐憫張無忌孤苦，曾柔聲安慰，又除下自已頸中黃金項圈，要想給他。但張無忌當時心中憤激悲痛，將所有上山來的人，都當作是迫死他父母的仇人，因之對紀曉芙出言頂撞，使她難以下台。後來張無忌年紀大後，得知當日父親和諸師伯叔曾擬和峨嵋諸俠聯手，共抗強敵，才知峨嵋派其實是友非敵，而於紀曉芙對他的一番心意，事後回想，心中更常自感激。

兩年之前，他和常遇春深夜在樹林中見到了紀曉芙力救彭和尚，更覺這位紀姑姑為人極好，至於她何以未嫁生子，是否對不起殷叔叔等情由，他年紀尚小，於這些男女之情全不了然，聽過之後便如春風過耳，絕不縈懷。紀曉芙自己心虛，斗然間遇到和殷梨亭相識之人時便窘迫異常，深感無地自容，其實這件事張無忌在兩年前便已從丁敏君口中聽到，他認定丁敏君是個壞女人，那麼她口中所說的壞事，也就便未必是壞。

他這時但見紀曉芙的女兒站在母親身旁，眉目如畫，黑漆般大眼珠骨碌碌地轉動，好奇的望着自己。那女孩將口俯在母親耳邊，低聲道：「媽，這個小孩便是醫生嗎？你痛得好些了麼？」紀曉芙聽她叫自己爲「媽」，又是臉上一紅，事已至此，也無法隱瞞，臉上神色甚是尷尬，道：「這位是張家哥哥，他爹爹是媽的朋友。」向張無忌低聲道：「她……她叫『不悔』。」頓了頓，又道：「姓楊，叫楊不悔！」張無忌笑道：「好啊，小妹妹，你的名字倒跟我有些相像，我叫張無忌，你叫楊不悔。」

紀曉芙見張無忌神色如常，並無責難之意，心下稍寬，向女兒道：「無忌哥哥的本領很好，媽已不大痛啦。」

楊不悔靈活的大眼睛轉了幾轉，突然走上前去，抱住張無忌，在他面頰上吻了一下。她除了母親之外，從來不見外人，這次母親身受重傷，急難之中，竟蒙張無忌替她減輕痛苦，心中自是大爲感激。她對母親表示歡喜和感謝，向來是撲在她懷裏，在她臉上親吻，這時對張無忌便也如此。

紀曉芙含笑斥道：「不兒，別這樣，無忌哥哥不喜歡的。」楊不悔睜着大大的眼睛，不明其理，問張無忌道：「你不喜歡麼？爲甚麼不要我對你好？」張無忌笑道：「我喜歡的，我也對你好。」在她柔嫩的面頰上輕輕吻了一下。楊不悔拍手道：「小醫生，你快替媽媽的傷全都治好了，我就再親你一下。」

張無忌見這個小妹妹天眞活潑，甚是可愛。他十多年來，相識的都是年紀大過他很多的伯伯叔叔，常遇春雖和他兄弟相稱，也大了他八歲。那日舟中和周芷若匆匆一面，相聚不到一天，便即分手，此外從未交過一個小朋友，這時不禁心道：「要是我有這樣一個有趣的親妹子，便可常常帶着她玩耍了。」他還只十四歲，童心猶是極盛，只是幼歷坎坷，實無多少玩耍嬉戲的機會。

紀曉芙見聖手伽藍簡捷等一干人傷勢狼藉，顯是未經醫理，她不願佔這個便宜，說道：「這幾位比我先來，你先瞧瞧他們罷。這會兒我已好多了。」

張無忌道：「他們是來向胡先生求醫的。胡先生自己身染重病，不能醫人。這幾位卻不肯走。紀姑姑，你並非向胡先生求醫。小姪在這兒躭得久了，畧通一點粗淺的醫理，你若是信得過，小姪便瞧瞧你的傷勢。」

紀曉芙受傷後得人指點，來到蝴蝶谷，原和簡捷等人一般，也是要向胡青牛求醫，這時聽了張無忌這幾句話，又見到簡捷等一干人的情狀，顯是那「見死不救」胡青牛不肯施治，何況張無忌適才替她針治要穴，立時見效，看來他年紀雖小，醫道卻着實高明，便道：「這可多謝你啦。大國手不肯治，請小國手治療也是一樣。」

當下張無忌請她走到廂房之中，剪破她創口衣服，發覺她肩臂上共受了三處刀傷，臂骨亦已折斷，上臂骨有一處裂成碎片。這等骨碎，在外科中本是極難接續，但在「蝶谷醫仙」的弟子看來，卻也尋常，於是替她接骨療傷，敷上生肌活血的藥物，再開了一張藥方，命僮兒按方煎藥。他初次替人接骨，手法未免不夠敏捷，但忙了個把時辰，終於包紮妥善，說道：「紀姑姑，請你安睡一會，待會麻藥藥性退了，傷口會痛得很厲害。」紀曉芙道：「多謝你啦！」張無忌到儲藥室中找了些棗子杏脯，拿去給楊不悔吃，那知她昨晚一夜不睡，這時已偎倚在母親懷中沉沉睡熟。張無忌將棗杏放在她衣袋中，回到草堂。

華山派那口吐鮮血的弟子站起身來，向張無忌深深一揖，說道：「小先生，胡先生既是染病，只好煩勞小先生給我們治一治，大夥兒盡感大德。」

張無忌學會醫術之後，除了替常遇春、紀曉芙治療之外，從未用過，眼見這十四人或內臟震傷，或四肢斷折，傷處各有不同，常言道學以致用，確是頗有躍躍欲試之意，但想起胡青牛的言語，答道：「此處是胡先生家中，小可也是他的病人，如何敢擅自作主？」

那漢子鑒貌辨色，見他推辭得並不決絕，便再捧他一捧，奉上一頂高帽，說道：「自來名醫都是五六十歲的老先生，那知小先生年紀輕輕，竟具這等本領，眞是世上少見，還盼顯一顯身手。」

那富商模樣的姓梁胖子道：「我們十四人在江湖上均是小有名頭，得蒙小先生救治，大家出去一宣揚，江湖上都知小先生醫道如神的大名，旦夕之間，小先生便名聞天下了。」

張無忌畢竟年紀幼小，不明世情，給他兩人這麼一吹一捧，不免有些歡喜，說道：「名聞天下有甚麼好？胡先生既不肯動手，我也無法。但你們受傷均自不輕，這樣罷，我給你們稍減痛楚便是。」於是取出金創藥來，要替各人止血減痛。

待得詳察每人的傷勢，不由得越看越是驚奇，原來每人的傷勢固各各不同，而且傷法甚爲奇特，均是胡青牛所授傷科症中從未提到過的。有一人被逼吞服了數十枚鋼針，針上而且餵毒。有人肝臟被內力震傷，但醫治肝傷的「行間」、「中封」、「陰包」、「五里」諸要穴卻都被人用尖刀戳爛，顯然下手之人也是精通醫理，要叫人無從着手醫治。有一人兩塊肺葉上被釘上兩枚長長的鐵釘，不斷的咳嗽咯血。有一人左右兩排肋骨全斷，可又沒傷到心肺。有一人雙手被割，卻被左手接在右臂上，右手接在左臂上，血肉相連，不倫不類。更有一人全身青腫，說是被蜈蚣、蝎子、黃蜂等二十餘種毒蟲同時螫傷。

張無忌只看了六七個人，已是大皺眉頭，心想：「這些人的傷勢如此古怪，我是一樣都治不來的。這下手傷人的兇手，爲何挖空心思，這般折磨人家？」

忽地心念一動：「紀姑姑的肩傷和臂傷卻都平常，莫非她另受奇特的內傷，否則何以她一人卻是例外？」忙走進廂房，一搭紀曉芙的脈搏，登時吃了一驚，但覺她脈搏跳動忽強忽弱、時澀時滑，顯是內臟有異，但爲甚麼會變得這樣，實是難明其理。

那十四人傷勢甚奇，他也不放在心上，暗想其中崆峒派等那些人還和逼死他父母有關，此時受這些怪罪，也算活該，可是紀曉芙的傷卻非救不可，於是走到胡青牛房外，低聲道：「先生，你睡着了麼？」只聽胡青牛道：「甚麼事？不管他是誰，我都不治。」

張無忌道：「是。只是這些人所受之傷，當眞奇怪得緊。」將各人的怪傷一一說了。

胡青牛隔着布帘，聽得極是仔細，有不明白之處，叫張無忌出去看過回來再說。張無忌花了大半個時辰，才將十五人的傷勢細細說完。胡青牛口中不斷「嗯，嗯」答應，顯是在用心思索，過了良久，說道：「哼，這些怪傷，卻也難我不到……」

張無忌身後忽有人接口道：「胡先生，那金花的主人叫我跟你說：『你枉稱醫仙，可是這一十五種奇傷怪毒，料你一種也醫不了。』哈哈，果然你只有躲將起來，假裝生病。」

張無忌回過頭來，見說話之人是崆峒派的禿頭老者聖手伽藍簡捷。他頭上一根毛髮也沒有，張無忌初時還道他是天生的光頭，後來才知是給人塗了烈性毒藥，頭髮齊根爛掉，毒藥還在向內侵蝕，只怕數日之內毒性入腦，非大發癲狂不可。這時他雙手被同伴用鐵鍊縛住，才不能伸手去抓頭皮，否則如此奇癢難當，早已自己抓得露出頭骨了。

胡青牛淡淡的道：「我治得了也罷，治不了也罷，總之我是不會給你治的。我瞧你尚有七八日之命，趕快回家，還可和家人兒女見上一面，在這裏囉裏囉唆，究有何益？」

簡捷頭上癢得實在難忍，熬不住將腦袋在牆上亂擦亂撞，手上的鐵鍊叮噹急響，氣喘吁吁的道：「胡先生，那金花的主兒早晚便來找你，我看你也難得好死，大家聯手，共抗強敵，不是勝於你躲在房中束手待斃麼？」胡青牛道：「你們倘若打得過他，早已殺了他啦！我多你們這十五個膿包幫手，有甚麼用？」

簡捷哀求了一陣，胡青牛不再理睬。簡捷暴跳如雷，喝道：「好，左右是個死，我一把火燒了你的狗窩。咱們白刀子進，紅刀子出，做翻你這賊大夫，大夥兒一起送命。」

這時外邊又走進一人，正是先前嘔血那人，他伸手入懷，掏出一柄峨眉鋼刺，點在簡捷胸口，冷冷的道：「你得罪胡前輩，我姓薛的先跟你過不去。你要白刀子進，紅刀子出，好啊，我就先給你這麼一下。」簡捷的武功本在這姓薛的之上，但他雙手被鐵鍊綁住，無法招架，只有瞪着圓鼓鼓的一雙大眼，不住喘氣。

那姓薛的朗聲道：「胡前輩，晚輩薛公遠，是華山鮮于先生門下弟子，這裏給你老人家磕頭啦！」說着跪下去，磕了幾個響頭。簡捷心中登時生出一絲指望，那胡青牛硬的不吃，這小子磕頭軟求，或者能成。薛公遠行過大禮，又道：「胡前輩身有貴恙，那是我們沒福。這裏有一位小兄弟醫道高明，還請胡前輩允可，讓他給我們治一治。我們身上所帶的歹毒怪傷，除了蝶谷醫仙的弟子，普天下再也沒有旁人治得好的了。」

胡青牛冷冷的道：「這孩子名叫張無忌，他是武當派弟子，乃『銀鈎鐵劃』張翠山張五俠的兒子，張三丰的再傳弟子。胡青牛是明教中人，是你們名門正派所不齒的敗類，跟他這種高人子弟有甚麼干係？他自己身中陰毒，求我醫治，可是我立過重誓，除非明教中人，決不替人治傷療毒。這張姓的小孩不肯入我明教，我怎能救他性命？」

薛公遠心中涼了半截，初時只道張無忌是胡青牛弟子，那麼他本領雖然不及師父，遇到疑難之處，胡青牛定肯指點，不料他也是個求醫被拒的病人。

只聽胡青牛又道：「你們賴在我家裏不走，哼哼，以為我便肯發善心麼？你們問問這小孩，他賴在我家裏多久啦。」薛公遠和簡捷一齊望着張無忌，只見他伸出兩根手指比了一比，又比了一比。薛公遠道：「二十天？」張無忌道：「整整兩年另兩個月。」簡薛二人面面相覷，都透了一口長氣。

胡青牛道：「他便再賴十年，我也不能救他性命。一年之內，纏結在他五臟六腑中的陰毒定要大舉發作，無論如何活不過明年此日。我胡青牛當年曾對明尊立下重誓，便是生我的父親，我自己的親生兒女，只要他不是明教弟子，我便不能用醫道救他們性命。」

簡捷和薛公遠垂頭喪氣，正要走出，胡青牛忽道：「這個武當派的少年他懂一點醫理，他武當派的醫理雖然遠遠不及我明教，但也還不致於整死人。他武當派肯救也好，見死不救也好，跟明教和我胡青牛可沒牽連。」

薛公遠一怔，聽他話中之意，似是要張無忌動手，忙道：「胡前輩，這位張小俠若肯出手相救，我們便有活命之望了。」胡青牛道：「他救不救，關我屁事？無忌，你聽着，在我胡青牛屋中，你不可妄使醫術，除非出我家門，我才管不着。」薛公遠和簡捷本覺有望，這時一聽此言，又是呆了，不明他到底是何用意。

張無忌卻比他們聰明得多，當即明白，說道：「胡先生有病在身，你們不可多打擾他，請跟我出來。」三人來到草堂。張無忌道：「各位，小可年幼識淺，各位的傷勢又是大爲怪異，是否醫治得好，殊無把握。各位若是信得過的，便容小可盡力一試，生死各憑天命。」

這當兒衆人身上的傷處或癢、或酸或痲，無不難過得死去活來，便是有砒霜毒藥要他們喝下去，只要解得一時之苦，那也是甘之如飴，聽了張無忌的話，人人大喜應諾。

張無忌道：「胡先生不許小可在他家中動手，以免治死了人，累及『醫仙』的令譽，請大家到門外罷。」衆人卻又躊躇起來，眼見他不過十四五歲，本領究屬有限，在「醫仙」家中，多少有些倚仗，這出門去治，別給他亂攪一陣，傷上加傷，多受無謂的痛苦。

簡捷卻大聲道：「我頭皮癢死了，小兄弟，請你先替我治。」說罷便叮叮噹噹的拖着鐵鍊，走出門去。

張無忌沉吟半晌，到儲藥室中揀了南星、防風、白芷、天痲、羌活、白附子、花蕊石等十餘味藥物，命僮兒在藥臼中搗爛，和以熱酒，調成藥膏，拿出去敷在簡捷的光頭之上。藥膏着頭，簡捷痛得慘叫一聲，跳了起來，他不住口的大叫：「好痛，痛得命也沒了。嘿，還是痛的好，比那痲癢可舒服多了。」他牙齒咬得格格直響，在草地上來回疾走，連叫：「痛得好，他媽的，這小子眞有點兒本事。不，張小俠，我姓簡的得多謝你才成。」

衆人見簡捷的頭癢立時見效，紛紛向張無忌求治。這時有一人抱着肚子，在地下不住打滾，大聲呼號，原來他是被逼吞服了三十餘條活水蛭。那水蛭入胃不死，附在胃壁和腸壁之上吸血。張無忌想起醫書上載道：水蛭遇蜜，化而爲水。蝴蝶谷中有的是花蜜，於是命僮兒取過一大碗蜜來，命那人服下去。

如此一直忙到天明，紀曉芙和女兒楊不悔醒了出房，見張無忌忙得滿頭大汗，正替各人治傷。紀曉芙便幫忙着包紮傷口，傳遞藥物。只有楊不悔無憂無慮，口中吃着杏脯蜜棗，追撲蝴蝶爲戲。

直到午後，張無忌才將各人的外傷初步整治完竣，出血者止血，疼痛者止痛。但每人的傷勢均是古怪複雜，單理外傷，僅爲治標。張無忌回房睡了幾個時辰，睡夢中聽得門外呻吟之聲大作，跳起身來，只見有幾人固是畧見痊可，但大部份卻反見惡化。他束手無策，只得去說給胡青牛聽。

胡青牛冷冷的道：「這些人又不是我明教中人，死也好，活也好，我才不理呢。」張無忌靈機一動，說道：「假如有一位明教弟子，體外無傷，但腹內瘀血脹壅，臉色紅腫，昏悶欲死，先生便如何治法？」胡青牛道：「倘若是明教弟子，我便用山甲、歸尾、紅花、生地、靈仙、血竭、桃仙、大黃、乳香、沒藥，以水酒煎好，再加童便，服後便瀉出瘀血。」

張無忌又道：「假若有一明教弟子，被人左耳灌入鉛水，右耳灌入水銀，眼中塗了生漆，疼痛難當，不能視物，那便如何？」胡青牛勃然怒道：「誰敢如此加害我明教弟子？」張無忌道：「那人果是歹毒，但我想總要先治好那明教弟子耳目之傷，再慢慢問他仇人的姓名蹤迹。」胡青牛思索片刻，說道：「倘若那人是明教弟子，我便用水銀灌入他左耳，鉛塊溶入水銀，便隨之流出。再以金針深入右耳，水銀可附於金針之上，慢慢取出。至於生漆入眼，試以螃蟹搗汁敷治，或能化解。」

如此這般，張無忌將一件件疑難醫案，都假託爲明教弟子受傷，向胡青牛請教。胡青牛自然明知他的用意，卻也教以治法。但那些人的傷勢實在太古怪，張無忌依法施爲之後，有些法子不能見效，胡青牛便潛心思考，另擬別法。

如此過了五六日，各人的傷勢均日漸痊愈。紀曉芙所受的內傷原來乃是中毒。張無忌診斷明白後，以生龍骨、蘇木、土狗、五靈脂、千金子、蛤粉等藥給她服下，解毒化瘀，再搭她脈搏，便覺脈細而緩，傷勢漸輕。

這時衆人已在茅舍外搭了一個涼棚，地下鋪了稻草，席地而臥。紀曉芙在相隔數丈外另有一個小小茅舍，和女兒共住，那是張無忌請各人合力所建。那十四人本是縱橫湖海的豪客，這時命懸張無忌之手，對這少年的吩咐誰都不敢稍有違拗。張無忌這番忙碌雖然辛苦，但從胡青牛處學到了不少奇妙的藥方和手法，也可說大有所獲。

這一天早晨起來，察看紀曉芙的臉色，只見她眉心間隱隱有一層黑氣，似是傷勢又有反覆，消解了的毒氣再發作出來，忙搭她脈搏，叫她吐些口涎，調在「百合散」中一看，果是體內毒性轉盛。張無忌苦思不解，走進內堂去向胡青牛請教。胡青牛嘆了口氣，說了治法。張無忌依法施爲，果有靈效。可是簡捷的光頭卻又潰爛起來，腐臭難當。數日之間，十五人的傷勢都是變幻多端，明明已痊愈了八九成，但一晚之間，忽又轉惡。

張無忌不明其理，去問胡青牛時，胡青牛總道：「這些人所受之傷大非尋常，倘若一醫便愈，又何必到蝴蝶谷來苦苦求我？」

這天晚上，張無忌睡在床上，潛心思索：「傷勢反覆，雖是常事，但不致於十五人個個如此，又何況一變再變，眞是奇怪得緊。」直到三更過後，他想着這件事，仍是無法入睡，忽聽得窗外有人脚踏樹葉的細碎之聲，有人放輕了脚步走過。

張無忌好奇心起，伸舌濕破窗紙，向外張望，只見一個人的背影一閃，隱沒在槐樹之後，瞧這人的衣着，宛然便是胡青牛。

張無忌大奇：「胡先生起來作甚？他的天花好了麼？」但胡青牛這般行走，顯是不願被人瞧見，過了一會，見他向紀曉芙母女所住的茅舍走去。張無忌心中怦怦亂跳，暗道：「他是去欺侮紀姑姑麼？我雖非他的敵手，這件事可不能不管。」縱身從窗中跳出，躡足跟隨在胡青牛後面，只見他悄悄進了茅舍，那茅舍於倉促之間胡亂搭成，無牆無門，只求聊蔽風雨而已，旁人自是進出自如。

張無忌大急，快步走到茅舍背後，伏地向內張望，只見紀曉芙母女偎倚着在稻草墊上睡得正沉，胡青牛從懷中取出一枚藥丸，投在紀曉芙的藥碗之中，當即轉身出外。張無忌一瞥之下，見他臉上仍用青布蒙住，不知天花是否已愈，一刹那間，心中恍然大悟，背上卻出了一陣冷汗：「原來胡先生半夜裏偷偷前來下藥，是以這些人的傷病終是不愈。」

但見胡青牛又走入了簡捷、薛公遠等人所住的茅棚，顯然也是去偷投毒藥，等了好一會不見出來，想是對那十四人所下毒物各不相同，不免多費時光。張無忌輕步走進紀曉芙的茅舍，拿起藥碗一聞，那碗中本來盛的是一劑「八仙湯」，要她清晨醒後立即服食，這時卻多了一股刺鼻的氣味。便在此時，聽得外面極輕的脚步聲掠過，知是胡青牛回入臥室。

張無忌放下藥碗，輕聲叫道：「紀姑姑，紀姑姑！」紀曉芙武功不弱，本來耳目甚靈，雖在沉睡之中，只要稍有響動便即驚覺，但張無忌叫了數聲，她終是不醒。張無忌只得伸手輕搖她肩頭，搖了七八下，紀曉芙這才醒轉，驚問：「是誰？」張無忌低聲道：「紀姑姑，是我無忌。你那碗藥給人下了毒，不能再喝，你拿去倒在溪中，一切別動聲色，明日跟你細談。」紀曉芙點了點頭。張無忌生怕給胡青牛發覺，回到自己臥室之外，仍從窗中爬進。

次日各人用過早餐，張無忌和楊不悔追逐谷中蝴蝶，越追越遠。紀曉芙知他用意，隨後跟來。這幾天張無忌帶着楊不悔玩耍，別人見他三人走遠，誰也沒有在意。走出里許，到了一處山坡，張無忌便在草地上坐了下來。紀曉芙對女兒道：「不兒，別追蝴蝶啦，你去找些野花來編三個花冠，咱們一人戴一個。」楊不悔很是高興，自去採花摘草。

張無忌道：「紀姑姑，那胡青牛跟你有何仇冤，爲甚麼要下毒害你？」

紀曉芙一怔，道：「我和胡先生素不相識，直到今日，也是沒見過他一面，那裏談得上『仇怨』兩字？」微一沉吟，又道：「爹爹和師父說起胡先生時，只稱他醫術如神，乃當世醫道第一高手，只可惜身在明教，走了邪路。我爹爹和師父跟他也不相識。他……他爲甚麼要下毒害我？」

張無忌於是將昨晚見到胡青牛偷入她茅舍下毒的事說了，又道：「我聞到你那碗『八仙湯』中，有鐵綫草和透骨菌的刺鼻氣味。這兩味藥本來也有治傷之效，但毒性甚烈，下的份量決不能重，尤其和八仙湯中的八味傷藥均有衝撞，於你身子大有損害。雖不致命，可就纏綿難愈了。」紀曉芙道：「你說餘外的十四人也是這樣，這事更加奇怪。就算我爹爹或是峨嵋派無意中得罪了胡先生，但不能那一十四人也均如此。」

張無忌答道：「紀姑姑，這蝴蝶谷甚是隱僻，你怎地會找到這裏？那打傷你的金花主人卻又是誰？這些事跟我無關，原是不該多問，但眼前之事甚是蹊蹺，請你莫怪。」

紀曉芙臉上一紅，明白了張無忌話中之意，他是生怕這件事和她未嫁生女一事有關，說起來令她尷尬，便道：「你救了我的性命，我還能瞞你甚麼？何況你待我和不兒都很好，你年紀雖小，我滿腔的苦處，除了對你說之外，這世上也沒有可以吐露之人了。」說到這裏，不禁流下淚來。

她取出手帕，拭了拭眼淚，道：「自從兩年多前，我和一位師姊因事失和之後，我便不敢去見師父，也不敢回家……」張無忌道：「哼，『毒手無鹽丁敏君』壞死啦！姑姑，你也不用怕她。」紀曉芙奇道：「咦，你怎地知道？」張無忌便述說他那晚和常遇春如何躲在樹林之中、如何見到她相救彭和尚。紀曉芙幽幽嘆了口氣，說道：「若要人不知，除非己莫爲！天下人的耳目，又怎能瞞過？」張無忌道：「姑姑，殷六叔雖然爲人很好，但你要是不喜歡他，不嫁給他又有甚麼要緊？下次我見到殷六叔時，請他不要逼你便是。」

紀曉芙聽他說得天眞，將天下事瞧得忒煞輕易，不禁苦笑，緩緩說道：「孩子，也不是我有意對不起你殷六叔，當時我是事出無奈，可是……可是我也沒後悔……」瞧着張無忌天眞純潔的臉孔，心想：「這孩子的心地有如一張白紙，這些男女情愛之事，還是別跟他說的好，何況眼前之事，也不見得與此有關。」說道：「我和丁師姊鬧翻後，從此不回峨嵋，帶着不兒，在此以西三百餘里的舜耕山中隱居。兩年多來，每日只和樵子鄉農爲伴，倒也逍遙安樂。半個月前，我帶了不兒到鎮上去買布，想給不兒縫幾件新衣，卻在牆角上看到白粉筆畫着一圈佛光和一把小劍，粉筆的印痕甚新。這是我峨嵋派呼召同門的訊號，我看到後自是大爲驚慌，沉吟良久，自忖我雖和丁師姊失和，但曲不在我，我也沒做任何欺師叛門之事，今日說不定同門遇難，不能不加援手。於是依據訊號所示，一直跟到了鳳陽。

「在鳳陽城中，又看到了訊號，我携同不兒，到了臨淮閣酒樓，只見酒樓上已有七八個武林人士等着，崆峒派的聖手伽藍簡捷、華山派薛公遠他們三個師兄弟都在其內，可是並無峨嵋同門。

「我和簡捷、薛公遠他們以前見過的，問起來時，原來他們也是看到同門相招的訊號，各自趕到這兒赴約，到底爲了甚麼事，卻是誰也不知。

「這日等了一天，不見我峨嵋派同門到來，後來卻又陸續到了幾人，有神拳門的、有丐幫的，都說是接到同門邀約，到臨淮閣酒樓聚會。第二天又有幾個人到來，但個個是受人之約，沒一個是出面邀約的。大家商量，都起了疑心：莫非是受了敵人的愚弄？

「可是我們聚在臨淮閣酒樓上的一十五人，包括了九個門派。每個門派傳訊的記號自然各不相同，而且均是嚴守秘密，若非本門中人，見到了決不知其中含意。倘若眞有敵人暗中布下陰謀，難道他竟能盡知這九個門派的暗號麼？我一來帶着不兒，生怕遇上凶險；二來我也確是不願和同門相見，既見並非同門求援，當下帶了不兒便想回家。

「我正要走下酒樓，忽聽得樓梯上篤篤聲響，似是有人用棍棒在梯級上敲打，跟着一陣咳嗽之聲，一個弓腰曲背、白髮如銀的老婆婆走了上來。她走幾步，咳嗽幾聲，顯得極是辛苦，旁邊一個十二三歲的小姑娘扶着她左臂。我見那老婆婆年老，又是身有重病，便閃在一旁，讓她先走上來。那小姑娘神清骨秀，相貌甚是美麗。那婆婆右手撐着一根白木拐杖，身穿布衣，似是個貧家老婦，可是左手拿着的一串念珠卻是金光燦爛，閃閃生光。我凝神一看，只見那串念珠的每一顆念珠，原來都是黃金鑄成的一朵朵梅花……」

張無忌聽到這裏，忍不住的插口道：「那老婆婆便是金花的主人？」紀曉芙點頭道：「不錯！可是當時卻有誰想得到？」她從懷中取出一朵小小的金鑄梅花，正和張無忌曾拿去給胡青牛所看的那朵一般無異。張無忌大奇，他這幾天來一直記掛着那個「金花的主人」，料想他不知是個多麼猙獰可怖、兇惡厲害的人物，但聽紀曉芙如此說，卻是個身患重病的老婆婆，實大出他意料之外。

紀曉芙又道：「那老婆婆上得樓來，又是大咳了一陣，那小姑娘道：『婆婆，你服顆藥罷？』那老婆婆點頭，小姑娘取出一個瓷瓶，從瓶中倒出一顆藥丸，老婆婆慢慢咀嚼了嚥下，接連說了幾句『阿彌陀佛，阿彌陀佛。』她一雙老眼半閉半開，喃喃的道：『只有十五個，嗯，你問問他們，武當派和崑崙派的人來了沒有？』

「她走上酒樓之時，誰也沒加留神，但忽然聽到她說了那兩句話，幾個耳朵靈的江湖朋友一齊轉過頭來，待得見到是這麼一個老態龍鍾的貧婦，都道是聽錯了話。那小姑娘朗聲道：『喂，我婆婆問你們，武當派和崑崙派有人來了沒有？』衆人都是一呆，誰也沒有回答。過了片刻，崆峒派的簡捷才道：『小姑娘，你說甚麼？』那小姑娘道：『我婆婆問：爲甚麼不見武當派和崑崙派的弟子？』簡捷道：『你們是誰？』那老婆婆彎着腰又咳嗽起來。

「突然之間，一股勁風襲向我胸口。這股勁風不知從何處而來，卻迅捷無比，我忙伸掌擋格，登時胸口閉塞，氣血翻湧，站立不定，便即坐倒在樓板之上，吐出了幾口鮮血。我在茫無所措之中，但見那老婆婆身形飄動，東按一掌，西擊一拳，中間還夾着一聲聲的咳嗽，頃刻間將酒樓上其餘一十四人盡數擊倒。她出手如此突如其來，身法既快，力道又勁，我們一十五人竟沒一個能還得一招半式，每人不是穴道被點，便是受內力震傷了臟腑。那老婆婆左手連揚，金花一朵朵從她念珠串上飛出，一朵朵的分別打在十五人的臂上。她轉過身來，扶着那小姑娘，說道：『阿彌陀佛！』便顫巍巍的走下樓去。只聽得她拐杖着地，發出緩慢的篤篤之聲，一步步遠去，偶而還有一兩聲咳嗽從樓下傳來。」

紀曉芙說到這裏，楊不悔已編好了一個花冠，笑嘻嘻的走來，道：「媽，這個花冠給你戴。」說着給母親戴在頭上。

紀曉芙笑了笑，繼續說道：「當時酒樓之中，一十五人個個軟癱在樓板上，有的還能呻吟幾聲，有的卻已是上氣不接下氣……」楊不悔驚道：「媽，你在說那個惡婆婆麼？別說，別說，我怕得很。」紀曉芙道：「乖孩子，你再去採花兒編個花冠，給無忌哥哥戴。」

楊不悔望着張無忌，問道：「你喜歡甚麼顏色的？」張無忌道：「要紅色的，嗯，還要些白色的，越大越好。」楊不悔張開雙手道：「這樣大麼？」張無忌道：「好，就是這麼大。」楊不悔拍手走開，說道：「我編好了你可不許不戴。」

紀曉芙續道：「我在昏昏沉沉之中，只見十多人走了過來，都是酒樓中的酒保、掌櫃的、廚子等等，將我們抬入了廚房。不兒這時早已嚇得不住聲的大哭，跟在我身旁。那掌櫃的手中拿着一張單子，指着簡捷道：『在他頭上塗這藥膏。』便有個酒保將事先預備定當的藥膏塗在簡捷頭上。那掌櫃看看單子，指着一人道：『砍下他的右手，接在他左臂上。』兩名廚師取過利刀，依言施行。他說到我的時候，幸好沒甚麼古怪的苦刑，只餵我服了一碗甜甜的藥水。我明知其中必有劇毒，但當時只有受人擺佈的份兒，如何能夠反抗？

「我們一十五人給他們希奇古怪的施了一番酷刑之後，那掌櫃的說道：『你們每人都已身受不治之傷，沒一個能活得過十天半月。但金花的主人說道：她老人家跟你們原本無冤無仇，瞧你們可憐見兒的，便大發慈悲，指點一條生路，你們趕快到女山湖畔蝴蝶谷去，懇求一個號稱『蝶谷醫仙』的胡青牛施醫。要是他肯出手，那麼每人都有活命之望，否則當世沒一人能救你們性命。這胡青牛又有個外號，叫作『見死不救』，你們若不是死磨爛纏，他是決計不肯動手的。你們跟胡青牛說，金花的主人不久就去找他，叫他及早預備後事罷！』他說完之後，更詳細指明路徑，大夥兒便到了這裏。」

張無忌越聽越奇，道：「紀姑姑，如此說來，那臨淮閣酒樓中的掌櫃、廚師、酒保等一干人，都是那惡婆婆的一夥了？」

紀曉芙道：「看來那些人都是她的手下，那掌櫃的按照惡婆婆單子上書明的法子，對我們施這些酷刑。直到今天，我還是半點也不明白，爲甚麼那惡婆婆要幹這樁怪事？她若跟我們有仇，要取我們性命原是舉手之勞。倘是存心要我們多吃些苦頭，想出這些惡毒的法兒來痛加折磨，爲甚麼又指點我們來向胡先生求醫？又說她不久便來找胡先生尋仇，難道用這些千奇百怪的法兒將我們整治一頓，是爲了試一試胡先生的醫道？」

張無忌沉吟半晌，說道：「這個金花婆婆既要來跟胡先生爲難，按理說，胡先生原該將你們治好，齊心合力，共禦大敵。否則他口說不肯施治，爲甚麼又教了我各種解救的方術，施用起來，確是甚具靈效，這麼說，那是他明裏不救、暗中假手於我來救人了。可是他教我治好了你們，半夜裏卻又偷偷前來下毒，令你們死不死、活不活的。眞是奇怪之極了。」

兩人商量良久，想不出半點緣由。楊不悔已編了一個大花冠，給張無忌戴在頭上。

張無忌道：「紀姑姑，以後除非是我親手給你端來的湯藥，你千萬不可服用。晚上你手邊要放好兵刃，以防有人加害。眼前你還不能便去，等我再配幾劑藥給你服了，內傷無礙之後，乘早帶了不悔妹妹逃走罷。」

紀曉芙點點頭，又道：「孩子，這姓胡的居心如此叵測，你跟他同住，也非善策，不如咱們一起走罷。」張無忌道：「嗯，他一向對我倒是挺好的。他本來說，要治好我身上陰毒之後，再將我害死，但他既然治不好，自也不用出手害我了。本來咱們這時便走，最是穩妥，但如何醫治姑姑內傷，我還有幾處不明，須得再請教胡先生。」紀曉芙道：「他既在暗中下毒害我，那麼教你的方術只怕也是故意不對。」

張無忌道：「那又不然。胡先生教我的法子，卻又效驗如神。這中間的是非，我是分辨得出的。奇就奇在這裏。我本來想，那金花的主人要來爲難胡先生，他身在病中，我可不能在他有難之時離他而去。但胡先生的病顯然是假裝的。」

當天晚上，張無忌睜眼不睡，到得三更時分，果然又聽到胡青牛悄悄從房中出來，到紀曉芙的茅棚中去下毒。這般過了三日，紀曉芙因不服毒藥，痊愈得極快。簡捷、薛公遠他們卻好了又發，反反覆覆，有幾個脾氣暴躁的已然大出怨言，說張無忌的醫道太過低劣。張無忌也不理會，暗想過了今晚，便可和紀曉芙母女脫身遠走，自己陰毒難除，也不回到武當山去了，免得太師父和諸師伯叔傷心，找個荒僻的所在，靜悄悄的一死便了。

這晚臨睡之時，張無忌想明天一早便要離去，胡青牛雖然古怪，待自己畢竟不錯，若非得他醫治，焉能活到今日？這兩年多來，又蒙他傳授不少醫術，相處一場，臨別也頗感黯然，於是走到他房外，問候了幾句，又想起那金花婆婆早晚要來尋事，不知他何以抵禦，不禁為他擔心，說道：「胡先生，你在蝴蝶谷中住了這麼久，難道不厭煩麼？幹麼不到別的地方玩玩？」

胡青牛一怔，道：「我有病在身，怎能行走？」張無忌道：「套一輛騾車，就可以走了，只要用布蒙住車窗，密不通風，也就是了。你若願意出門，我陪你去便是。」胡青牛嘆道：「孩子，你倒好心，天下雖大，只可惜到處都是一樣。你這幾天胸口覺得怎樣？丹田中寒氣翻湧麼？」張無忌道：「寒氣日甚一日，反正無藥可治，那也任其自然罷。」

胡青牛頓了一頓，道：「我開張救命的藥方給你，用當歸、遠志、生地、獨活、防風五味藥，二更時以穿山甲為引，急服。」張無忌吃了一驚，心想這五味藥和自己的病情絕無關連，而且藥性頗有衝突之處，以穿山甲作藥引，更是不通，問道：「先生，這些藥份量如何？」胡青牛怒道：「份量越重越好。我已跟你說了，還不快快滾出去？」

這些年來，胡青牛跟張無忌談論醫理藥性，當他是半徒半友，向來頗有禮貌，這時竟然如此不留情面的呼叱，張無忌一聽之下，不由得怒氣沖沖的回到臥房，心道：「我好意勸你遠行避禍，沒來由卻遭這番折辱，又胡亂開這張藥方給我，難道我會上當麼？」躺在床上，只是想着適才胡青牛的無禮言語，正要朦朧入睡，忽地想起，「當歸、遠志……那有份量越重越好之理？莫非……莫非他說當歸，乃是『該當歸去』之意？」

一想到「當歸」或是「該當歸去」之意，跟着便想：「遠志」是叫我「志在遠方」、「高飛遠走」，「生地」和「獨活」的意思明白不過，自是說如此方有生路，方能獨活，那「防風」呢？嗯，是說「須防走漏風聲」。又說「二更時以穿山甲爲引，急服」，「穿山甲」，那是叫我穿山逃走，不可經由谷中大路而行，而且須二更時急走。

這麼一想，對胡青牛這張藥不對症、莫名其妙的方子，登時豁然盡解，跳起身來，轉念又想：「胡先生必知眼前大禍臨頭，是以好意叫我急速逃走，可是此刻敵人未至，他爲甚麼不明明白白跟我說，卻要打這個啞謎？若是我揣摩不出，豈非誤事？此刻二更已過，須得快走。」暗想胡先生必有難言之隱，因是這些日子始終不走，說不定暗中已安排了對付大敵的巧妙機關，他雖叫我「防風」、「獨活」，但紀姑姑母女卻不能不救。

當下悄悄出房，走到紀曉芙的茅棚之中。只見紀曉芙躺在稻草上，卻另有一人彎着腰，俯在紀曉芙身前。這一晚是月半，月光從茅棚的空隙中照射進來，張無忌見那人方巾藍衫、青布蒙臉，正是胡青牛，瞬息間千百個疑團湧向心間。

只見胡青牛左手揑住紀曉芙的臉頰，逼得她張開嘴來，右手取出一顆藥丸，便要餵入她口中。張無忌見情勢危急，急忙躍出，叫道：「胡先生，你不可害人……」

那人一驚回頭，便鬆開了手，砰的一響，背上已被紀曉芙一掌重重擊中。他身子軟倒，蒙在臉上的青布也即掀開了半邊。

張無忌一看之下，忍不住驚呼，原來這人不是胡青牛，秀眉粉臉，卻是個中年婦人。

胡夫人王氏之墓
蝶谷
牛之墓

金花婆婆伸手抓住他手腕搭了搭脈搏，奇道：「玄冥神掌？世上果眞有這門功夫？是誰打你的？」張無忌道：「那人扮作一個蒙古兵的軍官，卻不知究竟是誰。」

十三　不悔仲子踰我牆

張無忌見是一個女子，驚奇無比，問道：「你……你是誰？」那婦人背心中了峨嵋派的重手，疼得臉色慘白，說不出話來。紀曉芙也問：「你是誰？爲甚麼幾次三番來害我？」那婦人仍然不答。紀曉芙拔出長劍，指住她胸口。

張無忌道：「我瞧瞧胡先生去。」他生怕胡青牛已遭了這婦人的毒手，又想這婦人自是金花惡婆的一黨。當下快步奔到胡青牛臥室之外，砰的一聲，推開房門，叫道：「先生，先生！你好麼？」卻不聞應聲。張無忌大急，在桌上摸索到火石火鐮，點亮了蠟燭，只見床上被褥揭開，不見胡青牛的人影。

張無忌本來擔心會見到胡青牛屍橫就地，已遭那婦人的毒手，這時見室中無人，反而稍爲安心，暗想：「先生既被對頭擄去，此刻或許尚無性命之憂。」正要追出，忽聽得床底有粗重的呼吸之聲，他彎腰舉蠟燭一照，只見胡青牛手脚被綁，赫然躺在床底。張無忌大喜，忙將他拉出，見他口中被塞了一個大胡桃，是以不會說話。

張無忌取出他口中胡桃，便去解綁住他手足的繩索。胡青牛忙問：「那女子呢？」張無忌道：「她已給紀姑姑制住，逃不了。先生，你沒受傷罷？」胡青牛道：「你別先解我綁縛，快帶她來見我，快快，遲了就怕來不及。」張無忌道：「為甚麼？」胡青牛道：「快帶她來，不，你先取三顆『牛黃血竭丹』給她服下，在第三個抽屜中，快快。」他不住口的催促，神色極是惶急。

張無忌知道這「牛黃血竭丹」是解毒靈藥，胡青牛配製時和入不少珍奇藥物，只須一顆，已足以化解劇毒，這時卻叫他去給那女子服上三顆，難道她是中了份量極重之毒？

但見胡青牛神色大異，焦急之極，當下不敢多問，取了牛黃血竭丹，奔進紀曉芙的茅棚，對那女子道：「快服下了！」那女子罵道：「滾開，誰要你這小賊好心。」原來她一聞到牛黃血竭丹的氣息，已知是解毒的藥物。張無忌道：「是胡先生給你服的！」那女子道：「走開，走開！」只是她被紀曉芙擊傷之後，說話聲音甚是微弱。

張無忌不明胡青牛的用意，猜想這女賊在綁縛胡青牛之時，中了他的餵毒暗器，但胡青牛要留下活口，詢問敵情，當下硬生生將三顆丹藥餵入她口中，對紀曉芙道：「咱們去將她交給胡先生，聽他發落。」紀曉芙點了那女子的穴道，和張無忌兩人分攜那女子一臂，將她架入胡青牛的臥室。

胡青牛兀自躺在地下，一見那女子進來，忙問：「服下藥了麼？」張無忌道：「服了。」胡青牛道：「很好，很好！」頗為喜慰。張無忌於是割斷綁着他的繩索。

胡青牛手足一得自由，立即過去翻開那女子的眼皮，察看眼瞼內的血色，又搭了搭她的脈搏，驚道：「你……你怎地又受了外傷？誰打傷你的？」語氣中又是驚惶，又是憐惜。那女子扁了扁嘴，哼了一聲，道：「問你的好徒弟啊。」

胡青牛轉過身來，問張無忌道：「是你打傷她的麼？」張無忌道：「她正要……」第四個字還沒出口，胡青牛拍拍兩下，重重的打他兩個耳光。

這兩掌沉重之極，來得又是大出意料之外，張無忌絲毫沒有防備，竟沒閃避，只給他打得眼前金星亂舞，幾欲昏暈。紀曉芙長劍挺出，喝道：「你幹甚麼？」

胡青牛對眼前這青光閃閃的利器全不理會，問那女子道：「你胸口覺得怎樣？有沒肚痛？」神態殷勤之極，與他平時「見死不救」的情狀大異其趣。那女子卻冷冷愛理不理。胡青牛給那女子解開穴道，按摩手足，取過幾味藥物，細心的餵在她口中，然後抱着她放在床上，輕輕替她蓋上棉被。這般溫柔熨貼，那裏是對付敵人的模樣？張無忌撫着高高腫起的雙頰，越看越是胡塗。

胡青牛臉上愛憐橫溢，向那女子凝視半晌，輕聲道：「這番你毒上加傷，若是我能給你治好，咱倆永不再比試了罷？」那女子笑道：「這點輕傷算不了甚麼。可是我服的是甚麼毒藥，你怎能知道？你要是當眞治得好我，我便服你。就只怕醫仙的本事，未必及得上毒仙罷？」說着微微一笑，臉上神色甚是嬌媚。

張無忌雖於男女之情不大明白，但也瞧得出兩人相互間實是恩愛纏綿。

胡青牛道：「十年之前，我便說醫仙萬萬及不上毒仙，你偏不肯信。唉，甚麼都好比試，怎能作踐自己身子。這一次我卻眞心盼望醫仙勝過毒仙了。否則的話，我也不能一個兒獨活。」

己，你非得出盡法寶不可了罷。」

那女子輕輕笑道：「我若是去毒了別人，你仍會讓我，假裝不及我的本事。嘻嘻，我毒了自己，你非得出盡法寶不可了罷。」

胡青牛給她掠了掠頭髮，嘆道：「我可實在擔心得緊。快別多說話，閉上眼睛養神。你若是暗自運氣蹧蹋自己，那可不是公平比試了。」那女子微笑道：「勝敗之分，自當光明磊落。我才不會這樣下作。」說着便閉了雙眼，嘴角邊仍帶甜笑。

兩人這番對話，只把紀曉芙和張無忌聽得呆了。胡青牛轉過身來，向張無忌深深一揖，說道：「小兄弟，是我一時情急，多有得罪，還請原諒。」張無忌憤憤的道：「我可半點也不明白，不知你到底在幹甚麼。」胡青牛提起手掌，拍拍兩響，用力打了自己兩個耳光，說道：「小兄弟，你於我有救命大恩，只因我關懷拙荆的身子，適才冒犯於你。」

張無忌奇道：「她……她是你的夫人？」胡青牛點頭道：「正是拙荆。你若氣不過，請你再打我兩記耳光，否則我給你磕頭謝罪。你救了我性命，也沒甚麼。拙荆的性命卻也是你救的。」他平素端嚴莊重，張無忌對他頗爲敬畏，這時見他居然自打耳光，可見確是誠心致歉，又聽得這女子竟是他的妻子，滿腔怒火登時化爲烏有，說道：「磕頭謝罪是不敢當，先生打我兩下，也沒甚麼。只是我實在不明所以。」

胡青牛請紀曉芙和張無忌坐下，說道：「今日之事，既已如此，也不便相瞞。拙荆姓王，閨名叫做難姑，和我是同門師兄妹。當我二人在師門習藝之時，除了修習武功，我專攻醫道，她學的卻是毒術。她說一人所以學武，乃是爲了殺人，毒術也用於殺人，武術和毒術相輔相成。只要精通毒術，武功便強了一倍也還不止。但醫道卻用來治病救人，和武術背道而馳。

我衷心佩服拙荆之言，她見識比我高明十倍，只是我素心所好，實是勉強不來。都是因我頑固橫蠻，不肯聽從她良言勸導，有負她愛護我的一片苦心美意。

「我二人所學雖然不同，情感卻好，師父給我二人作主，結成夫婦，後來漸漸的在江湖上各自闖出了名頭。有人叫我『醫仙』，便叫拙荆為『毒仙』。她使毒之術，神妙無方，不但舉世無匹，而且青出於藍，已遠勝於我師父，使毒下毒而稱到一個『仙』字，可見她本領之超凡絕俗。也是我做事太欠思量，有幾次她向人下了慢性毒藥，中毒的人向我求醫，我胡裏胡塗的便將他治好了。當時我還自鳴得意，卻不知這種舉動對我愛妻實是不忠不義，委實負心薄倖，就說是『狼心狗肺』，也不為過。『毒仙』手下所傷之人，『醫仙』居然將他治好，不但有違我愛妻的本意，而且豈不是自以為『醫仙』強過『毒仙』麼？」

紀曉芙和張無忌只聽得暗暗搖頭，心中都大不以為然。

只聽胡青牛又道：「她向來待我溫柔和順，情深義重，普天下女子之中，再也尋不出第二個來。可是我這種對不起愛妻的逞強好勝之舉，卻接二連三的做了出來。內人便是泥人，也該有個土性兒啊。最後我知道自己太過不對，便立下重誓，凡是她下了毒之人，我決計不再逞技醫治。日積月累，我那『見死不救』的外號便傳了開來。

「拙荆見我知過能改，尚有救藥，也就原有了我。可是我改過自新沒幾年，便遇上了一件十分古怪的中毒病案。我一見之下，料想除了拙荆之外，無人能下此毒，決意袖手不理。可是那人的病情實在奇特，我忍耐了幾天，終於失了自制力，將他治好了。

「拙荆卻也不跟我吵鬧，只說：『好！蝶谷醫仙胡青牛果然醫道神通，可是我毒仙王難姑偏生不服，咱們來好好比試一下，瞧是醫仙的醫技高明呢，還是毒仙的毒術厲害？』我雖竭誠道歉，但她這口氣怎能下得了？原來她這次下毒，倒也不是跟那人有仇，只是新近鑽研出來一項奇妙法門，該當無藥可治，便在那人身上一試，豈知我一時僥倖，誤打誤撞的竟給治好了。我對愛妻全無半分體貼之心，那還算是人嗎？

「此後數年之中，她潛心鑽研毒術，在旁人身上下了毒，讓我來治。兩人不斷比劃較量。一來她毒術神妙，我的醫術有時而窮；二來我也不願再使她生氣，因此醫了幾下醫不好，便此罷手。可是拙荊反而更加惱了，說我瞧她不起，故意相讓，不和她出全力比試，一怒之下，便此離開蝴蝶谷，說甚麼也不肯回來。

「此後我雖不再輕舉妄動，但治病是我天性所好，這癮頭是說甚麼也戒不掉的，遇上奇病怪毒，也只有出手。那想到所治愈的人中，有些竟仍是拙荊所傷，只是她手段十分巧妙，不露出是她手筆，我查察不出，胡裏胡塗的便將來人治好了。這麼一來，自不免大傷夫妻之情。唉，我胡青牛該當改爲『胡蠢牛』才對。像難姑這般的女子，肯委身下嫁，不知是我幾生修下來的福份，我卻不會服侍她、愛惜她，常常惹她生氣，終於逼得她離家出走，浪迹天涯，受那風霜之苦。何況江湖上人心險詐，陰毒之輩，在所多有，她孤身一個弱女子，怎叫我放心得下？」

他說到這裏，自怨自艾之情見於顏色。

紀曉芙向臥在榻上的王難姑望了一眼，心想：「這位胡夫人號稱『毒仙』，天下還有誰更毒得過她的？她不去害人，已是上上大吉，大家都要謝天謝地了，又有誰敢來害她？這胡先生畏妻如虎，也當眞令人好笑。」

胡青牛道：「於是我立下重誓，凡非明教中人，一概不治，以免無意中壞了難姑的精心傑構。要知我夫婦都是明教中人，本教的兄弟姊妹，難姑是無論如何不會對他們下手的。」

紀曉芙與張無忌對望了一眼，均想：「他非明教中人不治，原來是爲此。」

胡青牛又道：「七年之前，有一對老夫婦身中劇毒，到蝴蝶谷求醫，那是東海靈蛇島主人金花婆婆和銀葉先生。他夫婦倆來到蝴蝶谷，禮數甚是周到，但金花婆婆有意無意間露了一手武功，我一見之下，不由得心驚膽戰。我雖不敢直率拒醫，但你們想，我既已迷途知返，痛改前非，豈能再犯？當下替兩人搭脈，說道：『憑兩位的脈理，老島主與老夫人年歲雖高，脈象卻與壯年人一般無異，當是內力卓超之功。老年人而具如此壯年脈象，晚生實是生平第一次遇到。』金花婆婆道：『先生高明之極。』我道：『兩位中毒的情形不同。老島主無藥可治，但尙有數年之命；老夫人卻中毒不深，可憑本身內力自療。』

「我問起下毒之人，知是蒙古人手下一個西域啞巴頭陀所爲，和拙荊原無干係，但我既說過除了明教本教的子弟之外，外人一概不治，自也不能爲他們二人破例。金花婆婆許下我極重的報酬，只求我相救老島主一命。但我顧念夫妻之情，還是袖手不顧。這對老夫婦居然並不向我用強，便即黯然而去。金花婆婆臨去時只說了一句：『嘿嘿，明教，明教，原來還是爲了明教！』我知道爲了不肯替人療毒治傷，已結下了不少樑子，惹下了無數對頭。但我夫妻情深，終不能爲了不相干的外人而損我伉儷之情，你們說是不是啊？」

紀曉芙和張無忌默然不語，心中頗不以他這種「見死不救」的主張爲然。

胡青牛又道：「最近拙荊在外得到訊息，銀葉先生毒發身亡，金花婆婆就要來尋我的晦氣。這事非同小可，拙荊夫妻情重，趕回家來和我共禦強敵。她見家中多了一個外人，便先用藥將無忌迷倒了一晚。」張無忌恍然大悟：「那一晚我直睡到次日下午方醒，原來是中了胡夫人的迷藥，自己卻還道生病。這位毒仙傷人於不知不覺之間，果是厲害無比。」

胡青牛續道：「我見拙荊突然回來，自是歡喜得緊。她要我假裝染上天花，不見外人，兩人守在房中，潛心思索抵禦金花婆婆的法子。這位前輩異人本事太高，要逃是萬萬逃不了的。沒過幾天，薛公遠、簡捷以及紀姑娘你們一十五人陸續來了。

「我一聽你們受傷的情形，便知金花婆婆是有意試我，瞧我是否眞的信守諾言，除了明教子弟之外，果然決不替外人治療傷病。一十五人身上帶了一十五種奇傷怪病，我姓胡的嗜醫如命，只要見到這般一種怪傷，也是忍不住要試試自己的手段，又何況共有一十五種？但我也明白金花婆婆的心意，只要我治好了一人，她加在我身上的慘酷報復，就會厲害百倍，因此我雖然心癢難搔，還是袖手不顧。直到無忌來問我醫療之法，我才說了出來。但我特加說明，無忌是武當派弟子，跟我胡青牛絕無干係。

「難姑見無忌依着我的指點，施治竟是頗見靈效，心中又不快起來，每晚便悄悄在各人的飲食藥物之中，加上毒藥，那自是和我繼續比賽之意。再者，她也是一番愛護我的好意，免得無忌治好了這一十五人的怪病，金花婆婆勢必要怪在我頭上。這一十五人個個都是武林好手，她到各人身旁下毒，衆人如何不會驚覺？原來她先將各人迷倒，然後從容自若，分別施用奇妙的毒術。這等高明的手段，非但空前，只怕也是絕後了。」

紀曉芙和張無忌對望了一眼，這才明白，爲何張無忌走到紀曉芙的茅棚之中，要用力推她肩頭，方得使她醒覺。

胡青牛續道：「這幾日來，紀姑娘的病勢痊愈得甚快，顯見難姑所下之毒不生效用。她一加查察，才知是無忌發覺了她的秘密，於是要對無忌也下毒手。唉，常言道江山易改，本性難移，我胡青牛對愛妻到底也不是忠心到底。我本來決意袖手不理了，但昨晚無忌來勸我出遊，以避大禍，我心腸一軟，還是開了一張藥方，說了甚麼當歸、生地、遠志、防風、獨活幾味藥，只因其時難姑便在我身旁，我是不便明言的。

「可是難姑聰明絕頂，又懂藥性，耳聽得那張藥方開得不合常理，稍加琢磨，便識破了其中機關。她將我綁縛起來，自己取出幾味劇毒的藥物服了，說道：『師哥，我和你做了二十多年夫妻，海枯石爛，此情不渝。可是你總是瞧不起我的毒術，不論我下甚麼毒，你總是救得活。這一次我自己服了劇毒，你再救得活我，我才眞的服了你。』我只嚇得魂飛天外，連聲服輸，不斷哀求，她卻在我口中塞了一個大胡桃，教我說不出話來。此後的事，你們都知道了。」說着連連搖頭。

紀曉芙和張無忌面面相覷，不禁又是好氣，又是好笑，這對夫婦如此古怪，當眞天下少有。胡青牛對妻子由愛生畏，那也罷了，王難姑卻是說甚麼也要壓倒丈夫，到最後竟不惜以身試毒。

胡青牛又道：「你們想，我有甚麼法子？這一次我如用心將她治好，那還是表明我的本事勝過了她，她勢必一生鬱鬱不樂。倘若治她不好，她可是一命歸西了。唉！只盼金花婆婆早日駕臨，將我一掍杖打死，也免得難姑煩惱了。何況近幾年來她下毒的本領大進，我壓根兒便瞧不出她服下了甚麼毒藥，如何解救，更是無從說起。」

張無忌道：「先生，你醫術通神，難道師母服了甚麼毒也診視不出？」

胡青牛道：「你師母近年來使毒的本事出神入化，這一次我是無論如何治她不好的了。我猜想她或許是服了三蟲三草的劇毒，但六種毒物如何配合，我說甚麼也瞧不出來。」一面說，一面伸出右手食指，在桌上寫了一張藥方，隨即揮手道：「你們出去罷，若是難姑死了，我也決計不能獨生。」

紀曉芙和張無忌齊聲道：「還請保重，多勸勸師母。」胡青牛道：「勸她甚麼？一切都是我該死！」說到這裏，聲音已大是哽咽。紀曉芙和張無忌當即退了出去。

胡青牛反手一指，先點了妻子背心和腰間穴道，說道：「師妹，你丈夫無能，實在治不好你的三蟲三草劇毒，只有相隨於陰曹地府，和你在黃泉做夫妻了。」說着伸手到難姑懷中，取出幾包藥末，果然不出所料，是三種毒蟲和三種毒草焙乾碾末而成。

王難姑身子不能動彈，嘴裏卻還能言語，叫道：「師哥，你不可服毒。」胡青牛不加理會，將這包五色斑斕的毒粉倒入口中，和津液嚥入肚裏。

王難姑大驚失色，叫道：「你怎麼服這麼多？這許多毒粉，三個人也毒死了。」

胡青牛淡淡一笑，坐在王難姑床頭的椅上，片刻之間，只覺肚中猶似千百把刀子在一齊亂扎。他知道這是斷腸草最先發作，再過片刻，其餘五種毒物的毒性便陸續發作了。

王難姑叫道：「師哥，我這六種毒物是有解法的。」胡青牛痛得全身發顫，牙關上下擊打，搖頭道：「我……我不信……我……我就要死了。」王難姑叫道：「快服牛黃血竭丹和玉龍蘇合散，再用針灸散毒。」胡青牛道：「那又有甚麼用？」王難姑急道：「我服的毒藥份量輕，你服的太多了，快快救治，否則來不及了。」

胡青牛道：「我全心全意的愛你憐你，你卻總是跟我爭強鬥勝，我覺得活在人世殊無意味，寧可死了，倒是一了百了……哎喲……哎喲……」這幾聲呻吟，倒非假裝，其時蝮蛇和蜘蛛之毒已分攻心肺，胡青牛神智漸漸昏迷，終於人事不知。

王難姑大聲哭叫：「師哥，師哥，都是我不好，你決不能死……我再也不跟你比試了。」他夫妻二人數十年來儘管不斷鬥氣，相互間卻情深愛重。王難姑自己不怕尋死，待得丈夫服毒自盡，卻大大的驚惶傷痛起來，苦於她穴道被點，無法出手施救。

張無忌聽得王難姑哭叫，搶到房中，問道：「師母，怎生相救師父？」

王難姑見他進來，正是見到了救星，忙道：「快給他服牛黃血竭丹和玉龍蘇合散，用金針刺他『湧泉穴』、『鳩尾穴』……」

便在此時，門外忽然傳進來幾聲咳嗽，靜夜之中，聽來清晰異常。紀曉芙搶進房中，臉如白紙，說道：「金花婆婆……金花……」下面「婆婆」兩字尚未說出，門窗無風自開，一個弓腰曲背的老婆婆携着個十二三歲的少女，已站在室中，正是金花婆婆到了。

金花婆婆眼見胡青牛雙手抱住肚腹，滿臉黑氣，呼吸微弱，轉眼便即斃命，不由得一怔，問道：「他幹甚麼？」

旁人還未答話，胡青牛雙足一挺，已暈死過去。王難姑大哭，叫道：「你何爲這般作賤自己，服毒而死？」

金花婆婆這次從靈蛇島重赴中原，除了尋那害死她丈夫的對頭報仇之外，便是要找胡青牛的晦氣，那知她現身之時，正好胡青牛服下劇毒。她也是個使毒的大行家，一看胡青牛和王難姑的臉色，知他們中毒已深，無藥可救。她只道胡青牛怕了自己，以致服毒自盡，這場大仇自是已算報了，嘆了一口氣，說道：「作孽，作孽！」攜了那小姑娘，出房而去。

只聽她剛出茅舍，咳嗽聲已在十餘丈外，身法之快，委實不可思議。

張無忌一摸胡青牛心口，心臟尚在微弱跳動，忙取牛黃血竭丹和玉龍蘇合散給他服下，又以金針刺他湧泉，鳩尾等穴，散出毒氣，然後依法給王難姑施治。

忙了大半個時辰，胡青牛才悠悠醒轉。王難姑喜極而泣，連叫：「小兄弟，全靠你救了我二人的性命。」跟着又開出藥方，命僮兒煎藥，以除二人體內劇毒。

王難姑的解毒方法並不甚精，依她之法，其實不能去淨毒性。張無忌依照胡青牛先前以手指在桌上所書藥方，換過了藥材，王難姑卻也不知。

張無忌道：「那金花婆婆只道胡先生已服毒而死，倒是去了一件心腹大患。」他見金花婆婆倏然而來，倏然而去，形同鬼魅，這時想起來猶是不寒而慄。

王難姑道：「聽人言道：這金花婆婆行事極爲謹愼，今日她雖去了，日後必定再來查察。我夫妻須得立即避走。小兄弟，請你起兩個墳墓，碑上書明我夫妻倆的姓名。」張無忌答應了。胡青牛、王難姑服了解毒湯藥之後，稍加收拾。兩名藥僮每人給了十兩銀子，叫他們各自回家。夫婦倆坐在一輛騾車之中，乘黑離去。

張無忌直送到蝴蝶谷口，一老一少兩年多來日日相見，一旦分手，都感依依不捨。胡青牛取出一部手寫醫書，說道：「無忌，我畢生所學，都寫在這部醫書之中，以往我一直自秘，沒給你看，現下送了給你。你身中玄冥神掌，陰毒難除，我極是過意不去，只盼你參研我這部醫書，能想出驅毒的法子。那麼咱們日後尚有相見之時。」張無忌謝過了收下。王難姑道：「你救我夫妻性命，又令我二人和好。我原該也將一生功夫傳你。但我生平鑽研的是下毒傷人之法，你學了也無用處。只望你早日痊可，將來我再圖補報了。」

張無忌直到騾車駛得影蹤不見，這才回到茅舍。次日清晨便在屋旁堆了兩個墳墓，出谷去叫了石匠來樹立兩塊墓碑，一塊上寫「蝶谷醫仙胡先生青牛之墓」，另一塊寫「胡夫人王氏之墓」。簡捷等人見胡青牛夫妻同時斃命，才知他病重之說果非騙人，盡皆嗟嘆。

王難姑既去，不再暗中下毒，各人的傷病在張無忌診治之下便一天好似一天，不到十日，各人陸續道謝辭去。紀曉芙母女反正無處可去，便留着多陪他幾天。

張無忌在這幾日中，全神貫注閱讀胡青牛所著這部醫書，果見內容博大淵深，精微奧妙，不愧為「醫仙」傑構。他只讀了八九天，醫術已是大進，但如何驅除自己體內陰毒，卻不得絲毫端倪。他反來覆去的細讀數遍，終於絕了指望，又想：「胡先生若知醫我之術，如何會不醫？他既不知，醫書中又如何會有載錄？」一言念及此，不由得萬念俱灰。

他掩了書卷，走到屋外，瞧着兩個假墓，心想：「不出一年，我便眞的要長眠於地下了。

我的墓碑上卻寫甚麼字？」

正想得出神，忽聽得身後咳嗽了幾下，張無忌吃了一驚，轉過頭來，只見金花婆婆扶着那相貌美麗的小姑娘，顫巍巍的站在數丈之外。

金花婆婆問道：「小子，你是胡青牛的甚麼人？爲甚麼在這裏嘆氣？」張無忌道：「我身中玄冥神掌的陰毒……」金花婆婆走近身來，抓住他的手腕，搭了搭他脈搏，奇道：「玄冥神掌？世上果眞有這門功夫？是誰打你的？」張無忌道：「那人扮作一個蒙古兵的軍官，卻不知究竟是誰。我來向胡先生求醫，他說我不是明教中人，不肯醫治。現下他已服毒而死，我的病更是好不了啦，是以想起來傷心。」

金花婆婆見他英俊文秀，討人喜歡，卻受了這不治之傷，連說：「可惜，可惜！」

張無忌心頭忽然湧起三句話來：「生死修短，豈能強求？予惡乎知悅生之非惑邪？予惡乎知惡死之非弱喪而不知歸者邪？予惡乎知夫死者不悔其始之蘄生乎？」

這三句話出自「莊子」。張三丰信奉道教，他的七名弟子雖然不是道士，但道家奉爲寶典的一部「莊子南華經」卻均讀得滾瓜爛熟。張無忌在冰火島上長到五歲時，張翠山教他識字讀書，因無書籍，只得劃地成字，將「莊子」教了他背熟。這四句話意思是說：「一個人壽命長短，是勉強不來的。我那裏知道，貪生並不是迷誤？我那裏知道，人之怕死，並不是像幼年流落在外而不知回歸故鄉呢？我那裏知道，死了的人不會懊悔他從前求生呢？」莊子的原意在闡明，生未必樂，死未必苦，生死其實沒甚麼分別，一個人活着，不過是「做大夢」，死了，那是「醒大覺」，說不定死了之後，會覺得從前活着的時候多蠢，爲甚麼不早點死了？

正如做了一個悲傷恐怖的惡夢之後，一覺醒來，懊惱這惡夢實在做得太長了。

張無忌年紀幼小，本來不懂得這些生命的大道理，但他這四年來日日都處於生死之交的邊界，自不免體會到莊子這些話的含義。他本來並不相信莊子的話，但既然活在世上的日子已屈指可數，自是盼望人死後會別有奇境，會懊惱活着時竭力求生的可笑。

這時他聽金花婆婆連聲「可惜」，便淡淡一笑，隨口將心頭正想到的那三句「莊子」說了出來。金花婆婆問道：「那是甚麼意思？」張無忌解釋了一遍，金花婆婆登時呆了。

她從這幾句話中想到了逝世的丈夫。他倆數十年夫妻，恩愛無比，一旦陰陽相隔，再無相見之日，假如一個人活着正似流落異鄉，死後卻是回到故土，那麼丈夫被仇人下毒、胡青牛不肯醫治，都未必是壞事了。「故土？故土？可是回到故土，又當眞好過異鄉麼？」

站在金花婆婆身旁的小姑娘卻全然不懂張無忌這幾句話的意思，不懂爲甚麼婆婆一聽，便猶似痴了一般。她一雙美目瞧瞧婆婆，又瞧瞧張無忌，在兩人的臉上轉來轉去。

終於，金花婆婆嘆了口氣，說道：「幽冥之事，究屬渺茫。死雖未必可怕，但凡人莫不有死，到頭這一身，難逃那一日。能夠多活一天，便多一天罷！」

張無忌自見到紀曉芙等一十五人被金花婆婆傷得這般慘酷，又見胡青牛夫婦這般畏懼於她，甚至連逃走也無勇氣，想像這金花婆婆定是個兇殘絕倫的人物，但相見之下，卻是大謬不然。那日燈下匆匆一面，並未瞧得清楚，此時卻見她明明是個和藹慈祥的老婆婆，雖然臉上肌肉僵硬麻木，盡是雞皮皺紋，全無喜怒之色，但眼神清澈明亮，直如少女一般靈活，而其中溫和親切之意亦甚顯然。

金花婆婆又問：「孩子，你爹爹尊姓大名？」張無忌道：「我爹爹姓張，名諱是上『翠』下『山』，是武當派弟子。」卻不提父親已自刎身死之事。

金花婆婆大爲驚訝，道：「你是武當張五俠的令郎，如此說來，那惡人所以用玄冥神掌傷你，爲的是要迫問金毛獅王謝遜和屠龍刀的下落？」張無忌道：「不錯，他以諸般毒刑加於我身，我卻是寧死不說。」金花婆婆道：「你是確實知道的？」張無忌道：「嗯，金毛獅王是我義父，我決計不會吐露。」

金花婆婆左手一掠，已將他雙手握在掌裏。只聽得骨節格格作響，張無忌雙手痛得幾欲暈去，又覺一股透骨冰涼的寒氣，從雙手傳到胸口，這寒氣和玄冥神掌又有不同，但一樣的難熬難當。金花婆婆柔聲道：「乖孩子，好孩兒，你將謝遜的所在說出來，婆婆會醫好你的寒毒，再傳你一身天下無敵的功夫。」

張無忌只痛得涕淚交流，昂然道：「我父母寧可性命不要，也不肯洩露朋友的行藏。金花婆婆，你瞧我是出賣父母之人麼？」金花婆婆微笑道：「很好，很好！你爹爹呢？他在不在這裏？」潛運內勁，箍在他手上猶似鐵圈般的手指又收緊幾分。張無忌大聲道：「你爲甚麼不在我耳朵中灌水銀？爲甚麼不餵我吞鋼針、吞水蛭？四年之前，我還只是個小孩子的時候，便不怕那惡人的諸般惡刑，今日長大了，難道反而越來越不長進了？」

金花婆婆哈哈大笑，說道：「你自以爲是個大人，不是小孩了，哈哈，哈哈……」她笑了幾聲，放開了張無忌的手，只見他手腕以至手指尖，已全成紫黑之色。

那小姑娘向他使個眼色，說道：「快謝婆婆饒命之恩。」張無忌哼了一聲，道：「她殺了我，說不定我反而快樂些，有甚麼好謝的？」那小姑娘眉頭一皺，嗔道：「你這人不聽話，我不理你啦。」說着轉過了身子，卻又偷偷用眼角覷他動靜。

金花婆婆微笑道：「阿離，你獨個兒在島上，沒小伴兒，寂寞得緊。咱們把這娃娃抓了去，叫他服侍你，好不好？就只他這般驢子脾氣，太過倔強，不大聽話。」那小姑娘長眉一軒，拍手笑道：「好極啦，咱們便抓了他去。他不聽話，婆婆不會想法兒整治他麼？」

張無忌聽她二人一問一答，心下大急，金花婆婆當場將他殺死，也就算了，倘若將自己抓到甚麼島上，死不死、活不活的受她二人折磨，可比甚麼都難受了。

金花婆婆點了點頭，道：「你跟我來，咱們先要去找一個人，辦一件事，然後一起回靈蛇島去。」張無忌怒道：「你們不是好人，我才不跟你們去呢。」金花婆婆微笑道：「我們靈蛇島上甚麼東西全有，吃的玩的，你見都沒見過。乖孩子，跟婆婆來罷。」

張無忌突然轉身，拔足便奔，那知只跨出一步，金花婆婆已擋在他面前。張無忌身子一側，斜刺裏向左方竄去，仍只跨出一步，金花婆婆又擋在他面前，柔聲道：「孩子，你逃不了的，乖乖的跟我走罷。」張無忌咬緊牙齒，向她一掌猛擊過去，金花婆婆微一側身，向他掌上吹了口氣。張無忌的手掌本已被她捏得瘀黑腫脹，這一口氣吹上來，猶似用利刃再在創口上劃了一刀，只痛得他直跳起來。

忽聽得一個女孩的聲音叫道：「無忌哥哥，你在玩甚麼啊？我也來。」正是楊不悔走近身來，跟着紀曉芙也從樹叢後走了出來。她母女倆剛從田野間漫步而歸，陡然間見到金花婆婆，紀曉芙臉色立變慘白，終於鼓起勇氣，顫聲道：「婆婆，你不可難為小孩兒家。」

金花婆婆向紀曉芙瞪視了一眼，冷笑道：「你還沒死啊？我老太婆的事，也用得着你來多嘴多舌？走過來讓我瞧瞧，怎麼到今天還不死？」

紀曉芙出身武學世家，名門高弟，原是頗具膽氣，但這時顧念到女兒，已不敢輕易涉險，携着女兒的手，反而倒退了一步，低聲道：「無忌，你過來。」

張無忌拔足欲行。那小姑娘阿離一翻手掌，抓住了他小臂上的「三陽絡」，說道：「給我站着。你叫無忌，姓張，你是張無忌，是不是？」這三陽絡一被扣住，張無忌登時半身麻軟，動彈不得，心中又驚又怒，大叫：「快放開我！」

忽聽得一個清脆的女子聲音說道：「曉芙，怎地如此不爭氣？走過去便走過去！」紀曉芙又驚又喜，回身叫道：「師父！」但背後並無人影，凝神一瞧，才見遠處有個身穿灰布袍的尼姑緩緩走來，正是峨嵋派掌門、師父滅絕師太。她身後還隨着兩名弟子，一是師姊丁敏君，一是師妹貝錦儀。

金花婆婆見她相隔如此之遠，顏面都還瞧不清楚，但說話聲傳到各人耳中便如是近在咫尺一般，足見內力之深厚。滅絕師太盛名遠播，武林中無人不知，只是她極少下山，見過她一面的人可着實不多。走近身來，只見她約莫四十四五歲年紀，容貌算得甚美，但兩條眉毛斜斜下垂，一副面相便變得極是詭異，幾乎有點兒戲台上的吊死鬼味道。

紀曉芙迎上去跪下磕頭，低聲道：「師父，你老人家好。」滅絕師太道：「還沒給你氣死，總算還好。」紀曉芙跪着不敢起來。但聽得站在師父身後的丁敏君低聲冷笑，知她在師父跟前已說了自已不少壞話，不由得滿背都是冷汗。滅絕師太冷冷的道：「這位婆婆叫你過去給她瞧瞧，爲甚麼到今天還不死。你就過去給她瞧瞧啊。」

紀曉芙道：「是。」站起身來，大步走到金花婆婆跟前，朗聲道：「金花婆婆，我師父來啦。你的強兇霸道，都給我收了起來罷。」

金花婆婆咳嗽兩聲，向滅絕師太瞪視兩眼，點了點頭，說道：「嗯，你是峨嵋派的掌門，我打了你的弟子，你待怎樣？」

滅絕師太冷冷的道：「打得很好啊。你愛打，便再打，打死了也不關我事。」

紀曉芙心如刀割，叫道：「師父！」兩行熱淚流了下來。她知師父向來最是護短，弟子們得罪了人，明明理虧，她也要強辭奪理的維護到底，這時卻說出這幾句話來，那顯是不當她弟子看待了。

金花婆婆道：「我跟峨嵋派無寃無仇，打過一次，也就夠啦。阿離，咱們走罷！」說着慢慢轉過身去。

丁敏君不知金花婆婆是何來歷，見她老態龍鍾，病骨支離，居然對師父如此無禮，心下大怒，縱身疾上，攔在她的身前，喝道：「你也不向我師父賠罪，便這麼想走麼？」說着右手拔劍，離鞘一半，作威嚇之狀。

金花婆婆突然伸出兩根手指，在她劍鞘外輕輕一捏，隨即放開，笑道：「破銅爛鐵，也拿來嚇人麼？」丁敏君怒火更熾，便要拔劍出鞘。那知一拔之下，這劍竟是拔不出來。阿離笑道：「破銅爛鐵，生了銹啦。」

丁敏君再一使勁，仍是拔不出來。才知金花婆婆適才在劍鞘外這麼似乎漫不在意的一揑，已潛運內力，將劍鞘揑得向內凹入，將劍鋒牢牢咬住。丁敏君要拔是拔不出，就此作罷卻又心有不甘，脹紅了臉，神情極是狼狽。

滅絕師太緩步上前，三根指頭挾住劍柄，輕輕一抖，劍鞘登時裂爲兩片，劍鋒脫鞘而出，說道：「這把劍算不得是甚麼利器寶刃，卻也還不是破銅爛鐵。金花婆婆，你不在靈蛇上納福，卻到中原來生甚麼事？」

金花婆婆見到她三根手指抖劍裂鞘的手法，心中一凜，暗道：「這賊尼名聲極大，果然是有點眞實功夫。」笑咪咪的道：「我老公死了，獨個兒在島上悶得無聊，因此出來到處走走，瞧瞧有沒合意的和尙道士，找一個回去作伴。」她特意說「和尙道士」，自是譏刺對方身爲尼姑，卻也四處亂走。

滅絕師太一雙下垂的眉毛更加垂得低了，長劍斜起，低沉嗓門道：「亮兵刃罷！」

丁敏君、紀曉芙等從師以來，從未見過師父和人動手，尤其紀曉芙知道金花婆婆的武功怪異莫測，更是關切。

張無忌的手臂仍被阿離抓着，上身越來越痳，叫道：「快放開我！你拉着我幹麼？」阿離見紀曉芙在旁有插手干預之勢，若不放開，她必上前動手，那時還是非放了他不可，於是用力一摔，放鬆了他手臂，冷冷的道：「瞧你逃得掉麼？」

金花婆婆淡淡一笑，說道：「當年峨嵋派郭襄郭女俠劍法名動天下，自然是極高的，但不知傳到徒子徒孫手中，還剩下幾成？」

滅絕師太森然道：「就算只剩下一成，也足以掃蕩邪魔外道。」

金花婆婆雙眼凝視對方手中長劍的劍尖，一瞬也不瞬，突然之間，舉起手中拐杖，往劍身上疾點。滅絕師太長劍抖動，往她肩頭刺去。金花婆婆咳嗽聲中，舉杖橫掃。滅絕師太身隨劍走，如電光般遊到了對手身後，脚步未定，劍招先到。金花婆婆卻不回身，倒轉拐杖，反手往她劍刃上砸去。

兩人三四招一過，心下均已暗讚對方了得。猛聽得噹的一聲響，滅絕師太手中的長劍已斷爲兩截，原來劍杖相交，長劍被拐杖震斷。

旁觀各人除了阿離外，都吃了一驚。看金花婆婆手中的拐杖灰黃黝黑，毫不起眼，似乎非金非鐵，居然能砸斷利劍，那自是憑藉她深厚充沛的內力了。但金花婆婆和滅絕師太適才兵刃相交，卻知長劍所以斷絕，乃是靠着那拐杖的兵刃之利，並非自己功力上勝了。她這拐杖乃靈蛇島旁海底的特產，叫作「珊瑚金」，是數種特異金屬混和了珊瑚，在深海中歷千萬年而化成，削鐵如切豆腐，打石如敲棉花，不論多麼鋒利的兵刃，遇之立折。

金花婆婆當下也不進迫，只是拄杖於地，撫胸咳嗽。紀曉芙、丁敏君、貝錦儀三名峨嵋弟子生怕師父已受了傷，一齊搶到滅絕師太身旁照應。

阿離手掌一翻，又已抓住了張無忌的手腕，笑道：「我說你逃不了，是不是？」這一下仍是出其不意，張無忌仍是沒能讓開，脈門被扣，又是半身酸軟。他兩次着了這小姑娘的道兒，又羞又怒，又氣又急，飛右足向她腰間踢去。阿離手指加勁，張無忌的右足只踢出半尺，便抬不起來了。他怒叫：「你放不放手？」阿離笑道：「我不放，你有甚麼法子？」

張無忌猛地一低頭，張口便往她手背上用力咬去。阿離只覺手上一陣劇痛，大叫一聲：「啊唷！」鬆開右手，左手五根指爪卻向張無忌臉上抓到。張無忌忙向後躍，但已然不及，被她中指的指甲刺入肉裏，在右臉劃了一道血痕。阿離右手的手背上更是血肉模糊，被張無忌這一口咬得着實厲害，痛得險些便要哭了出來。

兩個孩子在一旁打鬥，金花婆婆卻目不旁視，一眼也沒瞧他們。

滅絕師太拋去半截斷劍，說道：「這是我徒兒的兵刃，原不足以當高人的一擊。」說着解開背囊，取出一柄四尺來長的古劍來。

金花婆婆一瞥眼間，但見劍鞘上隱隱發出一層青氣，劍未出鞘，已可想見其不凡，只見劍鞘上金絲鑲着的兩個字：「倚天」。她大吃一驚，脫口而出：「倚天劍！」

滅絕師太點了點頭，道：「不錯，是倚天劍！」

金花婆婆心頭立時閃過武林中相傳的那六句話：「武林至尊，寶刀屠龍。號令天下，莫敢不從。倚天不出，誰與爭鋒？」喃喃道：「原來倚天劍落在峨嵋派手中。」

滅絕師太喝道：「接招！」提着劍柄，竟不除下劍鞘，連劍帶鞘，便向金花婆婆胸口點來。金花婆婆拐杖一封。滅絕師太手腕微顫，劍鞘已碰上拐杖。但聽得「嗤」的一聲輕響，猶如撕裂厚紙，金花婆婆那根海外神物、兵中至寶「珊瑚金」拐杖，已自斷為兩截。

金花婆婆心頭大震，暗想：「倚天劍刃未出匣，已然如此厲害，當真名不虛傳。」向着寶劍凝視半晌，說道：「滅絕師太，請你給我瞧一瞧劍鋒的模樣。」

滅絕師太搖頭不允，冷冷的道：「此劍出匣後不飲人血，不便還鞘。」

兩人凜然相視，良久不語。

金花婆婆此時已知這尼姑的功力實不在自己之下，至於招數之妙，則一時還沒能瞧得出來。但她既是峨嵋掌門，自必非同泛泛，加之手中持了這柄「天下第一寶劍」，自己決計討不了好去，輕輕咳嗽了兩聲，轉過身來，拉住阿離，飄然而去。

阿離回頭叫道：「張無忌，張無忌！」叫聲漸遠漸輕，終於隱沒。

丁敏君、紀曉芙、貝錦儀三人見師父得勝，強敵避走，都是大爲欣喜。丁敏君道：「師父，這老太婆可不是有眼不識泰山麼？居然敢跟你老人家動手，那才是自討苦吃。」

滅絕師太正色道：「以後你們在江湖上行走，只要聽到她的咳嗽聲，趕快遠而避之。」她剛才揮劍一擊，雖然削斷了對方拐杖，但出劍時還附着她修練三十年的「峨嵋九陽功」，這股神功撞到金花婆婆身上，卻似落入汪洋大海一般，竟然無影無蹤，只帶動一下她的衣衫，卻沒使她倒退一步。這時思之，猶是心下凜然；又覺她內力修爲固深，而膂力健旺，宛若壯年，絕不似一個龍鍾支離的年老婆婆，何以得能如此，實是難以索解。

滅絕師太抬頭向天，出神半晌，說道：「曉芙，你來！」眼角也沒向她瞟一眼，逕自走入茅舍。紀曉芙等三人跟了進去。楊不悔叫道：「媽媽！」也要跟進去。

紀曉芙知道師父這次親自下山，乃是前來清理門戶，自己素日雖蒙她寵愛，但師父生性嚴峻，實不知要如何處分自己，對女兒道：「你在外邊玩兒，別進來。」

張無忌心想：「那姓丁的女子很壞，定要在她師父跟前說紀姑姑的鬼話。那晚的事情我瞧得明明白白，全是這『毒手無鹽』不好，倘若她胡說八道，顛倒黑白，我便挺身而出，給紀姑姑辯明。」於是悄悄繞到茅舍之後，縮身窗下，屏息偷聽。

但聽屋中寂靜無聲，誰也沒說話。過了半晌，滅絕師太道：「曉芙，你自己的事，自己說罷。」紀曉芙哽咽道：「師父，我……我……」滅絕師太道：「敏君，你來問她。」丁敏君道：「是。紀師妹，咱們門中，第三戒是甚麼？」紀曉芙道：「戒淫邪放蕩。」丁敏君道：「是了，第六戒是甚麼？」紀曉芙道：「戒心向外人，倒反師門。」丁敏君道：「違戒者如何處分？」

紀曉芙卻不答她的話，向滅絕師太道：「師父，這其中弟子實有說不出來的難處，並非就如丁師姊所說這般。」滅絕師太道：「好，這裏沒有外人，你就仔細跟我說。」

紀曉芙知道今日面臨重大關頭，決不能稍有隱瞞，便道：「師父，那一年咱們得知了天鷹教王盤山之會的訊息後，師父便命我們師兄妹十六人下山，分頭打探金毛獅王謝遜的下落。弟子向西行到川西大樹堡，在道上遇到一個身穿白衣的中年男子，約莫有四十來歲年紀。弟子走到那裏，他便跟到那裏。弟子投客店，他也投客店，弟子打尖，他也打尖。弟子初時不去理他，後來實在瞧不過眼，便出言斥責。那人說話瘋瘋顛顛，弟子忍耐不住，便出劍刺他。這人身上也沒兵刃，武功卻是絕高，三招兩式，便將我手中長劍奪了過去。

「我心中驚慌，連忙逃走。那人也不追來。第二天早晨，我在店房中醒來，見我的長劍好端端地放在枕頭邊。我大吃一驚，出得客店時，只見那人又跟上我了。我想跟他動武是沒用的了，只有向他好言求懇，說道大家非親非故，素不相識，何況男女有別，你老是跟着我有何用意。我又說，我的武功雖不及你，但我們峨嵋派可不是好惹的。」

滅絕師太「嗯」了一聲，似乎認爲她說話得體。

紀曉芙續道：「那人笑了笑，說道：『一個人的武功分了派別，已自落了下乘。姑娘若是跟着我去，包你一新耳目，教你得知武學中別有天地。』」

滅絕師太性情孤僻，一生潛心武學，於世務殊爲膈膜，聽紀曉芙轉述那人之言，說「一個人的武功分了派別，已自落了下乘」，又說「教你得知武學中別有天地」的幾句話，不由得頗爲神往，說道：「那你便跟他去瞧瞧，且看他到底有甚麼古怪本事。」

紀曉芙臉上一紅，道：「師父，他是個陌生男子，弟子怎能跟隨他去。」

滅絕師太登時醒悟，說道：「啊，不錯！你叫他快滾得遠遠的。」

紀曉芙道：「弟子千方百計，躲避於他，可是始終擺脫不掉，終於爲他所擒。唉，弟子不幸，遇上了這個前生的寃孽……」說到這裏，聲音越來越低。

滅絕師太問道：「後來怎樣？」

紀曉芙低聲道：「弟子不能拒，失身於他。他監視我極嚴，教弟子求死不得。如此過了數月，忽有敵人上門找他，弟子便乘機逃了出來，不久發覺身已懷孕，不敢向師父說知，只得躲着偷偷生了這個孩子。」

滅絕師太道：「這全是實情了？」紀曉芙道：「弟子萬死不敢欺騙師父。」

滅絕師太沉吟片刻，道：「可憐的孩子。唉！這事原也不是你的過錯。」

丁敏君聽師父言下之意，對紀師妹竟大是憐惜，不禁狠狠向紀曉芙瞪了一眼。

滅絕師太嘆了一口氣，道：「那你自己怎麼打算啊？」紀曉芙垂淚道：「弟子由家嚴作主，本已許配於武當殷六爺爲室，既是遭此變故，只求師父恩准弟子出家，削髮爲尼。」滅絕師太搖頭道：「那也不好。嗯，那個害了你的壞蛋男子叫甚麼名字？」

紀曉芙低頭道：「他……他姓楊，單名一個逍字。」

滅絕師太突然跳起身來，袍袖一拂，喀喇喇一響，一張板桌給她擊坍了半邊。張無忌躲在屋外偷聽，固是嚇得大吃一驚，紀曉芙、丁敏君、貝錦儀三人也是臉色大變。

滅絕師太厲聲道：「你說他叫楊逍？便是魔教的大魔頭，自稱甚麼『光明左使者』的楊逍麼？」

紀曉芙道：「他……他……是明教中的，好像在教中也有些身分。」

滅絕師太滿臉怒容，說道：「甚麼明教？那是傷天害理，無惡不作的魔教。他……他躲在那裏？是在崑崙山的光明頂麼？我這就找他去。」

紀曉芙道：「他說，他們明教……」滅絕師太喝道：「魔教！」紀曉芙道：「是。他說，他們魔教的總壇，本來是在光明頂，但近年來他教中內部不和，他不便再住在光明頂，以免給人說他想當教主，因此改在崑崙山的『坐忘峯』中隱居，不過只跟弟子一人說知，江湖上誰也不知。師父既然問起，弟子不敢不答。師父，這人……這人是本派的仇人麼？」

滅絕師太道：「仇深似海！你大師伯孤鴻子，便是給這個大魔頭楊逍活活氣死的。」

紀曉芙甚是惶恐，但不自禁的也隱隱感到驕傲，大師伯孤鴻子當年是名揚天下的高手，居然會給「他」活活氣死。她想問其中詳情，卻不敢出口。

滅絕師太抬頭向天，恨恨不已，喃喃自語：「楊逍，楊逍……多年來我始終不知你的下落，今日總教你落在我手中……」突然間轉過身來，說道：「好，你失身於他，迴護彭和尚，得罪丁師姊，瞞騙師父，私養孩兒……這一切我全不計較，我差你去做一件事，大功告成之後，你回來峨嵋，我便將衣缽和倚天劍都傳了於你，立你為本派掌門的繼承人。」

這幾句話只聽得衆人大為驚愕。丁敏君更是妒恨交迸，深怨師父不明是非，倒行逆施。

紀曉芙道：「師父但有所命，弟子自當盡心竭力，遵囑奉行。至於承受恩師衣缽眞傳，弟子自知德行有虧，武功低微，不敢存此妄想。」

滅絕師太道：「你隨我來。」拉住紀曉芙手腕，翩然出了茅舍，直往谷左的山坡上奔去，到了一處極空曠的所在，這才停下。

張無忌遠遠望去，但見滅絕師太站立高處，向四周眺望，然後將紀曉芙拉到身邊，輕輕在她耳旁說話，這才知她要說的話隱秘之極，不但生恐隔牆有耳，給人偷聽了去，而且連丁敏君等兩個徒兒也不許聽到。

張無忌躲在茅屋之後，不敢現身，遠遠望見滅絕師太說了一會話，紀曉芙低頭沉思，終於搖了搖頭，神態極是堅決，顯是不肯遵奉師父之命。只見滅絕師太舉起左掌，便要擊落，但手掌停在半空，卻不擊下，想是盼她最後終於回心轉意。

張無忌一顆心怦怦亂跳，心想這一掌擊在頭上，她是決計不能活命的了。他雙眼一霎也不敢霎，凝視着紀曉芙。

只見她突然雙膝跪地，卻堅決的搖了搖頭。滅絕師太手起掌落，擊中她的頂門。紀曉芙身子幌也不幌，一歪便跌倒在地，扭曲了幾下，便即不動。

張無忌又是驚駭，又是悲痛，伏在屋後長草之中，不敢動彈。

便在此時，楊不悔格格兩聲嬌笑，撲在張無忌背上，笑道：「捉到你啦，捉到你啦！」原來她在田野間亂跑，瞧見張無忌伏在草中，還道是跟她捉迷藏玩耍，撲過來捉他。張無忌反手摟住她身子，一手掩住她嘴巴，在她耳邊低聲道：「別作聲，別給惡人瞧見了。」楊不悔見他面色慘白，滿臉驚駭之色，登時嚇了一跳。

滅絕師太從高坡上急步而下，對丁敏君道：「去將她的孽種刺死，別留下禍根。」丁敏君見師父用重手擊斃紀曉芙，雖然暗自歡喜，但也忍不住駭怕，聽得師父吩咐，忙借了師妹貝錦儀的長劍，提在手中，來尋楊不悔。

張無忌抱着楊不悔，縮身長草之內，連大氣也不敢喘一口。

丁敏君前前後後找了一遍，不見那小女孩的蹤迹，待要細細搜尋，滅絕師太已罵了起來：「沒用的東西，連個小孩兒也找不到。」

貝錦儀平時和紀曉芙頗爲交好，眼見她慘死師父掌底，又要搜殺她遺下的孤女，心中不忍，說道：「我見那孩子似乎逃出谷外去了。」她知師父脾氣急躁，若在谷外找尋不到，決不耐煩回頭再找。雖然這個小女孩孤零零的留在世上，也未必能活，但總勝於親眼見她被丁敏君一劍刺死。滅絕師太道：「怎不早說？」狠狠白了她一眼，當先追出谷去。丁敏君和貝錦儀隨後跟去。

楊不悔尙不知母親已遭大禍，圓圓的大眼骨溜溜地轉動，露出詢問的神色。張無忌伏地聽聲，耳聽得那三人越走越遠，跳起身來，拉着楊不悔的手，奔向高坡。楊不悔笑道：「無忌哥哥，惡人去了麼？咱們到山上玩，是不是？」

張無忌不答，拉着她直奔到紀曉芙跟前。楊不悔待到臨近，才見母親倒在地下，大吃一驚，掙扎下地，大叫：「媽媽，媽媽！」撲在母親身上。

張無忌一探紀曉芙的呼吸，氣息微弱已極，但見她頭蓋骨已被滅絕師太這一掌震成了碎片，便是胡青牛到來，也必已難救性命。紀曉芙微微睜眼，見到張無忌和女兒，口唇畧動，似要說話，卻說不出半點聲音，眼眶中兩粒大大的眼淚滾了下來。張無忌從懷中取出金針，在她「神庭」、「印堂」、「承泣」等穴上用力刺了幾針，使她暫且感覺不到腦門劇痛。

紀曉芙精神畧振，低聲道：「我求……求你……送她到她爹爹那裏……我不肯……不肯害她爹爹……」左手伸到自己胸口，似乎要取甚麼物事，突然頭一偏，氣絕而死。

楊不悔摟住母親的屍身，只是大哭，不住口的叫：「媽媽，媽媽，你很痛麼？你很痛麼？」紀曉芙的身子漸漸冰冷，她卻兀自問個不停。她不懂母親爲甚麼一動也不動，爲甚麼不回答她的話。

張無忌心中本已悲痛，再想起自己父母慘亡之時，自己也是這麼伏屍號哭，忍不住淚如泉湧。兩人哭了一陣，張無忌心想：「紀姑姑臨死之時，求我將不悔妹子送到她爹爹那裏。嗯，她爹爹名叫楊逍，是明教中的光明左使者，住在崑崙山的甚麼坐忘峯中。我務必要將她送去。」他可不知崑崙山在極西數萬里外，他兩個孩子如何去得？眼見紀曉芙斷氣時曾伸手到胸口去取甚麼物事，於是在她頸中一摸，見掛着一根絲縧，上面懸着一塊黑黝黝的鐵牌，牌上用金絲鑲嵌着一個火焰之形。

張無忌也不知那是甚麼東西，除了下來，便掛在楊不悔頸中。到茅舍中取過一柄鐵鏟，挖了個坑將紀曉芙的屍身埋了。這時楊不悔已哭得筋疲力盡，沉沉睡去。待得醒來，張無忌費盡唇舌，才騙得她相信媽媽已飛了上天，要過很久很久，才從天上下來跟她相會。

當下張無忌胡亂煮些飯菜，和楊不悔兩人吃了，疲倦萬分，橫在榻上便睡。次日醒來，收拾了兩個小小包裹，帶了胡青牛留給他的十幾兩銀子，領著楊不悔到她母親墳前拜了幾拜。兩個孩兒離蝴蝶谷而去。

一對金銀血蛇相偎相倚，十分親熱，爬進了靈脂蘭藥糊圍成的圓圈之中。張無忌將一根竹筒放在圓圈的缺口外，提起竹棒，輕輕在銀冠血蛇的尾上一撥，那蛇立即鑽入了竹筒。

十四　當道時見中山狼

兩人走了大半日，方出蝴蝶谷，楊不悔腳小步短，已走不動了。歇了好一會，才又趕路，行行歇歇，第一晚便找不到客店人家，一直行到天黑，還是在荒山野嶺中亂闖，四下裏狼嗥梟啼，只嚇得楊不悔不住驚哭。

張無忌心下也是十分害怕，見路旁有個山洞，便拉着楊不悔躲在洞裏，將她摟在懷裏，伸手按住她耳朶，令她聽不見餓獸吼叫之聲。

這一夜兩個孩子又餓又怕，挨了一晚苦，次晨才在山中摘些野菓吃了，順着山路走一會，歇一會。行到中午時分，楊不悔突然尖聲大叫，指着路邊一株大樹。張無忌一看，只見樹上飄飄蕩蕩的掛着兩個乾屍，嚇得忙拉着她轉頭狂奔。

兩人七高八低的沒奔出十餘步，腳下石子一絆，一齊摔倒。張無忌大着膽子回頭一望，這一下更是吃驚，脫口而出叫道：「胡先生！」原來掛在樹上的一個乾屍這時被風吹得回過頭來，卻是胡青牛。另一個乾屍長髮披背，是個女屍，瞧她服色，正是胡青牛的妻子王難姑。

山風吹動她的身子和長髮，更加顯得陰氣森森。

張無忌定了好一會神，自己安慰自己：「不怕，不怕！」慢慢爬起身來，一步步走近，果見掛着的兩具屍體正是胡青牛夫婦。兩人臉頰上金光燦然，各自嵌上一朵小小的金花。張無忌心下恍然：「原來他們還是沒能逃出金花婆婆的毒手。」

只見山澗中一輛騾車摔得破爛不堪，一頭騾子淹死在澗水之中。

張無忌怔怔的流下淚來，解開繩索，將胡青牛夫婦的屍身從大樹上放了下來，忽然拍的一聲響，王難姑屍身的懷中跌出一本書來。拾起一看，是一部手寫的抄本，題簽上寫着「王難姑毒經」五字。翻將開來，書頁上滿是蠅頭小楷，密密麻麻的寫着諸般毒物的毒性、使用和化解之法，除了毒藥、毒草等等，各項活物如毒蛇、蜈蚣、蝎子、毒蛛，以及種種希奇古怪的魚介鳥獸、花木土石，無不具載。他隨手放在懷裏，將胡青牛夫婦的屍體並列了，捧些石頭土塊，草草堆成一墳，跪倒拜了幾拜，携了楊不悔的手覓路而行。

行出數里後走上了大路，不久到了一個小市鎮，張無忌便想買些飯吃，那知市鎮中家家戶戶都是空屋，竟連一個人影也無，無奈只得繼續趕路，但見沿途稻田盡皆龜裂，田中長滿了荆棘敗草，一片荒涼。張無忌心中慌亂，楊不悔能夠忍饑不哭，勉力行走，已算得是極乖，還能出甚麼主意？

走了一會，只見路邊臥着幾具屍體，肚腹乾癟，雙頰深陷，一見便知是餓死了的。越走這類餓殍越多。張無忌心下惶恐：「難道甚麼東西也沒得吃？咱們也要這般餓死不成？」

行到傍晚，到了一處樹林，只見林中有白烟嬝嬝升起。張無忌大喜，他自離開蝴蝶谷後，一路未見人烟，當下向白烟升起處快步走去。行到鄰近，只見兩個衣衫襤褸的漢子圍着一鍋熱氣騰騰的沸湯，正在鍋底添柴加火。兩個漢子聽到脚步聲，回過頭來，見到張無忌和楊不悔，臉上現出大喜過望之色，同時跳起身來。一人招手道：「小娃娃，好極，過來，快過來。你同來的大人呢？他們到那裏去了？」張無忌道：「就只我們兩人，沒大人相伴。」兩個大漢相顧大笑，同聲說道：「運氣，運氣！」

張無忌餓得慌了，探頭到鍋中一看，瞧是煮甚麼，只見鍋中上下翻滾，都是些青草。一名漢子一把揪過楊不悔，獰笑道：「這口小羊又肥又嫩，今晚飽餐一頓，那是舒服得緊了。」另一名漢子道：「不錯，男的娃娃留着明兒吃。」

張無忌大吃一驚，喝道：「幹甚麼？快放開我妹子。」那漢子全不理睬，嗤的一聲，便撕破了楊不悔身上衣服，伸手從靴子裏拔出一柄牛耳尖刀，笑道：「很久沒吃這麼肥嫩的小羊了。」提着楊不悔走到一旁，似乎便要宰殺。另一名漢子拿了一隻土缽跟在後面，說：「羊血丟了可惜，煮一鍋羊血羹，味兒才不壞呢。」

張無忌只嚇得魂飛天外，瞧他們並非說笑，實是有宰殺楊不悔之意，大叫：「你們想吃人麼？也不怕傷天害理？」那手持土缽的漢子笑道：「老子有三個月沒吃一粒米了，不吃人，還能吃牛吃羊麼？」生怕張無忌逃跑，過來伸手便揪他頭頸。

張無忌側身讓開，左手一帶，右掌拍的一下，正中他後心要害。他得金毛獅王謝遜傳授武功秘訣，又自父親處學得武當長拳，這幾年中雖然潛心醫術，沒有用功練武，但生平所習所見盡是最上乘的武功。這一掌奮力擊出，便是習武多年的武師只怕也不易抵受，何況一個尋常村漢？那漢子哼了一聲，俯伏在地，一動也不能動了。

張無忌立即縱身躍到楊不悔身旁。那漢子喝道：「先宰了你！」提起尖刀，便往他胸口揷下。張無忌使招武當長拳的「雁翅式」，飛起右脚，正中那人手腕。那人尖刀脫手飛出。張無忌一招鴛鴦連環腿，左右跟着踢出，直中那人下顎。那人正在張口呼喝，下顎被踢得急速合上，將自己半截舌頭咬了下來，狂噴鮮血，暈死過去。張無忌忙扶起楊不悔。

便在此時，只聽得脚步聲響，又有幾人走進林來。楊不悔嚇得怕了，聽見人聲，便撲在張無忌懷裏。張無忌抬頭一看，登時寬心，叫道：「是簡大爺、薛大爺。」進林來的共是五人，一個是崆峒派的簡捷，另外是華山派的薛公遠和他們兩個同門，這四個人都是張無忌給治好了的。最後是個二十歲上下的青年漢子，貌相威壯，額頭奇闊，張無忌卻未見過。

簡捷哼了一聲，道：「張兄弟，你也在這裏？這兩人怎麼了？」說着手指倒在地下的兩名漢子。張無忌氣憤憤的說了，最後道：「連活人也敢吃，那不是無法無天了麼？」

簡捷橫眼瞧着楊不悔，突然嘴角邊滴下饞涎，伸舌頭在嘴唇上下舐了舐，自言自語：「他媽的，五日五夜沒一粒米下肚，儘啃些樹皮草根……嗯，細皮白肉，肥肥嫩嫩的……」張無忌見他眼中射出饑火，像是頭餓狼一般，裂開了嘴，牙齒閃閃發亮，神情甚是可怖，忙將楊不悔摟在懷裏。

薛公遠道：「這女孩的媽媽呢？」張無忌心想：「我若說姑姑死了，他們更會轉壞念頭。」便道：「紀女俠買米去啦，轉眼便來。」楊不悔忽道：「不，我媽媽飛上天去啦！」

簡捷和薛公遠等一聽兩人的話，便知紀曉芙已死。薛公遠冷笑道：「買米？周圍五百里地內，你給我找出一把米來，算你本事。」簡捷向薛公遠打個眼色，兩人霍地躍起。簡捷兩手抓住張無忌雙臂。薛公遠左手掩住楊不悔的嘴，右臂便將她抱了起來。

張無忌驚道：「你們幹甚麼？」簡捷笑道：「鳳陽府赤地千里，大夥兒餓得熬不住啦。這女孩兒又不是你甚麼人，待會兒也分你一份便是。」張無忌罵道：「你們枉自爲英雄好漢，怎能欺侮她小小孤女？這事傳揚開去，你們還能做人麼？」

簡捷大怒，左手仍是抓住他，右手夾臉打了他兩拳，喝道：「連你這小畜生也一起宰了，我們本來嫌一隻小羊不夠吃的。」

張無忌適才舉手投足之間便擊倒兩名村漢，甚是輕易，但聖手伽藍簡捷是崆峒派好手，一雙手上練了數十年的功夫，張無忌給他緊緊抓住了，卻那裏掙扎得脫？薛公遠的兩名師弟取過繩索，將兩個孩子都綁了。張無忌知道今日已然無倖，狂怒之下，好生後悔，當初實不該救了這幾人的性命，那料到人心反覆，到頭來竟會恩將仇報。

簡捷道：「小畜生，你治好了老子頭上的傷，你就算於老子有恩，是不是？你心中一定在痛罵老子，是不是？」張無忌道：「這難道不是恩將仇報？我和你們無親無故，若非我出手相救，你們四人的奇傷怪病能治得好麼？」

薛公遠笑道：「張少爺，我們受傷之後醜態百出，都讓你瞧在眼裏啦，傳將出去，大夥兒在江湖上也不好做人。今兒我們實在餓得慌了，沒幾口鮮肉下肚，性命也是活不成，你救人救到底，送佛送上天，再救我們一救罷。」簡捷惡狠狠的猙獰可怕，倒也罷了，這薛公遠笑嘻嘻的陰險狠毒模樣，張無忌瞧着尤其覺得寒心，大聲道：「我是武當子弟，這小妹子是峨嵋派的。你們害了我二人不打緊，武當五俠和滅絕師太能便此罷休嗎？」

簡捷一愕，「哦」了一聲，覺得這話倒是不錯，武當派和峨嵋派的人可眞惹不起。薛公遠笑道：「這裏天知地知，你知我知，等你到了我肚裏，再去向張三丰老道訴苦罷。」簡捷哈哈大笑，說道：「肚裏餓得冒出火來啦，你便是我的親兄弟、親兒子，我也連皮帶骨的吞了你。」轉頭向薛公遠的兩個師弟喝道：「快生火燒湯啊。還等甚麼？」那二人提起地下的鐵鍋，一個到溪裏去舀水，另一個便生起火來。

張無忌道：「薛大爺，那兩個人反正已死了，你們肚餓要吃人，吃了他不好麼？」

薛公遠笑道：「這兩條死漢子全身皮包骨頭，又老又韌，又臭又硬，天下那有不吃嫩羊吃老羊的道理？」

張無忌自來極有骨氣，若是殺他打他，決不能討半句饒，但這時身陷歹人之手，竟要給人活生生的煮來吃了，不由得張惶失措，哀求了幾句。薛公遠反而不住嘲笑：「哈哈，武當派、峨嵋派的弟子在江湖上逞強稱霸，今日卻給我們一口一口的咬來吃了，張三丰和滅絕老尼知道了，不氣死才怪。」

張無忌提氣大喝：「薛大爺，你們既是非吃人不可，就將我吃了罷，只求你們放了這個小妹子，我張無忌死而無怨。」薛公遠道：「爲甚麼？」張無忌道：「她媽媽去世之時，托我將這個小妹子去交給她爹爹。你們今日吃我一人，也已夠飽了，明日可以再去買牛羊米飯，就饒了這小姑娘罷。」

簡捷見他臨危不懼，小小年紀，竟大有俠義之風，倒也頗爲欽佩，不禁心動，躊躇道：

「怎樣？」薛公遠道：「饒了小女娃娃不打緊，只是洩漏了風聲，日後宋遠橋、俞蓮舟他們找上門來，簡大哥有把握打發便成。」簡捷點頭道：「薛兄弟說得是。我是個胡塗蛋，從不想想往後的日子。」說話之間，那名華山派弟子提了鍋清水回來，放在火上煮湯。

張無忌知道事情緊急，叫道：「不悔妹妹，你向他們發個誓，以後決不說出今日的事來。」楊不悔迷迷糊糊的哭道：「不能吃你啊，不能吃你啊。」她也不懂張無忌說些甚麼，隱隱約約之間，只知道他是在捨身相救自己。

那氣概軒昂的青年漢子默然坐在一旁，一直不言不動。簡捷向他瞪了一眼，道：「徐小舍，想吃羊肉，也得惹一身羊騷氣啊。」濠泗一帶，對年輕漢子稱爲「小舍」。那青年道：「是！」從腰間拔出一柄短刀，說道：「殺豬屠羊，是我的拿手本事。」橫咬短刀在口，一手提了張無忌，一手提了楊不悔，向山溪邊走去。張無忌破口大罵，想張口去咬他手臂，卻咬不到。

那徐小舍走出十餘步。薛公遠叫道：「徐小舍，便在這兒開剝罷。」那徐小舍回頭道：「在溪中開膛破肚的好，洗得乾淨些。」口中咬了刀子，說話模糊不清，腳下並不停步。薛公遠道：「我叫你在這裏，便在這裏。」他瞧出徐小舍神情有些不對，生怕他想獨吞，帶了兩個小孩逃走。

徐小舍低聲道：「快逃！」將兩人在地下一放，伸刀割斷了縛住二人的繩索。張無忌道：「多謝救命大恩。」拉着楊不悔的手，拔步飛奔。

簡捷和薛公遠齊聲怒吼，縱身追去。那徐小舍橫刀攔住，喝道：「站住！」

簡捷和薛公遠見他橫刀當胸，威風凜凜的攔在面前，倒是一怔。簡捷喝道：「幹甚麼？」

急了，娘老子也吃。」揮手向兩個師弟喝道：「快追，快追！」

張無忌見楊不悔跑不快，將她抱起，他本已人小步短，這麼一來，逃得更慢了。

簡捷和薛公遠各挺兵刃，夾攻那姓徐的漢子。鬥了一陣，簡捷刷的一刀，砍中了徐小舍大腿，登時鮮血淋漓。徐小舍抵敵不住，突然提起短刀，向薛公遠擲去。薛公遠側身閃避，徐小舍便衝了出去。簡薛二人也不追趕，逕自來捉張楊二小。徐小舍遠遠叫道：「張兄弟休慌，我去叫幫手來救你。」簡薛二人上前合圍，登時將張無忌和楊不悔又縛住了。

簡捷瞪眼罵道：「這姓徐的吃裏扒外，不是好人，你們怎地跟他做一路？」薛公遠道：「路上撞到的同伴，誰知他是好人壞人？他說姓徐，叫甚麼徐達。你別信他鬼話，天都快黑了，到那兒叫幫手去。」一名華山派的弟子道：「聽他口音，是鳳陽府本地人，便叫些鄉下人來，咱們也不怕。」簡捷笑道：「鳳陽府的人，哈哈，個個餓得爬也爬不動了。咱們快把兩口小羊煮得香香的，飽餐一頓是正經。」

張無忌二次被擒，被打得口鼻青腫，衣衫都扯破了，懷中銀兩物品，都掉在地上。他心想：「原來這位姓徐的大哥叫做徐達，此人實是個好朋友，只可惜我命在頃刻，不能和他結交了。」一低頭，只見一本黃紙抄本掉在地下，書頁隨風翻動，正是從王難姑屍身上取來的那部「王難姑毒經」，順眼往書頁上瞧去，只見赫然寫着「毒菌」兩個大字，其後小字詳載各種毒菌的形狀、氣味、顏色、毒性、解法，一種又是一種，他心中正亂，那裏看得入腦？突然間一瞥之間，只見左首四五尺外，一段腐朽的樹幹下生着十餘棵草菌，顏色鮮艷奪目，心中一動：「這不知是甚麼菌，不知有毒無毒？毒經上說大凡毒菌均是顏色鮮明。這些草菌若是劇毒之物，不悔妹妹尙有活命之望。」

他這時也已不想自己求生，反正體內寒毒難除，今日便逃得性命，也不過多活幾個月，一意只盼能救得楊不悔。他坐在地下，移動雙脚和臀部，慢慢挨將過去，轉過身來，伸手將那些草菌都摘了下來。這時天色已黑，各人饑火中燒，誰也沒留心他。

張無忌忽然眼望徐達逃去之處，跳起身來，叫道：「徐大哥，你帶了人來啦，救命，救命！」簡捷等信以爲眞，四人抓起兵器，都跳了起來。張無忌乘四人凝視東方，倒退兩步，反手將草菌都投入了鐵鍋。

簡捷等不見有人，都罵：「小雜種，你想瘋了也沒人來救你。」薛公遠道：「開刀了，誰來動手？」簡捷道：「我宰女娃子，你宰那男的。」說着一把揪了楊不悔。

張無忌道：「薛大爺，我口渴得緊，你給我喝碗熱湯，我死了做鬼也不纏你。」薛公遠道：「好，喝碗熱湯打甚麼緊？」便舀碗熱湯給他。

熱湯尙未送到嘴邊，張無忌便大聲讚道：「好香，好香！」那些草菌在熱湯中一熬，確是香氣撲鼻。薛公遠早就餓得急了，聞到菌湯香氣，便不拿去餵張無忌，自己喝了下肚，舐了舐嘴唇，道：「鮮得緊！」又去舀了一碗。簡捷挾手搶過，大口喝了，興猶未盡，又喝了一碗。薛公遠和華山派其餘兩名弟子也都喝了兩碗，久饑之下，兩碗熱騰騰的鮮湯下肚，均感說不出的舒服。簡捷還撈起鍋中草菌，大口咀嚼。誰也沒問草菌從何而來。

簡捷吃完草菌，拍了拍肚子，笑道：「先打個底兒，再吃羊肉。」左手提起楊不悔後領，右手提了刀子。張無忌見衆人喝了菌湯後若無其事，心想原來這些草菌無毒，不禁暗暗叫苦。簡捷走了兩步，忽然叫道：「啊喲！」身子搖幌了幾下，摔跌在地，將楊不悔和刀子都抛在一旁。薛公遠驚道：「簡兄，怎麼啦？」奔過去俯身看時，這一彎腰，便再也站不直了，撲在簡捷身上。那兩名華山派弟子跟着也毒發而斃。

張無忌大叫：「謝天謝地！」滾到刀旁，反手執起，將楊不悔手上的繩索割斷。楊不悔顫着雙手，把張無忌的手掌刺破了兩處，這才割斷他手上繩索。兩人死裏逃生，歡喜無限，摟抱在一起。

過了一會，張無忌去看簡薛四人時，只見每人臉色發黑，肌肉扭曲，死狀甚是可怖，心想：「毒物能殺惡人，也就是能救好人。」當下將那部「王難姑毒經」珍而重之的收在懷內，決意日後好好研讀。

張無忌攜了楊不悔的手，穿出樹林，正要覓路而行，忽見東首火把照耀，有七八人手執兵器，快步奔來。張楊二人忙在草叢中躲起。那干人奔到鄰近，只見當先一人正是徐達，他左手高舉火把，右手挺着長槍，大聲吆喝：「傷天害理的吃人惡賊，快納下命來！」

衆人奔進樹林，見簡薛等四人死在當地，無不愕然。徐達叫道：「張兄弟，你沒事麼？我們救你來啦！」張無忌叫道：「徐大哥，兄弟在這裏！」從草叢中奔出。

徐達大喜，一把將他抱起，說道：「張兄弟，似你這等俠義之人，別說孩童，大人中也是少見，我生怕你已傷於惡賊之手，天幸好有好報，惡有惡報，正是報應不爽。」問起簡薛等人如何中毒，張無忌說了毒菌煮湯之事，眾人又都讚他聰明。

徐達道：「這幾個都是我的好朋友，他們宰了一條牛，大夥兒正好在皇覺寺中煮食，我去一叫便來。但若不是張兄弟機智，我們還是來得遲了。」當下替張無忌一一引見。一個方面大耳的姓湯名和；一個英氣勃勃的姓鄧名愈；一個黑臉長身的姓花名雲；兩個白淨面皮的親兄弟，兄長吳良，兄弟吳禎。最後是個和尚，相貌十分醜陋，下巴向前挑出，猶如一柄鐵鏟相似，臉上凹凹凸凸甚多瘢痕黑痣，雙目深陷，炯炯有神。徐達道：「這位朱大哥，名叫元璋，眼下在皇覺寺出家。」花雲笑道：「他做的是風流快活和尚，不愛唸經拜佛，整日便喝酒吃肉。」

楊不悔見了朱元璋的醜相，心中害怕，躲在張無忌背後。朱元璋笑道：「和尚雖然吃肉，卻不吃人，小妹妹不用害怕。」

湯和道：「咱們煮的那鍋牛肉，這時候也該熟了。」花雲道：「快走！小妹妹，我來揹你。」將楊不悔負在背上，大踏步便走。張無忌見這干人豪爽快活，心中也自歡喜。

走了四五里路，來到一座廟宇。走進大殿，便聞到一陣燒肉的香氣。吳良叫道：「熟啦，熟啦！」徐達道：「張兄弟，你在這兒歇歇，我們去端牛肉出來。」

張無忌和楊不悔並肩坐在大殿蒲團上。朱元璋、徐達、湯和、鄧愈七手八脚，捧出大盆大缽的熟牛肉。吳良、吳禎兄弟提了一罈白酒，大夥兒便在菩薩面前歡呼暢飲。張無忌和楊不悔已餓了數日，此時有牛肉下肚，自是說不出的暢快。

花雲道：「徐大哥，咱們的教規甚麼都好，就是不許吃肉，未免有點兒那個。」

張無忌心中一凜：「原來他們也都是明教的。明教的規矩是食青菜，拜魔王，他們卻在這裏大吃牛肉。」

徐達道：「咱們教規的第一要義是『行善去惡』，吃肉雖然不好，但那是末節。這當兒無米無菜，難道便眼睜睜的瞧着熟牛肉，卻活生生的餓死麼？」鄧愈拍手叫道：「徐大哥的話從來最有見地，吃啊，吃啊！」

正吃喝間，忽然門外脚步聲響，跟着有人敲門。湯和跳起身來，叫道：「啊也！張員外家中尋牛來啦！」只聽得廟門被人一把推開，走進來兩個挺胸凸肚的豪僕。一人叫道：「好啊！員外家的大牯牛，果然是你們偷吃了！」說着一把揪住朱元璋。另一人道：「你這賤和尚，今兒賊贓俱在，還逃到那裏去？明兒送你到府裏，一頓板子打死你。」

朱元璋笑道：「當眞胡說八道，你怎敢胡賴我們偷了員外的牯牛？出家人吃素唸佛，你賴我吃肉，這不罪過麼？」那豪僕指着盤鉢中的牛肉，喝道：「這還不是牛肉？」

朱元璋使個眼色，笑嘻嘻的道：「誰說牛肉？」吳良、吳禎兄弟走到兩名豪僕身後，一聲吆喝，抓住兩人手臂。

朱元璋從腰間拔出一柄匕首，笑道：「兩位大哥，實不相瞞，我們吃的不是牛肉，乃是人肉。今日既給你們見到，只好吃了兩位滅口，以免洩漏。」嗤的一聲，將一名豪僕胸口衣服劃破，刀尖帶得他胸膛上現出一條血痕。那豪僕大驚，連叫：「饒……饒命……」

朱元璋抓起一把牛肉，分別塞在二人口中，喝道：「吞下去！」兩人嚼也不敢嚼，便吞了下肚。朱元璋走到廚下，抓了一大把牛毛，分別塞在二人口中，喝道：「快吞下！」二人只得苦着臉又吞下了。朱元璋笑道：「你若去跟員外說我偷了他的牯牛，咱們便破肚開膛對質，瞧是誰吃了牛肉，連牛毛也沒拔乾淨。」翻轉刀子，用刀背在那人肚腹上一拖。那人只覺冷冰冰的刀子在肚子劃過，嚇得尖聲大叫。

吳氏兄弟哈哈大笑，抬脚在兩人屁股上用力一脚，踢得兩人直滾出殿外。衆人放懷大吃，笑罵兩名豪僕自討苦吃，平日仗着張員外的勢頭，欺壓鄉人，這一次害怕剖肚對質，決計不敢向員外說衆人偷牛之事。

張無忌又是好笑，又是佩服，心道：「這姓朱的和尚容貌雖然難看，行事卻乾淨爽快，制得人半點動彈不得，手段好生厲害。」

朱元璋等早聽徐達說了，張無忌甘捨自己性命相救楊不悔，都喜愛他是個俠義少年，不以尋常孩童相待，敬酒敬肉，當他是好朋友一般。

飲到酣處，鄧愈嘆道：「咱們漢人受胡奴欺壓，受了一輩子的骯髒氣，今日弄到連苦飯也沒一口吃，這樣的日子，如何再過得下去？」花雲拍腿叫道：「眼見鳳陽府已死了一半百姓，我看天下到處都是一般，與其眼睜睜的餓死，不如跟韃子拚一拚。」徐達朗聲道：「今日人命賤於豬狗，這兩個小兄弟小妹妹，險些便成了旁人肚中之物。普天之下，不知有多少良民百姓成爲牛羊？男子漢大丈夫不能救人於水火之中，活着也是枉然。」湯和也道：「不錯。咱們今日運氣好，偷到一條牯牛宰來吃了，明日未必再偷得到。天下的好漢子大多衣食不週，難道叫英雄豪傑都去作賊？」各人越說越氣憤，破口大罵韃子害人。

朱元璋道：「咱們在這兒千賊萬賊的亂罵，又罵得掉韃子一根毛麼？是有骨氣的漢子，便殺韃子去！」湯和、鄧愈、花雲、吳氏兄弟等齊聲叫了起來：「去，去！」

徐達道：「朱大哥，你這勞什子的和尚也不用當啦。你年紀最大，大夥都聽你的話。」

朱元璋也不推辭，說道：「今後咱們同生同死，有福同享，有難同當。」衆人一齊拿起酒碗喝乾了，拔刀砍桌，豪氣干雲。

楊不悔瞧着衆人，不懂他們說些甚麼，暗自害怕。張無忌卻想：「太師父一再叮囑，叫我決不可和魔教中人結交。可是常遇春大哥和這位徐大哥都是魔教中人，比之簡捷、薛公遠這些名門正派的弟子，爲人卻好上萬倍了。」他對張三丰向來敬服之極，然從自身的經歷而言，卻覺太師父對魔教中人不免心存偏見。雖然如此，仍想太師父的言語不可違拗。

朱元璋道：「好漢子說做便做，這會兒吃得飽飽的，正好行事。張員外家今日宴請韃子官兵，咱們先去揪來殺了。」花雲道：「妙極！」提刀站了起來。

徐達道：「且慢！」到厨下拿一隻籃子，裝了十四五斤熟牛肉，交給張無忌，說道：「張兄弟，你年紀還小，不能跟我們幹這殺官造反的勾當。我們這幾個人人窮得精打光，身上沒半分銀子，只好送這幾斤牛肉給你。若是我們僥倖不死，日後相見，大夥兒好好再吃一頓牛肉。」

張無忌接過籃子，說道：「但盼各位建立大功，趕盡韃子，讓天下百姓都有飯吃。」

朱元璋、徐達、湯和、鄧愈等聽了，都拍手讚好，說道：「張兄弟，你說得眞對，咱們後會有期。」說着各挺兵刃，出廟而去。

張無忌心想：「他們此去是殺韃子，若不是帶着這個小妹子，我也跟他們一起去了。他們只有七個人，倘是寡不敵衆，張員外家中的韃子和莊丁定要前來追殺，這廟中是不能住了。」於是挽了一籃牛肉，和楊不悔出廟而去。

黑暗中行了四五里，猛見北方紅光衝天而起，火勢甚烈，知是朱元璋、徐達等人得手，已燒了張員外的莊子，心中甚喜。當晚兩人在山野間睡了半夜，次晨又向西行。

兩個小孩沿途風霜飢寒之苦，說之不盡。幸好楊不悔的父母都是武學名家，先天體質壯健，小小女孩長途跋涉，居然沒有生病，便有輕微風寒，張無忌採些草藥，隨手便給她治好了。但兩人每日行行歇歇，最多也不過走上二三十里，行了十五六天，方到河南省境。

河南境內和安徽也是無多分別，處處饑荒，遍地餓殍。張無忌做了一副弓箭，射禽殺獸，飽一天餓一天的，和楊不悔慢慢西行。幸好途中沒遇上蒙古官兵，也沒逢到江湖人物，至於尋常的無賴奸徒想打歹主意，卻那裏是張無忌的對手？

有一日他跟途中遇到的一個老人閒談，說要到崑崙山坐忘峯去。這老人雙目圓睜，驚得呆了，說道：「小兄弟，崑崙山離這裏何止十萬八千里，聽說當年有唐僧取經，這才去過。你們兩個娃娃，可不是發瘋了麼？你家住那裏，快快回家去罷！」

張無忌一聽之下，不禁氣沮，暗想：「崑崙山這麼遠，那是去不了的啦，只好到武當山去見太師父再說。」但轉念又想：「我受人重託，雖然路遠，又怎能中途退縮？我壽命無多，倘若不在身死之前將不悔妹妹送到，便是對不起紀姑姑。」不再跟那老人多說，拉着楊不悔的手便行。

又行了二十餘天，兩個孩子早是全身衣衫破爛，面目憔悴。張無忌最爲煩惱的，卻是楊不悔時時吵着要媽媽，見媽媽總是不從天上飛下來，往往便哭泣半天。張無忌多方譬喻開導，說這一路西去，便是去尋她媽媽，又說個故事，扮個鬼臉，逗她破涕爲笑。

這一日過了駐馬店，已是秋末冬初，朔風吹來，兩個孩子衣衫單薄，都禁不住發抖。張無忌除下自己破爛的外衫給楊不悔穿上。楊不悔道：「無忌哥哥，你自己不冷麼？」張無忌道：「我不冷，熱得緊。」使力跳了幾下。楊不悔道：「你待我眞好！你自己也冷，卻把衣服給我穿。」這小女孩斗然間說起大人話來，張無忌不由得一怔。

便在此時，忽聽得山坡後傳來一陣兵刃相交的叮噹之聲，跟着脚步聲響，一個女子聲音叫道：「惡賊，你中了我的餵毒喪門釘，越是快跑，發作得越快！」

張無忌急拉楊不悔在路旁草叢中伏下，只見一個三十來歲的壯漢飛步奔來，數丈後一個女子手持雙刀，追趕而至。那漢子脚步踉蹌，突然間足下一軟，滾倒在地。那女子追到他身前，叫道：「終叫你死在姑娘手裏！」那漢子驀地躍起，右掌拍出，波的一聲，正中那女子胸口。這一下力道剛猛，那女子仰天跌倒，手中雙刀遠遠摔了出去。

那漢子反手從自己背上拔下喪門釘，恨恨的道：「取解藥來。」那女子冷笑道：「這次師父派我們出來捉你，只給餵毒暗器，不給解藥。我既落在你手裏，也就認命啦，可是你也別指望能活命。」那漢子左手以刀尖指住她咽喉，右手到她衣袋中搜尋，果然不見解藥。那漢子怒極，提起那枚餵毒喪門釘用力一擲，釘在那女子肩頭，喝道：「叫你自己也嘗嘗餵毒喪門釘的滋味，你崑崙派……」一句話沒說完，背上毒性發作，軟垂在地。那女子想掙扎爬起，但哇的一聲吐出一口鮮血，又再坐倒，拔出肩頭的喪門釘，拋在地下。

一男一女兩人臥在道旁草地之中，呼吸粗重，不住喘氣。張無忌自從醫治簡捷、薛公遠而遭反噬之後，對武林中人深具戒心，這時躲在一旁觀看動靜，不敢出來。

過了一會，只聽那漢子長長嘆了口氣，說道：「我蘇習之今日喪命在駐馬店，仍是不知如何得罪了你們崑崙派，當眞是死不瞑目。你們追趕了我千里路，非殺我不可，到底爲了甚麼？詹姑娘，你好心跟我說了罷！」言語之中，已沒甚麼敵意。

那女子詹春知道師門這餵毒喪門釘的厲害，眼見勢將和他同歸於盡，已是萬念俱灰，幽幽的道：「誰叫你偷看我師父練劍，這路『崑崙兩儀劍』，若不是他老人家親手傳授，便是本門弟子偷瞧了，也要遭剜目之刑，何況你是外人？」蘇習之「啊」的一聲，說：「他媽的，該死，該死！」詹春怒道：「你死到臨頭，還在罵我師父？」

蘇習之道：「我罵了便怎樣？這不是冤枉麼？我路過白牛山，無意中見到你師父使劍，覺得好奇，便瞧了一會。難道我瞧得片刻，便能將這路劍法學去了？我眞有這麼好本事，你們幾名崑崙子弟又奈何得了我？詹姑娘，我跟你說，你師父鐵琴先生太過小氣，別說我沒學到這『崑崙兩儀劍』的一招半式，就算學了幾招，那也不能說是犯了死罪啊。」

詹春默然不語，心中也暗怪師父小題大做，只因發覺蘇習之偷看使劍，便派出六名弟子，千里追殺，終於落到跟此人兩敗俱傷，心想事到如今，這人也已不必說謊，他既說並未偷學武功，自是不假。

蘇習之又道：「他給你們餵毒暗器，卻不給解藥，武林中有這個規矩麼？他媽的……」

　　詹春柔聲道：「蘇大哥，小妹害了你，此刻心中好生後悔，好在我也陪你送命，這叫做命該如此。只是累了你家大嫂和公子小姐，實在過意不去。」蘇習之嘆道：「我女人已在兩年前身故，留下一男一女兩個孩子，一個六歲，一個四歲，明日他們便是無父無母的孤兒了。」詹春道：「你府上還有誰啊？有人照料孩子麼？」蘇習之道：「此刻由我嫂子在照看着。我嫂子脾氣暴躁，爲人刁蠻，就只對我還忌着幾分。唉！今後這兩個娃娃，可有得苦頭吃了。」詹春低聲道：「都是我作的孽。」

　　蘇習之搖頭道：「那也怪你不得。你奉了師門嚴令，不得不遵，又不是自己跟我有甚麼冤仇？其實，我中了你的餵毒暗器，死了也就算了，何必再打你一掌，又用暗器傷你？否則我以實情相告，你良心好，必能設法照看我那兩個苦命的孩兒。」詹春苦笑道：「我是害死你的兇手，怎說得上心好？」蘇習之道：「我沒怪你，眞的，並沒怪你。」

　　適才兩人拚命惡鬥，這時均自知命不久長，留戀人世，心中便俱有仁善意。

　　張無忌聽到這裏，心想：「這一男一女似乎心地不惡，何況那姓蘇的家中尙有兩個孩兒。」想起自己和楊不悔身爲孤兒之苦，便從草叢中走了出來，說道：「詹姑娘，你喪門釘上餵的是甚麼毒藥？」

　　蘇習之和詹春突然見草叢中鑽出一個少年、一個女孩，已覺奇怪，聽得張無忌如此詢問，更是驚訝。張無忌道：「我粗通醫理，兩位所受的傷毒，未必無救。」詹春道：「是甚麼毒藥，我可不知道。傷口中奇癢難當。我師父說道，中了這喪門釘後，只有四個時辰的性命。」張無忌道：「讓我瞧瞧傷勢。」

蘇詹二人見他年紀既小，又是衣衫破爛，全身污穢，活脫是個小叫化子，那裏信他能治傷毒？蘇習之粗聲道：「我二人命在頃刻，小孩兒快別在這兒囉唣，給我走得遠遠的罷。」

張無忌不去睬他，從地上拾起喪門釘，拿到鼻邊一聞，嗅到一陣淡淡的蘭花香。這些日來，他途中有暇，便翻讀王難姑所遺的那部「毒經」，於天下千奇百怪的毒物毒藥，已莫不了然於胸，一聞到這陣香氣，即知喪門釘上餵的是「青陀羅花」的毒汁。「毒經」上言道，這花汁原有腥臭之氣，本身並無毒性，便喝上一碗，也絲毫無害，但一經和鮮血混和，卻生劇毒，同時腥臭轉爲清香，說道：「這是餵了青陀羅花之毒。」

詹春並不知喪門釘上餵的是何毒藥，但師父的花圃中種有這種奇花，她卻是知道的，奇道：「咦，你怎知道？」要知青陀羅花是極罕見的毒花，源出西域，中土向來所無。張無忌點了點頭，說道：「我知道。」携了楊不悔的手，道：「咱們走罷。」

詹春忙道：「小兄弟，你若知治法，請你好心救我二人一命。」張無忌原本有心相救，但突然想到簡捷和薛公遠要吃人肉時那猙惡的面貌，不由得躊躇。蘇習之道：「小相公，在下有眼不識高人，請你莫怪。」

張無忌道：「好罷！我試一試看。」取出金針，在詹春胸口「膻中穴」及肩旁左右「缺盆穴」刺了幾下，先止住她胸口掌傷的疼痛，說道：「這青陀羅花見血生毒，入腹卻是無碍。兩位先用口相互吮吸傷口，至血中絕無凝結的細微血塊爲止。」

蘇習之和詹春都頗覺不好意思，但這時性命要緊，傷口又在自己吮吸不到的肩背之處，只得輪流替對方吸出傷口中毒血。張無忌在山邊採了三種草藥，嚼爛了替二人敷上傷口，說道：「這三味草藥能使毒氣暫不上攻，療毒卻是無效。咱們到前面市鎮去，尋到藥店，我再給你們配藥療毒。」蘇詹二人的傷口本來癢得難過之極，敷上草藥，登覺清涼，同時四肢也不再痲軟，當下不住口的稱謝。二人各折一根樹枝作為拐杖，撐着緩步而行。詹春問起張無忌的師承來歷，張無忌不願細說，只說自幼便懂醫理。

行了一個多時辰，到了沙河店，四人投店歇宿。張無忌開了藥方，蘇習之便命店伴去抓藥。這一年豫西一帶未受天災，雖然蒙古官吏橫暴殘虐，和別地無甚分別，但老百姓總算還有口飯吃。沙河店鎮上店鋪開設如常。店伴抓了藥來，張無忌把藥煮好了，餵着蘇習之和詹春服下。

四人在客店中住了三日。張無忌每日變換藥方，外敷內服，到了第四日上，蘇詹二人身上所中劇毒已全部驅除。二人自是大為感激，問起張無忌和楊不悔要到何處。張無忌說了崑崙山坐忘峯的地名。

詹春道：「蘇大哥，咱兩人的性命，是蒙這位小兄弟救了，可是我那五個師兄卻仍在到處尋你，這件事情還沒了結。你便隨我上崑崙山走一遭，好不好？」蘇習之吃了一驚，道：「上崑崙山？」詹春道：「不錯。我同你去拜見家師，說明你確實並未學到『崑崙兩儀劍』的一招半式。此事若不得他老人家原宥，你日後總是禍患無窮。」蘇習之心下着惱，說道：「你崑崙派忒也欺人太甚，我只不過多看了一眼，累得險些進入鬼門關，該放手了罷？」詹春柔聲道：「蘇大哥，你替小妹想想這中間的難處。我去跟師父說，你確實沒學到劍法，那也沒甚麼，但我那五個師兄倘若再出手傷你，小妹心中如何過意得去？」

他二人出生入死的共處數日，相互已生情意，蘇習之聽了她這軟語溫存的說話，胸中氣惱登時消了，又想：「崑崙派人多勢衆，給他們陰魂不散的纏上了，免不了還是將性命送在他們手裏爲止。」詹春見他沉吟，又道：「你先陪我走一遭。你有甚麼要緊事，咱們去了崑崙山之後，小妹再陪你一道去辦如何？」蘇習之喜道：「好，便是這般着。只不知尊師肯不肯信？」詹春道：「師父素來喜歡我，我苦苦相求，諒來不會對你爲難。這件事一了結，小妹還想去瞧瞧你的少爺小姐，免得他兩個小孩兒受你嫂子欺侮。」

蘇習之聽她這般說，顯有以身相許之意，心中大喜，對張無忌道：「小兄弟，咱們都上崑崙山去，大夥兒一起走，路上也有個伴兒。」詹春道：「崑崙山脈綿延千里，不知有多少山峯，那坐忘峯不知坐落何處。但我們崑崙派要在崑崙山中找一座山峯，總能找到。」

次日蘇習之僱了一輛大車，讓張無忌和楊不悔乘坐，自己和詹春乘馬而行。到了前面大鎮上，詹春又去替張無忌和楊不悔買了幾套衣衫，把兩人換得煥然一新。蘇詹二人見這對孩兒洗沐換衣之後，男的英俊，女的秀美，都大聲喝起采來。

兩個孩子直到此時，始免長途步行之苦，吃得好了，身子也漸漸豐腴起來。

漸行漸西，天氣一天冷似一天，沿途有蘇習之和詹春兩人照看，一路平安無事。到得西域後，崑崙派勢力雄強，更無絲毫阻碍，只是黃沙撲面，寒風透骨，卻也着實難熬。

不一日來到崑崙山三聖坳，但見遍地綠草如錦，到處果樹香花。蘇習之和張無忌萬想不到在這荒寒之處竟然有這般好地方，都甚是歡喜。原來那三聖坳四周都是挿天高山，擋住了寒氣。崑崙派自「崑崙三聖」何足道以來，歷代掌門人於七八十年中花了極大力氣整頓這個山坳，派遣弟子東至江南，西至天竺，搬移奇花異樹前來種植。

詹春帶着三人，來到鐵琴先生何太冲所居的鐵琴居。一進門，只見一衆兄弟姊妹均深有憂色，只和她微一點頭，便不再說話。詹春心中嘀咕，不知發生了甚麼事，拉住一個師妹問道：「師父在家罷？」

那女弟子尚未回答，只聽何太冲暴怒咆哮的聲音從後堂傳了出來：「都是飯桶，飯桶！有甚麼事叫你們去辦，從來沒一件辦得妥當。要你們這些膿包弟子何用？」跟着拍桌之聲震天價響。詹春向蘇習之低聲道：「師父在發脾氣，咱們別去找釘子碰，明兒再來。」

何太冲突然叫道：「是春兒麼？鬼鬼祟祟的在說甚麼？那姓蘇小賊的首級呢？」

詹春臉上變色，搶步進了內廳，跪下磕頭，說道：「弟子拜見師父。」

何太冲道：「差你去辦的事怎麼啦？那姓蘇的小賊呢？」

詹春道：「那姓蘇的便在外面，來向師父磕頭請罪。他說他不懂規矩，確是不該觀看師父試演劍法，但本派劍法精微奧妙，他看過之後，只知道這是天下無雙的高明劍術，但到底好在那裏，卻是莫名其妙，半點也領會不到。」她跟隨師父日久，知他武功上極爲自負，因此說蘇習之極力稱譽本門功夫，師父一高興，便可饒了他。

若在平時，這頂高帽何太冲勢必輕輕受落，但今日他心境大爲煩躁，哼了一聲，說道：「這件事你辦得很好！去把那姓蘇的關在後山石屋中，慢慢發落。」

詹春見他正在氣頭上，不敢出口相求，應道：「是！」又問道：「師母們都好？我到後面磕頭去。」何太冲共有妻妾五人，最寵愛的是第五小妾，詹春爲求師父饒恕蘇習之，便想去請這位五師母代下說辭。

何太冲臉上忽現淒惻之色，長嘆了一聲，道：「你去瞧瞧五姑也好，她病得很重，你總算趕回來還能見到她一面。」詹春吃了一驚，道：「五姑不舒服麼？不知是甚麼病？」

何太冲嘆道：「知道是甚麼病就好了。已叫了七八個算是有名的大夫來看過，連甚麼病也說不上來，全身浮腫，一個如花似玉的人兒，腫得……唉，不用提了……」說着連連搖頭，又道：「收了這許多徒弟，沒一個管用。叫他們到長白山去找千年老山人參，去了快兩個月啦，沒一個死回來，要他們去找雪蓮、首烏等救命之物，個個空手而歸。」

詹春心想：「從這裏到長白山萬里之遙，那能去了即回？到了長白山，也未必就能找到千年人參啊。至於雪蓮、首烏等起死回生的珍異藥物，找一世也不見得會找到，一時三刻，那能要有便有？」知道師父對這個小妾愛如性命，眼見她病重不治，自不免遷怒於人。

何太冲又道：「我以內力試她經脈，卻是一點異狀也沒有。哼哼，五姑若是性命不保，我殺盡天下的庸醫。」詹春道：「弟子去望望她。」何太冲道：「好，我陪你去。」

師徒倆一起到了五姑的臥房之中。詹春一進門，撲鼻便是一股藥氣，揭開帳子，只見五姑一張臉腫得猶如豬八戒一般，雙眼深陷肉裏，幾乎睜不開來，喘氣甚急，像是扯着風箱。這五姑本是個美女，否則何太冲也不致爲她如此着迷，這時一病之下，變成如此醜陋，詹春也不禁大爲歎息。

何太冲道：「叫那些庸醫再來瞧瞧。」在房中服侍的老媽子答應着出去。

過了不久，只聽得鐵鍊聲響，進來七個醫生。七人脚上繫了鐵鍊，給鎖在一起，形容憔悴，神色苦惱。這七人都是四川、雲南、甘肅一帶最有名的醫生，被何太冲派弟子半請半拿的捉了來。但七位名醫見解各不相同，有的說是水腫，有的說是中邪，所開的藥方試服之後，沒一張管用，五姑的身子仍是日腫一日。何太冲一怒之下，將七位名醫都鎖了，宣稱五姑若是不治，七個庸醫（這時「名醫」已改稱「庸醫」）一齊推入壙中殉葬。

七名醫生出盡了全身本事，卻治得五姑的身子越來越腫，自知性命不保，但每次會診，總是大聲爭論不休，指摘其餘六名醫生，說五姑所以病重，全是他們所害，與自己無涉。這一次七人進來，診脈之後，三言兩語，便又爭執起來。何太冲憂急惱怒，大聲喝罵，才將七個不知是名醫還是庸醫的聲音壓了下來。

簷春心念一動，說道：「師父，我從河南帶來了一個醫生，年紀雖然幼小，本領卻比他們都高些。」何太冲大喜，叫道：「你何不早說，快請，快請。」每一位名醫初到，他對之都十分恭敬，但「名醫」一變成「庸醫」，他可一點也不客氣了。

簷春回到廳上，將張無忌帶了進去。張無忌一見何太冲，認得當年在武當山逼死父母的諸人之中，便有他在內，不禁暗暗惱恨。但張無忌隔了這四五年，相貌身材均已大變，何太冲卻認他不出，見是個十四五歲的少年，見了自己竟不磕頭行禮，側目斜視，神色間甚是冷峭，當下也不暇理會，問簷春道：「你說的那位醫生呢？」

簷春道：「這位小兄弟便是了。他的醫道精湛得很，只怕還勝過許多名醫。」

何太冲那裏相信，說道：「胡鬧！胡鬧！」簷春道：「弟子中了青陀羅花之毒，便是得他治好的。」何太冲一驚，心想：「青陀羅花的花毒不得我獨門解藥，中後必死，這小子居然能治，倒有些邪門。」向張無忌打量了一會，問道：「少年，你眞會治病麼？」

張無忌想起父母慘死的情景，本來對何太冲心下暗恨，可是他天性不易記仇，否則也不會肯給簡捷等人治病，也不會給崑崙派的詹春療毒了，這時聽何太冲如此不客氣的詢問，雖感不快，還是點了點頭。

他一進房，便聞到一股古怪的氣息，過了片刻，便覺這氣息忽濃忽淡，甚是奇特，走到五姑床前瞧瞧她臉色，按了按她雙手脈息，突然取出一根金針，從她腫得如南瓜般的臉上刺了下去。何太冲大吃一驚，喝道：「你幹甚麼？」待要伸手抓張無忌時，見他已拔出金針，五姑臉上卻無血液膿水滲出。何太冲五根手指離張無忌背心不及半尺，硬生生的停住，只見他將金針湊近鼻端一嗅，點了點頭。心中生出一絲指望，道：「小……小兄弟，這病有救麼？」以他一派之尊，居然叫張無忌一聲「小兄弟」，可算得客氣之極了。

張無忌不答，突然爬到五姑床底瞧了一會，又打開窗子，察看窗外的花圃，忽地從窗中跳出，走近去觀賞花卉。何太冲寵愛五姑，她窗外花圃中所種的均是珍奇花卉，這時見張無忌行動怪異，自己心如油煎，盼他立即開方用藥，治好五姑的怪病，他卻自得其樂的賞起花來，教他如何不怒？但於束手無策之中忽露一綫光明，終於強忍怒氣，卻已滿臉黑氣，不住的呼呼喘氣。

只見張無忌看了一會花草，點點頭，若有所悟，回進房來，說道：「病是能治的，可是我不想治。詹姑娘，我要去了。」詹春道：「張兄弟，倘若你治好了五姑的疾病，我們崑崙派上下齊感你的大德，這一定要請你治一治。」張無忌指着何太冲道：「逼死我爹爹媽媽的人中，這位鐵琴先生也有份，我爲甚麼要救他親人的性命？」

何太冲一驚，問道：「小兄弟，你貴姓，令尊令堂是誰？」張無忌道：「我姓張，先父是武當派的第五弟子。」何太冲一凜：「原來他是張翠山的兒子。武當派着實了得，他家學淵源，料來必有些本事。」當即慘然長嘆，說道：「張兄弟，令尊在世之時，在下和他甚是交好，他自刎身亡，我痛惜不止……」他爲了救愛妾的性命，便信口胡吹。詹春也幫着師父圓謊，說道：「令尊令堂死後，家師痛哭了幾場，常跟我們衆弟子說，令尊是他平生最交好的良友。張兄弟，你何不早說？早知你是張五俠的令郎，我對你更要加倍相敬了。」

張無忌半信半疑，但他生性不易記恨，便道：「這位夫人不是生了怪病，是中了金銀血蛇的蛇毒。」何太冲和詹春齊聲道：「金銀血蛇？」張無忌道：「不錯，這種毒蛇我也從來沒見過，但夫人臉頰腫脹，金針探後針上卻有檀香之氣。何先生，請你瞧瞧夫人的脚，十根足趾的趾尖上可有細小齒痕。」

何太冲忙掀開五姑身上的棉被，凝目看她的足趾時，果見每根足趾的尖端都有幾個紫黑色齒痕，但細如米粒，若非有意找尋，決計看不出來。

何太冲一見之下，對張無忌的信心陡增十倍，說道：「不錯，不錯，當眞每足趾上都有齒痕，小兄弟實在高明，實在高明。小兄弟既知病源，必能療治。小妾病愈之後，我必當重重酬謝。」轉頭對七個醫生喝道：「甚麼風寒中邪，陽虛陰虧，都是胡說八道！她足趾上的齒痕，你們七隻大飯桶怎地瞧不出來？」雖是罵人，語調卻是喜氣洋洋。

張無忌道：「夫人此病本甚奇特，他們不知病源，那也難怪，都放了他們回去罷。」

何太沖笑道：「很好，很好！小兄弟大駕光臨，再留這些庸醫在此，不是惹人厭麼？春兒，每人送一百兩銀子，叫他們各自回去。」

那七個庸醫死裏逃生，無不大喜過望，急急離去，生怕張無忌的醫法不靈，何太沖又把這個「小庸醫」跟自己鎖在一起，要八名大小「庸醫」齊爲他愛妾殉葬。

張無忌道：「請叫僕婦搬開夫人臥床，床底有個小洞，便是金銀血蛇出入的洞穴。」何太沖不等僕婦動手，右手抓起一隻床脚，單手便連人帶床一齊提開，果見床底有個小洞，不禁又喜又怒，叫道：「快取硫磺烟火來，薰出毒蛇，斬牠個千刀萬劍！」

張無忌搖手道：「使不得，使不得！夫人所中的蛇毒，全仗這兩條毒蛇醫治，你殺了毒蛇，夫人的病便治不來了。」何太沖道：「原來如此。中間的原委，倒要請敎。」這「請敎」兩字，自他業師逝世，今日是第一次再出於他口。

張無忌指着窗外的花圃道：「何先生，尊夫人的疾病，全由花圃中那八株『靈脂蘭』而起。」何太沖道：「這叫做『靈脂蘭』麼？我也不知其名，有一位朋友知我性愛花草，從西域帶來了這八盆蘭花送我。這花開放時有檀香之氣，花朶的顏色又極嬌艷，想不到竟是禍胎。」張無忌道：「據書上所載，這『靈脂蘭』其莖如球，顏色火紅，球莖中含有劇毒。咱們去掘起來瞧瞧，不知是也不是。」

這時衆弟子均已得知有個小大夫在治五師母的怪病。男弟子不便進房，詹春等六個女弟子都在旁邊。聽得張無忌這般說，便有兩個女弟子拿了鐵鏟，將一株靈脂蘭掘了起來，果見土下的球莖色赤如火。兩名女弟子聽說莖中含有劇毒，那敢用手去碰？

張無忌道：「請各位將八枚球莖都掘出來，放在土缽之中，加入鷄蛋八枚，鷄血一碗，搗爛成糊，搗藥時務請小心，不可濺上肌膚。」詹春答應了，自和兩名師妹同去辦理。張無忌又要了兩根尺許長短的竹筒，一枝竹棒，放在一旁。

過不多時，靈脂蘭的球莖已搗爛成糊。張無忌將藥糊倒在地下，圍成一個圓圈，卻空出一個兩寸來長的缺口，說道：「待會見到異狀，各位千萬不可出聲，以免毒蛇受到驚嚇，逃得無影無蹤。各位去取些甘草、棉花，塞住鼻孔。」衆人依言而爲。張無忌也塞住了鼻孔，然後取出火種，將靈脂蘭的葉子放在蛇洞前燒了起來。

不到一盞茶時分，只見小洞中探出一個小小蛇頭，蛇身血紅，頭頂卻有個金色肉冠。那蛇緩緩爬出，竟是生有四足，身長約莫八寸。跟着洞中又爬出一蛇，身子畧短，形相一般，但頭頂肉冠則作銀色。

何太冲等見了這兩條怪蛇，都是屏息不敢作聲。這種異相毒蛇必有劇毒，自不必說，衆人武功高強，倒也不懼，但若將之驚走了，只怕夫人的惡疾難治。

只見兩條怪蛇伸出蛇舌，互舐肩背，十分親熱，相偎相依，慢慢爬進了靈脂蘭藥糊圍成的圓圈之中。張無忌忙將一根竹筒放在圓圈的缺口外，提起竹棒，輕輕在銀冠血蛇的尾上一撥。那蛇行動快如電閃，衆人只見銀光一閃，那蛇已鑽入了竹筒。金冠血蛇跟着也要鑽入，但竹筒甚小，只容得一蛇，金冠血蛇無法再進，只急得胡胡而叫。張無忌用竹棒將另一根竹筒撥到金冠血蛇身前，那蛇便也鑽了進去。張無忌忙取過木塞，塞住了竹筒口子。

自那對金銀血蛇從洞中出來，衆人一直戰戰兢兢，提心吊膽，直到張無忌用木塞塞住竹筒，各人才不約而同的吁了口長氣，張無忌道：「請拿幾桶熱水進來，將地下洗刷乾淨，不可留下靈脂蘭的毒性。」六名女弟子忙奔到厨下燒水，不多時便將地下洗得片塵不染。

張無忌吩咐緊閉門窗，又命衆人取來雄黃、明礬、大黃、甘草等幾味藥材，搗爛成末，拌以生石灰粉，灌入銀冠血蛇竹筒之中，那蛇登時胡胡的叫了起來。另一筒中的金蛇也呼叫相應。張無忌拔去金蛇竹筒上的木塞，那蛇從竹筒中出來，繞着銀蛇所居的竹筒遊走數匝，狀甚焦急，突然間急竄上床，從五姑的棉被中鑽了進去。

何太冲大驚，「啊」的一聲叫了出來，張無忌搖搖手，輕輕揭開棉被，只見那金冠血蛇正張口咬住了五姑左足的中趾。張無忌臉露喜色，低聲道：「夫人身中這金銀血蛇之毒，現下便是要這對蛇兒吸出她體內毒質。」

過了半柱香時分，只見那蛇身子腫脹，粗了幾有一倍，頭上金色肉冠更燦然生光，張無忌拔下銀蛇所居竹筒的木塞，金蛇即從床上躍下，遊近竹筒，口中吐出毒血餵那銀蛇。

張無忌道：「好了，每日這般吸毒兩次，我再開一張消腫補虛的方子，十天之內，便可痊愈。」何太冲大喜，將張無忌讓到書房，說道：「小兄弟神乎其技，這中間的緣故，還要請教。」張無忌道：「據書上所載，這金冠銀冠的一對血蛇，在天下毒物中名列第四十七，並不算是十分厲害的毒物，但有一個特點，性喜食毒。甚麼砒霜、鶴頂紅、孔雀膽、鴆酒等等，無不喜愛。夫人窗外的花圃之中種了靈脂蘭，這靈脂蘭的毒性可着實厲害，竟將這對金銀血蛇給引了來。」何太冲點頭道：「原來如此。」

張無忌道：「金銀血蛇必定雌雄共居，適才我用雄黃等藥焙炙那銀冠雌蛇，金冠雄蛇爲了救牠伴侶，便到夫人脚趾上吸取毒血相餵。此後我再用藥物整治雄蛇，那雌蛇也必定去吸取毒血，如此反覆施爲，便可將夫人的體內毒質去盡。」說到這裏，想起一事：「這對血蛇最初卻何以去咬夫人脚趾，其中必定另有緣故。」一時想不明白，也就不提。

當日何太冲在後堂設了筵席，欵待張無忌與楊不悔。張無忌心想楊不悔是紀曉芙的私生女兒，說起來於峨嵋派的聲名有累，因此當何太冲問起她的來歷時，含糊其辭，不加明言。

過了數日，五姑腫脹漸消，精神恢復，已能畧進飲食。張無忌便出言告辭，何太冲苦苦挽留，只恐愛妾病況又有反覆。到第十天上，五姑已然腫脹全消。

五姑備了一席精緻酒筵，親向張無忌道謝，請了詹春作陪。五姑容色雖仍憔悴，但俏麗一如往昔，何太冲自是十分歡喜。

詹春乘着師父高興，求他將蘇習之收入門下。何太冲呵呵笑道：「春兒，你這釜底抽薪之計着實不錯啊，我收了這姓蘇的小子，將來自會把『崑崙兩儀劍』劍法傳他，那麼他從前偷看一次，又有何妨？」詹春笑道：「師父，倘若不是這姓蘇的偷看你老人家使劍，弟子不會去拿他，便不會碰到張世兄。固然師父和五姑洪福齊天，張世兄醫道高明，可是這姓蘇的小子，說來也有一份小小功勞啊。」

五姑向何太冲道：「你收了這許多弟子，到頭來誰也幫不了你的忙，只有詹姑娘才立了大功。詹姑娘既然看中那小子，想必是好的，你就多收一個罷，說不定將來倒是最得力的弟子呢。」何太冲對愛妾之言向來唯命是聽，便道：「好罷，我收便收他，可是有個條欵。」

五姑道：「甚麼啊？」何太冲正色道：「他投入我門下之後，須得安心學藝，可不許對春兒痴心妄想，意圖娶她爲妻，這個我卻是萬萬不准的。」

詹春滿臉通紅，把頭低了下去。五姑卻吃吃的笑了起來，說道：「啊喲，你做師父的要以身作則才好，自己三妻四妾，卻難道禁止徒兒們婚配麼？」

何太冲那句話原是跟着詹春說笑，哈哈一笑，便道：「喝酒，喝酒！」只見一名小鬟托着木盤，盤中放着一把酒壺，走到席前，替各人斟酒。那酒稠稠的微帶黏性，顏色金黃，甜香撲鼻。何太冲道：「張兄弟，這是本山的名產，乃是取雪山頂上的琥珀蜜梨釀成，叫『琥珀蜜梨酒』，爲外地所無，不可不多飲幾杯。」心下尋思：「卻如何騙得他說出金毛獅王謝遜的下落來？此事須當緩圖，千萬不可急躁。」

張無忌本不會飲酒，但聞到這琥珀蜜梨酒香沁心脾，便端起杯來，正要放到唇邊，突然懷中那對金銀血蛇同時胡胡胡的低鳴起來。張無忌心中一動，叫道：「此酒飲不得。」衆人一怔，都放下酒杯。張無忌從懷中取出竹筒，放出金冠血蛇，那蛇兒遊到酒杯之旁，探頭將一杯酒喝得涓滴不賸。張無忌將牠關回竹筒，放了銀冠雌蛇出來，也喝了一杯。這對血蛇互相依戀，單放雄蛇或是雌蛇，決不遠去，同時十分馴善，但若雙蛇同時放出，那不但難以捕捉回歸竹筒，說不定還會暴起傷人。

五姑笑道：「小兄弟，你這對蛇兒會喝酒，當眞有趣得緊。」張無忌道：「請命人捉一狗子或是貓兒過來。」那小鬟應道：「是！」便要轉身退出。張無忌道：「這位姊姊等在這裏別去，讓別人去捉貓狗。」過了片刻，一名僕人牽了一頭黃狗進來。張無忌端起何太冲面前的一杯酒，灌在黃狗的口裏。那黃狗悲吠幾聲，隨即七孔流血而斃。

五姑嚇得渾身發抖，道：「酒裏有毒……誰……誰要害死我們啊，張兄弟，你又怎知道？」

張無忌道：「金銀血蛇喜食毒物，牠們嗅到酒中毒藥的氣息，便高興得叫了起來。」

何太冲臉色鐵青，一把抓住那小鬟的手腕，低聲道：「這毒酒是誰叫你送來的？」那小鬟驚得魂不附體，顫聲道：「我……我不知道是毒……有毒……我從大廚房拿來……」何太冲道：「你從大廚房到這裏，遇到過誰了？」那小鬟道：「在走廊裏見到杏芳，她拉住我跟我說話，揭開酒壺聞了聞酒香。」何太冲、五姑、詹春三人對望了一眼，都是臉有懼色。原來那杏芳是何太冲原配夫人的貼身使婢。

張無忌道：「何先生，此事我一直躊躇不說，卻在暗中察看。你想，這對金銀血蛇當初何以要去咬夫人的足趾，以致於蛇毒傳入她的體內？顯而易見，是夫人先已中了慢性毒藥，血中有毒，才引到金銀血蛇。從前向夫人下毒的，只怕便是今日在酒中下毒之人。」

何太冲尚未說話，突然門帘掀起，人影一幌，張無忌只覺胸口雙乳底下一陣劇痛，已被人點中了穴道。一個尖銳的聲音說道：「一點兒也不錯，是我下的毒！」

只見進來那人是個身材高大的半老女子，頭髮花白，雙目含威，眉心間聚有煞氣。那女子對何太冲道：「是我在酒中下了蜈蚣的劇毒，你待怎樣？」

五姑臉現懼色，站起身來，恭恭敬敬的叫道：「太太！」原來這高大女子是何太冲的元配夫人班淑嫻，本是他的師姊。

何太冲見妻子衝進房來，默然不語，只是哼了一聲。班淑嫻道：「我問你啊，是我下的毒，你待怎樣？」何太冲道：「你不喜歡這少年，那也罷了。但你行事這等不分青紅皀白，倘若我毒酒下肚，那可如何是好？」

班淑嫻怒道：「這裏的人全不是好東西，一古腦兒整死了，也好耳目淸淳。」拿起裝着毒酒的酒壺搖了搖，壺中有聲，還餘有大半壺，便滿滿斟了一杯毒酒，放在何太冲面前，說道：「我本想將你們五個一起毒死，旣被這小子發覺，那就饒了四個人的性命。這一杯毒酒，任誰喝都是一樣，老鬼，你來分派罷。」說着刷的一聲，拔劍在手。

班淑嫻是崑崙派中的傑出人物，年紀比何太冲大了兩歲，入門較他早，武功修爲亦不在他之下。何太冲年輕時英俊瀟洒，深得這位師姊歡心。他們師父白鹿子因和明教中一個高手爭鬥而死，不及留下遺言。衆弟子爭奪掌門之位，各不相下。班淑嫻卻極力扶助何太冲，兩人合力，勢力大增，別的師兄弟各懷私心，便無法與之相抗，結果由何太冲接任掌門。他懷恩感德，便娶了這位師姊爲妻。少年時還不怎樣，兩人年紀一大，班淑嫻顯得比何太冲老了十多歲一般。何太冲藉口沒有子嗣，便娶起妾侍來。

由於她數十年來的積威，再加上何太冲自知不是，心中有愧，對這位師姊又兼嚴妻十分敬畏。但怕雖然怕，侍妾還是娶了一個又一個，只是每多娶一房妾侍，對妻子便又多怕三分。這時見妻子將一杯毒酒放在自己面前，壓根兒就沒有違抗的念頭，心想：「我自己當然不喝，五姑和春兒也不能喝，張無忌是我們的救命恩人，只有這女娃娃跟我們無親無故。」便站起身來，將那杯酒遞給楊不悔，說道：「孩子，你喝了這杯酒。」

楊不悔大驚，適才眼見一條肥肥大大的黃狗喝了一杯毒酒便即斃命，那裏敢接酒杯，哭道：「我不喝，我不喝。」何太冲抓住她胸口衣服，便要強灌。

張無忌冷冷的道：「我來喝好了。」何太冲心中過意不去，並不接口。班淑嫻因心懷妒意，是以下毒想害死何太冲最寵愛的五姑，眼見得手，卻給張無忌從萬里之外趕來救了，對這少年原是極爲憎惡，冷冷的道：「你這少年古裏古怪，說不定有解毒之藥。若是你來代喝，一杯不夠，須得將毒酒喝乾淨了。」

張無忌眼望何太冲，盼他從旁說幾句好話，那知他低了頭竟是一言不發。詹春和五姑也不敢說話，生怕一開口，班淑嫻的怒氣轉到自己頭上，這大半壺毒酒便要灌到自己口中。張無忌心中冰涼，暗想：「這幾人的性命是我所救，但我此刻遇到危難，他們竟袖手旁觀，連求情的話也不說半句。」便道：「詹姑娘，我死之後，請你將這個小妹妹送到坐忘峯她爹爹那裏，這事能辦到麼？」詹春眼望師父。何太冲點了點頭。詹春便道：「好罷，我會送她去。」心中卻想：「崑崙山橫亙千里，我怎知坐忘峯在那裏？」

張無忌聽她隨口敷衍，顯無絲毫誠意，知道這些人都是涼薄之輩，多說也是枉然，冷笑道：「崑崙派自居武林中名門大派，原來如此。何先生，取酒給我喝罷！」

何太冲一聽，心下大怒，又想須得盡快將他毒死，妻子的怒氣便可早些平息，免得她另生毒計，害死五姑，火燒眉毛，且顧眼下，謝遜的下落也不暇理會了，當即提起大半壺毒酒，都灌進了張無忌口中。

楊不悔抱着張無忌身子，放聲大哭。

班淑嫻冷笑道：「你醫術再精，我也教你救不得自己。」伸手又在張無忌肩背腰脅多處穴道補上幾指，倒轉劍柄，在何太沖、詹春、五姑、楊不悔四人身上各點了兩處大穴，說道：「兩個時辰之後，再來放你們。」她點穴之時，何太沖和詹春等動也不動，不敢閃避。班淑嫻向在旁侍候的婢僕喝道：「都出去！」她最後出房，反手帶上房門，連聲冷笑而去。

毒酒入腹，片刻之間張無忌便覺肚中疼痛，眼見班淑嫻出房關門，心道：「你既走了，我一時未必便會死。」強忍疼痛，暗自運氣，以謝遜所授之法，先解開身上被點的諸穴，隨即在自己的頭上拔下幾根頭髮，到咽喉中一陣撩撥，喉頭發癢，哇的一聲，將飲下的毒酒嘔出了十之八九。何太沖、詹春等見他穴道被點後居然仍能動彈，都是大爲驚訝。

何太沖便欲出手攔阻，苦於自己被妻子點了穴道，空有一身極高的武功，只有乾着急的份兒，張無忌覺得腹中仍然疼痛，但搜肚嘔腸，再也吐不出來了，心想先當脫此危境，再設法除毒，於是伸手去解楊不悔的穴道。那知班淑嫻的點穴手法另有一功，張無忌一試之下，解之不開，此時事勢緊迫，不暇另試別般解穴手法，當即將她抱起，推窗向外一張，不見有人，便將楊不悔放在窗外。

何太沖若以眞氣衝穴，大半個時辰後也能解開，但眼見張無忌便要逃走，待會兒妻子查問起來，又有風波，何況讓這武當派的小子赤手空拳的從崑崙派三聖堂中逃了出去，將自己忘恩負義的事蹟在江湖上傳揚開來，一代宗師的顏面何存？無論如何非將他截下殺死不可，當下深深吸一口氣，便要縱聲呼叫，向妻子示警。

張無忌已料到此着，從懷裏摸出一顆黑色藥丸，塞在五姑口中，說道：「這是一顆『鳩砒丸』，十二個時辰之後，五夫人斷腸裂心而死。我將解藥放在離此三十里外的大樹之上，作有標誌，三個時辰之後，何先生可派人去取。倘若我出去時失手被擒，那麼反正是個死，多一個人相陪也好。」

這一着大出何太沖意料之外，微一沉吟，低聲道：「小兄弟，我這三聖堂雖非龍潭虎穴，但憑你兩個孩子，卻也闖不出去。」張無忌知他此言不虛，冷冷的道：「但五夫人所服的這顆『鴆砒丸』的毒性，眼前除我之外，卻也無人能解。」何太沖道：「好，你解開我的穴道，我親自送你出去。」何太沖被點的是「風池」和「京門」兩穴，張無忌在他「天柱」、「環跳」、「大椎」、「商曲」諸穴推拿片刻，也是毫不見效。

這一來，兩人均自暗服。張無忌心道：「他崑崙派的點穴功夫確是厲害，胡先生傳了我七種解開被點穴道的手法，在他身上竟全不管用。」何太沖卻想：「這小子竟會這許多推拿解穴的法門，手法怪異，當眞了不起。師姊明明點了他身上七八處穴道，卻如何半分也奈何他不得？武當派近年來名動江湖，張三丰這老道的本事果是人所難及。那日在武當山上，幸虧沒跟武當派動手，否則定要惹得灰頭土臉。他小小孩童已如此了得，老的大的自是更加厲害十倍。」他卻不知張無忌自通穴道的功夫學自謝遜，而解穴的本事學自胡青牛。武當派自有他威震武林的眞才實學，張無忌這兩項本領卻和武當派無關。

何太沖見他解穴無效，心念一動，道：「你拿茶壺過來，給我喝幾口茶。」張無忌不知他何以突然要在此時喝茶，但想他顧忌愛妾的性命，不敢對自己施甚麼手脚，便提起茶壺，餵他飲茶。何太沖滿滿吸了一口，卻不吞下，對準了自己肘彎裏的「清冷淵」用力一噴，一條水箭筆直衝出，嗤嗤有聲，登時將他手上穴道解了。

張無忌來到崑崙山三聖堂後，一直見何太冲爲了五姑娘的疾病煩惱擔憂，畏妻寵妾，懦弱猥瑣，便似個尋常沒志氣的男子，此時初見他顯現功力，不由得大吃一驚：「這位崑崙派的掌門武功如此深厚，我先前可將他瞧得小了。看來他並不在俞二師伯、金花婆婆、滅絕師太諸人之下。我先前但見他庸懦顢頇，沒想到他身爲崑崙派掌門，果然有人所難及之處。這道水箭若是噴在我臉上胸口，立時便須送命。」

何太冲將右臂轉了幾轉，解開了自己腿上穴道，說道：「你先將解藥給她服了，我送你平安出谷。」張無忌搖了搖頭。何太冲急道：「我是崑崙掌門，難道會對你這孩子失信？倘若毒性發作，那便如何是好？」張無忌道：「毒性不會便發。」何太冲嘆了口氣，道：「好罷，咱們悄悄出去。」

兩人跳出窗去，何太冲伸指在楊不悔的背心上輕輕一拂，登時解了她的穴道，手法輕靈無比。張無忌好生佩服，眼光中流露出欽仰的神色來。何太冲懂得他的心意，微微一笑，一手携着一人，繞到三聖堂的後花園，從側門走出。

那三聖堂前後共有九進，出了後花園的側門，經過一條曲曲折折的花徑，又穿入許多廳堂之中。但見屋宇連綿，門戶複叠，若不是何太冲帶領，張無忌非迷路不可，就算沒崑崙派弟子攔阻，也未必便能闖出去。

一離三聖堂，何太冲右手將楊不悔抱在臂彎，左手拉着張無忌，展開輕功，向西北方疾行。張無忌給他帶着，身子輕飄飄的，一躍便是丈餘，但覺風聲呼呼在耳畔掠過，宛似凌空飛行，這一來，對何太冲和崑崙派的敬重之心又增了幾分。自知腹內毒質未淨，伸左手從懷裏摸出兩粒解毒藥丸，咽入肚中，這才寬心。

正行之間，忽聽一個女子聲音叫道：「何太沖……何太沖……給我站住了……」這聲音順風傳來，似乎極為遙遠，又似便在身旁，正是班淑嫻的口音。

何太沖微一遲疑，當即立定了腳步，嘆了口氣，說道：「小兄弟，你們兩個快些走罷，內人追趕而來，我不能再帶你們走了。」張無忌心想：「這人待我還不算太壞。」便道：「何先生，你回去便是。我給五夫人服食的並非毒藥，更不是甚麼『鳩砒丸』，只是一枚潤喉止咳的『桑貝丸』。前幾日不悔妹妹咳嗽，我製了給她服用，還多了幾丸在身邊，不免嚇了你一跳。」何太沖又驚又怒，又是寬心，喝道：「當眞不是毒藥？」張無忌道：「五夫人自我手中救活，我怎能又下毒害她。」

只聽班淑嫻呼叫不絕：「何太沖……何太沖……你逃得了麼？」聲音又近了些。

何太沖所以帶張無忌和楊不悔逃走，全是為了怕愛妾毒發不治，這時確知五姑所服並非毒藥，原來是上了這小子的大當，不禁怒不可遏，拍拍拍拍四個耳光，只打得張無忌雙頰腫起，滿口都是鮮血。

張無忌心下大悔：「我好胡塗，怎能告知他眞相？這一下我和不悔妹妹可都沒命了。」見他第五掌又打過來，忙使一招武當長拳中的「倒騎龍」，往他手掌迎擊過去。這一招若由俞蓮舟等人使出來，原是威力無窮，但張無忌只學到一點膚淺皮毛，如何以之抵擋崑崙派掌門的招式？何太沖側身略過，拍的一掌，打在張無忌右眼之上，只打得他眼睛立時腫起。張無忌早就知道自己本領跟他差得太遠，一招無效，索性垂手立定，不再抗拒。

何太冲卻並不因他不動而罷手，仍是左一掌右一掌的打個不停。他掌上並未運用內力，否則一掌便能將他震死了，但饒是如此，每一掌都打得張無忌頭昏眼花，疼痛不堪。

他正打得起勁，班淑嫻已率領兩名弟子追到，冷冷的站在一旁。班淑嫻見張無忌並不抵禦，未免無趣，說道：「你打那女娃子試試。」何太冲身形斜轉，吧的一聲，打了楊不悔一個耳括子。楊不悔吃痛，登時哇哇大哭。張無忌怒道：「你打我便了，何必又欺侮這個小女孩兒？」何太冲不理，伸掌又給楊不悔一下。張無忌縱起身來，一頭撞在他懷中。

班淑嫻冷笑道：「人家小小孩童，尚有情義，那似你這等無情無義的薄倖之徒。」

何太冲聽了妻子譏刺之言，滿臉通紅，抓住張無忌後頸，往外丟出，喝道：「小雜種，見你的爹娘去罷！」這一下使上了眞力，將他頭顱對準了山邊的一塊大石摔去。

張無忌身不由主的疾飛而出，頃刻間頭蓋便要撞上大石，腦漿迸裂。

驀地裏旁邊一股力道飛來，將張無忌一引，把他身子提起直立，帶在一旁。張無忌驚魂未定，站在地下，瞇着一對腫得老高的眼睛向旁瞧去。只見離身五尺之處，站着一位身穿白色粗布長袍的中年書生。

班淑嫻和何太冲相顧駭然，這書生何時到達，從何處而來，事先絕無知覺，即使他早就躲在大石之後，以自己夫婦的能爲，又怎會不即發覺？何太冲適才提起張無忌擲向大石，這一擲之力少說也有五六百斤，但那書生長袖一捲，便即消解，將張無忌帶在一旁，顯然武功奇高。但見他約莫四十來歲年紀，相貌俊雅，只是雙眉略向下垂，嘴邊露出幾條深深皺紋，不免露帶衰老淒苦之相。他不言不動，神色漠然，似乎心馳遠處，正在想甚麼事情。

何太沖咳嗽一聲，問道：「閣下是誰？爲何橫加插手，前來干預崑崙派之事？」

那書生淡淡的道：「兩位便是鐵琴先生和何夫人罷？在下楊逍。」

他「楊逍」兩字一出口，何太沖、班淑嫻、張無忌三人不約而同「啊」的一聲呼叫。只是張無忌的叫聲中充滿了又驚又喜之情，何氏夫婦卻是驚怒交集。

只聽得刷刷兩聲，兩名崑崙女弟子長劍出鞘，倒轉劍柄，遞給師父師母。何太沖橫劍當腹，擺一招「雪擁藍橋」勢。班淑嫻劍尖斜指向地，使一招「木葉蕭蕭」，這兩招都是崑崙派劍法中的精奧，看來輕描淡寫，隨隨便便，但其中均伏下七八招凌厲之極的後着。同時兩人都已將內力運上右臂，只須手腕一抖，劍光暴長，立時便可傷到敵人身上七八處要害。兩人此時勁敵當前，已於劍招中使上了畢生所學。

楊逍卻似渾然不覺，但聽張無忌那一聲叫喊中充滿了喜悅，微覺奇怪，向他臉上一瞥。這時張無忌滿臉鮮血，鼻腫目青，早給何太沖打得不成樣子，但滿心歡喜之情，還是在他難看之極的臉上流露出來。張無忌叫道：「你，你便是明教的光明左使者、楊逍楊伯伯麼？」楊逍點了點頭，道：「你這孩子怎知道我姓名？」

張無忌指着楊不悔，叫道：「她便是你女兒啊。」拉過楊不悔來，說道：「不悔妹妹，快叫爸爸，快叫爸爸！咱們終於找到他了。」

楊不悔睜眼骨溜溜地望着楊逍，九成倒是不信，但於他是不是爸爸，卻也並不關心。只問：「我媽呢？媽媽怎麼還不從天上飛下來？」

楊逍心頭大震，抓住張無忌肩頭，說道：「孩子，你說清楚些。她……她是誰的女兒，她媽媽是誰？」他這麼用力一抓，張無忌的肩骨格格直響，痛到心底。

張無忌不肯示弱，不願呼痛，但終究還是「啊」的一聲叫了出來，說道：「她是你的女兒，她媽媽便是峨嵋派女俠紀曉芙。」

楊逍本來臉色蒼白，這時更加沒半點血色，顫聲道：「她……她有了女兒？她……她在那裏？」忙俯身抱起了楊不悔，只見她被何太冲打了兩掌後面頰高高腫起，但眉目之間，宛然有幾分紀曉芙的俏麗。正想再問，突然看到她頸中的黑色絲絛，輕輕一拉，只見絲絛盡頭結着一塊鐵牌，牌上金絲鏤出火焰之形，正是他送給紀曉芙的明教「鐵焰令」，這一下再無懷疑，緊緊摟住了楊不悔，連問：「你媽媽呢？媽媽呢？」

楊不悔道：「媽媽到天上去了，我在尋她。你看見她麼？」

楊逍見她年紀太小，說不清楚，眼望張無忌，意示詢問。張無忌嘆了口氣，說道：「楊伯伯，我說出來你別難過。紀姑姑被她師父打死了，她臨死之時……」

楊逍大聲喝道：「你騙人，你騙人！」

只聽得喀的一聲，張無忌左臂的骨頭已被他揑斷了。咕咚、咕咚，楊逍和張無忌同時摔倒。楊逍右手仍是緊緊抱着女兒。

何太冲和班淑嫻對望一眼，兩人雙劍齊出，分別指住了楊逍咽喉和眉心。

楊逍是明教的大高手，威名素著。班淑嫻和何太冲兩人的師父白鹿子死在明教中人的手裏，眞兇是誰雖不確知，但崑崙派衆同門一向都猜想就是楊逍。何氏夫婦跟他驀地相逢，心中早已如十五隻吊桶打水，七上八落，那知他竟突然暈倒，當眞是天賜良機，立時便出手制住了他要害。

班淑嫻道：「斬斷他雙臂再說。」何太沖道：「是！」

這時楊逍兀自未醒。張無忌斷臂處劇痛，只疼得滿頭大汗，心中卻始終清醒，眼見情勢危急，足尖在楊逍頭頂的「百滙穴」上輕輕一點。

「百會穴」和腦府相關，這麼一震，楊逍立時醒轉，一睁開眼，但覺寒氣森森，一把長劍的劍尖抵住了自己眉心，跟着青光一閃，又有一把長劍往自己左臂上斬落，待要出招擋架，爲勢已然不及，何況班淑嫻的長劍制住了他眉心要害，根本便動彈不得，當下一股眞氣運向左臂。何太沖的長劍斬上他左臂，突覺劍尖一溜，斜向一旁，劍刃竟不受力，宛如斬上了甚麼又滑又韌之物，但白袍的衣袖上鮮血湧出，還是斬傷了他。

便在此時，楊逍的身子猛然間貼地向後滑出丈餘，好似有人用繩縛住他的頭頸，以快迅無倫的手法向後拉扯一般。班淑嫻的劍尖本來抵住他的眉心，他身子向後急滑，劍尖便從眉心經過鼻子、嘴巴、胸膛，劃了一條長長的血痕，深入數分。這一招實是極險，倘若班淑嫻的劍尖再深了半寸，楊逍已是慘遭開膛剖腹之禍。他身子滑出，立時便直挺挺的站直。這兩下動作，本來全是絕不可能，但見他膝不曲，腰不彎，陡然滑出，陡然站直，便如全身裝上了機括彈簧，而身子之僵硬怪詭，又和僵屍無異。

楊逍身剛站起，雙脚踏出，喀喀兩響，何氏夫婦雙劍斷折。他兩脚出脚雖有先後，但迅如電閃，便似同時踏出一般。以何太沖和班淑嫻劍法上的造詣，楊逍武功再強，也決不能一招之間便踏斷二人兵刃，只是他招數怪異，於重傷之餘突然脫身反擊。何氏夫婦驚駭之下，竟不及收劍。

楊逍跟着雙足踢出，兩柄劍上折下來的劍頭激飛而起，分向兩人飛去。何氏夫婦各以半截長劍擋格，但覺虎口一震，半身發熱，雖將劍頭格開，卻已吃驚不小，急忙抽身後退，一站西北，一站東南，雖然手中均只剩下半截斷劍，但陽劍指天，陰劍向地，兩人雙劍合璧，使的是崑崙派「兩儀劍法」，心中雖然惶急，卻仍是氣定神閒，端凝若山。

崑崙派「兩儀劍法」成名垂數百年，是天下有名的劍法之一，何氏夫婦同門學藝，從小練到老，精熟無比。楊逍曾和崑崙派數度大戰，知道這劍法的厲害之處，雖然不懼，但知要擊敗二人，非在數百招之後不可，此刻心中只想着紀曉芙的生死，那有心情爭鬥？何況臂上和臉上的傷勢均是不輕，若是流血不止，也着實凶險，於是冷冷的道：「崑崙派越來越不長進了，今日暫且罷手，日後再找賢伉儷算帳。」左手仍是抱着楊不悔，伸右手拉起張無忌，也不見他提足抬腿，突然之間倒退丈餘，一轉身，已在數丈之外。

何氏夫婦相顧駭然，好不容易這大魔頭自行離去，那裏敢追？

楊逍帶着二小，一口氣奔出數里，忽然停住脚步，問張無忌道：「紀曉芙姑娘到底怎樣了？」他奔得正急，那知說停便停，身子便如釘在地下般，更不移動半分。

張無忌收勢不及，向前猛衝，若非楊逍將他拉住，已然俯跌摔倒，聽他這般問，喘了幾口氣，說道：「紀姑姑已經死了。你信也好，不信也好，用不着揑斷我手臂。」

楊逍臉上閃過一絲歉色，隨即又問：「她……她怎麼會死的？」聲音已微帶嗚咽。

張無忌喝下了班淑嫻的毒酒，雖然已嘔去了大半，在路上又服了解毒丸藥，但毒質未曾去盡，這時腹中又疼痛起來，取出金冠血蛇，讓牠咬住自己左手食指吸毒，一面將如何識得紀曉芙、如何替她治病、如何見她被滅絕師太擊斃的情由一一說了，待得說完，金冠血蛇也已吸盡了他體內的毒質。

楊逍又細問了一遍紀曉芙臨死的言語，垂淚道：「滅絕惡尼是逼她來害我，只要她肯答應，便是爲峨嵋派立下大功，便可繼承掌門人之位。唉，曉芙啊，曉芙，你寧死也不肯答允。其實，你只須假裝答允，咱們不是便可相會，便不會喪生在滅絕惡尼的手下了麼？」

張無忌道：「紀姑姑爲人正直，她不肯暗下毒手害你，也就不肯虛言欺騙師父。」楊逍淒然苦笑，道：「你倒是曉芙的知己……豈知她師父卻能痛下毒手，取她性命。」

張無忌道：「我答應紀姑姑，將不悔妹妹送到你手……」

楊逍身子一顫，道：「不悔妹妹？」轉頭問楊不悔道：「孩子，乖寶貝，你姓甚麼？叫甚麼名字？」楊不悔道：「我姓楊，名叫不悔。」

楊逍仰天長嘯，只震得四下裏木葉簌簌亂落，良久方絕，說道：「你果然姓楊。不悔，不悔。好！曉芙，我雖強逼於你，你卻沒懊悔。」

張無忌聽紀曉芙說過二人之間的一段孽緣，這時眼見楊逍英俊瀟洒，年紀雖然稍大，但仍不失爲一個風度翩翩的美男子，比之稚氣猶存的殷梨亭六叔，只怕當眞更易令女子傾倒。紀曉芙被逼失身，終至對他傾心相戀，須也怪她不得。以他此時年紀，這些情由雖不能全然明白，卻也隱隱約約的想到了。

張無忌左臂斷折，疼痛難熬，一時找不到接骨和止痛的草藥，只得先行接上斷骨，採了些消腫的草藥敷上，折了兩根樹枝，用樹皮將樹枝綁在臂上。

楊逍見他小小年紀，單手接骨治傷，手法十分熟練，微覺驚訝。

張無忌綁紮完畢，說道：「楊伯伯，我沒負紀姑姑所託，不悔妹妹已找到了爸爸。咱們就此別過。」楊逍道：「你萬里迢迢，將我女兒送來，我豈能無所報答？你要甚麼，儘管開口便是，我楊逍做不到的事、拿不到的東西，天下只怕不多。」

張無忌哈哈一笑，說道：「楊伯伯，你忒也把紀姑姑瞧得低了，枉自叫她為你送了性命。」楊逍臉色大變，喝道：「你說甚麼？」

張無忌道：「紀姑姑沒將我瞧低，才託我送她女兒來給你。若是我有所求而來，我這人還值得託付麼？」他心中在想：「一路上不悔妹妹遭遇了多少危難，我多少次以身相代？倘若我是貪利無義的不肖之徒，今日你父女焉得團圓？」只是他不喜自伐功勞，一句也沒提途中的諸般困厄，說了那幾句話，躬身一揖，轉身便走。

楊逍道：「且慢！你幫了我這個大忙。楊逍自來有仇必報，有恩必報。你隨我回去，一年之內，我傳你幾門天下罕有敵手的功夫。」

張無忌親眼見到他踏斷何氏夫婦手中長劍，武功之高，江湖上實是少有其匹，便只學到他的一招半式，也必大有好處，但想起太師父曾諄諄告誡，決不可和魔教中人多有來往，何況他武功再高，怎及得上太師父？更何況自己已不過再有半年壽命，就算學得舉世無敵的武功，又有何用？當下說道：「多謝楊伯伯垂青，但晚輩是武當弟子，不敢另學別派高招。」

楊逍「哦」的一聲，道：「原來你是武當派弟子！那殷梨亭……殷六俠……」

張無忌道：「殷六俠是我師叔，自先父逝世，殷六叔待我和親叔叔沒有分別。我受紀姑姑的囑託，送不悔妹妹到崑崙山來，對殷六叔可不免……不免心中有愧了。」

楊逍和他的目光一接，心下更是慚愧，右手一擺，說道：「楊某深感大德，愧無以報。既是如此，後會有期。」身形幌動，已在數丈之外。

楊不悔大叫：「無忌哥哥，無忌哥哥！」但楊逍展開輕功，頃刻間已奔得甚遠，那「無忌哥哥」的呼聲漸漸遠去，終於叫聲和人影俱杳。

三十餘頭猛犬蹲在地下。一個身穿純白狐裘的女郎坐在椅上，手執皮鞭，嬌聲呼喝。一頭猛犬應聲縱起，向站在牆邊的一個人咽喉中咬去。

十五　奇謀秘計夢一場

張無忌和楊不悔萬里西來，形影相依，突然分手，甚感黯然，但想到終於能不負紀曉芙所託，將她女兒送往楊逍手中，又不禁欣慰。悄立半晌，怕再和何太冲、班淑嫻等崑崙派諸人碰面，便往山深處走去。

如此行了十餘日，臂傷漸愈，可是在崑崙山中轉來轉去，再也找不到出山的途徑。這日走了半天，坐在一堆亂石上休息，忽聽西北方傳來一陣犬吠之聲，聽聲音竟有十餘頭之多。犬吠聲越來越近，似是追逐甚麼野獸。

犬吠聲中，一隻小猴子急奔而來，後股上帶了一枝短箭。那猴兒奔到數丈外，打了個滾，牠股上中箭之後，不能竄高上樹，這時筋疲力竭，再也爬不起來。張無忌走過去一看，猴兒目光中露出乞憐和恐懼的神色。張無忌觸動心事：「我被崑崙派眾人追逐，正和你一般狼狽。」於是抱起猴兒，輕輕拔下短箭，從懷中取出草藥來，敷上箭傷的傷口。

便在此時，犬吠聲已響到近處，張無忌拉開衣襟，將猴兒放入懷中，只聽得汪汪汪幾聲急吠，十餘頭身高齒利的獵犬已將他團團圍住。衆獵犬嗅得到猴兒的氣息，張牙舞爪的發威，一時還不敢撲將上來。張無忌見這些惡犬露出白森森的長牙，神態兇狠，心中害怕，知道只要將懷中的猴兒擲出，羣犬自會撲擊猴兒，不再和自己爲難。但他自幼受父親教誨，事事以俠義爲重，雖對一頭野獸也不肯相負，當即縱身從羣犬頭頂飛躍而過，邁開步子急奔。羣犬胡胡狂吠追來。

獵犬奔跑何等迅速，張無忌只逃出十餘丈，就被追上，只覺腿上一痛，已被一頭猛犬咬中，牢牢不放。他急忙回身一掌，擊在那頭獵犬頭頂，這一掌出盡了全力，竟將那頭獵犬打得翻了個觔斗，昏暈過去。其餘獵犬蜂擁撲上。

張無忌拳打足踢，奮力抵抗。他臂傷未曾痊愈，左臂不能轉動，不久便被一頭惡犬咬住了左手，四面八方羣犬撲上亂咬，頭臉肩背到處被羣犬利齒咬中，駭惶失措之際，隱隱似聽得幾聲清脆嬌嫩的呼叱，但聲音好像十分遙遠，他眼前一黑，便甚麼都不知道了。

昏迷之中，似見無數豺狼虎豹不住的在咬他身體，他要張口大叫，卻叫不出半點聲音，只聽得有人說道：「退了燒啦，或許死不了。」

張無忌睜開眼來，先看到一點昏黃的燈火，發覺自己睡在一間小室之中，一個中年漢子站在身前。張無忌道：「大……大叔……我怎……」只說了這幾個字，猛覺全身火燙般疼痛，這才慢慢想起，自己曾被一羣惡犬圍着狂咬。那漢子道：「小子，算你命大，死不了，怎樣？肚餓麼？」張無忌道：「我……我在那裏？」各處傷口同時劇痛，又暈了過去。

待得第二次醒來，那中年漢子已不在室中。張無忌想：「我明明活不長久了，何以又要受這許多折磨？」低下頭來，見胸前項頸、手臂大腿，到處都縛滿了布帶，一陣藥草氣息撲鼻，原來已有人在他傷處敷了傷藥。從藥草的氣息之中，知替他敷藥那人於治傷一道所知甚淺，藥物之中是杏仁、馬前子、防風、南星諸味藥物，這些藥若是治瘋犬咬傷，用於拔毒，原具靈效，但咬他的並非瘋狗，他是筋骨肌肉受損而非中毒，藥不對症，反而多增痛楚。他無力起床，挨到天明，那中年漢子又來看他。

張無忌道：「大叔，多謝你救我。」那漢子冷冷的道：「這兒是紅梅山莊，我們小姐救你來的。你肚餓了罷？」說着出去端了一碗熱粥進來。張無忌喝了幾口，但覺胸口煩惡，頭暈目眩，便吃不下了。

一直躺了八天，才勉強起床，脚下虛飄飄的沒一點力氣，他自知失血過多，一時不易復元。那漢子每日跟他送飯換藥，雖然神色間顯得頗爲厭煩，但張無忌還是十分感激，只是見他不喜說話，縱有滿腹疑問，卻不敢多問。這天見他拿來的仍是防風、南星之類藥物搗爛的藥糊，張無忌忍不住道：「大叔，這些藥不大對症，勞你駕給我換幾味成不成？」

那漢子翻着一對白眼，向他瞧了半天，才道：「老爺開的藥方，還能錯得了麼？你說藥不對症，怎地也將你死人治活了？眞是的，小孩子家胡言亂語，我們老爺聽到了就算不見怪，可是你也不能太過不識好歹啊。」說着將藥糊在他傷口上敷下。張無忌只有苦笑。

那漢子道：「我瞧你身上的傷也大好了，該去向老爺、太太、小姐磕幾個頭，叩謝救命之恩。」張無忌道：「那是該當的，大叔，請你領我去。」

那漢子領着他出了小室，經過一條長廊，又穿過兩進廳堂，來到一座暖閣之中。此時已屆初冬，崑崙一帶早已極為寒冷，暖閣中卻溫暖如春，可又不見何處生着炭火，但見閣中陳設輝煌燦爛，榻上椅上都鋪着錦緞軟墊。張無忌一生從未見過這等富麗舒適的所在，自顧衣衫污損，站在這豪華的暖閣中實是大不相稱，不由得自慚形穢。

暖閣中無人在內，那漢子臉上的神色卻極為恭謹，躬身稟道：「那給狗兒咬傷的小子好了，來向老爺太太叩頭道謝。」說了這幾句話後，垂手站着，連透氣也不敢使勁。

過了好一會，只見屏風後面走出一個十五六歲的少女來，向張無忌斜睨了一眼，發話道：「喬福，你也是的，怎麼把他帶到這裏？他身上臭蟲虱子跳了下來，那怎麼辦啊？」喬福應道：「是，是！」

張無忌本已侷促不安，這時更羞得滿臉通紅，他除了身上一套衣衫之外，並無替換衣服，確是生滿了虱子跳蚤，心想這位小姐說得半點不錯。但見她一張鵝蛋臉，烏絲垂肩，身上穿的不知是甚麼綾羅綢緞，閃閃發光，腕上戴着金鐲，這等裝飾華貴的小姐，他也從來沒有見過，心想：「我被羣犬圍攻之時，依稀聽得有個女子的聲音喝止。那位喬福大叔又說，是他小姐救了我的，我理當叩謝才是。」於是跪下磕頭，說道：「多謝小姐搭救，我終身不敢忘了大恩。」

那少女一愕，突然間格格嬌笑起來，說道：「喬福，喬福，你怎麼啦？你作弄這傻小子，是不是？」喬福笑道：「小鳳姊姊，這傻小子就是向你磕幾個頭，你也不是受不起啊。這傻小子沒見過世面，見了你當是小姐啦！可是話得說回來，咱們家裏的丫鬟大姐，原比人家的千金小姐還尊貴些。」張無忌一驚，忙站起身來，心想：「糟糕！原來她是丫鬟，我可將她認作了小姐。」臉上又紅又白，尷尬非常。

小鳳忍着笑，向張無忌上上下下的打量。他臉上身上血污未除，咬傷處裹滿了布條，自知極是穢臭難看，恨不得地下有洞便鑽了進去。小鳳舉袖掩鼻道：「老爺太太正有事呢，不用磕頭了，去見見小姐罷。」說着遠遠繞開張無忌，當先領路，唯恐他身上的虱子臭蟲跳到了自己身上。張無忌隨在小鳳和喬福之後，一路上見到的婢僕家人個個衣飾華貴，所經屋宇樓閣無不精緻極麗。他十歲以前在冰火島，此後數年，一半在武當山，一半在蝴蝶谷，飲食起居均極簡樸，當眞做夢也想不到世上有這等富豪人家。

走了好一會，來到一座大廳之外，只見廳上匾額寫着「靈獒營」三字。小鳳先走進廳去，過了一會，出來招手。喬福便帶着張無忌進廳。

張無忌一踏進廳，便吃了一驚。但見三十餘頭雄健猛惡的大犬，分成三排，蹲在地下，一個身穿純白狐裘的女郎坐在一張虎皮椅上，手執皮鞭，喝道：「前將軍，咽喉！」一頭猛犬急縱而起，向站在牆邊的一個人咽喉中咬去。

張無忌見了這等殘忍情景，忍不住「啊喲」一聲叫了出來，卻見那狗口中咬着一塊肉，踞地大嚼。他一定神，才看清楚那人原來是個皮製的假人，周身要害之處掛滿了肉塊。那女郎又喝道：「車騎將軍！小腹！」第二條猛犬竄上去便咬那個假人的小腹。這些猛犬竟是習練有素，應聲咬人，部位絲毫不爽。

張無忌一怔之下，立時認出，當日在山中狂咬自己的便是這些惡犬，再一回想，依稀記得那天喝止羣犬的便是這女郎的聲音。他本來只道這小姐救了自己性命，此刻才知道自己所以受了這許多苦楚，原來全是出於她之所賜，忍不住怒氣塡胸，心想：「罷了，罷了！她有惡犬相助，我也奈何她不得。早知如此，寧可死在荒山之中，也不在她家養傷。」撕下身上的繃帶布條，抛在地上，轉身便走。

喬福叫道：「喂，喂！你幹甚麼呀？這位便是小姐，還不上前磕頭？」張無忌怒道：「呸！我多謝她？咬傷我的惡犬，不是她養的麼？」

那女郎轉過頭來，見到他惱怒已極的模樣，微微一笑，招手道：「小兄弟，你過來。」張無忌和她正面相對，胸口登時突突突的跳個不住，但見這女郎容顏嬌媚，又白又膩，斗然之間，他耳朶中嗡嗡作響，只覺背上發冷，手足忍不住輕輕顫抖，忙低下了頭，不敢看她，本來是全無血色的臉，驀地裏漲得通紅。

那女郎笑道：「你過來啊。」張無忌抬頭又瞧了她一眼，遇到她水汪汪的眼睛，心中只感一陣迷糊，身不由主的便慢慢走了過去。

那女郎微笑道：「小兄弟，你惱了我啦，是不是呢？」張無忌在這羣犬的爪牙之下吃了這許多苦頭，如何不惱？但這時站在她身前，只覺她吹氣如蘭，一陣陣幽香送了過來，幾欲昏暈，那裏還說得出這個「惱」字，當卽搖頭道：「沒有！」

那女郎道：「我姓朱，名叫九眞，你呢？」張無忌道：「我叫張無忌。」朱九眞道：「無忌，無忌！嗯，這名字高雅得很啊，小兄弟想來是位世家弟子了。喏，你坐在這裏。」說着指一指身旁一張矮櫈。張無忌有生以來，第一次感到美貌女子驚心動魄的魔力，這時朱九眞便叫他跳入火坑之中，他也會毫不猶豫的縱身跳下，聽她叫自己坐在她身畔，眞是說不出的歡喜，當卽畢恭畢敬的坐下。

小鳳和喬福見小姐對這個又髒又臭的小子居然如此垂青，都是大出意料之外。朱九眞又嬌聲喝道：「折衝將軍！心口！」一隻大狗縱身而出，向那假人咬去。可是那假人心口的肉塊已被別的狗咬去了，那狗便撕落那假人脅下的肉塊，吃了起來。朱九眞怒道：「饞嘴東西，你不聽話麼？」提起皮鞭，走過去刷刷兩下。那鞭上生滿小刺，鞭子抽過，狗背上登時出現兩條長長的血痕。那狗卻兀自不肯放下口中肉食，反而嗚嗚發威。

朱九眞喝道：「你不聽話？」長鞭揮動，打得那狗滿地亂滾，遍身鮮血淋漓。她出鞭手法靈動，不論那猛犬如何竄突翻滾，始終躲不開長鞭的揮擊。到後來那狗終於吐出肉塊，伏在地下不動，低聲哀鳴。但朱九眞仍不停手，直打得牠奄奄一息，才道：「喬福，搭下去敷藥。」喬福應道：「是，小姐！」將傷犬抱出廳去，交給專職飼狗的狗僕照料。

羣犬見了這般情景，盡皆心驚膽戰，一動也不敢動。

朱九眞坐回椅中，又喝：「平寇將軍！左腿！」「威遠將軍！右臂！」「征東將軍！眼睛！」一頭頭猛犬依聲而咬，都沒錯了部位。她這數十頭猛犬竟都有將軍封號，她自己指揮若定，儼然是位大元帥了。

朱九眞轉頭笑道：「你瞧這些畜牲賤麼？不狠狠的打上一頓鞭子，怎會聽話？」張無忌雖在羣犬爪牙之下吃過極大苦頭，但見那狗被打的慘狀，卻也不禁惻然。朱九眞見他不語，笑道：「你說過不惱我，怎地一句話也不說？你怎麼到西域來的？你爹爹媽媽呢？」

張無忌心想，自己如此落魄，倘若提起太師父和父母的名字，當眞辱沒了他們，便道：

「我父母雙亡，在中原難以存身，隨處流浪，便到了這裏。」朱九眞道：「我射了那隻猴兒，誰叫你偷偷藏在懷裏啊？餓得慌了，想要吃猴兒肉，是不是？沒想到自己險些給我的狗兒撕得稀爛。」張無忌脹紅了臉，連連搖頭，道：「我不是想吃猴兒肉。」

朱九眞嬌笑道：「你在我面前，乘早別賴的好。」忽然想起一事，問道：「你學過甚麼武功？一掌把我的『左將軍』打得頭蓋碎裂而死，掌力很不錯啊。」

張無忌聽她說自己打死了她的愛犬，甚是歉然，說道：「我那時心中慌亂，出手想是重了。我小時候胡亂跟爹爹學過兩三年拳脚，並不會甚麼武功。」

朱九眞點了點頭，對小鳳道：「你帶他去洗個澡，換些像樣的衣服。」小鳳抿嘴笑道：「是！」領了他出去。張無忌戀戀不捨，走到廳門口時，忍不住回頭向她望了一眼，那知朱九眞也正在瞧着他，遇到他的眼光時秋波流慧，嫣然一笑。張無忌羞得連頭髮根子中都紅了，魂不守舍，也沒瞧到地下的門檻，脚下一絆，登時跌了個狗吃屎。他全身都是傷，這一摔跌，好幾處同時劇痛，但不敢哼出聲來，忙撐持着爬起。小鳳吃吃笑道：「見到我家小姐啊，誰都要神魂顚倒。可是你這麼小，也不老實嗎？」

張無忌大窘，搶先便行。走了一會，小鳳笑道：「你到太太房去洗澡、換衣服麼？」張無忌站定一看，但見前面門上垂着繡金軟帘，這地方從沒來過，才知自己慌慌張張的又走錯了路。小鳳這丫頭好生狡獪，先又不說，直等他錯到了家，這才出言譏刺。

張無忌紅着臉低頭不語。小鳳道：「你叫我聲小鳳姊姊，求求我，我才帶你出去。」張無忌道：「小鳳姊姊……」小鳳右手食指掂着自己面頰，一本正經的道：「嗯，你叫我幹甚麼啊？」張無忌道：「求求你，帶我出去。」

小鳳笑道：「這才是了。」帶着他回到那間小室之外，對喬福道：「小姐吩咐了，給他洗個澡，換上件乾淨衣衫。」喬福道：「是，是！」答應得很是恭敬，看來小鳳雖然也是下人，但身分卻又比尋常婢僕爲高。五六個男僕一齊走上，你一聲「小鳳姊姊」，我一聲「小鳳姊姊」的奉承。小鳳卻愛理不理的，突然向張無忌福了一福。張無忌愕然道：「你……怎麼？」小鳳笑道：「先前你向我磕頭，這時跟你還禮啊。」說着翩然入內。

喬福將張無忌把小鳳認作小姐、向她磕頭的事說了，加油添醬，形容得十分不堪，羣僕鬨堂大笑。張無忌低頭入房，也不生氣，只是將小姐的一笑一嗔，一言一語，在心坎裏細細咀嚼回味。

一會兒洗過澡，見喬福拿來給他更換的衣衫靑布直身，竟是僮僕裝束。張無忌心下恚怒：「我又不是你家低三下四的奴僕，如何叫我穿這等衣裳？」當下仍然穿上自己的破衣，只見一個個破洞中都露出了肌膚。心想：「待會小姐叫我前去說話，見我仍是穿着這等骯髒破衫，定然不喜。其實我便是眞的做她奴僕，供她差遣，又有甚麼不好？」這麼一想，登覺坦然，便換上了僮僕的直身。

那知別說這一天小姐沒來喚他，接連十多天，連小鳳也沒見到一面，更不用說小姐了。張無忌痴痴呆呆，只想着小姐的聲音笑貌，但覺便是她惡狠狠揮鞭打狗神態，也是說不出的嬌媚可愛。有心想自行到後院去，遠遠瞧她一眼也好，聽她向別人說一句話也好，但喬福叮囑了好幾次，若非主人呼喚，決不可走進中門以內，否則必爲猛犬所噬。張無忌想起羣犬的兇惡神態，雖是滿腔渴慕，終於不敢走到後院。

又過一月有餘，他的臂骨已接續如舊，被羣犬咬傷之處也已痊愈，但臂上腿上卻已留下了幾個無法消除的齒痕疤印，每當想起這是爲小姐愛犬所傷，心中反有甜絲絲之感。這些日子中，他身上寒毒仍是每隔數日便發作一次，每發一回，便厲害一回。

這一日寒毒又作，他躺在床上，將棉被裹得緊緊的，全身打戰。喬福走進房來，他見得慣了，也不以爲異，說道：「待會好些，喝碗臘八粥罷！這是太太給你的過年新衣。」說着將一個包裹放在桌上。

張無忌直熬過午夜，寒毒侵襲才慢慢減弱，起身打開包裹，見是一套新縫皮衣，襯着雪白的長毛羊皮，心中也自歡喜，那皮衣仍是裁作僮僕裝束，看來朱家是將他當定奴僕了。張無忌性情溫和，處之泰然，也不以爲侮，尋思：「想不到在這裏一住月餘，轉眼便要過年。胡先生說我只不過一年之命，這一過年，第二個新年是不能再見到了。」

富家大宅一到年盡歲尾，加倍有一番熱鬧氣象。衆僮僕忙忙碌碌，刷牆漆門、殺豬宰羊，都是好不興頭。張無忌幫着喬福做些雜事，只盼年初一快些到來，心想給老爺、太太、小姐磕頭拜年，定可見到小姐，只要再見她一次，我便悄然遠去，到深山自覓死所，免得整日和喬福等這一干無聊僮僕爲伍。

好容易爆竹聲中，盼到了元旦，張無忌跟着喬福，到大廳上向主人拜年。只見大廳正中坐着一對面目清秀的中年夫婦，七八十個僮僕跪了一地。那對夫婦笑嘻嘻的道：「大家都辛苦了！」旁邊便有兩名管家分發賞金。張無忌也得到二兩銀子。

他不見小姐，十分失望，拿着那錠銀子正自發怔，忽聽得一個嬌媚的聲音從外面傳進來：「表哥，你今年來得好早啊。」正是朱九眞的聲音。一個男子聲音笑道：「跟舅舅、舅母拜年，敢來遲了麼？」張無忌臉上一熱，一顆心幾乎要從胸腔中跳了出來，兩手掌心都是汗水。他盼望了整整兩個月，才再聽到朱九眞的聲音，教他如何不神搖意奪？

只聽得又有一個女子的聲音笑道：「師哥這麼早便巴巴的趕來，也不知是給兩位尊長拜年呢，還是給表妹拜年？」說話之間，廳門中走進三個人來。羣僕紛紛讓開，張無忌卻失魂落魄般站着不動，直到喬福使勁拉他一把，才走在一旁。

只見進來的三人中間是個年輕男子。朱九眞走在左首，穿一件猩紅貂裘，更襯得她臉蛋兒嬌嫩艷麗，難描難畫。那年輕的另一旁也是個女郎。自朱九眞一進廳，張無忌的眼光沒再有一瞬之間離開她臉，也沒瞧見另外兩個年輕男女是俊是醜，穿紅着綠？那二人向主人夫婦如何磕頭拜年，賓主說些甚麼，他全都視而不見，聽而不聞，眼中所見，便只朱九眞一人。其實他年紀尚小，對男女之情只是一知半解，但每人一生之中，初次知好色而慕少艾，無不神魂顛倒，如痴如呆，固不僅以張無忌為然。何況朱九眞容色艷麗，他在顛沛困厄之際與之相遇，竟致傾倒難以自持，只覺能瞧她一眼，聽她說一句話，便喜樂無窮了。

主人夫婦和三個青年說了一會話。朱九眞道：「爸、媽，我和表哥、青妹玩去啦！」話聲中帶着三分小女孩兒的撒嬌意。主人夫婦微笑點頭。朱夫人笑道：「好好招呼武家妹子，你三個大年初一可別拌嘴。」朱九眞笑道：「媽，你怎麼不吩咐表哥，叫他不許欺侮我？」三個青年男女談笑着走向後院。張無忌不由自主，遠遠的跟隨在後。這天衆奴僕玩耍的玩耍，賭錢的賭錢，誰也沒有理他。

這時張無忌才看明白了，那男子容貌英俊，長身玉立，雖在這等大寒天候，卻只穿了一件薄薄的淡黃色緞袍，顯是內功不弱。那女子穿着一件黑色貂裘，身形苗條，言行舉止甚是斯文，說到相貌之美，和朱九眞各有千秋，但在張無忌眼中瞧出來，自是大大不如他心目中敬如天仙的小姐了。三個人都是十七八歲年紀。

三人一路說笑，一路走向後院。那少女道：「眞姊，你的一陽指功夫，練得又深了兩層罷？露一手給妹子開開眼界好不好？」朱九眞道：「啊喲，你這不是要我好看麼？我便是再練十年，也及不上你武家蘭花拂穴手的一拂啊。」那青年笑道：「你們兩位誰都不用謙虛了，大名鼎鼎的『雪嶺雙姝』，一般的威風厲害。」朱九眞道：「我獨個兒在家中瞎琢磨，那及得上你師兄妹有商有量的進境快？你們今日餵招，明日切磋，那還不是一日千里嗎？」那少女聽她言語中隱含醋意，抿嘴一笑，並不答話，竟是給她來個默認。

那青年似怕朱九眞生氣，忙道：「那也不見得，你有兩位師父，舅父舅母一起教，不是又強過了我們麼？」朱九眞嗔道：「我們我們的？哼，你的師妹，自然是親過表妹了。我跟青妹說着玩，你總是一股勁兒的幫着她。」說着扭過了頭不理他。那青年陪笑道：「表妹親，師妹也親，手掌是肉，手背也是肉，不分彼此。表妹，你帶我去瞧瞧你那些守門大將軍，好不好？衆將軍一定給你調教得越來越厲害了。」

朱九眞高興了起來，道：「好！」領着他們逕往靈獒營。

張無忌遠遠在後，但見三人又說又笑，卻聽不見說些甚麼，當下也跟入了狗場。

原來朱九眞是朱子柳的後人。那姓武的少女名叫武青嬰，是武三通的後人，屬於武修文一系。武三通和朱子柳都是一燈大師的弟子，武功原是一路。但百餘年後傳了幾代，兩家所學便各有增益變化。武敦儒、武修文兄弟拜大俠郭靖爲師，雖也學過「一陽指」，但武功近於九指神丐洪七公一派剛猛的路子。那青年衞璧是朱九眞的表哥，他人既英俊，性子又溫柔和順，是以朱九眞和武青嬰芳心可可，暗中都愛上了他。

朱武二女年齡相若，人均美艷，春蘭秋菊，各擅勝場，家傳的武學又是不相上下，兩三年前就給崑崙一帶的武林中人合稱爲「雪嶺雙姝」。她二人暗中早就較上了勁，偏生衞璧覺得熊掌與魚，難以取捨，因此只要三人走上了一起，面子上雖然客客氣氣，但二女唇槍舌劍，卻誰也不肯讓誰。只是武青嬰較爲含蓄不露，反正她與衞璧同門學藝，日夕相見，比之朱九眞要多佔便宜。

朱九眞命飼養羣犬的狗僕放了衆猛犬出來。諸犬聽令行事，無不凜遵。衞璧不住口的稱讚。朱九眞很是得意。武青嬰抿嘴笑道：「師哥，你將來是『冠軍』呢還是『驃騎』啊？」衞璧一怔，道：「你說甚麼？」武青嬰道：「你這麼聽眞姊的話，眞姊還不賞你一個『冠軍將軍』或是『驃騎將軍』甚麼的封號麼？只不過要小心她的鞭子才是。」

衞璧俊臉通紅，眉間微有惱色，呸的一聲，道：「胡說八道，你罵我是狗嗎？」武青嬰微笑道：「衆將軍長侍美人粧台，搖尾乞憐，有趣得緊啊，有甚麼不好？」朱九眞惱道：「他倘若是狗子，他的師妹不知是甚麼？」

張無忌聽到這裏，忍不住「哈」的一聲笑了出來，但隨卽知道失態，急忙掩嘴轉身。

武青嬰滿肚怒氣，但不便向朱九眞正面發作，站起身來，說道：「眞姊，你府上的小廝可眞有規矩。咱們在說笑，這些低三下四之人居然在旁邊偷聽，還敢笑上一聲兩聲。師哥，我先回家去啦。」

朱九眞忽然想起張無忌曾一掌打死了她的「左將軍」，手上勁力倒也不小，笑道：「青妹，你不用生氣，也別瞧不起這個小廝。你武家功夫雖高，倘若三招之內能打倒這個低三下四的小廝，我才當眞服了你。」

武青嬰道：「哼，這樣的人也配我出手麼？眞姊，你不能這般瞧我不起。」

張無忌忍不住大聲道：「武姑娘，我也是父母所生，便不是人麼？你難道又是甚麼神仙菩薩、公主娘娘了？」

武青嬰一眼也不瞧他，卻向衞璧道：「師哥，你讓我受這小廝的搶白，也不幫我。」

衞璧見着她嬌滴滴的楚楚神態，心中早就軟了，他心底雖對雪嶺雙姝無分軒輊，可是知道師父武功深不可測，自己蒙他傳授的最多不過十之一二，要學絕世功夫，非討師妹的歡心不可，當下對朱九眞笑道：「表妹，這個小廝的武功很不差嗎？讓我考考他成不成？」

朱九眞明知他是在幫師妹，但轉念一想：「這姓張的小子不知是甚麼來路，讓表哥逼出他的根柢來也好。」便道：「好啊，讓他領教一下武家的絕學，那是再好也沒有了，這人啊，連我也不知道他到底是甚麼門派的弟子。」衞璧奇道：「這小廝所學的，不是府上的武功麼？」

朱九眞向張無忌道：「你跟表少爺說，你師父是誰，是那一派的門下。」

張無忌心想：「你們這般輕視於我，我豈能說起父母的門派，羞辱太師父和死去的父母？何況我又沒當眞好好練過武當派的功夫。」便道：「我自幼父母雙亡，流落江湖，沒學過甚麼武功，只小時候我爹爹指點過我一點兒。」朱九眞道：「你爹爹叫甚麼名字？是甚麼門派的？」張無忌搖頭道：「我不能說。」

衞璧笑道：「以咱們三人的眼光，還瞧他不出麼？」緩步走到場中，笑道：「小子，你來接我三招試試。」說着轉頭向武靑嬰使個眼色，意思是說：「師妹莫惱，我狠狠打這小子一頓給你消氣。」

陷身在情網中的男女，對情人的一言一動、一顰一笑、無不留心在意，衞璧這一個眼色的含意，盡敎朱九眞瞧在眼裏。她見張無忌不肯下場，向他招招手，叫他過來，在他耳邊低聲道：「我表哥武功很強，你不用想勝他，只須擋得他三招，就算是給我掙面子。」說着在他肩頭拍了拍，意示鼓勵。

張無忌原知不是衞璧的敵手，若是下場跟他放對，徒然自取其辱，不過讓他們開心一場而已，但一站到了朱九眞面前，已不禁意亂情迷，再聽她軟語叮囑，香澤微聞，那裏還有主意？心中只想：「小姐吩咐下來，再艱難凶險的事也要拚命去幹，挨幾下拳脚又算得甚麼？」迷迷惘惘的走到衞璧前面，呆呆的站着。

衞璧笑道：「小子，接招！」拍拍兩聲，打了他兩記耳光。這兩掌來得好快，張無忌待要伸手架擋，臉上早已挨打，雙頰都腫起了紅紅的指印。衞璧既知他並非朱家傳授的武功，不怕削了朱九眞和舅父、舅母的面子，下手便不容情，但這兩掌也沒眞使上內力，否則早將他打得齒落頰碎，昏暈過去。

朱九眞叫道：「無忌，還招啊！」張無忌聽得小姐的叫聲，精神一振，呼的一拳打了出去。衞璧側身避開，讚道：「好小子，還有兩下子！」閃身躍到他的背後。張無忌急忙轉身，那知衞璧出手如電，已抓住他的後領，舉臂將他高高提起，笑道：「跌個狗吃屎！」用力往地下摔去。

張無忌雖跟謝遜學過幾年武功，但一來當時年紀太小，二來謝遜只叫他記憶口訣和招數，不求實戰對拆，遇上了衞璧這等出自名門的弟子，自是縛手縛脚，半點也施展不開。給他這麼一摔，想要伸出手足撐持，已然不及，砰的一響，額頭和鼻子重重撞在地下，鮮血長流。

武青嬰拍手叫好，格格嬌笑，說道：「眞姊，我武家的武功還成麼？」

朱九眞又羞又惱，若說武家的功夫不好，不免得罪了衞璧，說他好罷，卻又氣不過武青嬰，只好寒着臉不作聲。

張無忌爬了起來，戰戰兢兢的向朱九眞望了一眼，見她秀眉緊蹙，心道：「我便送了性命，也不能讓小姐失了面子。」只聽衞璧笑道：「表妹，這小子連三脚貓的功夫也不會，說甚麼門派？」張無忌突然衝上，飛脚往他小腹上踢去。衞璧笑着叫聲：「啊喲！」身子向後微仰，避開了他這一脚，跟着左手倏地伸出，抓住他踢出後尙未收回的右脚，往外一摔。這一下只用了三成力，但張無忌還是如箭離弦，平平往牆上撞去。他危急中身子用力一躍，這才背脊先撞上牆，雖免頭骨破裂之禍，但背上已痛得宛如每根骨頭都要斷裂，便如一團爛泥般堆在牆邊，再也爬不起來了。

他身上雖痛，心中卻仍是牽掛着朱九眞的臉色，迷糊中只聽她說道：「這小廝沒半點用。咱們到花園中玩去罷！」語意中顯是氣惱之極。張無忌也不知從那裏來的一股力氣，翻身躍起，疾縱上前，發掌向衞璧打去。

衞璧哈哈一笑，揮掌相迎，拍的一響，他竟身子一幌，退了一步。

原來張無忌這一掌，是他父親張翠山當年在木筏上所敎「武當長拳」中的一招「七星手」。「武當長拳」是武當派的入門功夫，拳招說不上有何奧妙之處。但武當派武功在武學中別開蹊徑，講究以柔克剛，以弱勝強，不在以己勁傷敵，而是將敵人發來的勁力反激回去，敵人擊來一斤的力道，反激回去也是一斤，若是打來百斤，便有百斤之力激回，便如以拳擊牆，出拳愈重，自身所受也愈益厲害。當年覺遠大師背誦「九陽眞經」，曾說到「以己從人，後發制人」，張三丰後來將這些道理化入武當派拳法之中。若是宋遠橋、俞蓮舟等高手，自可在敵勁之上再加自身勁力。張無忌所學粗淺之極，但在這一拳之中，不知不覺的也已含了反激敵勁的上乘武學。

衞璧但覺手上酸麻，胸口氣血震盪，當即斜身揮拳，往張無忌後心擊去。張無忌手掌向後揮出，應以一招「一條鞭」。衞璧見他掌勢奇妙，急向後閃時，肩頭已被他三根指頭掃中，雖不如何疼痛，但朱九眞和武青嬰自然均已看到，自己已然輸了一招。

衞璧在意中人之前，這個台如何坍得起？他初時和張無忌放對時，眼看對方年紀既小，身分又賤，實是勝之不武，只不過拿他來耍弄耍弄，以博武青嬰一粲，因此拳脚上都只使二三成力，這時連吃兩次小虧，大喝一聲：「小鬼，你不怕死麼？」呼的一聲，發拳當胸打了過去。這招「長江三叠浪」中共含三道勁力，敵人如以全力擋住了第一道勁力，料不到第二道接踵而至，跟着第三道勁力又洶湧而來，若非武學高手，遇上了不死也得重傷。

張無忌見對方招式凌厲，心中害怕，當下更無思索餘裕，記得當年父親在海上木筏上所教手法，雙臂迴環，應以一招「井欄」。這一招博大精深，張無忌又怎能領會到其中的微旨？只是危急之際，順手便使了出來。衞璧右拳打出，正中張無忌右臂，自己拳招中的第一道勁力便如投入汪洋大海，登時無影無蹤，一驚之下，喀喇一響，那第二道勁力反彈過來，他右臂臂骨已然震斷。幸而如此，他第三道勁力便發不出來，否則張無忌不懂得這招「井欄」的妙用，兩人都要同時重傷在這第三道勁力之下。

朱九眞和武青嬰齊聲驚呼，奔到衞璧身旁察看他的傷處。衞璧苦笑道：「不妨，是我一時大意。」朱九眞和武青嬰心疼情郎受傷，兩人不約而同的揮掌向張無忌打去。

張無忌一招震斷衞璧的手臂，自己也被撞得險些仰天摔倒，立足未定，朱武二女已雙掌打來。他渾忘了閃避，雙掌一中前胸，一中肩骨，登時吐了一口鮮血。可是他心中的憤慨傷痛，尤在身體上的傷痛之上，暗想：「我爲你拚命力戰，爲你掙面子，當眞勝了，你卻又來打我！」

衞璧叫道：「兩位住手！」朱武二女依言停手，只見他提起左掌，鐵靑着臉，向張無忌打去。張無忌急忙閃躍避開。朱九眞叫道：「表哥，你受了傷，何必跟這小廝一般見識？是我錯啦，不該要你跟他動手。」憑她平時心高氣傲的脾氣，要她向人低頭認錯，實是千難萬難，若不是眼見情郎臂骨折斷，心中旣惶急又憐惜，決不能如此低聲下氣。豈知衞璧一聽，更加惱怒，冷笑道：「表妹，你小廝本領高強，你那裏錯了？只是我偏不服氣。」說着橫過左臂，將朱九眞推在一旁，跟着又舉拳向張無忌打去。

張無忌待要退後避讓，武青嬰雙掌向他背心輕輕一推，使他無路可退，衞璧那一拳正中他的鼻樑，登時鼻血長流。武青嬰遠比朱九眞工於心計，她暗中相助師哥，卻不露痕迹，要使他臉上光彩，心中感激。朱九眞一見，心想：「你會幫師哥，難道我就不會幫表哥？」當下也即出手，上前夾攻。

張無忌的武功本來遠遠不如衞璧，再加朱武二女一個明助，一個暗幫，頃刻之間，給三人拳打足踢，連中七八招，又吐了幾口鮮血。他憤慨之下，形同拚命，將父親教過的三十二勢「武當長拳」掃數使將出來，雖然功力不足，一拳一脚均無威力，但所學實是上乘家數，居然支持了一盞茶時分，仍是直立不倒。

朱九眞喝道：「那裏來的臭小子，卻到朱武連環莊來撒野，當眞是活得不耐煩了。」眼見衞璧舉起左掌，運勁劈落，當下左肩猛撞，將張無忌身子往他掌底推去。衞璧斷臂處越來越痛，不願跟這小廝多所糾纏，這一掌劈下，已然使上了十成力。張無忌身不由主的向前撞出，但覺勁風撲面，自知決計抵擋不住，但仍是舉起雙臂強擋。

驀地裏聽得一個威嚴的聲音喝道：「且慢！」藍影幌動，有人自旁竄到，舉手擋開了衞璧這一掌。看他輕描淡寫的隨手一格，衞璧竟然立足不定，急退數步，眼見便要坐倒在地，那身穿藍袍之人身法快極，縱過去在他肩後一扶，衞璧這才立定。

朱九眞叫道：「爹！」武青嬰叫道：「朱伯父！」衞璧喘了口氣，才道：「舅舅！」

這人正是朱九眞之父朱長齡。衞璧受傷斷臂，事情不小，靈獒營的狗僕飛報主人，朱長齡匆匆趕到，見到三人已在圍攻張無忌。他站在旁邊看了一會，待見衞璧猛下殺手，這才出手救了張無忌一命。

朱長齡橫眼瞪着女兒和衞武二人，滿臉怒火，突然反手拍的一掌，打了女兒一個耳光，大聲喝道：「好，好！朱家的子孫越來越長進了。我生了這樣的乖女兒，將來還有臉去見祖宗於地下麼？」

朱九眞自幼極得父母寵愛，連較重的呵責也沒一句，今日在人前竟被父親重重的打了一個耳光，一時眼前天旋地轉，不知所云，隔了一會，才哇的一聲哭了出來。

朱長齡喝道：「住聲，不許哭！」聲音中充滿威嚴，聲音之響，只震得樑上灰塵簌簌而下。朱九眞心下害怕，當卽住聲。

朱長齡道：「我朱家世代相傳，以俠義自命，你高祖子柳公輔佐一燈大師，在大理國官居宰相，後來助守襄陽，名揚天下，那是何等的英雄？那知子孫不肖，到了我朱長齡手裏，竟會有這樣的女兒，三個大人圍攻一個小孩，還想傷他性命。你說羞也不羞，羞也不羞？」他雖是呵責女兒，但這些話衞璧和武靑嬰聽在耳裏，句句猶如刀刺，均覺無地自容。

張無忌渾身劇痛，幾欲暈倒，咬緊牙齒拚命支撑，才勉強站立，心中卻仍明白，聽了朱長齡這番言語，好生佩服，暗想：「是非分明，那才是眞正的俠義中人。」只見朱長齡氣得面皮焦黃，全身發顫，不住地呼呼喘氣，衞璧等三人眼望地下，不敢和他目光相對。

張無忌見朱九眞半邊粉臉腫起好高，顯見她父親這一掌打得着實不輕，見她又羞又怕的可憐神態，想哭卻不敢哭，只是用牙齒咬着下唇，便道：「老爺，這不關小姐的事。」他話一出口，不禁嚇了一跳，原來自己說話嘶啞，幾不成聲，自是咽喉處受了衛璧重擊之故。

朱長齡道：「這位小兄弟拳脚不成章法，顯然從未好好的拜師學過武藝，全憑一股剛勇之氣，拚死抵抗，這就更加令人相敬了。你們三個卻如此欺侮一個不會武功之人，平日師長父母的教誨，可還有半句記在心中嗎？」他這一頓疾言厲色的斥責，竟對衛璧和武青嬰也絲毫不留情面。張無忌聽着，反覺惶悚不安。

朱長齡又問起張無忌何以來到莊中，怎地身穿僮僕衣衫，一面問，一面叫人取了傷藥和接骨膏來給他和衛璧治傷，朱九眞明知父親定要着惱，但不敢隱瞞，只得將張無忌如何收藏小猴、如何給羣犬咬傷、自己如何救他來山莊的情由說了。

朱長齡越聽眉頭越皺，聽女兒述說完畢，厲聲喝道：「這位張兄弟義救小猴，大有仁俠心腸，你居然拿他當做廝僕。日後傳揚出去，江湖上好漢人人要說我『驚天一筆』朱長齡是個不仁不義之徒。你養這些惡狗，我只當你爲了玩兒，那也罷了，那知膽大妄爲，竟然縱犬傷人？今日不打死你這丫頭，我朱長齡還有顏面厠身於武林麼？」

朱九眞見父親動了眞怒，雙膝一屈，跪在地下，說道：「爹爹，孩兒再也不敢了。」朱長齡兀自狂怒不休，衛璧和武青嬰一齊跪下求懇。

張無忌道：「老爺……」朱長齡忙道：「小兄弟，你怎可叫我老爺？我痴長你幾歲，最多稱我一聲前輩，也就是了。」張無忌道：「是，是，朱前輩。這件事須也怪不得小姐，她確是並非有意的。」

朱長齡道：「你瞧，人家小小年紀，竟是這等胸襟懷抱，你們三個怎及得上人家？大年初一，武姑娘又是客人，我原不該生氣，可是這件事實在太不應該，那是黑道中卑鄙小人的行逕，豈是我輩俠義道的所作所為？既是小兄弟代為說情，你們都起來罷。」衛璧等三人含羞帶愧，站了起來。

朱長齡向餵養羣犬的狗僕喝道：「那些惡犬呢？都放出來。」狗僕答應了，放出羣犬。朱九真見父親臉色不善，不知他是何用意，低聲叫道：「爹。」朱長齡冷笑道：「你養了這些惡犬來傷人，好啊，你叫惡犬來咬我啊。」朱九真哭道：「爹，女兒知錯了。」

朱長齡哼了一聲，走入惡犬羣中，拍拍拍拍四聲響過，四條巨狼般的惡犬已頭骨碎裂，屍橫就地。旁人嚇得呆了，都說不出話來。朱長齡拳打足踢、掌劈指戳，但見他身形飄動，一個藍影在狗場上繞了一圈，三十餘條猛犬已全被擊斃，別說噬咬抗擊，連逃竄幾步也來不及。他一舉擊斃羣犬，固因羣犬未得朱九真號令，給攻了個出其不意，但他出手如風似電，掌力更是凌厲之極。衛璧、武青嬰、張無忌只看得撟舌不下。

朱長齡將張無忌橫抱在臂彎之中，送到自己房中養傷。不久朱夫人和朱九真一齊過來照料湯藥。張無忌被羣犬咬傷後失血過多，身子本已衰弱，這一次受傷不輕，又昏迷了數日，稍待清醒，便自己開了張療傷調養的藥方，命人煮藥服食，這才好得快了。朱長齡見他用藥如神，更是驚喜交集。

在這二十餘日的養傷期間，朱九真常自伴在張無忌床邊，唱歌猜謎、講故事說笑，像大姊姊服侍生病的弟弟一般，細心體貼，無微不至。

張無忌傷愈起床，朱九眞每日仍有大半天和他在一起。她跟父親學武之時，對張無忌也毫不避忌，總是叫他在一旁觀看。朱長齡曾兩次露出口風，有收他爲徒之意，願將一身武功相傳，但見他並不接口，此後也就不再提了，但待他極盡親厚，與自己家人弟子絲毫無異。朱家武功與書法有關，朱九眞每日都須習字，也要張無忌伴她一起學書。張無忌自從離冰火島來到中土後，一直顛沛流離、憂傷困苦，那裏有過這等安樂快活的日子？

轉眼到了二月中旬，這日張無忌和朱九眞在小書房中相對臨帖。丫鬟小鳳進來稟報：「小姐，姚二爺從中原回來了。」

朱九眞大喜，擲筆叫道：「好啊，我等了他大半年啦，到這時候才來。」牽着張無忌的手，說道：「無忌弟，咱們瞧瞧去，不知姚二叔有沒給我買齊了東西。」

兩人攜手走向大廳。張無忌問道：「姚二叔是誰？」朱九眞道：「他是我爹爹的結義兄弟，叫做千里追風姚清泉。去年我爹爹請他到中原去送禮，我託他到杭州買胭脂水粉和綢緞、到蘇杭買繡花的針綫和圖樣，又要買湖筆徽墨、碑帖書籍，不知他買齊了沒有。」跟着解說，朱家莊僻處西域崑崙山中，精緻些的物事數千里內都無買處。崑崙山和中土相隔萬里，來回一次動輒兩三年，有人前赴中原，朱九眞自要託他購買大批用品了。

兩人走近廳門，只聽得一陣嗚咽哭泣之聲，不禁都吃了一驚，進得廳來，更是驚詫，只見朱長齡和一個身材高瘦的中年漢子都跪在地下，相擁而泣。那漢子身穿白色喪服，腰上繫了一根草繩。朱九眞走近身去，叫道：「姚二叔！」朱長齡放聲大哭，叫道：「眞兒，眞兒！

咱們的大恩人張五爺，張……張五爺……他……他……已死了！」朱九眞驚道：「那怎麼會？張恩公……失蹤了十年，不是已安然歸來麼？」

姚清泉嗚咽着道：「咱們住得偏僻，訊息不靈，原來張恩公在四年多以前，便已和夫人一齊自刎身亡。我還沒上武當山，在陝西途中就已聽到消息。上山後見到宋大俠和俞二俠，才知實情，唉……」

張無忌越聽越驚，到後來更無疑惑，他們所說的「大恩人張五爺」，自是自己的生父張翠山，眼見朱長齡和姚清泉哭得悲傷，朱九眞也是泫然落淚，忍不住便要上前吐露自己的身分，但轉念一想：「我一直不說自己身世，這時說明眞相，朱伯父和眞姊多半不信，定要疑我冒充沾恩，不免給他們瞧得小了。」

過不多時，只聽得院內哭聲大作，朱夫人扶着丫鬟，走出廳來，連連向姚清泉追問。姚清泉悲憤之下，也忘了向義嫂見禮，當卽述說張翠山自刎身亡的經過。張無忌雖然強忍，不致號哭出聲，但淚珠已滾滾而下。大廳上人人均在哭泣流淚，誰也沒留心到他。

朱長齡突然手起一掌，喀喇喇一聲響，將身前一張八仙桌打場了半邊，說道：「二弟，你明明白白說給我聽，上武當山逼死恩公恩嫂的，到底是那些人？」姚清泉道：「我一得到訊息，本來早該回來急報大哥，但想須得查明仇人的姓名要緊。原來上武當山逼死恩公的，自少林派三大神僧以下，人數着實不少，小弟暗中到處打聽，這才躭擱了日子。」當下將少林、崆峒、峨嵋各派，海沙、巨鯨、神拳、巫山等幫會中，凡是曾上武當山去勒逼張翠山的，諸如空聞方丈、空智大師、何太冲、靜玄師太、關能等等的名字都說了出來。

朱長齡慨然道：「二弟，這些人都是當今武林中數一數二的好手，咱們本來是一個也惹不起的。可是張五爺待我們恩重如山，咱們便是粉身碎骨，也得給他報此深仇。」

姚清泉拭淚道：「大哥說得是，咱哥兒倆的性命，都是張五爺救的，反正已多活了這十多年，再交還給張五爺，也就是了。小弟最感抱憾的，是沒能見到張五爺的公子，否則也可轉達大哥之意，最好是能請他到這兒來，大夥兒盡其所有，好好的侍奉他一輩子。」

朱夫人絮絮詢問這位張公子的詳情。姚清泉只道他受了重傷，不知在何處醫治，似乎今年還只有八九歲年紀，料想張三丰張眞人定要傳以絕世武功，將來可能出任武當派的掌門人。朱長齡夫婦跪下拜謝天地，慶幸張門有後。

姚清泉道：「大哥叫我帶去送給張恩公的千年人參王、天山雪蓮、玉獅鎮紙、烏金匕首等等這些物事，小弟都留在武當山上，請宋大俠轉交給張公子。」朱長齡道：「這樣最好，這樣最好。」轉頭向女兒道：「我家如何身受大恩，你可跟張兄弟說一說。」

朱九眞攜着張無忌的手，走到父親書房，指着牆上一幅大中堂給他看。那中堂右端題着七字：「張公翠山恩德圖。」

張無忌從未到過朱長齡的書房，此時見到父親的名諱，已是淚眼模糊，只見圖中所繪是一處曠野，一個少年英俊的武士，左手持銀鈎、右手揮鐵筆，正和五個兇悍的敵人惡鬥。張無忌知道這人便是自己父親了，雖然面貌並不肖似，但依稀可從他眉目之間看到自己的影子。地下躺着兩人，一個是朱長齡，另一個便是姚清泉，還有兩人卻已身首異處。左下角繪着一個青年婦人，滿臉懼色，正是朱夫人，她手中抱着一個女嬰。張無忌凝目細看，見女嬰嘴邊有一顆小黑痣，那自是朱九眞了。這幅中堂紙色已變淡黃，爲時至少已在十年以上。

朱九眞指着圖畫，向他解釋。原來其時朱九眞初生不久，朱長齡爲了躲避強仇，携眷西行，但途中還是給對手追上了。兩名師弟爲敵人所殺，他和姚清泉也被打倒。敵人正要痛下毒手，適逢張翠山路過，仗義出手，將敵人擊退，救了他一家的性命。依時日推算，那自是張翠山在赴冰火島前所爲。

朱九眞說了這件事後，神色黯然，說道：「我們住得隱僻，張恩公從海外歸來的訊息，直至去年方才得知。爹爹曾立誓不再踏入中原一步，於是忙請姚二叔携帶貴重禮物，前去武當山拜見，那知道……」說到這裏，一名書僮進來請她赴靈堂行禮。

朱九眞匆匆回房，換了一套素淨衣衫，和張無忌同到後堂。只見堂上已擺列兩個靈位，素燭高燒，一塊靈牌上寫着「恩公張大俠諱翠山之靈位」，另一塊寫着「張夫人殷氏之靈位」。朱長齡夫婦和姚清泉跪拜在地，哭泣甚哀。張無忌跟着朱九眞一同跪拜。

朱長齡撫着他頭，哽咽道：「小兄弟，很好，很好。這位張大俠慷慨磊落，實是當世無雙的奇男子，你雖跟他不相識，無親無故，但拜他一拜，也是應該的。」

當此情境，張無忌更不能自認便是這位「張恩公」的兒子，心想：「那姚二叔傳聞有誤，說我不過八九歲年紀，此時我便明說，他們也一定不信。」

忽聽姚清泉道：「大哥，那位謝爺……」朱長齡咳嗽一聲，向他使個眼色，姚清泉登時會意，說道：「那些謝儀該怎麼辦？要不要替恩公發喪？」朱長齡道：「你瞧着辦罷！」

張無忌心想：「你明明說的是『謝爺』，怎地忽然改爲『謝儀』？謝爺，謝爺？難道說的是我的義父麼？」

這一晚他想起亡父亡母，以及在極北寒島苦渡餘生的義父，思潮起伏，又怎睡得安穩？次晨起身，聽得脚步細碎，鼻中聞到一陣幽香，見朱九眞端着洗臉水走進房來。張無忌一驚，道：「眞姊，怎……怎麼你給我……」朱九眞道：「傭僕和丫鬟都走乾淨了，我服侍你一下又打甚麼緊？」張無忌更是驚奇，問道：「爲……爲甚麼都走了？」

朱九眞道：「我爹爹昨晚叫他們走的，每人都發了一筆銀子，要他們回自己家去，因爲在這兒危險不過。」她頓了一頓，說道：「你洗臉後，爹爹有話跟你說。」

張無忌胡亂洗了臉。朱九眞給他梳了頭，兩人一同來到朱長齡書房。這所大宅子中本來有七八十名婢僕，這時突然冷冷清清的一個也不見了。

朱長齡見二人進來，說道：「張兄弟，我敬重你的仁俠心腸，英雄氣概，本想留你在舍下住個十年八載，可是眼下突起變故，逼得和你分手，張兄弟千萬莫怪。」說着托過一隻盤子，盤中放着十二錠黃金，十二錠白銀，又有一柄防身的短劍，說道：「這是愚夫婦和小女的一點微意，請張兄弟收下，老夫若能留得下這條性命，日後當再相會……」說到這裏，聲音嗚咽，喉頭塞住了，再也說不下去。

張無忌閃身讓在一旁，昂然道：「朱伯伯，小姪雖然年輕無用，卻也不是貪生怕死之徒。府上眼前既有危難，小姪決不能自行退避。縱然不能幫伯父和姊姊甚麼忙，也當跟伯父和姊姊同生共死。」朱長齡勸之再三，張無忌只是不聽。

朱長齡嘆道：「唉，小孩子家不知危險。我只有將眞相跟你說了，可是你先得立下個重誓，決不向第二人洩漏機密，也不得向我多問一句。」

張無忌跪在地下，朗聲道：「皇天在上，朱伯伯向我所說之事，若是我向旁人洩漏，多口查問，教我亂刀分屍，身敗名裂。」

朱長齡扶他起來，探首向窗外一看，隨卽飛身上屋，查明四下裏確無旁人，這才回進書房，在張無忌耳邊低聲道：「我跟你說的話，你只可記在心中，卻不得向我說一句話，以防隔牆有耳。」張無忌點了點頭。

朱長齡低聲道：「昨日姚二弟來報張恩公的死訊時，還帶了一個人來，此人姓謝名遜，外號叫作金毛獅王……」張無忌大吃一驚，身子發顫。

朱長齡又道：「這位謝大俠和張恩公有八拜之交，他和天下各家各派的豪強都結下了深仇，張恩公夫婦所以自刎，便是爲了不肯吐露義兄的所在。謝大俠不知如何回到中土，動手爲張恩公報仇雪恨，殺傷了許多仇人，只是好漢敵不過人多，終於身受重傷。姚二弟爲人機智，救了他逃到這裏，對頭們轉眼便要追到。對方人多勢衆，我們萬萬抵敵不住。我是捨命報恩，決意爲謝大俠而死，可是你跟他並無半點淵源，何必將一條性命陪在這兒？張兄弟，我言盡於此，你快快去罷！敵人一到，玉石俱焚，再遲可來不及了。」

張無忌聽得心頭火熱，又驚又喜，萬想不到義父竟會到了此處，問道：「他在那……」朱長齡右手迭出，按住了他嘴巴，在他耳邊低聲道：「不許說話。敵人神通廣大，一句話不小心，便危及謝大俠的性命。你忘了適才的重誓麼？」張無忌點了點頭。

朱長齡道：「我已跟你說明白了，張兄弟，你年紀雖小，我卻當你是好朋友，跟你推心置腹，絕無隱瞞。你即速動身為要。」張無忌道：「你跟我說明白後，我更加不走了。」

朱長齡沉吟良久，長嘆一聲，毅然道：「好！咱們今後同生共死，旁的也不用多說。事不宜遲，須得動手了。」當下和朱九眞及張無忌奔出大門，只見朱夫人和姚清泉已候在門外，身旁放着幾個包袱，似要遠行。張無忌東瞧西望，卻不見義父的影蹤。

朱長齡幌着火摺，點燃了一個火把，便往大門上點去。頃刻間火光衝天而起，火頭延向四處，原來這座大莊院的數百間房屋上早已澆遍了火油。西域天山、崑崙山一帶，自來盛產火油，常見油如湧泉，從地噴出，取之即可生火煮食。朱家莊廣厦華宅，連綿里許，但在火油助燃之下，焚燒極是迅速。

張無忌眼見彫樑畫棟都捲入了熊熊火焰之下，心下好生感激：「朱伯伯畢生積蓄，無數心血，旦夕間化為灰燼，那全是為了我爹爹和義父。這等血性男子，世間少有。」

當晚朱長齡夫婦、朱九眞、張無忌四人在一個山洞中宿歇。朱長齡的五名親信弟子手執兵刃，由姚清泉率領，在洞外戒備。這場大火直燒到第三日上方熄，幸而敵人尚未趕到。

第三日晚間，朱長齡帶同妻女弟子，和姚清泉、張無忌從山洞深處走去，經過黑沉沉的一條長隧道，來到幾間地下石室之中。石室中糧食清水等物儲備充份，只是頗為悶熱。

朱九眞見張無忌不住伸袖拭汗，笑問：「無忌弟，你猜猜看，為甚麼這裏如此炎熱？你可知咱們是在甚麼地方？」張無忌鼻中聞到焦臭，登時醒悟：「啊，咱們便是在原來的莊院之下。」朱九眞笑道：「你眞聰明。」

張無忌對朱長齡用心的周密更是佩服。敵人大舉來襲之時，眼見朱家莊已燒得片瓦不存，只有向遠處搜尋，決不會猜到謝遜竟是躲在火場之下。他見石室彼端有一鐵門緊閉，料想義父便藏在其中，雖是亟盼和義父相見，一敍別來之情，但想眼前步步危機，連朱長齡都不敢去和他說話，自己怎能輕舉妄動？倘若誤了大事，自己送命不打緊，累了義父和朱家全家性命，那是多大的罪過？

在地窖中住了半日，炎熱漸減，各人展開毛毯，正要就寢，忽聽得一陣急速的馬蹄聲遠遠傳來，不多時便到了頭頂。只聽得一人粗聲說道：「朱長齡這老賊定是護了謝遜逃走啦，快追，快追！」各人雖在地底，上面的聲音卻聽得清清楚楚，原來地窖中有鐵管通向地面，傳下聲音。但聽得馬蹄聲雜沓，漸漸遠去。

這一晚在頭頂上經過的追兵先後共有五批，有崑崙派的、崆峒派的、巨鯨幫的，另外兩批人卻聽不出來歷。每一批少則七八人，多則十餘人，兵刃鏗鏘，健馬嘶吼，無不口出惡言，聲勢洶洶。張無忌心想：「我義父若非雙目失明，又受重傷，那會將你們這些么魔小醜放在心上？」

待第五批人走遠，姚清泉拿起木塞，塞住了鐵管口，以免地窖中各人說話爲上面偶然經過之人聽見。但他話聲仍是壓得極低，說道：「我去瞧瞧謝大俠的傷勢。」朱長齡點了點頭。姚清泉伸手扳動門旁的機括，鐵門緩緩開了。他提着一盞火油燈，走進鐵門。

這時張無忌再也忍耐不住，站起身來，在姚清泉背後張望，只見一個身材高大的漢子向裏而臥。張無忌乍見義父寬濶的背影，登時熱淚盈眶。只聽姚清泉低聲道：「謝大俠覺得好些了麼？要不要喝水？」

突然間勁風響處，姚清泉手中的火油燈應風而滅，跟着砰的一聲，姚清泉被謝遜一掌擊出，飛出鐵門，重重摔在地下。只聽謝遜大聲叫道：「少林派的，崑崙派的，崆峒派的衆狗賊，來啊，來啊，我金毛獅王謝遜還怕你們不成？」

朱長齡叫道：「不好，謝大俠神志迷糊了。」走到門邊，說道：「謝大俠，我們是你朋友，並非仇敵。」謝遜冷笑道：「甚麼朋友？花言巧語，騙得倒我麼？」大踏步走出鐵門，發掌向朱長齡當胸擊來，這一掌勁力凌厲，帶得室中那盞油燈的火燄不住幌動。朱長齡不敢擋，轉身閃避，謝遜左手一拳直擊他面門。朱長齡逼不得已，舉臂架開，身子一幌，退了兩步。張無忌見到這突如其來的變故，不禁嚇得呆了。

那謝遜拳掌如風，凌厲無比，朱長齡不敢與抗，只是退避。謝遜一掌擊不中朱長齡，掃在石牆之上，但見石屑紛飛，若是中在人體，那還了得？那謝遜長髮披肩，雙目如電，臉上血污斑斑，口中荷荷而呼，掌勢越來越猛烈。朱夫人和朱九眞嚇得躲在壁角。朱長齡見他拳掌攻到，只得將身邊的木桌推過去一擋。謝遜砰砰兩拳，登時將那桌子打得粉碎。

張無忌茫然失措，張大了口，呆立在一旁，眼見這個「謝遜」絕不是他義父金毛獅王謝遜。他義父雙眼早盲，這人卻目光炯炯。只見這大漢一掌打出，朱長齡背靠石壁，已是退無可退，但並不出手招架，叫道：「謝大俠，我不是你的敵人，我不還手。」那大漢毫不理會，一掌打在他的胸口。朱長齡神色極是痛苦，叫道：「謝大俠，你相信了麼？」那大漢喝道：「狗賊，再吃我一拳！」又是一拳打去。朱長齡噴出一口鮮血，顫聲道：「你是我恩公義兄，便打死我，我也不還手。」那大漢狂笑道：「不還手最好，我便打死你。」左一拳，右一拳，齊中胸腹。朱長齡「啊」的一聲慘呼，身子軟倒。

那大漢更不容情，又出拳打去。張無忌搶上一步，舉臂拚命擋格，只覺這一拳勁力好大，一震之下，幾乎氣也透不過來，當下不顧生死，叫道：「你不是謝遜，你不是……」那大漢怒道：「你這小鬼知道甚麼？」舉脚向他踢去。張無忌閃身避開，大叫：「你冒充金毛獅王，不懷好意，假的，假的……」

朱長齡本已委頓在地，聽了張無忌的叫聲，當即掙扎爬起，指着那大漢叫道：「你……你不是……你騙我……」突然一大口鮮血噴出，射在那大漢臉上，身子向前一跌，順勢便點了他右乳下的「神封穴」。朱長齡重傷之後，已非那大漢的敵手，卻藉着噴血傾跌，出其不意，以家傳「一陽指」手法點中了他大穴。朱長齡又在他腰脅間補上兩指，自己卻也已支持不住，暈倒在地。朱九眞和張無忌忙搶上扶起。

過了一會，朱長齡悠悠醒轉，問張無忌道：「他……他……」張無忌道：「朱伯伯，我再也不能隱瞞，你所說的恩公，便是家父。金毛獅王是我義父，我怎會認錯？」朱長齡搖了搖頭，微微苦笑，臉上神色自是半點也不相信。

張無忌道：「我義父雙目已盲，這人眼目完好，便是最大的破綻。我義父在海外失明，此事外間無人知曉。這人前來冒充，卻不知我義父盲目這回事。」

朱九眞喜道：「無忌弟，你當眞是我家大恩公的孩子？這可太好了，太好了。」

朱長齡兀自不信。張無忌只得將如何來到崑崙的情由簡畧說了。姚清泉旁敲側擊，問他武當山上諸般情形，又詢問張翠山夫婦當日自刎的經過，聽他講得半點不錯，這才相信。
朱長齡卻仍感爲難，說道：「倘若這孩子說謊，咱們得罪了謝大俠，那可如何是好？」
姚清泉拔出匕首，對着那大漢的右眼，說道：「朋友，金毛獅王謝遜雙目已毀，你既要學他，便須學得到家些，今日先毀了你這對招子。我姓姚的上了你大當，若不是這位小兄弟識破，豈非不明不白的送了我朱大哥性命？」說着匕首向前一送，刀尖直抵他眼皮，又問：「你到底是甚麼人？爲甚麼冒充金毛獅王？」
那大漢怒道：「有種便一刀將我殺了。我開碑手胡豹是甚麼人？能受你逼供麼？」
朱長齡「哦」的一聲，道：「開碑手胡豹！嗯，你是崆峒派。」胡豹大聲道：「天下各門各派，都知朱長齡要爲張翠山報仇。常言道得好：先下手爲強，後下手遭殃。」姚清泉喝道：「你這人恁地惡毒！」匕首一低，便往他心口刺去。朱長齡左手探出，一把抓住他手腕，說道：「二弟，且慢，倘若他眞是謝大俠，咱們哥兒倆可是萬死莫贖。」姚清泉道：「張兄弟已說得明明白白。大哥你若三心二意，決斷不下，眼前大禍可就難以避過。」朱長齡搖搖頭道：「咱們寧可自己身受千刀，決不能錯傷了張恩公的義兄一根毫毛。」
張無忌道：「朱伯伯，這人決不是我的義父。我義父外號叫作『金毛獅王』，頭髮是黃的。這人卻是黑頭髮。」
朱長齡沉吟半晌，點了點頭，携着他手，道：「小兄弟，你跟我來。」兩人走出石室，再出了石洞，直到山坡後一座懸崖之下，並肩在一塊大石上坐下。朱長齡道：「小兄弟，這人倘若不是謝大俠，咱們自然非殺了他不可，但在動手之前，我須得心中確無半點懷疑。你說是不是？」

張無忌道：「你唯恐有甚失閃，確也應當。但這人絕非我義父，朱伯伯放心好了。」

朱長齡嘆了口氣，說道：「孩子，我年輕之時，曾上過不少人的當。今日我所以不肯還手，以致身受重傷，還是識錯了人之故。一錯不能再錯，此事干係重大，我死不足惜，卻無論如何，須得維護你和謝大俠的平安。我本該問明白謝大俠到底身在何處，方能眞正放心，可是這件事我卻又不便啓口。」

張無忌心下激動，道：「朱伯伯，你爲了我爹爹和義父，把百萬家產都毀了，自己又受了這等重傷，難道我還有信你不過的？我義父的情形，你便不問，我也要跟你說。」於是將父母和謝遜如何飄流到冰火島上、如何一住十年、如何三人結筏回來的種種情由，一一說了，其中一大半經過是他轉從父母口中得知，但也說得十分明白。

朱長齡反覆仔細盤問，將張無忌如何在冰火島上學武、如何送楊不悔西來、如何在崑崙三聖坳遭難等情，全都問得明白，聽得張無忌所言確無半點破綻，這才眞的相信了，長長舒了口氣，仰天說道：「恩公啊恩公，你在天之靈，祈請明鑒：朱長齡須當竭盡所能，撫養無忌兄弟長大成人。只是強敵環伺，我武藝低微，實在未必挑得起這副重擔，萬望恩公時加佑護。」說罷跪倒在地，向天叩頭。張無忌又是傷心，又是感激，跟着跪下。

朱長齡站起身來，說道：「現下我心中已無半分疑惑。唉！少林、峨嵋、崑崙、崆峒，那一派不是人多勢衆，武功高強？小兄弟，先前我決意拚了這條老命，殺得仇人一個是一個，以報令尊的大恩。但今日撫孤事大，報仇尙在其次。只是大地茫茫，卻到何處去避這場大難？

連我這等偏僻之極的處所，他們也都找上來了，那裏另有更加偏僻的所在？」他頓了一頓，又道：「謝大俠孤零零的獨處冰火島上，這幾年的日子，想來也甚慘。唉，這位大俠對恩公恩嫂如此高義，我但盼能見他一面，死亦甘心。」

張無忌聽他說到義父孤零零的在冰火島受苦，極是難過，心念一動，衝口說道：「朱伯伯，咱們一起到冰火島去，好不好？我在島上過的日子何等快活，但一回中土，所見所受，不是兇殺流血，便是擔驚受怕。」朱長齡道：「小兄弟，你很想回到冰火島去，是不是？」張無忌躊躇不答，暗忖自己已活不多久，何況去冰火島途中海程艱險，未必能至，不該累得朱長齡一家身冒奇險，大海無情，只要稍有不測，那便葬身於洪波巨濤之中。

朱長齡握住他雙手，瞧着他臉，說道：「小兄弟，你我不是外人，務請坦誠相告，你是不是想回冰火島去？」話聲誠懇已極。

張無忌此時心中，確是苦厭江湖上人心的險惡，極盼在身死之前能再見義父一面，如能死於義父懷抱之中，那麼一生更無他求。在朱長齡面前，他也無法作僞隱瞞自己心事，於是緩緩點了點頭。

朱長齡不再多言，携着張無忌的手回到石室，向姚清泉道：「那是奸賊，確然無疑。」姚清泉點了點頭，手執匕首，走進密室。只聽得那開碑手胡豹長聲慘呼，已然了賬。姚清泉從密室中出來，關上了鐵門，但見他匕首上鮮血殷然，順手便在靴底拂拭。

朱長齡道：「這賊子來此臥底，咱們的蹤迹看來已經洩露，此地不可再居。」當下領着各人，從石洞中出來，行了二十餘里，轉過兩座山峯，進了一個山谷，來到一棵大樹旁的四五間小屋前。

此時天將黎明，各人進了小屋後，張無忌見屋中放的都是犂頭、鐮刀之類農具，但鍋灶糧食，一應俱全。看來朱長齡爲防強仇，在宅第之旁安排了不少避難的所在。朱長齡重傷之下，臥床不起。朱夫人取出土布長衫和草鞋、包頭，給各人換上。霎時之間，大富之家的夫人小姐變成了農婦村女，雖然言談舉止不像，但只要不走近細看，也不致露出馬脚。

在農舍住了數日，朱長齡因有祖傳雲南傷藥，服後痊愈很快，幸喜敵人也不再追來。

張無忌閒中靜觀，見姚清泉每日出去打探消息，朱夫人卻率領弟子收拾行李包裹，顯然有遠行之計。他知朱長齡爲了報恩避仇，決意舉家前往海外的冰火島，心中極是歡喜。

這一晚他睡在床上，想起如能天幸不死，終於到了冰火島，終生得和這位美如天人的朱九眞姐妹在島上廝守，不禁面紅耳熱，一顆心怦怦跳動；又想朱伯伯、姚二叔和義父見面之後，三人結成好友，在島上無憂無慮的嘯傲歲月，既不怕蒙古韃子殘殺欺壓，也不必擔心武林強仇明攻暗襲，爲人若斯，自也更無他求了。他想得歡喜，竟忘了自己身中寒毒，在世已爲日無多，直到中夜，仍未睡着。

正朦朧間，忽聽得板門輕輕推開，一個人影閃進房來。張無忌微感詫異，鼻中聞到一陣淡淡幽香，正是朱九眞日常用以薰衣的素馨花香。他突然滿臉通紅，說不出的害羞。

朱九眞悄步走到床前，低聲問到：「無忌弟，你睡着了麼？」張無忌不敢回答，雙眼緊閉，假裝睡熟，過了一會，忽有幾根溫軟的手指摸到了他眼皮上。

張無忌又驚又喜，又羞又怕，只盼她快快出房。他心中對朱九眞敬重無比，只求每日能瞧她幾眼，便已心滿意足，心中固然無半分褻瀆的念頭，便是將來娶她爲妻的盼望，也是從未有過。這時見她半夜裏忽然走進房來，如何不令他手足無措？他忽然又想：「眞姊難道有甚要緊事情，須得半夜裏來跟我說麼？」便在此時，突覺胸口膻中穴上一麻，接着肩貞、神藏、曲池、環跳諸穴上都一一被點。

這一下大出他意料之外，那想得到朱九眞深夜裏竟來點自己的穴道？不由得大是懊喪：「啊，眞姊定是試探我睡着之後，是否警覺？明兒她解了我穴道，再來嘲笑我一番。早知如此，她進房時我便該躍起身來，嚇她一跳，免得她明日說嘴。」

只見她輕輕推開窗子，飛身而出，張無忌心道：「我快些解開穴道，跟在她身後，扮鬼嚇她，倒也好玩。」當即以謝遜所授的解穴之法衝解穴道。但朱九眞家傳的「一陽指」功夫甚是了得，他直花了大半個時辰，方始解開被點諸穴，這尙因朱九眞功力未夠，又不欲令他知覺，因而使力極輕，否則他解穴之法再妙，卻也衝解不開。待得站起身來，匆匆穿上衣服，躍出窗去，四下裏一片寂靜，那裏還有朱九眞的影蹤？

他站在黑暗之中，頗感沮喪，忽爾轉念：「眞姊明兒要笑我無用，讓她取笑便是，何必跟她爭強鬥勝？我平日想博她個歡喜，也是不易，今晚倘若追到了她，只怕她反而要着惱了。」想到此處，登時心安理得。這時已是初春，山谷間野花放出清香，他一時也睡不着，信步便順着一條小溪走去。山坡上積雪初溶，雪水順着小溪流去，偶爾挾着一些細小的冰塊，相互撞擊，錚錚有聲。

走了一會，忽聽得左首樹林傳出格格一聲嬌笑，正是朱九眞的聲音，張無忌微微一驚，心道：「眞姊瞧見我了麼？」卻聽得她低聲叱道：「表哥，不許胡鬧，瞧我不老大耳括子打你。」跟着是幾聲男子的爽朗笑聲，不必多聽便知是衞璧。

張無忌心頭一震，幾乎要哭了出來，做了半天的美夢登時破滅，心中已然雪亮：「眞姊點我穴道，那裏是跟我鬧着玩？她半夜裏來跟表哥相會，怕我知道。」霎時間手酸脚軟，又想：「我是個無家可歸的窮小子，文才武功、人品相貌，那一樣都遠遠不及衞相公。眞姊和他又是表兄妹之親，跟他原是郎才女貌、天造地設的一對。」

自己寬解了一會，輕輕嘆了口氣，忽聽得脚步聲響，有人從後面走來，便在此時，朱九眞和衞璧也低聲笑語，手携手的並肩而來。張無忌不願和他們碰面，忙閃身在一株大樹後一躲。但聽得兩邊脚步聲漸漸湊近，朱九眞忽然叫道：「爹！你……你……」聲音顫抖，似乎很是害怕，原來從另一邊來的那人正是朱長齡。

朱長齡見女兒夜中和外甥私會，似乎甚爲惱怒，哼了一聲道：「你們在這裏幹甚麼？」朱九眞強作漫不在乎，笑道：「爹，表哥跟我這麼久沒見面了，今日難得到來，我們隨便談談。」朱長齡道：「你這小妮子忒也大膽，若是給無忌知覺了……」朱九眞接口道：「我輕輕點了他五處大穴，這時睡得正香呢，待會去解開他穴道，管教他絕不知覺。」

張無忌心道：「朱伯伯也瞧出我喜歡眞姊，爲了我爹爹有恩於他，不肯令我傷心失望。其實我雖喜歡眞姊，卻是絕無他念。朱伯伯，你待我當眞太好了。」

只聽朱長齡道：「雖是如此，一切還當小心，可別功虧一簣，讓他瞧出破綻。」朱九眞笑道：「孩兒理會得。」衞璧道：「舅父，眞妹，我也該回去了，只怕師父等我。」朱九眞對他甚是依戀，說道：「我送你去。」朱長齡道：「好，我也去跟你師父談一會。咱們此去北海冰火島，大家須得萬事齊備，不可稍有差失。」說着三人一齊向西。

張無忌頗爲奇怪，知道衞璧的師父名叫武烈，是武靑嬰的父親，聽朱長齡的口氣，好像武家父女和衞璧都要去冰火島，怎麼事先沒聽他說過？這件事知道的人多了，難保不洩漏風聲，別累及義父才好。他沉思半晌，突然間想到了朱長齡的一句話：「可別功虧一簣，讓他瞧出破綻。」破綻，破綻，有甚麼破綻？

想到「破綻」兩字，一直便在他腦海中的一個模模糊糊的疑團，驀地裏鮮明異常的顯現在眼前：那幅「張公翠山恩德圖」中，爲甚麼人人相貌逼肖，卻將他尖臉的父親畫作了方臉？他父親的眉目倒是很像，不錯，那因爲他父子倆眉目相似，可是他父親是尖臉蛋，絕不像張無忌自己，臉作長方。

聽朱長齡說，這幅畫是十餘年前他親筆所繪，就算他丹靑之術不佳，也不該將大恩公畫得面目全非。畫上的張翠山，倒像是長大了的張無忌一般。「啊，另有一節。爹爹所使鐵筆桿直筆尖，形似毛筆。那日他初回大陸，在兵器鋪中買了一枝判官筆，還說輕重長短，將就可用，就是多了一隻鐵手之形，瞧來挺不順眼。媽媽說一住定之後，就給他去另行鑄造。但畫中爹爹所使兵刃，卻是尋常的判官筆，鐵鑄的人手中抓一枝鐵筆。朱伯伯自己是使判官筆的大行家，甚麼都可畫錯，怎能將爹爹所使的判官筆也畫錯了？」

想到此節，隱隱感到恐懼，內心已有了答案，可是這答案實在太可怕，無論如何不敢明明白白的去想它，只是安慰自己：「千萬別胡思亂想，朱伯伯如此待我，怎可瞎起疑心？我這就回去睡罷，要是讓他們知道我半夜中出來，說不定會有性命之憂。」

他想到「性命之憂」四字，登時全身一震，自己也不知爲甚麼無端端的會這般害怕。他呆了半晌，不自禁朝着朱長齡父女所去的方向走去，只見樹林中透出一星火光，原來樹叢中另有房屋。他心中怦怦亂跳，放輕脚步，朝着火光悄悄而行，走到屋後，定了定神，探頭從窗縫中向內張望。只見朱長齡父女和衞璧對窗而坐，在和人說話。有兩人背向張無忌，見不到面目，但其中一個少女顯是「雪嶺雙姝」之一的武青嬰。另外那男子身材高大，傾聽朱長齡述說如何假裝客商，到山東一帶出海，他一聲不響的聽着，不住點頭。

張無忌心想：「我這可不是庸人自擾嗎？這一位多半便是武莊主武烈，朱伯伯跟他交好，邀他同去冰火島，原也是人情之常，我又何必大驚小怪？」

只聽得武青嬰道：「爹，咱們在茫茫大海之中找不到那小島，回又回不來，那可怎生是好？」張無忌心想：「這位果然是武莊主。」只聽武烈道：「你若害怕，那就別去。天下之事，不經艱難困苦，那有安樂時光？」武青嬰嬌嗔道：「我不過問一問，又引得你來教訓人家。」武烈一笑，說道：「這一下原是孤注一擲。要是運氣好，咱們到了冰火島上，想那謝遜武功再高，也只一人，何況雙目失明，自不是咱們的敵手……」

張無忌聽到此處，一道涼氣從背脊上直衝下來，不由得全身打戰，只聽武烈繼續道：「……那屠龍刀還不手到拿來？那時『號令天下，莫敢不從。』我和你朱伯伯並肩成爲武林至尊。倘若人算不如天算，我們終於死在大海之中，哼，世上又有誰是不死的？」

衞璧說道：「聽說金毛獅王謝遜武功卓絕，王盤山島上一吼，將數十名江湖好手一齊震成了白痴。依弟子之見，咱們到得島上，不用跟他明槍交戰，只須在食物中偷下毒藥，別說他是盲人，便算他雙目完好，瞧得清清楚楚，也決不會疑心他義兒會帶人來害他啊。」

朱長齡點頭道：「璧兒此計甚妙。只是咱們朱武兩家，上代都是名門正派的俠士，向來不碰毒藥，便是暗器之上也從不餵毒。到底要用甚麼毒藥，使他服食全不知覺，我可一竅不通了。」衞璧道：「姚二叔多在中原行走，定然知曉，請他購買齊備便是。」

武烈轉身拍了拍朱九眞的肩頭，笑道：「眞兒……」這時他回過頭來，張無忌看得清楚，不由得大吃一驚。原來此人正是假扮他義父的「開碑手胡豹」，甚麼將朱長齡打得重傷吐血、被姚清泉一刀殺死等等，全是假裝的，登時明白他們爲了要使這齣戲演得逼眞，一掌擊出，碰到牆上是石屑紛飛，遇到桌椅是堅木破碎，是以要武功精強的武烈出馬。只聽他對朱九眞笑道：「所以啊，這齣戲還有得唱呢，你一路跟那小鬼假裝親熱，直至送了謝遜的性命爲止。可千萬別露出絲毫馬脚。」

朱九眞道：「爹，你須得答應我一件事。」朱長齡道：「甚麼？」朱九眞道：「你叫我侍候這小鬼，這些日子來吃的苦頭可眞不小，要到踏上冰火島，殺了謝遜，時候還長着呢，不知道要受多少罪。等你取到屠龍刀後，我可要將這小鬼一刀殺死！」

張無忌聽了她這麼惡狠狠的說話，眼前一黑，幾欲暈倒，隱隱約約聽得朱長齡道：「咱們這般用計騙他，誘出金毛獅王的所在，說來已有些不該。這小子也不是壞人，咱們殺了謝遜，取得屠龍刀後，將這小子雙目刺瞎，留在冰火島上，也就是了。」武烈讚道：「朱大哥就是心地仁善，不失俠義家風。」

朱長齡嘆道：「咱們這一步棋，實在也是情非得已。武二弟，咱們出海之後，你們座船遠遠跟在我們後面，倘若太近，會引起那小子的疑心，過份遠了，又怕失了聯絡。這梢公舟師，可得費神物色才是。」武烈道：「是，朱大哥想得甚是周到。」

張無忌心中一片混亂：「我從沒吐露自己的身分，怎地會給他們瞧破？嗯，想是我全力抵抗衞璧及朱武二女毆打之時，使出了武當派武功的心法，朱伯伯見多識廣，登時便識破了我的來歷。他知道我爹爹媽媽寧可自刎，也不吐露義父的所在，倘若用強，決不能逼迫我吐露眞相。於是假造圖畫、焚燒巨宅、再使苦肉計令我感動。他不須問我一句，卻使我反而求他帶往冰火島去。朱長齡啊朱長齡，你的奸計可眞是毒辣之至了。」

這時朱長齡和武烈兀自在商量東行的諸般籌劃。張無忌不敢再聽，凝住氣息，輕輕提脚，輕輕放下，每跨一步，要聽得屋中並無動靜，才敢再跨第二步。他知朱長齡、武烈兩人武功極強，自己只要稍一不愼，踏斷半條枯枝，立時便會給他們驚覺。這三十幾步路，跨得其慢無比，直至離那小屋已在十餘丈外，才走得稍快。

他慌不擇路，只是向山坡上的林木深處走去，越攀越高，越走越快，到後來竟是發足狂奔，一個多時辰之中，不敢停下來喘一口氣。奔逃了半夜，到得天色明亮，只見已處身在一座雪嶺的叢林之內。他回頭眺望，要瞧瞧朱長齡等是否追來，這麼一望，不由得叫一聲苦，只見一望無際的雪地中留着長長的一行足印。西域苦寒，這時雖然已是春天，但山嶺間積雪未融。他倉皇逃命，竭力攀登山嶺，那知反而洩露了自己行藏。

便在此時，隱隱聽得前面傳來一陣狼嗥，甚是淒厲可怖，張無忌走到一處懸崖上眺望，只見對面山坡上七八條大灰狼仰起了頭，向着他張牙舞爪的嗥叫，顯是想要食之裹腹，只是和他站立之處隔着一條深不見底的萬丈峽谷，無法過來。他回頭再看，心中突的一跳，只見山坡上有五個黑影慢慢向上移動，自是朱武兩家一行人。此時相隔尚遠，似乎這五人走得不快，但料想奔行如風，看來不用一個時辰，便能追到。

張無忌定了定神，打好了主意：「我寧可給餓狼分屍而食，也不能落入他們手中，苦受這羣惡人折磨。」想到自己對朱九真這般痴心敬重，那知她美艷的面貌之下，竟藏着這樣一副蛇蝎心腸，他又是慚愧，又是傷心，拔足往密林中奔去。

樹林中長草齊腰，雖然也有積雪，足迹卻不易看得清楚。他奔了一陣，心力交疲之下，體內寒毒突然發作，雙腿也已累得無法再動，便鑽入一叢長草，從地下拾起一塊尖角石頭拿在手裏，要是給朱長齡等見了自己藏身所在，立時便以尖石撞擊太陽穴自殺。

回想這兩個多月來寄身朱家莊的種種經過，越想越難受：「崆峒派、華山派、崑崙派這些人恩將仇報，我原也不放在心上，可是我對眞姊這般一片誠心，內中眞相原來如此……唉，媽媽臨死叮囑我甚麼話來？怎地我全然置之腦後？」

母親臨死時對他說的那幾句話，清晰異常地在他耳邊響了起來：「孩兒，你長大了之後，要提防女人騙你，越是好看的女人，越會騙人。」他熱淚盈眶，眼前一片模糊：「媽媽跟我說這幾句話之時，匕首已插入她胸口。她忍着劇痛，如此叮囑於我，我卻將她這幾句血淚之言全不放在心上。若不是我會衝解穴道之法，鬼使神差的聽到了朱長齡的陰謀，以他們布置的周密，我定會將他們帶到冰火島上，非害了義父的性命不可。」

他心意已決，靈台清明，對朱長齡父女所作所爲的含意，登時瞧得明明白白：朱長齡一料到他是張翠山之子，便出手擊斃羣犬，掌擊女兒，使得張無忌深信他是一位是非分明、仁義過人的俠士；至於將廣居華夏付之一炬，雖然十分可惜，但比之「武林至尊」的屠龍寶刀，卻又不值甚麼了。其處事之迅捷果斷，實是可驚可畏。

他又想：「我在島上之時，每天都見義父抱着那柄刀兒呆呆出神，十年之中，始終參解不透刀中的秘密。義父雖然聰明，卻是直性子。這朱長齡機智過人，計謀之深，遠遠勝我義父。義父想不出，寶刀若是到了朱長齡手中，他多半能想得出……」前思後想，諸般念頭紛至沓來，猛聽得脚步聲響，朱長齡和武烈二人已找到了叢林之中。

武烈道：「那小子定是躲在林內，不會再逃往遠處……」朱長齡忙打斷他話頭，說道：「唉，不知眞兒說錯了甚麼話，得罪了張兄弟。我眞擔心，他小小年紀，要是在冰雪遍地的山嶺中有甚失閃，我便粉身碎骨，也對不起張恩公啊。」這幾句話說得宛然憂心如搗，自責甚深。張無忌只聽得毛骨悚然，暗想：「他心尙未死，還在想花言巧語的騙我。」

只聽得朱、武二人各持木棒，在長草叢中拍打，張無忌全身蜷縮，一動也不敢動，幸而那林子佔地甚廣，要每一處都拍打到卻也無法辦到。不久衞璧和雪嶺雙姝也趕到了。五人在叢林中搜索了半天，始終沒能找到，各人都感倦累，便在石上坐下休息。其實五人所坐之處，和他相隔不過三丈，只是林密草長，將他身子全然遮住了。

朱長齡凝思片刻，突然大聲喝道：「眞兒，你到底怎地得罪了無忌兄弟，害得他三更半夜的不告而別？」朱九眞一怔。朱長齡忙向她使個眼色。張無忌伏在草叢之中，卻將這眼色瞧得淸淸楚楚。

朱九眞會意，便大聲道：「我跟他開玩笑，點了他的穴道，那想到無忌弟卻當了眞。」說着縱聲叫道：「無忌弟，無忌弟，你快出來，眞姊跟你陪不是啦。」聲音雖響，卻仍是嬌媚婉轉，充滿了誘惑之意。她叫了一會，見無動靜，忽然哭了起來，說道：「爹爹，你別打我，別打我，我不是故意得罪無忌弟啊。」朱長齡舉掌在自己大腿上力拍，劈拍作響，口中大聲怒喝。朱九眞不住口的慘叫，似乎給父親打得痛不可當。武烈、衞璧、武靑嬰三人在旁含笑而觀。

張無忌眼見他父女倆做戲，可是聽着這聲音，仍是心下惻然，暗道：「幸而我瞧見你們的神情，否則聽了她如此尖聲慘叫，明知於我不利，也要忍不住挺身而出。」

朱氏父女料定張無忌藏身在這樹林之內，一個怒罵，一個哀喚，聲音越來越是淩厲。張無忌雙手掩耳，聲音還是一陣陣傳入耳中。他再也忍耐不住，把心一橫，縱身躍出，叫道：「眞姊，你好！」穿林而出，發足狂奔。朱長齡和武烈飛身躍起，向他撲去。

「你們搗甚麼鬼，難道還騙得倒我麼？」朱長齡等五人齊聲歡呼：「在這裏了！」張無忌叫道：

張無忌死志早決，更無猶疑，筆直向那萬丈峽谷奔去。朱長齡的輕功勝他甚遠，待他奔到峽谷邊上，朱長齡已追到身後，伸手往他背心抓去。

張無忌只覺背心上奇痛徹骨，朱長齡右手的五根手指已緊緊抓住他背脊，就在此時，他足底踏空，半個身子已在深淵之上。他左足跟着跨出，全身向前急撲。

朱長齡萬沒料到他竟會投崖自盡，被他一帶，跟着向前傾出。以他數十年的武功修爲，若是立時放手反躍，自可保住性命。可是他知道只須五根手指一鬆，那「武林至尊」的屠龍寶刀便永遠再無到手的機緣，這兩個月來的苦心籌劃、化爲一片焦土的巨宅華厦，便盡隨這五根手指一鬆而付諸東流了。

他稍一猶豫，張無忌下跌之勢卻絕不稍緩。朱長齡叫道：「不好！」反探左手，來和自後衝到的武烈相握時，卻差了尺許，他抓着張無忌的右手兀自不肯放開。

兩人一齊自峭壁跌落，直摔向谷底的萬丈深淵，只聽得武烈和朱九眞等人的驚呼自頭頂傳來，霎時之間便聽不到了。兩人衝開瀰漫谷中的雲霧，直向下墮。

朱長齡一生之中經歷過不少風浪，臨危不亂，只覺身旁風聲虎虎，身子不住的向下摔落，偶見峭壁上有樹枝伸出，他便伸手去抓，幾次都是差了數尺，最後一次總算抓到了，可是他二人下跌的力道太強，樹枝吃不住力，喀喇一聲，一根手臂粗的松枝登時折斷。但就這麼緩得一緩，朱長齡已有借力之處，雙足橫撐，使招「烏龍絞柱」，牢牢抱住那株松樹，提起張無忌，將他放在樹上，唯恐他仍要躍下尋死，抓住了他手臂不放。

張無忌見始終沒能逃出他的掌握，灰心沮喪已極，恨恨的道：「朱伯伯，不論你如何折磨我，要我帶你去找我義父，那是一萬個休想。」

朱長齡翻轉身子，在樹枝上坐穩了，抬頭上望，朱九眞等的人影固然見不到，呼聲也已聽不到了，饒是他藝高大膽，想起適才的死裏逃生，也自不禁心悸，額頭上冷汗涔涔而下。

他定了定神，笑道：「小兄弟，你說甚麼？我一點兒也不懂。你可別胡思亂想。」

張無忌道：「你的奸謀已給我識破，那是全然無用的了。便是逼着我去冰火島，我東南西北的亂指一通，大家一齊死在大海之中，你當我不敢麼？」

朱長齡心想這話倒也是實情，眼前可不能跟他破臉，總要着落在女兒身上，另圖妙策，一瞧四下情勢，向上攀援是決不可能，脚下仍是深不見底，便算到了谷底，十九也無出路，唯一的法子是沿着山壁斜坡，慢慢爬行出去，於是向張無忌道：「小兄弟，你千萬不可瞎起疑心，總而言之，我決計不會逼迫你去找謝大俠。若有此事，教我姓朱的萬箭攢身，死無葬身之地。」他立此重誓，倒也不是虛言，心想他既寧可自盡，那麼不論如何逼迫，也決計無用，只有設法誘得他心甘情願的帶去。

張無忌聽他如此立誓，心下稍寬。朱長齡道：「咱們從這裏慢慢爬出去，你不能往下跳，知道麼？」張無忌道：「你既不逼我，我何必自己尋死？」朱長齡點點頭，取出短刀，剝下樹皮，搓成了一條繩子，兩端分別縛在自己和張無忌腰裏。兩人沿着雪山斜坡，手脚着地，一步步向有陽光處爬去。

那峭壁本就極陡，加上凍結的冰雪，更是滑溜無比，張無忌兩度滑跌，都是朱長齡使力拉住，才不致跌入下面的深谷。張無忌心中並不感激，暗想：「你不過是想得到那屠龍寶刀，那裏是眞的好意救我了？」

兩人爬了半天，手肘膝蓋都已被堅冰割得鮮血淋漓，總算山坡已不如何陡峭，兩人站起身來，一步步的向前掙扎而行。好容易轉過了那堵屏風也似的大山壁，朱長齡只叫得一聲苦，不知高低。

眼前茫茫雲海，更無去路，竟是置身在一個三面皆空的極高平台上。那平台倒有十餘丈方圓，可是半天臨空，上既不得，下又不能，當眞是死路一條。這大平台上白皚皚的都是冰雪，既無樹林，更無野獸。

張無忌反而高興，笑道：「朱伯伯，你花盡心機，卻到了這個半天吊的石台上來。這會兒就有一把屠龍寶刀給你，你拿着它卻又如何？」

朱長齡叱道：「休得胡說八道！」盤膝坐下，吃了兩口雪，運氣休息半晌，心想：「此時雖然疲累，精力尚在，若在這裏再餓上一天，只怕再也難以脫困了。」於是站起身來，說道：「這裏前路已斷，咱們回去向另一邊找找出路。」

張無忌道：「我卻覺得這兒很好玩，又何必回去？」朱長齡怒道：「這兒甚麼也沒有吃的，呆在這兒幹麼？」張無忌笑道：「不食人間烟火更好，便於修仙練道啊。」

朱長齡心下大怒，但知若是逼得緊了，說不定他便縱身往崖下一跳，便道：「好，你在這兒多休息一會，我找到了出路，再來接你。別太走近崖邊，小心摔了下去。」

張無忌道：「我生死存亡，何勞你如此掛懷？你這時還在妄想我帶你到冰火島去，勸你別白操了這份心了罷。」

朱長齡不答，逕自從原路回去，到了那棵大松樹旁，向左首探路而前。這一邊的山壁地勢更加凶險，只是不須顧到張無忌，他便行得甚快，或爬或走的行了半個多時辰，來到一處懸崖之上。眼前再無去路。朱長齡臨崖浩嘆，怔怔的呆了良久，才沒精打采的回到平台。

張無忌不用詢問，看到他的臉色，便知沒找到出路，心想：「我身中玄冥神掌，陰毒難除，屈指計來，原是壽元將盡，不論死在那裏，都是一樣。只是他好端端的有福不享，妄想做甚麼武林至尊，竟陪着我在這冰天雪地中活活餓死，可歎可憐！」

他初時憎恨朱長齡陰狠奸險，墮崖出險之後還取笑他幾句，這時眼見生路已絕，朱長齡垂頭喪氣，心中反而憐憫他起來，溫言道：「朱伯伯，你年紀已大，甚麼榮華快活也都享過了，此刻便是死了，又有何憾？不用難過罷。」

朱長齡對張無忌一直容讓，只不過不肯死心，盼望最後終能騙動了他，帶領自己前往冰火島去，這時眼見生路已斷，而所以陷此絕境，全是爲了這小子，一口怨氣那裏消得下去？雙眼中如要噴出烈火，惡狠狠的瞪視他。

張無忌見這個向來面目慈祥的溫厚長者陡間如同變成了一頭野獸，不由得大是害怕，一聲驚叫，站起來便逃。朱長齡喝道：「這兒還有路逃麼？」伸手向他背後抓去，決意盡情將他折磨一番，要他受盡了苦楚才死。

張無忌向前滑出一步，但見左側山壁黑黝黝的似乎有個洞穴，更不思索，便鑽了進去。嗤的一聲，褲管已被朱長齡扯去一塊，大腿也被抓破。張無忌跌跌撞撞的往洞內急鑽，突然間砰的一下，額頭和山石相碰，只撞得眼前金星亂舞。他知這時朱長齡已撕破了臉，甚麼兇狠毒辣的手段都使得出，惶急之下，只是拚命向洞裏鑽去，至於鑽入這黑洞之中，是否自陷絕地，更難逃離對方毒手，已全無餘暇計及。幸而那洞穴越往裏面越是窄隘，爬進十餘丈後，他已僅能容身，朱長齡卻再也擠不進來了。

張無忌又爬進數丈，忽見前面透進光亮，心中大喜，手足兼施，加速前行。朱長齡又急又怒，叫道：「我不來傷你便是，快別走了。」張無忌卻那裏理他？

朱長齡運起內力，揮掌往石壁擊去，山石堅硬無比，一掌打在石上，只震得掌心劇烈疼痛，石壁竟是紋絲不損。他摸出短刀，想掘鬆山石，將洞口挖得稍大，但只挖幾下，拍的一聲，一柄青鋼短刀斷為兩截。朱長齡狂怒之下，勁運雙肩，向前一擠，身子果然前進了尺許，可是再想前行，卻已萬萬不能，堅硬的石壁壓在他胸口背心，竟然氣也喘不過來。

他窒息難受，只得後退，不料身子嵌在堅石之中，前進固是不能，後退卻也已不得，這一下他嚇得魂飛魄散，竭盡生平之力，雙臂向石上猛推，身子才退了尺許，猛覺得胸口一陣劇痛，竟已軋斷了一根肋骨。

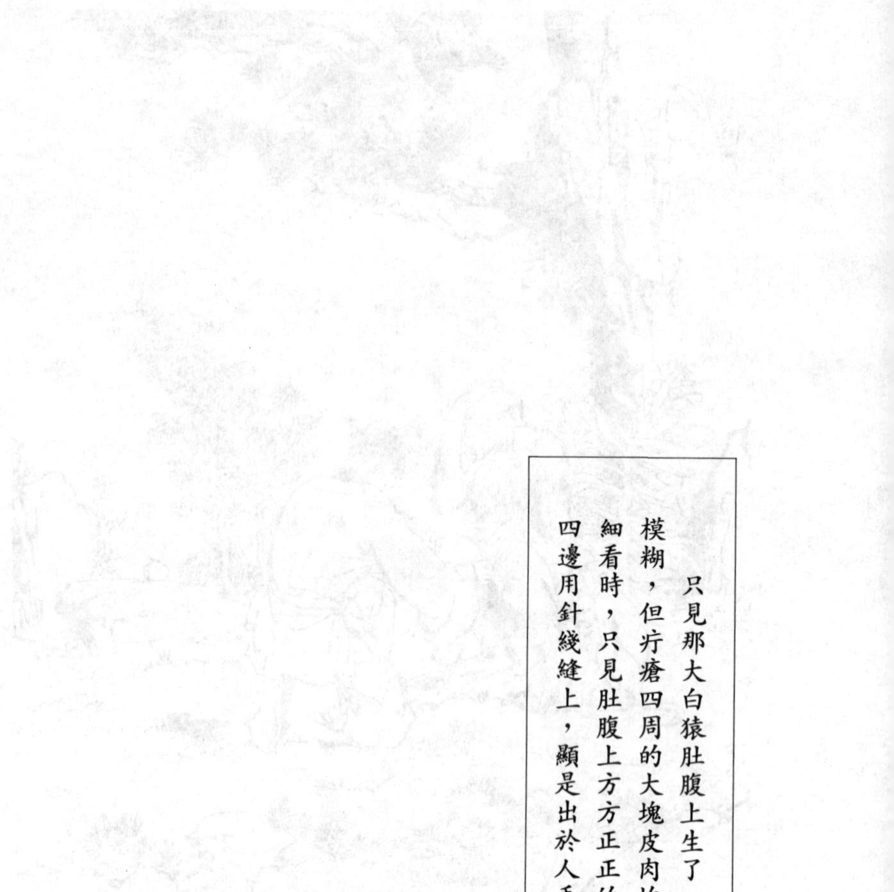

只見那大白猿肚腹上生了一個大瘡，膿血模糊，但疔瘡四周的大塊皮肉均觸手堅硬，再細看時，只見肚腹上方方正正的有一塊凸起，四邊用針綫縫上，顯是出於人手。

十六 剝極而復參九陽

張無忌在狹窄的孔道中又爬行數丈，眼前越來越亮，再爬一陣，突然間陽光耀眼。他閉着眼定一定神，再睜開眼來，面前竟是個花團錦簇的翠谷，紅花綠樹，交相掩映。

他大聲歡呼，從山洞裏爬了出來。山洞離地竟然不過丈許，輕輕一躍，便已着地，脚下踏着的是柔軟細草，鼻中聞到的是清幽花香，鳴禽間關，鮮果懸枝，那想得到在這黑黝黝的洞穴之後，竟會有這樣一個洞天福地？這時他已顧不到傷處疼痛，放開脚步向前疾奔，直奔了兩里有餘，才遇一座高峯阻路。放眼四望，但見翠谷四周高山環繞，似乎亙古以來從未有人迹到過。四面雪峯插雲，險峻陡峭，決計無法攀援出入。

張無忌滿心喜歡，見草地上有七八頭野山羊低頭吃草，見了他也不驚避，樹上十餘隻猴兒跳躍相嬉，看來虎豹之類猛獸身子笨重，不能踰險峯而至。他心道：「老天爺待我果眞不薄，安排下這等仙境，給我作葬身之地。」

緩步回到入口處，只聽得朱長齡在洞穴彼端大呼：「小兄弟，你出來，在這洞裏不怕悶死嗎？」張無忌大聲笑道：「這裏好玩得緊呢。」在矮樹上摘了幾枚不知名的果子，拿在手裏，已聞到一陣甜香，咬了一口，更是鮮美絕倫，桃子無此爽脆，蘋果無此香甜，而梨子則遜其三分滑膩。他把一枚果子擲進洞中去，叫道：「接住，好吃的來了！」

果子穿過山洞，在山壁上撞了幾下，已砸得稀爛。朱長齡連皮帶核的咀嚼，越吃越是飢火上升，叫道：「小兄弟，再給我幾個。」張無忌叫道：「你這人良心這麼壞，餓死也是應該的。要吃果子，自己來罷。」朱長齡道：「我身子太大，穿不過山洞。」張無忌笑道：「你把身子切成兩半，不就能過來了麼？」

朱長齡料想自己陰謀敗露，張無忌定要使自己慢慢餓死，以報此仇，胸口傷處又痛得厲害，破口大罵：「賊小鬼，這洞裏就有果子，難道能給你吃一輩子麼？我在外邊餓死，你不過多活三天，左右也是餓死。」張無忌不去理他，吃了七八枚果子，也就飽了。

過了半天，突然一縷濃烟從洞口噴了進來。張無忌一怔之下，隨即省悟，原來朱長齡在洞外點燃松枝，想以濃烟薰自己出去，卻那知這洞內別有天地，便是焚燒千擔萬擔的松柴，也是無濟於事。他想想好笑，假意大聲咳嗽。朱長齡叫道：「小兄弟，快出來，我發誓決不害你就是。」張無忌大叫一聲：「啊——」假裝暈去，自行走開。

他向西走了二里多，只見峭壁上有一道大瀑布衝擊而下，料想是雪融而成，陽光照射下猶如一條大玉龍，極是壯麗。瀑布瀉在一座清澈碧綠的深潭之中，潭水卻也不見滿，當是另有洩水的去路。觀賞了半晌，一低頭，見手足上染滿了青苔污泥，另有無數給荊棘硬草割破的血痕，於是走近潭邊，除下鞋襪，伸足到潭水中去洗滌。

洗了一會，忽然潑喇一聲，潭中跳起一尾大白魚，足有一尺多長，張無忌忙伸手去抓，雖然碰到了魚身，卻一滑滑脫了。他俯身潭邊，凝神瞧去，只見碧綠的水中十餘條大白魚來回游動。那捕魚的本事，他在冰火島上自小就學會了的，於是折了一條堅硬的樹枝，一端拗尖，在潭邊靜靜等候，待得又有一尾大白魚游上水面，使勁疾刺下去，正中魚身。

他歡呼大叫，以尖枝割開魚肚，洗去了魚腸，再找些枯枝，從身邊取出火刀、火石、火絨生了個火，將魚烤了起來。不久脂香四溢，眼見已熟，入口滑嫩鮮美，似乎生平從未吃過這般美味。片刻之間，將一條大魚吃得乾乾淨淨。

次日午間，又去捉一尾大白魚烤食。心想：「一時既不得便死，倒須留下火種，否則火絨用完了倒有點兒麻煩。」於是圍了個灰堆，將半燃的柴草藏在其中，以防熄滅。冰火島上一切用具全須自製，這般在野地裏獨自過活的日子，在他毫不希奇，當下便揑土爲盆，鋪草作床。

忙到傍晚，想起朱長齡餓得慘了，於是摘了一大把鮮果，隔洞擲了過去。他生怕朱長齡倘若吃了魚肉，力氣大增，竟能衝過洞來，那可糟了，是以烤魚卻不給他吃。

第四日上，他正在砌一座土灶，忽聽得幾下猴子的吱吱慘叫聲，甚是緊迫。他循聲奔去，見山壁下一頭小猴摔在地上，後脚給一塊石頭壓住了，動彈不得，想是從陡峭的山壁上失足掉了下來。他過去捧開石塊，將猴兒拉起，但那猴兒右腿已然摔斷，痛得吱吱直叫。

張無忌折了兩根枝條作夾板，替猴兒續上腿骨，找些草藥，嚼爛了給牠敷在傷處。雖然幽谷之中難覓合用的藥草，所敷的不具靈效，但憑着他的接骨手段，料得斷骨終能續上。那猴兒居然也知感恩圖報，第二日便摘了許多鮮果送給他，十多天後，斷腿果然好了。

谷中日長無事，他便常與那猴兒玩耍，若不是身上寒毒時時發作，谷中日月倒也逍遙快活。有時他見野山羊走過，動念想打來烤食，但見山羊柔順可愛，終究下不了手，好在野果潭魚甚多，食物無缺。過得幾天，在山溝裏捉到幾隻雪鷄，更是大快朵頤。

如此過了一月有餘。一天清晨，他兀自酣睡未醒，忽覺有隻毛茸茸的大手在臉上輕輕撫摸。他大吃一驚，急忙跳起，只見一隻白色大猿猴蹲在身旁，手裏抱着那隻天天跟他玩耍的小猴。那小猴吱吱喳喳，叫個不停，指着大白猿的肚腹。張無忌聞到一陣腐臭之氣，見白猿肚上膿血模糊，生着一個大瘡，便笑道：「好，好！原來你帶病人瞧大夫來着！」大白猿伸出左手，掌中托着一枚拳頭大小的蟠桃，恭恭敬敬的呈上。

張無忌見這蟠桃鮮紅肥大，心想：「媽媽曾講故事說，崑崙山有位女仙王母，每逢生日便設蟠桃之宴，宴請羣仙。西王母未必眞有，但崑崙山出產大蟠桃想是不假。」笑着接了，說道：「我不收醫金，便無仙桃，也跟你治瘡。」伸手到白猿肚上輕輕一掀，不禁一驚。

原來那白猿腹上的惡瘡不過寸處圓徑，可是觸手堅硬之處，卻大了十倍尚且不止。他在醫書上從未見載得有如此險惡的疔瘡，倘若這堅硬處儘數化膿腐爛，只怕是不治之症了。他按了按白猿的脈搏，卻無險象，當下撥開猿腹上的長毛，再看那疔瘡時，更是一驚，只見肚腹上方方正正的一塊凸起，四邊用針綫縫上，顯是出於人手，猿猴雖然聰明，決不可能會用針綫。再細察疔瘡，知是那凸起之物作祟，壓住血脈運行，以致腹肌腐爛，長久不愈，欲治此瘡，非取出縫在肚中之物不可。

說到開刀治傷，他跟胡青牛學得一手好本事，原是輕而易舉，只是手邊既無刀剪，又無藥物，那可就爲難了，略一沉思，舉起一塊岩石，奮力擲在另一塊岩石之上，從碎石中揀了一片有鋒銳稜角的，慢慢割開白猿肚腹上縫補過之處。那白猿年紀已是極老，頗具靈性，知道張無忌給牠治病，雖然腹上劇痛，竟強行忍住，一動也不動。張無忌割開右邊及上端的縫綫，再斜角切開早已連結的腹皮，只見牠肚子裏藏着一個油布包裹。這一來更覺奇怪，這時不及拆視包裹，將油布包放在一邊，忙又將白猿的腹肌縫好。手邊沒有針綫，只得以魚骨作針，在腹皮上刺下一個個小孔，再將樹皮撕成細絲，穿過小孔打結，勉強補好，在創口敷上草藥。忙了半天，方始就緒。白猿雖然強壯，卻也是躺在地下動彈不得了。

張無忌洗去手上和油布上的血漬，打開包來看時，裏面原來是四本薄薄的經書，只因油布包得緊密，雖長期藏在猿腹之中，書頁仍然完好無損。書面上寫着幾個彎彎曲曲的文字，他一個也不識得，翻開來一看，四本書中盡是這些怪文，但每一行之間，卻以蠅頭小楷寫滿了中國文字。

他定一定神，從頭細看，文中所記似是練氣運功的訣竅，慢慢誦讀下去，突然心頭一震，見到三行背熟了的經文，正是太師父和俞二伯所授的「武當九陽功」，但下面的文字卻又不同。他隨手翻閱，過得幾頁，便見到「武當九陽功」的文句，但有時與太師父與俞二伯所傳卻又大有歧異。

他心中突突亂跳，掩卷靜思：「這到底是甚麼經書？爲甚麼有武當九陽功的文句？可是又與武當本門所傳的不盡相同？而且經文更多了十倍也不止？」

想到此處，登時記起了太師父帶自己上少林寺去之時所說的故事：太師父的師父覺遠大師學得「九陽眞經」，圓寂之前背誦經文，太師父、郭襄女俠、少林派無色大師三人各自記得一部份，因而武當、峨嵋、少林三派武功大進，數十年來分庭抗禮，名震武林。「難道這便是那部給人偷去了的九陽眞經？不錯，太師父說，那九陽眞經是寫在楞伽經的夾縫之中，這些彎彎曲曲的文字，想必是梵文的楞伽經了。可是爲甚麼在猿腹之中呢？」

這部經書，確然便是九陽眞經，至於何以藏在猿腹之中，其時世間已無一人知曉。

原來九十餘年之前，瀟湘子和尹克西從少林寺藏經閣中盜得這部經書，被覺遠大師直追到華山之巓，眼看無法脫身，剛好身邊有隻蒼猿，兩人心生一計，便割開蒼猿肚腹，將經書藏在其中。後來覺遠、張三丰、楊過等搜索瀟湘子、尹克西二人身畔，不見經書，便放他們帶同蒼猿下山（請參閱「神鵰俠侶」）。九陽眞經的下落，成爲武林中近百年來的大疑案。後來瀟湘子和尹克西帶同蒼猿，遠赴西域，兩人心中各有所忌，生怕對方先習成經中武功，害死自己，互相牽制，遲遲不敢取出猿腹中的經書，最後來到崑崙山的驚神峯上，尹瀟二人互施暗算，鬥了個兩敗俱傷。這部修習內功的無上心法，從此留在蒼猿腹中。

瀟湘子的武功本比尹克西稍勝一籌，但因他在華山絕頂打了覺遠大師一拳，由於反震之力，身受重傷，因之後來與尹克西相鬥時反而先行斃命。尹克西臨死時遇見「崑崙三聖」何足道，良心不安，請他赴少林寺告知覺遠大師，那部經書是在這頭猿猴的腹中。但他說話之時神智迷糊，口齒不清，他說「經在猴中」，何足道卻聽作甚麼「經在油中」。何足道信守然諾，果然遠赴中原，將這句「經在油中」的話跟覺遠大師說了。覺遠無法領會其中之意，固不待言，反而惹起一場絕大的風波，武林中從此多了武當、峨嵋兩派。

至於那頭蒼猿卻甚是幸運，在崑崙山中取仙桃爲食，得天地之靈氣，過了九十餘年，仍是縱跳如飛，全身黑黝黝的長毛也盡轉皓白，變成了一頭白猿。只是那部經書藏在腹中，逼住腸胃，不免時時肚痛，肚上的疔瘡也時好時發，直至此日，方得張無忌給牠取出，就這白猿而言，實是去了一個心腹大患。

這一切曲折原委，世上便有比張無忌聰明百倍之人，當然也是猜想不出。張無忌呆了半晌，自知難以索解，也就不去費心多想了，取過白猿所贈那枚大蟠桃來咬了一口，但覺一股鮮甜的汁水緩緩流入咽喉，比之谷中那些不知名的鮮果，可說各擅勝場。

張無忌吃完蟠桃，心想：「太師父當年曾說，若我習得少林、武當、峨嵋三派的九陽神功，或能驅去體內的陰毒。這三派九陽功都脫胎於九陽眞經，倘若這部經文當眞便是九陽眞經，那麼照書修習，又遠勝於分學三派的神功了。在這谷中左右也無別事，我照書修習便是。便算我猜錯了，這部經書其實毫無用處，甚而習之有害，最多也不過一死而已。」

他心無掛碍，便將三卷經書放在一處乾燥的所在，上面鋪以乾草，再壓上三塊大石，生怕猿猴頑皮，玩耍起來你搶我奪，說不定便將經書撕得稀爛。手中只留下第一卷經書，先行誦讀幾遍，背得熟了，然後參究體會，自第一句習起。

他心想，我便算眞從經中習得神功，驅去陰毒，但既被囚禁在這四周陡峯環繞的山谷之中，總是不能出去。幽谷中歲月正長，今日練成也好，明日練成也好，都無分別。就算練不成，總也是打發了無聊的日子。他存了這個成固欣然、敗亦可喜的念頭，居然進展奇速，只短短四個月時光，便已將第一卷經書上所載的功夫盡數參詳領悟，依法練成。

練完第一卷經書後，屈指算來，胡青牛預計他毒發畢命之期早已過去，可是他身輕體健，但覺全身眞氣流動，全無病象，連以前時時發作的寒毒侵襲，也要時隔一月以上才偶有所感，而發作時也極輕微。不久便在第二卷的經文中讀到一句：「呼翕九陽，抱一含元，此書可名九陽眞經。」才知這果然便是太師父所念念不忘的眞經寶典，欣喜之餘，參習更勤。加之那白猿感他治病之德，常採了大蟠桃相贈，那也是健體補元之物。待得練到第二卷經書的一小半，體內陰毒已被驅得無影無蹤了。

他每日除了練功，便是與猿猴為戲，採摘到的果實，總是分一半給朱長齡，倒也無憂無慮，自由自在。可是朱長齡局處於小小的一塊平台之上，當眞是度日如年，一到冬季，遍山冰雪，寒風透骨，這份苦處更是難以形容。

張無忌練完第二卷經書，便已不畏寒暑。只是越練到後來，越是艱深奧妙，進展也就越慢，第三卷整整花了一年時光，最後一卷更練了三年多，方始功行圓滿。

他在這雪谷幽居，至此時已五年有餘，從一個孩子長成為身材高大的青年。最後一兩年中，他有時興之所至，也偶然與衆猿猴攀援山壁，登高遙望，以他那時功力，若要逾峯出谷，已非難事，但他想到世上人心的陰險狠詐，不由得不寒而慄，心想何必到外面去自尋煩惱、自投羅網？在這美麗的山谷中直至老死，豈不甚好？

這日午後，將四卷經書從頭至尾翻閱一遍，揭過最後一頁之後，心中又是歡喜，又微微感到悵惘。在山洞左壁挖了個三尺來深的洞孔，將四卷九陽眞經、以及胡青牛的醫經、王難姑的毒經，一起包在從白猿腹中取出來的油布之中，埋在洞內，塡上了泥土，心想：「我從白猿腹中取得經書，那是極大的機緣，不知千百年後，是否又有人湊巧來到此處，得到這三部經書？」拾起一塊尖石，在山壁上劃下六個大字：「張無忌埋經處」。

他在練功之時，每日裏心有專注，絲毫不覺寂寞，這一日大功告成，心頭登時反覺空虛，兼之神功既成，膽氣登壯，暗想：「此時朱伯伯便要再來害我，我也已無懼於他，不妨去跟他說說話。」於是彎腰向洞裏鑽去。他進來時十五歲，身子尙小，出去已是二十歲，長大成人，卻鑽不過那狹窄的洞穴了。他吸一口氣，運起了縮骨功，全身骨骼擠攏，骨頭和骨頭之間的空隙縮小，輕輕易易的便鑽了過去。

朱長齡倚在石壁上睡得正酣，夢見自己在家中大開筵席，廝役奔走，親朋趨奉，好不威風快活，突然肩頭有人拍了幾下，一驚而醒，睜開眼來，只見一個高大的人影站在面前。朱長齡躍起身來，神智未曾十分清醒，叫道：「你……你……」

張無忌微笑道：「朱伯伯，是我，張無忌。」朱長齡又驚又喜，又惱又恨，向他瞧了良久，才道：「你長得這般高了。哼，怎地一直不出來跟我說話？不論我如何求你，你總是不理？」張無忌微笑道：「我怕你給我苦頭吃。」

朱長齡右手倏出，施展擒拿手法，一把抓住了他肩頭，厲聲喝道：「怎麼今天卻不怕了？」突然間掌心炙熱，不由自主的手臂一震，便鬆手放開，自己胸口兀自隱隱生疼，嚇得退開三步，呆呆的瞪着他，問道：「你……你……這是甚麼功夫？」

張無忌練成了九陽神功之後，首次試用，竟有如此威力。朱長齡是一流高手，但被他神功一震之下，卻不得不撒掌鬆指。他眼見朱長齡如此狼狽驚詫，心中自是得意，笑道：「這功夫還使得麼？」朱長齡心神未定，又問：「那……那是甚麼功夫？」張無忌道：「是九陽神功罷。」朱長齡吃了一驚，問道：「你怎樣練成的？」張無忌也不隱瞞，便將如何替白猿治病、如何從牠腹中取得經書、如何依法參習等情一一說了。

這一番話只把朱長齡聽得又妒忌，又是惱怒，心想：「我在這絕峯之上吃了五年多難以形容的苦頭，你這小子卻練成了奧妙無比的神功。」他也不想只因自己處心積慮的害人，才落得如此，又全不感激對方給他採摘了五年多果子，每日不斷，才養活他直至今日，但覺這小子過於幸運，自己卻太過倒霉，實在不公道之至，當下強忍怒氣，笑吟吟的道：「那部九陽眞經呢？給我見識一下成不成？」

張無忌心想：「給你瞧一瞧那也無妨，難道你一時三刻便記得了？」便道：「我已埋在洞內，明天拿來給你看罷。」朱長齡道：「你已長得這般高大，怎能過那洞穴？」張無忌道：「那洞穴也不太窄，縮着身子用力一擠，便這麼過來了。」朱長齡道：「你說我能擠過去麼？」張無忌點頭道：「明兒咱們一起試試，洞裏地方很大，老是呆在這個小小的平台上，確乎不好受。」他想自己運功揑他肩膀、胸部、臀部各處骨骼，當可助他通過洞穴。

朱長齡笑道：「小兄弟，你眞好，君子不念舊惡，從前我頗有對不起你之處，萬望你多多原諒。」說着深深一揖。張無忌急忙還禮，說道：「朱伯伯不必多禮，咱們明兒一塊想法兒離開此處。」朱長齡大喜，問道：「你說能離開這兒麼？」張無忌道：「猿猴既能進出，咱們也便能夠。」朱長齡道：「那你為甚麼不早出來？」

張無忌微微一笑，說道：「從前我不想到外面去，只怕給人欺侮，現下似乎不怕了，又想去瞧瞧我的太師父、師伯師叔他們。」

朱長齡哈哈大笑，拍手道：「很好，很好！」退後了兩步，突然間身形一幌，「啊喲」一聲，踏了個空，從懸崖旁摔了下去。

他這一下樂極生悲，竟然有此變故，張無忌大吃一驚，俯身到懸崖之外，叫道：「朱伯伯，你好嗎？」只聽下面傳來兩下低微的呻吟。張無忌大喜，心想：「幸好沒直摔下去，但怕已受了傷。」聽呻吟之聲相距不過數丈，凝神看時，原來懸崖之下剛巧生着一株松樹，朱長齡的身子橫在樹幹之上，一動不動。張無忌瞧那形勢，躍下去將他抱上懸崖，憑着此時功力，當不為難，於是吸一口氣，看準了那根如手臂般伸出的枝幹，輕輕躍下。

他足尖離那枝幹尚有半尺，突然之間，那枝幹竟倏地墮下，這一來空中絕無半點借力之處，饒是他練成了絕頂神功，但究竟人非飛鳥，如何能再回上崖來？心念如電光般一閃，立時省悟：「原來朱長齡又使奸計害我，他扳斷了樹枝，拿在手裏，等我快要着足之時，便鬆手拋下樹枝。」但這時明白已然遲了，身子筆直的墮了下去。

朱長齡在這方圓不過十數丈的小小平台住了五年多，平台上的一草一木、一沙一石，無不爛熟於胸，他在黑暗中假裝摔跌受傷，料定張無忌定要躍下相救，果然奸計得逞，將他騙得墮下萬丈深谷。

朱長齡哈哈大笑，心道：「今日將這小子摔成一團肉泥，終於出了我心頭這五年多來的惡氣！」拉着松樹旁的長藤，躍回懸崖，心想：「我上次沒能擠過那個洞穴，定是心急之下用力太蠻，以致擠斷了肋骨。這小子身材比我高大得多，他既能過來，我自然也能過去。我取得九陽眞經之後，從那邊覓路回家，日後練成神功，無敵於天下，豈不妙哉？哈哈，哈哈！」

他越想越得意，當即從洞穴中鑽了進去，沒爬得多遠，便到了五年前折骨之處。他心中只有一個念頭：「這小子比我高大，他能鑽過，我當然更能鑽過。」想法原本不錯，只是有一點卻沒料到：「張無忌已練成了九陽神功中的縮骨之法。」

他平心靜氣，在那狹窄的洞穴之中，一寸一寸的向前挨去，果然比五年前又多挨了丈許，可是到得後來，不論他如何出力，要再向前半寸，也已絕不可能。

他知若使蠻勁，又要重蹈五年前的覆轍，勢必再擠斷幾根肋骨，於是定了定神，竭力呼出肺中存氣，果然身子又縮小了兩寸，再向前挨了三尺。可是肺中無氣，越來越是窒悶，只覺一顆心跳如同得打鼓一般，幾欲暈去，知道不妙，只得先退出來再說。

那知進去時兩足撐在高低不平的山壁之上，一路推進，出來時卻已無可借力。他進去時雙手過頂，以便縮小肩頭的尺寸，這時雙手被四周巖石束在頭頂，伸展不開，半點力氣也使不出來。心中卻兀自在想：「這小子比我高大，他既能過去，我也必能夠過去。為甚麼我竟會擠在這裏？當眞豈有此理！」

可是世上確有不少豈有此理之事，這個文才武功俱臻上乘、聰明機智算得是第一流人物的高手，從此便嵌在這窄窄的山洞之中，進也進不得，退也退不出。

張無忌又中朱長齡的奸計，從懸崖上直墮下去，霎時間自恨不已：「張無忌啊張無忌，你這小子忒煞無用。明知朱長齡奸詐無比，卻一見面便又上了他的惡當，該死，該死！」

他自罵該死，其實卻在奮力求生，體內眞氣流動，運勁向上縱躍，想要將下墮之勢稍爲減緩，着地時便不致跌得粉身碎骨。可是人在半空，虛虛幌幌，實是身不由己，全無半分着力處，但覺耳旁風聲不絕，頃刻之間，雙眼刺痛，地面上白雪的反光射進了目中。

他知道生死之別，便繫於這一刻關頭，但見丈許之外有個大雪堆，這時自也無暇分辨到底是否雪地，還是一塊白色巖石，當即在空中連翻三個觔斗，向那雪堆撲去，身形斜斜劃了道弧綫，左足已點上雪堆，波的一聲，身子已陷入雪堆之中。他苦練了五年有餘的九陽神功便於此時發生威力，借着雪堆中所生的反彈之力，向上急縱，但從那萬尋懸崖上摔下來的這股力道何等凌厲，只覺腿上一陣劇痛，雙腿腿骨一齊折斷。

他受傷雖重，神智卻仍清醒，但見柴草紛飛，原來這大雪堆是農家積柴的草堆，不禁暗叫：「好險，好險！倘若雪堆下不是柴草，卻是塊大石頭，我張無忌便一命嗚呼了。」

他雙手使力，慢慢爬出柴堆，滾向雪地，再檢視自己腿傷，吸一口氣，伸手接好了折斷的腿骨，心想：「我躺着一動也不動，至少也得一個月方能行走。可是那也沒甚麼，至不濟是以手代足，總不會在這裏活生生的餓死。」

又想：「這柴草堆明明是農家所積，附近必有人家。」他本想縱聲呼叫求援，但轉念一想：「世上惡人太多，我獨個兒躺在雪地中療傷，那也罷了，若是叫得一個惡人來，反而糟糕。」於是安安靜靜的躺在雪地，靜待腿骨折斷處慢慢愈合。

如此躺了三天，腹中餓得咕嚕咕嚕直響。但他知接骨之初，最是動彈不得，倘若斷骨處稍有歪斜，一生便成跛子，因此始終硬撐，半分也不移動，當眞餓得耐不住了，便抓幾把雪塊充飢。這三天中心裏只想：「從今以後，我在世上務必步步小心，決不可再上惡人的當。日後豈能再如此幸運，終能大難不死。」

到得第四天晚間，他靜靜躺着用功，只覺心地空明，周身舒泰，腿傷雖重，所練的神功卻似又有進展。

萬籟皆寂之中，猛聽得遠處傳來幾聲犬吠之聲，跟着犬吠聲越來越近，顯是有幾頭猛犬在追逐甚麼野獸。張無忌吃了一驚：「難道是朱九眞姊姊所養的惡犬麼！嗯！她那些猛犬都已給朱伯伯打死了，可是事隔多年，她又會養起來啊。」

凝目向雪地裏望去，只見有一人如飛奔來，身後三條大犬狂吠追趕。那人顯已筋疲力盡，跌跌撞撞，奔幾步，便摔一交，但害怕惡犬的利齒銳爪，還是拚命奔跑。張無忌想起數年前自己身被羣犬圍攻之苦，不禁胸口熱血上湧。

他有心出手相救，苦於雙腿斷折，行走不得。驀地裏聽得那人長聲慘呼，摔倒在地，兩頭惡犬爬到他身上狠咬。張無忌怒叫：「惡狗，到這兒來！」那三條大犬聽得人聲，如飛撲至，嗅到張無忌並非熟人，站定了狂吠幾聲，撲上來便咬。

張無忌伸出手指，在每頭猛犬的鼻子上一彈，三頭惡犬登時滾倒，立即斃命。他沒想到一彈指間便輕輕易易的殺斃三犬，對這九陽神功的威力不由得暗自心驚。

但聽那人呻吟之聲極是微弱，便問：「這位大哥，你給惡犬咬得很厲害麼？」那人道：「我……我……不成啦……我……我……」張無忌道：「我雙腿斷了，沒法行走。請你勉力爬過來，我瞧瞧你的傷口。」那人道：「是……是……」氣喘吁吁的掙扎爬行，爬一段路，停一會兒，爬到離張無忌丈許處，「啊」的一聲，伏在地下，再也不能動了。

兩人便是隔着這麼遠，一個不能過去，另一個不能過來。張無忌道：「大哥，你傷在何處？」那人道：「我……胸口，肚子上……給惡狗咬破肚子，拉出了腸子。」張無忌大吃一驚，知道肚破腸出，再也不能活命，問道：「那些惡狗為甚麼追你？」那人道：「我……夜裏出來趕野豬，別……別讓踩壞了莊稼，見到朱家大小姐和……和一位公子爺在樹下說話，我不合走近去瞧瞧……我……啊喲！」大叫一聲，再也沒聲息了。

他這番話雖沒說完，但張無忌也已猜了個八九不離十，多半是朱九眞和衞璧半夜出來私會，卻讓這鄉農撞見了，朱九眞便放惡犬咬死了他。正自氣惱，只聽得馬蹄聲響，有人連聲唿哨，正是朱九眞在呼召羣犬。

蹄聲漸近，兩騎馬馳了過來，馬上坐着一男一女。那女子突然叫道：「咦！怎地平西將軍他們都死了？」說話的正是朱九眞。她所養的惡犬仍是各擁將軍封號，與以前無異。和她並騎而來的正是衞璧。他縱身下馬，奇道：「有兩個人死在這裏！」

張無忌暗暗打定了主意：「他們若想過來害我，說不得，我下手可不能容情了。」

朱九眞見那鄉農肚破腸流，死狀可怖，張無忌則衣服破爛已達極點，蓬頭散髮，滿臉鬍子，躺在地下全不動彈，想來也早給狗子咬死了。她急欲與衞璧談情說愛，不願在這裏多所逗留，說道：「表哥，走罷！這兩個泥腿子臨死拚命，倒傷了我三名將軍。」拉轉馬頭，便向西馳去。衛璧見三犬齊死，心中微覺古怪，但見朱九眞馳馬走遠，不及細看，當即躍上馬背，跟了下去。

張無忌聽得朱九眞的嬌笑之聲遠遠傳來，心下只感惱怒，五年多前對她敬若天神，只要她小指頭兒指一指，就是要自己上刀山、下油鍋，也是毫無猶豫，但今晚重見，不知如何，她對自己的魅力竟已消失得無影無蹤。張無忌只道是修習九陽眞經之功，又或因發覺了她對自己的奸惡之故，他可不知世間少年男子，大都有過如此胡裏胡塗的一段初戀，當時爲了一個姑娘廢寢忘食，生死以之，可是這段熱情來得快，去得也快，日後頭腦清醒，對自己舊日的沉迷，往往不禁爲之啞然失笑。

其時他肚中餓得咕咕直響，只想撕下一條狗腿來生吃了，但惟恐朱九眞與衛璧轉眼重回，發覺他未死，又吃了她的大將軍，當然又要行兇，自己斷了雙腿，未必抵擋得了。

第二天早晨，一頭兀鷹見地下的死人死狗，在空中盤旋了幾個圈子，便飛下來啄食。這鷹也是命中該死，好端端的死人死狗不吃，偏向張無忌臉上撲將下來。張無忌一伸手扭住兀鷹的頭頸，微一使勁便即揑死，喜道：「這當眞是天上飛下來的早飯。」拔去鷹毛，撕下鷹腿便大嚼起來，雖是生肉，餓了三日，卻也吃得津津有味。

一頭兀鷹沒吃完，第二頭又撲了下來。張無忌便以鷹肉充飢，躺在雪地之中養傷，靜待腿骨愈合。接連數日，曠野中竟一個人也沒經過。他身畔是三隻死狗，一個死人，好在隆冬嚴寒，屍體不會腐臭，他又過慣了寂寞獨居的日子，也不以爲苦。

這日下午，他運了一遍內功，眼見天上兩頭兀鷹飛來飛去的盤旋，良久良久，終是不敢下來。只見一頭兀鷹向下俯衝，離他身子約莫三尺，便即轉而上翔，身法轉折之間極是美妙。他忽然心想：「這一下轉折，如能用在武功之中，襲擊敵人時對方固是不易防備，即使一擊不中，飄然遠颺，敵人也極難還擊。」

他所練的九陽眞經純係內功與武學要旨，攻防的招數是半招都沒有的。因此當年覺遠大師雖然練就一身神功，受到瀟湘子和何足道攻擊時卻毛手毛脚，絲毫不會抵禦；張三丰也要楊過當面傳授四招，才能和尹克西放對。張無忌從小便學過功夫，根柢遠勝於覺遠及張三丰幼時，但謝遜所傳授他的，卻盡是拳術的訣竅，並非一招一式的實用法門。張無忌此時自已明白了義父的苦心，義父一身武功博大精深，倘若循序漸進的傳授拆解，便教上二十年也未必教得完，眼見相聚時日無多，只有教他牢牢記住一切上乘武術的要訣，日後自行體會領悟。張無忌眞正學過的拳術，只有父親在木筏上所教而拆解過的三十二勢「武當長拳」。他知此後除了繼續參習九陽神功、更求精進之外，便是設法將已練成的上乘內功融入謝遜所授的武術之中，因之每見飛花落地，怪樹撐天，以及鳥獸之動，風雲之變，往往便想到武功的招數上去。

這時只盼空中的兀鷹盤旋往復，多現幾種姿態，正看得出神，忽聽得遠處有人在雪地中走來，脚步細碎，似是個女子。

張無忌轉過頭去，只見一個女子手提竹籃，快步走近。她看到雪地中的人屍犬屍，「咦」的一聲，愕然停步。張無忌凝目看時，見是個十七八歲的少女，荆釵布裙，是個鄉村貧女，面容黝黑，臉上肌膚浮腫，凹凹凸凸，生得極是醜陋，只是一對眸子頗有神采，身材也是苗條纖秀。

她走近一步，見張無忌睜眼瞧着她，微微吃了一驚，道：「你……你沒死麼？」張無忌道：「好像沒死。」一個問得不通，一個答得有趣，兩人一想，都忍不住笑了起來。

那少女笑道：「你既不死，躺在這裏一動也不動的幹甚麼？倒嚇了我一跳。」張無忌道：「我從山上摔下來，把兩條腿都跌斷了，只好在這裏躺着。」那少女問道：「這人是你同伴麼？怎麼又有三條死狗？」張無忌道：「這三隻狗惡得緊，咬死了這個大哥，可是自己也變成了死狗。」

那少女道：「你躺在這裏怎麼辦？肚子餓嗎？」張無忌道：「自然是餓的，可是我動不得，只好聽天由命了。」那少女微微一笑，從籃中取出兩個麥餅來，遞了給他。張無忌道：「多謝姑娘。」接了過來，卻不便吃。那少女道：「你怕我的餅中有毒嗎？幹麼不吃？」

張無忌於這五年多時日之中，只偶爾和朱長齡隔着山洞對答幾句，也是絕無意味，此外從未得有機緣和人說上一言半語，這時見那少女容貌雖醜，說話卻甚風趣，心中歡喜，便道：「是姑娘給我的餅子，我捨不得吃。」這句話已有幾分調笑的意思，他向來誠厚，說話從來不油腔滑調，但在這少女面前，心中輕鬆自在，這句話不知不覺的便衝口而出。

那少女聽了，臉上忽現怒色，哼了一聲。張無忌心下大悔，忙拿起餅子便咬，只因吃得慌張，竟哽在喉頭，咳嗽起來。

那少女轉怒為喜，說道：「謝天謝地，嗆死了你！你這個醜八怪不是好人，難怪老天爺要罰你啊。怎麼誰都不摔斷狗腿，偏生是你摔斷呢？」張無忌心想：「我這五年多不修髮剃面，自是個醜八怪，可是你也不見得美到那裏去，咱們半斤八兩，大哥別說二哥。」但這番話卻無論如何不敢出口了，一本正經的道：「我已在這裏躺了九天，好容易見到姑娘經過，你又給我餅吃，眞是多謝了。」那少女抿嘴笑道：「我問你啊，怎地誰都不摔斷狗腿，偏生是你摔斷呢？你不回答，我就把餅子搶回去。」

張無忌見她這麼淺淺一笑，眼睛中流露出極是狡譎的神色來，心中不禁一震：「她這眼光可多麼像媽。媽臨去世時欺騙那少林寺的老和尙，眼中就是這麼一副神氣。」想到這裏，忍不住熱淚盈眶，跟着眼淚便流了下來。

那少女「呸」了一聲，道：「我不搶你的餅子就是了，也用不着哭。原來是個沒用的傻瓜。」張無忌道：「我又不希罕你的餅子，只是我自己想起了一件心事。」

那少女本已轉身，走出兩步，聽了這句話，轉過頭來，說道：「甚麼心事？你這傻頭傻腦的傢伙，也會有心事麼？」張無忌嘆了口氣，道：「我想起了媽媽，我去世的媽媽。」

那少女噗哧一笑，道：「以前你媽媽常給你餅吃，是不是？」張無忌道：「我媽以前常給我餅吃的，不過我所以想起她，因爲你笑的時候，很像我媽。」那少女怒道：「死鬼！我很老了麼？老得像你媽了？」說着從地下拾起一根柴枝，在張無忌身上抽了兩下。張無忌要奪下她手中柴枝，自是容易，但想：「她不知我媽年輕貌美，只道是跟我一般的醜八怪，也難怪她發怒。」由得她打了兩下，說道：「我媽去世的時候，相貌是很好看的。」

那少女板着臉道：「你取笑我生得醜，你不想活了。我拉你的腿！」說着彎下腰去，作勢要拉他的腿。張無忌吃了一驚，自己腿上斷骨剛起始愈合，給她一拉那便全功盡棄，忙抓了一團雪，只要那少女的雙手碰到自己腿上，立時便打她眉心穴道，叫她當場昏暈。

幸好那少女只是嚇他一嚇，見他神色大變，說道：「瞧你嚇成這副樣子！誰叫你取笑我了？」張無忌道：「我若存心取笑姑娘，教我這雙腿好了之後，再跌斷三次，永遠好不了，終生做個跛子。」

那少女嘻嘻一笑，道：「那就罷了！」在他身旁地下坐倒，說道：「你媽既是個美人，怎地拿我來比她？難道我也好看麼？」張無忌一呆，道：「我也說不上甚麼緣故，只覺得你有些像我媽。你雖沒我媽好看，可是我喜歡看你。」

那少女彎過中指，用指節輕輕在他額頭上敲了兩下，笑道：「乖兒子，那你叫我媽罷！」說了這兩句話，登時覺得不雅，按住了口轉過頭去，可是仍舊忍不住笑出聲來。

張無忌瞧她這副神情，依稀記得在冰火島上之時，媽媽跟爸爸說笑，活脫也是這個模樣，霎時間只覺這醜女清雅嫵媚，風緻嫣然，一點也不醜了，怔怔的望着她，不由得痴了。

那少女回過頭來，見到他這副獃相，笑道：「你爲甚麼喜歡看我，且說來聽聽。」張無忌呆了半晌，搖了搖頭，道：「我說不上來。我只覺得瞧着你時，心中很舒服，很平安，你只會待我好，不會欺侮我、害我！」

那少女笑道：「哈哈，你全想錯了，我生平最喜歡害人。」突然提起手中柴枝，在他斷腿上敲了兩下，跳起身來便走。這兩下正好敲在他斷骨的傷處，張無忌出其不意，大聲呼痛：「哎喲！」只聽得那少女格格嘻笑，回過頭來扮了個鬼臉。

張無忌眼望着她漸漸遠去，斷腿處疼痛難熬，心道：「原來女子都是害人精，美麗的會害人，難看的也一樣叫我吃苦。」

這一晚睡夢之中，他幾次夢見那少女，又幾次夢見母親，又有幾次，竟分不清到底是母親還是那少女。他瞧不清夢中那臉龐是美麗還是醜陋，只是見到那澄澈的眼睛，又狡獪又嫵媚的望着自己。他夢到了兒時的往事，母親也常常捉弄他，故意伸足絆他跌一交，等到他摔痛了哭將起來，母親又抱着他不住親吻，不住說：「乖兒子別哭，媽媽疼你！」

他突然醒轉，腦海中猛地裏出現一些從來沒想到過的疑團：「媽媽為甚麼這般喜歡讓人受苦？義父的眼睛是她打瞎的，俞三伯是傷在她手下以致殘廢的，臨安府龍門鏢局全家是她殺的。媽到底是好人呢，還是壞人？」

望着天空中不住眨眼的星星，過了良久良久，嘆了一口氣，說道：「不管她是好人壞人，她是我媽媽。」心中想着：「要是媽媽還活在世上，我真不知有多愛她。」

他又想到了那個村女，真不明白她為甚麼莫名其妙的來打自己斷腿，「我一點也沒得罪她，為甚麼要我痛得大叫，她才高興？難道她真的喜歡害人？」很想她再來，但又怕她再想甚麼法兒加害自己。摸到身邊那塊吃了一半的餅子，想起那村女說話的神情：「你媽既是個美人，怎地拿我來比她？難道我也好看麼？」忍不住自言自語：「你好看，我喜歡看你。」

這般胡思亂想的躺了兩日，那村女並沒再來，張無忌心想她是永遠不會來了。那知到第三天下午，那村女挽着竹籃，從山坡後轉了出來，笑道：「醜八怪，你還沒餓死麼？」

張無忌笑道：「餓死了一大半，剩下一小半還活着。」那少女笑嘻嘻的坐在他身旁，忽然伸足在他斷腿上踢了一脚，問道：「這一半是死的還是活的？」張無忌大叫：「哎喲！你這人怎麼這樣沒良心？」那少女道：「甚麼沒良心？你待我有甚麼好？」張無忌一怔，道：「你大前天打得我好痛，可是我沒恨你，這兩天來，我常常在想你。」

那少女臉上一紅，便要發怒，可是強行忍住了，說道：「誰要你這醜八怪想？你想我多半沒好事，定是肚子裏罵我又醜又惡。」張無忌道：「你並不醜，可是為甚麼定要害得人家吃苦，你才喜歡？」那少女格格笑道：「別人不苦，怎顯得出我心中歡喜？」

她見張無忌一臉不以為然的神色，又見他手中拿着吃剩的半塊餅子，相隔三天，居然還沒吃完，說道：「這塊餅一直留到這時候，味道不好麼？」張無忌道：「是姑娘給我的餅子，我捨不得吃。」他在三天前說這句話時，有一半意存調笑，但這時卻說得甚是誠懇。

那少女知他所言非虛，微覺害羞，道：「我帶了新鮮的餅子來啦。」說着從籃中取了許多食物出來，餅子之外，又有一隻燒鷄，一條烤羊腿。

張無忌大喜，這些天中淨吃生鷹肉，血淋淋的又腥又韌，這鷄燒得香噴噴地，拿着還有些燙手，入口眞是美味無窮。

那少女見他吃得香甜，笑吟吟抱膝坐着，說道：「醜八怪，你吃得開心，我瞧着倒也好玩。我對你似乎有點兒不同，用不着害你，也能教我歡喜。」

張無忌道：「人家高興，你也高興，那才是眞高興啊。」那少女冷笑道：「哼！我跟你說在前頭，這時候我心裏高興，就不來害你。那一天心中不高興了，說不定會整治得你死不了，活不成，那時候你可別怪我。」張無忌搖頭道：「我從小給壞人整治到大，越是整治，越是硬朗。」那少女冷笑道：「別把話說得滿了，咱們走着瞧罷。」

張無忌道：「待我腿傷好了，我便走得遠遠的，你就是想折磨我、害我，也找不到我了。」那少女道：「那麼我先斬斷了你的腿，叫你一輩子不能離開我。」張無忌聽到她冷冰冰的聲音，不由得打了個寒噤，相信她說得出做得到，這兩句話絕非隨口說說而已。

那少女向他凝視半晌，嘆了口氣，忽然臉色一變，說道：「你配麼，醜八怪！你也配給我斬斷你的狗腿麼？」驀地站起身來，搶過他沒吃完的燒鷄、羊腿、麥餅，遠遠擲了出去，一口口唾沫向他臉上吐去。

張無忌怔怔的瞧着她，只覺她並非發怒，也不是輕賤自己，卻是滿臉慘悽之色，顯是心中說不出的難受。他有心想勸慰幾句，一時之間卻想不出適當的言辭。

那村女見他這般神氣，突然住口，喝道：「醜八怪，你心裏在想甚麼？」張無忌道：「姑娘，你爲甚麼這般不高興？說給我聽聽，成不成？」那少女聽他如此溫柔的說話，再也無法矜持，驀地裏坐倒在他身旁，手抱着頭，嗚嗚咽咽的哭了起來。

張無忌見她肩頭起伏，纖腰如蜂，楚楚可憐，低聲道：「姑娘，是誰欺侮你了？等我腿傷好了之後，我去給你出氣。」那少女一時止不住哭，過了一會才道：「沒人欺侮我，是我生來命苦。我自己又不好，心裏想着一個人，總是放他不下。」張無忌點點頭，道：「是個年輕男子，是不是？他待你很兇狠罷？」那少女道：「不錯！他生得很英俊，可是驕傲得很。我要他跟着我去，一輩子跟我在一起，他不肯，那也罷了，那知還罵我，打我，將我咬得身上鮮血淋漓。」張無忌怒道：「這人如此蠻橫無理，姑娘以後再也別理他了。」那少女流淚道：「可……可是我心裏總放不下啊，他遠遠避開我，我到處找他不着。」

張無忌心想：「這些男女間的情愛之事，實是勉強不得。這位姑娘容貌雖然差些，但顯是個至性至情之人。她脾氣有點兒古怪，那也是爲了心下傷痛、失意過甚的緣故。想不到那男子對她竟是如此心狠！」柔聲道：「姑娘，你不用難過了，天下好男子有的是，又何必牽掛這個沒良心的惡漢？」

那少女嘆了口長氣，眼望遠處，呆呆出神。張無忌知她終是忘不了意中的情郎，說道：「那男子不過罵你打你，可是我所遭之慘，卻又勝於姑娘十倍了。」那少女道：「怎麼啦？你受了一個美麗姑娘的騙麼？」張無忌道：「本來，她也不是有意騙我，只是我自己獃頭獃腦，見她生得美麗，就呆呆的看她。其實我又怎配得上她？我心中也從來沒存甚麼妄想。但她和她爹爹暗中卻擺下了毒計，害得我慘不可言。」說着拉起衣袖，指着臂膀上的累累傷痕，道：「這些牙齒印，都是她所養的惡狗咬的。」

那少女見到這許多傷疤，勃然大怒，說道：「是朱九眞這賤丫頭害你的麼？」張無忌奇道：「你怎知道？」那少女道：「這賤丫頭愛養惡犬，方圓數百里地之內，人人皆知。」

張無忌點點頭，淡然道：「是朱九眞姑娘。但這些傷早好了，我早已不痛了，幸好性命還活着，也不必再恨她了。」

那少女向他凝視半晌，但見他臉上神色平淡沖和，閒適自在，心中頗有些奇怪，問道：「你叫甚麼名字？爲甚麼到這兒來？」

張無忌心想：「我自到中土，人人立時向我打聽義父的下落，威逼誘騙，無所不用其極，以致我吃盡了不少苦頭。從今以後，『張無忌』這人算是死了，世上再沒有人知道金毛獅王謝遜的所在了。就算日後再遇上比朱長齡更厲害十倍之人，也不怕落入他的圈套，以致無意中害了我義父。」於是說道：「我叫阿牛。」那少女微微一笑，道：「姓甚麼？」張無忌心道：「我說姓張、姓殷、姓謝都不好，『張』和『殷』兩個字的切音是『曾』字。」便道：「我……我姓曾。姑娘貴姓。」

那少女身子一震，道：「我沒姓。」隔了片刻，緩緩的道：「我親生爹爹不要我，見到我就會殺我。我怎能姓爹爹的姓？我媽媽是我害死的，我也不能姓她的姓。我生得醜，你叫我醜姑娘便了。」

張無忌驚道：「你……你害死你媽媽？那怎麼會？」那少女嘆了口氣，說道：「這件事說來話長。我親生的媽媽是我爹爹原配，一直沒生兒養女，爹爹便娶了二娘。二娘生了我兩個哥哥，爹爹就很寵愛她。媽後來生了我，偏生又是個女兒。二娘恃着爹爹寵愛，我媽常受她的欺壓。我兩個哥哥又厲害得很，幫着他們親娘欺侮我媽。我媽只有偷偷哭泣。你說，我怎麼辦呢？」張無忌道：「你爹爹該當秉公調處才是啊。」那少女道：「就因我爹爹一味袒護二娘，我才氣不過了，一刀殺了我那二娘。」

張無忌「啊」的一聲，大是驚訝。他想武林中人鬥毆殺人，原也尋常，可是連這個村女居然也動刀子殺人，卻頗出意料之外。

那少女道：「我媽見我闖下了大禍，護着我立刻逃走。但我兩個哥哥跟着追來，要捉我回去。我媽阻攔不住，爲了救我，便抹脖子自盡了。你說，我媽的性命不是我害的麼？我爸爸見到我，不是非殺我不可麼？」她說着這件事時聲調平淡，絲毫不見激動。

張無忌卻聽得心中怦怦亂跳，自忖：「我雖然不幸，父母雙亡，可是我爹爹媽媽生時何等恩愛，對我多麼憐惜，比之這位姑娘的遭遇，我卻又幸運萬倍了。」想到這裏，對那少女同情之心更甚，柔聲道：「你離家很久了麼？這些時候便獨個兒在外邊？」那少女點點頭。張無忌又問：「你想到那兒去？」那少女道：「我也不知道，世界很大，東面走走，西面走走。只要不碰到我爹爹和哥哥，也沒甚麼。」

張無忌心中突興同病相憐之感，說道：「等我腿好之後，我陪你去找那位……那位大哥。問他到底對你怎樣。」

那少女道：「倘若他又來打我咬我呢？」張無忌昂然道：「哼，他敢碰你一根寒毛，我決計不和他干休。」那少女道：「要是他對我不理不睬，話也不肯說一句呢？」張無忌啞口無言，心想自己武功再強，也不能硬要一個男子來愛他心所不喜的女子，呆了半晌，道：「我盡力而為。」那少女突然哈哈大笑，前仰後合，似是聽到了最可笑不過的笑話。

張無忌道：「甚麼好笑？」那少女道：「醜八怪，你是甚麼東西？人家會來聽你的話麼？再說，我到處找他，不見影蹤，也不知這會兒他是活着還是死了？你盡力而為，你有甚麼本事？哈哈，哈哈！」

張無忌一句話本已到了口邊，但給她這麼一笑，登時脹紅了臉，說不出口。那少女見他囁囁嚅嚅，便停了笑，問道：「你要說甚麼？」張無忌道：「你笑我，我便不說了。」那少女冷冷的道：「哼，笑也笑過了，最多不過是再給我笑一場，還會笑死人麼？」

張無忌大聲道：「我對你是一片好心，你不該如此笑我。」那少女道：「我問你，你本來要跟我說甚麼話？」

張無忌道：「你孤苦伶仃，無家可歸。我跟你也是一般。我爹爹媽媽都死了，也沒兄弟姊妹。我本想跟你說，那個惡人若是仍然不理你，咱們不妨一塊作個伴兒，我也可陪着你說話解悶。但你既說我不配，我自然不敢說了。」

那少女怒道：「你當然不配！那惡人比你好看一百倍，聰明一百倍。我在這兒跟你歪纏，儘說些廢話，眞是倒霉。」說着將掉在雪地中的羊腿燒鷄一陣亂踢，掩面疾奔而去。

受了這麼一頓好沒來由的排揎，張無忌卻不生氣，心道：「這姑娘眞是可憐，她心中挺不好過，原也難怪。」

忽見那少女又奔回來，惡狠狠的道：「醜八怪，你心裏一定不服氣，說我相貌這般醜陋，居然還瞧你不起，是不是？」張無忌搖頭道：「不是的。你相貌不很好看，我才跟你一見投緣，倘若你沒變醜，仍像從前那樣……」

那少女突然驚呼：「你……你怎知我從前不是這樣子的？」張無忌道：「今日你的臉，比上次我見到你時又腫得厲害了些，皮色也黑了些。那不會生來便這樣的。」那少女驚道：「我……我這幾天不敢照鏡子。你說我是越來越難看了？」

張無忌柔聲道：「一個人只要心地好，相貌美醜有何干係？我媽媽跟我說，越是美貌的女子，良心越壞，越會騙人，叫我要加意小心提防。」

那少女那有心思去理他媽媽說過甚麼話，急道：「我問你啊，你上次見我時，我還沒變得這般醜怪，是不是？」張無忌知道倘若答應了一個「是」字，她必傷心難受，只是怔怔的望着她，心中充滿了同情憐憫。

那少女見到他臉上神色，早料到他所要回答的是甚麼話，掩面哭道：「醜八怪，我恨你，我恨你！」狂奔而去。這一次卻不再回轉了。

張無忌又躺了兩天。晚上有頭野狼邊爬邊嗅，走近身來。張無忌一拳便將狼打死了。這野狼覓食不得，反而做了他肚中的食料。

過了數日，他腿傷已愈合大半，大約再過得十來天便可起立行走，心想那村女這一去之後從此不會再來，只可惜連名字也沒問她，又想：「她臉上容色何以會越變越醜，這事倒令人猜想不透。」想了半日難以明白，也就不再去想，迷迷糊糊的便睡着了。

睡到半夜，睡夢中忽聽得遠處有幾人踏雪而來。他立時便驚醒了，當下坐起身來，向脚步聲來處望去。

這晚上新月如眉，淡淡月光之下，見共有七人走來，當先一人身形婀娜，似乎便是那村女。待那七人漸漸行近，這人果然是那容貌醜陋的少女，可是她身後的六人卻散成扇形，似是防她逃走。張無忌微覺驚訝，心道：「難道她被爹爹和哥哥們拿住了？」

他轉念未定，那少女和她身後六人已然走近。張無忌一看之下，這一驚更是非同小可，原來那六人他無一不識，左邊是武青嬰、武烈、衞璧，右邊是何太冲、班淑嫻夫婦，最右邊是個中年女子，面目依稀相識，卻是峨嵋派的丁敏君。

張無忌大奇：「她怎麼跟這些人都相識？難道她也是武林中人，識破了我本來面目，便引他們來拿我，逼問我義父的下落？」想到此處，心下更無懷疑，不禁氣惱之極：「我和你無冤無仇，你卻也來加害於我！」尋思：「眼下我雙足不能動彈，這六人沒一個是弱者，說不定這村女的武功也強。我姑且屈服敷衍，答應他們去找我義父。待得雙腿養好了傷，再跟他們一個個算帳。」

若在五年之前，他只是將性命豁出去不要而已，任由對方如何加刑威逼，總是咬緊牙關不說，但此時一來年紀大了，心智已開，二來練成九陽眞經後神淸心定，遇到危難能沉着應付，雖然強敵當前，卻也絲毫不感畏懼，只是沒想到那村女居然也出賣自己，憤慨之中，不自禁的有些傷心，索性躺在地下，曲臂作枕，不去理會這七人。

那村女走到他身前，向着他靜靜瞧了半晌，隔了良久，慢慢轉過身去。張無忌聽到她嘆息一聲，聲音極輕，卻充滿了哀傷之意。他心下冷笑：「你心中打的不知是甚麼惡毒主意，卻又何必假惺惺的可憐起我來？」

只見衞璧將手中長劍一擺，冷笑道：「你說臨死之前，定要去和一個人見上一面，我道必是個貌如潘安的英俊少年，卻原來是這麼一個醜八怪，哈哈，好笑啊好笑！這人和你果然是天生一雙，地生一對。」

那村女毫不生氣，只淡淡的道：「不錯，我臨死之前，要來再瞧他一眼。因爲我要明明白白的問他一句話。我聽了之後，方能死得瞑目。」

張無忌大奇，全不明白兩人的話是何意思。只聽那村女道：「我有一句話問你，你須得老老實實回答。」張無忌道：「是我自己的事，自可明白相告。是旁人的事，可沒這麼容易就說。」料想那村女要問謝遜的所在，他已打好了主意跟他們敷衍，是以沒把言語說得決絕了，似乎頗有商量的餘地。

那村女道：「旁人的事，要我操甚麼心？我問你：那一天你跟我說，咱兩人都孤苦伶仃，無家可歸，你願意跟我作伴。你這句話確是出於眞心麼？」

張無忌一聽，大出意料之外，當即坐起，只見她眼光中又露出那哀傷的神色，便道：「我自是眞心的。」那村女道：「你當眞不嫌我容貌醜陋，願意和我一輩子廝守？」

張無忌一怔，這「一輩子廝守」五個字，他心中可從來沒想到過，但見到她這般淒然欲泣的神情，心中大感不忍，便道：「甚麼醜不醜，美不美，我半點也不放在心上，你如要我陪你說笑談心，只要你不嫌棄，我自然也喜歡。但你如想騙我說……」那村女顫聲問道：「那麼你是願意娶我爲妻了？」

張無忌身子一震，半晌說不出話來，喃喃道：「我……我沒想過……娶妻子……」

何太冲等六人同時哈哈大笑。衛璧笑道：「連這麼一個醜八怪的鄉巴佬也不要你，我們便不殺你，你活在世上有甚麼味兒？還不如就在石頭上撞死了罷。」

張無忌聽了六人的譏笑和衛璧的說話，登時便知那村女和這六人並非一路，似乎衛璧等人立時便要殺她，想到那村女並非引人來加害自己，心中感到一陣溫暖。只見她低下了頭，淚水一滴滴的流了下來，顯是心中悲傷無比，只不知是爲了命在頃刻，是爲了容貌醜陋，還是爲了衛璧那利刃般的諷刺譏嘲？他心中大動，想起自己父母雙亡之後，顚沛流離，不知受了人家的多少欺侮，這村女煢煢弱質，年紀比自己小，身世比自己更加不幸，這時候不知何以巴巴的來問這句話，焉可令她傷心落淚、受人折辱？又何況她這般相問，自是誠心委身。

「我一生之中，除了父母、義父、以及太師父、衆位師叔伯，有誰是這般眞心的關懷過我？我日後好好待她，她也好好待我，兩個人相依爲命，有甚麼不好？」眼見她身子顫抖，便要走開，當即伸出手，握住了她右手，大聲道：「姑娘，我誠心誠意，願娶你爲妻，只盼你別說我不配。」

那少女聽了這話，眼中登時射出極明亮的光采，低低的道：「阿牛哥哥，你這話不是騙我麼？」

張無忌道：「我自然不騙你。從今而後，我會盡力愛護你，照顧你，不論有多少人來跟你爲難，不論有多麼厲害的人來欺侮你，我寧可自己性命不要，也要保護你周全。我要讓你平安喜樂，忘了從前的種種苦處。」

那村女坐下地來，倚在他身旁，又握住了他另一隻手，柔聲道：「你肯這般待我，我眞是快活。」閉上了雙眼，說道：「你再說一遍給我聽，我要每一個字都記在心裏。你說啊，你要怎樣待我？」

張無忌見她歡喜之極，也自欣慰，握着她一雙小手，只覺柔膩滑嫩，溫軟如綿，說道：「我要讓你平安喜樂，忘了從前的苦處，不論有多少人欺侮你，跟你爲難，我寧可自己性命不要，也要保護你周全。」

那村女臉露甜笑，靠在他胸前，柔聲道：「從前我叫你跟着我去，你非但不肯，還打我、罵我、咬我……現下你跟我這般說，我眞是歡喜。」

張無忌聽了這幾句話，心中登時涼了，原來這村女閉着眼睛聽自己說話，卻把他幻想作她心目中的情郞。

那村女只覺得他身子一顫，睜開眼來，只向他瞧了一眼，她臉上神色登時便變了，顯得又失望，又氣憤，但隨即帶上幾分歉疚和柔情。她定了神，說道：「阿牛哥哥，你願娶我爲妻，似我這般醜陋的女子，你居然不加嫌棄，我很是感激。可是早在幾年之前，我的心早就屬於旁人了。那時候他尙且不睬我，這時見我如此，更加連眼角也不會掃我一眼。這個狠心短命的小鬼啊……」她雖罵那人爲「狠心短命的小鬼」，可是罵聲之中，仍是充滿不勝眷戀低徊之情。

武青嬰冷冷的道：「他肯娶你爲妻了，情話也說完啦，可以起來了罷？」

那村女慢慢站起身來，對張無忌道：「阿牛哥哥，我快死了。就是不死，我也決不能嫁你。但是我很喜歡聽你剛才跟我說過的話。你別惱我，有空的時候，便想我一會兒。」這幾句話說得很溫柔，很甜蜜。張無忌忍不住心中一酸。

只聽得班淑嫻嘶啞着嗓子道：「我們已如你所願，讓你跟這人見面一次。你也當言而有信，將那人的下落說了出來。」那村女道：「好！我知道那人曾經藏在他的家裏。」說着伸手向武烈一指。武烈臉色微變，哼了一聲，喝道：「瞎說八道！」

衞璧怒道：「快老老實實說出來，你殺我表妹，到底是受了何人指使？」

張無忌這一驚當眞非同小可，顫聲道：「殺了朱……朱九眞姑娘？」衞璧瞪了他一眼，惡狠狠的道：「你也知道朱九眞姑娘？」張無忌道：「雪嶺雙姝大名鼎鼎，誰沒聽見過？」

武青嬰嘴角邊掠過一絲笑意，向那村女大聲道：「喂，你到底是受了誰的指使？」

那村女道：「指使我來殺朱九眞的，是崑崙派何太冲夫婦，峨嵋派的滅絕師太。」

武烈大喝：「你妄想挑撥離間，又有何用？」呼的一掌，向那村女拍去。他這一喝威風凜凜，掌隨聲出，掌力只激得地下雪花飛舞。那村女閃身避過，身法甚是奇幻。

張無忌心下一片混亂：「她……她當眞是武林中人。她去殺了朱九眞，那自是爲了我。我說受了朱姑娘的騙，被她所養的惡犬咬得遍體鱗傷，我可沒要她去殺人啊。我只道她因爲相貌變醜，家事變故，以致脾氣古怪，那知竟是動不動便殺人。」

衞璧和武青嬰各持長劍左右夾擊，那村女東閃西竄，儘只避開武烈雄渾的掌力，突然間纖腰一扭，轉到了武青嬰身側，拍的一聲，打了她一記耳光，左手探處，已搶過了她手中長劍。武烈和衞璧大驚，雙雙來救。那村女長劍顫動，叫聲：「着！」已在武青嬰的臉上劃了一條血痕。武青嬰一聲驚呼，向後便倒，其實她受傷甚輕，但她愛惜容貌，只覺臉上刺痛，便已心驚膽戰。

武烈左手揮掌向那村女按去。那村女斜身閃避，叮噹一響，手中長劍和衞璧的長劍相交。就在此時，武烈右手食指顫動，已點中了她左腿外側的「伏兎」、「風市」兩穴。那村女輕哼一聲，立足不定，倒在張無忌身上，但覺全身暖洋洋地，半點力氣也使不出來，便是想抬一根手指，也宛似有千斤之重。

武青嬰舉起長劍，恨恨的道：「醜丫頭，我卻不讓你痛痛快快的死，只斬斷你兩手兩腿，讓你在這裏餵狼。」揮劍便向那村女的右臂砍落。武烈道：「且慢！」伸手在女兒手腕上一帶，將她這一劍引開了，對那村女道：「你說出指使你的人來，便給你一個痛快的。否則的話，哼哼！我瞧你斷了四肢，在雪地裏滾來滾去，也不大好受罷。」

那村女微笑道：「你既定要我說，我也無法再瞞了。朱九眞姑娘要嫁給一個男子，另外一個美貌姑娘也要嫁這人，那個美貌姑娘便給了我五百兩銀子，要我去殺了朱九眞。這件事我本要嚴守秘密……」她還待說下去，武青嬰已氣得花容失色，手腕直送，挺劍往那村女心窩刺去。

那村女鑑貌辨色，早猜到了武青嬰和衞璧、朱九眞三人之間尷尬情形。她如此激怒武青嬰，正是要她爽爽快快的將自己一劍刺死，但見青光閃動，長劍已到心口。

突然之間，一物無聲無息的飛來，在劍上一撞。呼的一聲響，長劍飛了出去，直飛出十餘丈外方才落地。黑暗中誰也沒看清楚武青嬰的兵刃如何脫手，但這劍以如此勁道飛出，便是要她自己用力投擲，也決計無法做到，顯然那村女已到了強援。

六人一驚之下，都退了幾步，回頭察看。四下裏地勢開潤，並無山石叢林可以藏身，一眼望出去半個人影也無，六人面面相覷，驚疑不定。武烈低聲問道：「青兒，怎麼啦？」武青嬰道：「似乎是甚麼極厲害的暗器，將我的劍震飛了。」武烈游目四顧，確是不見有人，哼了一聲，道：「便是這丫頭弄鬼。」心中暗暗奇怪：「她明明已中了我的一陽指，怎地尚能有能力震飛青兒長劍？這丫頭的武功當眞邪門。」踏步上前，舉掌往那村女左肩拍去。這一掌運勁雄猛，要拍碎她的肩骨，使她武功全失，再由女兒來稱心擺弄。

眼看那村女便要肩骨粉碎，驀地裏她左掌翻將上來，雙掌相交，武烈胸口一熱，但覺對方的掌力猶似狂風怒潮般湧至，實是勢不可當，「啊」的一聲大叫，身子已然飛起，砰的一響，摔了出去。總算他武功了得，背脊一着地立即躍起，但胸腹間熱血翻湧，頭暈眼花，身子剛站直，待欲調勻氣息，幌了一幌，終於又俯身跌倒。

衞璧和武青嬰大驚，急忙搶上扶起。忽聽得何太冲道：「讓他多躺一會！」武青嬰回過頭來，怒道：「你說甚麼？」心想：「爹爹受了敵人暗算，你卻幸災樂禍，反來譏嘲。」何太冲道：「氣血翻湧，靜臥從容。」衞璧登時省悟，道：「是！」輕輕將師父放回地下。

何太冲和班淑嫻對望一眼，大爲詫異，他們都和那村女動過手，覺得她招術精妙，果有過人之處，然內力卻是平平，可是適才和武烈對這一掌，明明是以世所罕有的內功將他震倒，委實令人大惑不解。

那村女心中，卻更是詫異萬分。她被武烈點倒後，倒在張無忌懷中動彈不得，眼看武青嬰揮劍刺來，突然飛來一物，震開長劍，跟着忽有一股火炭般的熱氣透入自己兩腿，在「伏兔」和「風市」兩穴上一衝，登時將被封的穴道解開了。她全身一震，低頭看時，只見張無忌雙手握住自己兩脚足踝，熱氣源源不絕的從「懸鐘穴」中湧入體內。這當兒變化快極，未及細思，武烈的一掌已拍下來。她隨手抵禦，本是拚着手腕折斷，勝於肩骨被他拍得粉碎，那知雙掌相交之下，武烈竟給自己一掌擊出丈許。她一愕之下，心道：「難道這醜八怪鄉巴佬，竟是個武功深不可測的大高手？」

何太冲心存忌憚，不願和她比拚掌力，拔劍出鞘，說道：「我領教領教姑娘的劍法。」

那村女笑道：「我沒劍啊！」衞璧道：「好，我借給你！」提起長劍，劍尖對準那村女胸口，用力擲出。那村女伸手一抄，接在手裏，笑道：「你武功太差，刺我不死！」何太冲是一派掌門，不肯佔小輩的便宜，說道：「你進招罷，我讓你三招再還手！」那村女長劍刺出，逕取中宮。何太冲怒哼一聲，低聲道：「小輩無禮！」舉劍便封。

卻聽得喀喇一響，雙劍一齊震斷。何太冲臉色大變，身形幌處，已自退開半丈。那村女暗叫：「可惜，可惜！」原來張無忌將九陽神功傳到她體內，但她不會發揮神功的威力，結果雙劍齊斷，若能運力攻敵，那麼折斷的只是對手兵刃，她手中長劍卻可完好無恙。

班淑嫻大奇，低聲道：「怎麼啦？」何太冲手臂兀自酸麻，苦笑道：「邪門！」班淑嫻拔出長劍，寒着臉道：「我再領教。」那村女雙手一攤，意示無劍可用。班淑嫻指着掉在十餘丈之外武青嬰的那把長劍，喝道：「去撿來使！」那村女不敢離開張無忌之手，只得揚一揚手中半截斷劍，笑道：「就是這把斷劍，也可以了！」

班淑嫻大怒，心道：「死丫頭如此托大，輕視於我。」她卻不似何太冲般要處處保持前輩高人身分，長劍迴處，疾刺那村女的頭頸。那村女舉斷劍擋架，班淑嫻劍法輕靈之極，早已改削她的左肩。那村女忙翻劍相護。班淑嫻又斜刺她右脅，接連八劍，勢若飄風，始終不與那村女的斷劍相碰，只是發揮自己劍法所長，不令對方有施展內力之機。

那村女左支右絀，登時迭遇凶險。她的劍法本來就遠不及班淑嫻，再加上手中只有半截斷劍，雙足又不敢移動，變成了只守不攻。又拆數招，班淑嫻劍尖閃處，嗤的一聲，在那村女左臂上劃了一道口子，崑崙派劍法一劍得手，不容敵人更有半分喘息之機，隨勢着着進逼，那村女「啊」的一聲，肩頭又中了一劍。那村女叫道：「喂，你再不幫我，眼睜睜瞧着我給人殺了麼？」班淑嫻退後兩步，橫劍當胸，四下一看，卻不見有人，當下長劍顫動，劍尖上抖出朵朵寒梅，又向那村女攻去。

那村女疾舞斷劍，連擋三劍，對方劍招來得奇快，她卻也擋得迅捷無倫，這當兒眼明手快，當眞是招招間不容髮。班淑嫻讚道：「死丫頭，手下倒快！」那村女不肯吃虧，回罵道：「死婆娘，你手下也不慢啊。」但班淑嫻是劍術上的大名家，數十年的修爲，口中說話，手下絲毫沒有閒着。那村女終究不過十七八歲年紀，雖然得遇名師，但豈能學得到班淑嫻好整以暇的風範？這一說話微微分心，但覺手腕上一疼，半截斷劍已然脫手飛出。那村女「啊」的一聲驚呼，班淑嫻第二劍已刺向她的脅下。

丁敏君一直在旁袖手觀戰，這時看出便宜，不及拔劍，一招「推窗望月」，雙掌便向那村女背上擊去，同時武青嬰也縱身而起，飛腿直踢那村女右腰。那村女只嚇得一顆心幾欲從腔子中跳了出來，但覺全身炙熱，如墮火窖，隨手伸指在班淑嫻的長劍上一彈，便在此時，背心中掌，腰間被踢。卻聽得「啊喲」「哎唷」兩聲慘叫，丁敏君和武青嬰一齊向後摔出，班淑嫻手中也只剩下半截斷劍。

原來張無忌見情勢危急，霎時間將全身眞氣急速送入那村女的體內。他所修習的九陽神功已有三四成功力，威力當眞不小，於是班淑嫻的長劍、丁敏君的雙手腕骨、武青嬰的右足趾骨，一一分別折斷。何太冲、武烈、衞璧三人目瞪口呆，一時都怔住了。

班淑嫻將半截斷劍往地下一拋，恨恨的道：「走罷，丟人現眼還不夠？」向丈夫怒目而視，一肚皮怨氣，盡數要發洩在他身上。何太冲道：「是！」兩人並肩奔出，片刻之間，已奔得老遠，崑崙派輕功之佳妙，確是武林一絕。至於班淑嫻回家如何整治何太冲出氣，是罰跪頂劍，或是另有崑崙派怪招，自非外人所知。

衞璧一手扶着師父，一手扶了師妹，慢慢走開。他三人極怕那村女乘勝追擊，可是又不能如何太冲夫婦這般飛馳遠去，每一步中都擔着一份心事。

丁敏君雙手腕骨斷折，腿足卻是無傷，咬緊牙關，獨自離去。

那村女得意之極哈哈大笑，說道：「醜八怪！你……」突然間一口氣接不上來，暈了過去。原來張無忌眼見六個對頭分別離去，當即縮手，放脫她的足踝。充塞在那村女體內的一股九陽眞氣驀地洩去，她便如全身虛脫，四肢百骸再無分毫力氣。張無忌一驚之下，便即領會，雙手拇指輕輕按住她眉頭盡處的「絲竹空穴」，微運神功，那村女這才慢慢醒轉。

她睜開眼來，見自己躺在張無忌的懷裏，他正笑嘻嘻的望着自己，不覺大羞，急躍而起，似笑非笑的向他瞪了一會，突然伸手抓住他左耳用力一扭，罵道：「醜八怪，你騙人！你有一身厲害武功，怎不跟我說？」張無忌痛叫：「哎喲！你幹甚麼？」那村女哈哈笑道：「誰叫你騙人？」張無忌道：「我幾時騙你了，你沒跟我說你會武功，我也沒跟你說我會武功。」那村女道：「好，便饒了你這一遭。適才多承你助我一臂之力，將功折罪，我也不來追究了。你的腿能走路了嗎？」張無忌道：「還不能。」

那村女嘆道：「總算好心有好報，若不是我記掛着你，要再來瞧你一次，你也不能救我。」

頓了一頓，又道：「早知你本事比我強得多，我也不用替你去殺朱九眞那鬼丫頭了。」

張無忌臉一沉，道：「我本來沒叫你去殺她啊。」那村女道：「啊喲，啊喲！原來你心中還是放不下這個美麗的姑娘，倒是我不好，害了你的意中人。」張無忌道：「朱姑娘不是我的意中人，她再美麗，也不跟我相干。」那村女奇道：「咦！這可奇了，那麼她害得你這樣慘，我殺了她給你出氣，難道不好嗎？」

張無忌淡淡的道：「害過我的人很多，要一個個都去殺了出氣，也殺不盡這許多。何況，有些人存心害我，其實他們也是很可憐的。好比朱姑娘，她整日價提心吊膽，生怕她表哥不和她好，擔心他娶了武姑娘爲妻。像她這樣，做人又有甚麼快活？」

那村女怒道：「你是譏刺我麼？」張無忌一呆，沒想到說着朱九眞時，無意中觸犯了眼前這位姑娘之忌，忙道：「不，不。我是說各人有各人的不幸。別人對不起你，你就去殺了他，那很不好。」那村女笑道：「你學武功如果不是爲了殺人，那學來做甚麼？」張無忌沉吟道：「學好了武功，壞人如來加害，我們便可抵擋了。」

那村女道：「佩服，佩服！原來你是個正人君子，大大的好人！」

張無忌呆呆的瞧着她，總覺對這位姑娘的舉止神情，自己感到說不出的親切，說不出的熟悉。那村女下顎一揚，問道：「你瞧甚麼？」張無忌道：「我媽媽常笑我爸爸是濫好人，軟心腸的書生。她說話時的口吻模樣，就像你這時候一樣。」

那村女臉上一紅，斥道：「呸！又來佔我便宜，說我像你媽媽，你自己就像你爸爸了！」她雖出言斥責，眼光中卻孕含笑意。

張無忌急道：「老天爺在上，我若有心佔你便宜，教我天誅地滅。」那村女道：「口頭上佔一句便宜，也沒甚麼大不了，又用得着賭咒發誓？」

剛說到此處，忽聽得東北角上有人清嘯一聲，嘯聲明亮悠長，是女子的聲音。跟着近處有人作嘯相應，正是尚未走遠的丁敏君。她隨即停步不走。

那村女臉色微變，低聲道：「峨嵋派又有人來了。」

那村女用柴枝紮了個雪橇，抱起張無忌，讓他雙脚伸直，躺在雪橇上。拉着雪橇，提氣疾奔。張無忌但見她身形微幌，背影婀娜，一陣風般掠過雪地，直趕了三四十里地。

十七　青翼出沒一笑颺

張無忌和那村女向東北方眺望，這時天已黎明，只見一個綠色人形在雪地裏輕飄飄的走來，行近十餘丈，看清楚是個身穿葱綠衣衫的女子。她和丁敏君說了幾句話，向張無忌和那村女看了一眼，便即走了過來。她衣衫飄動，身法輕盈，出步甚小，但頃刻間便到了離兩人四五丈處。只見她清麗秀雅，容色極美，約莫十七八歲年紀。張無忌頗爲詫異，暗想聽她嘯聲，看她身法，料想必比丁敏君年長得多，那知她似乎比自己還小了幾歲。

只見這女郎腰間懸着一柄短劍，卻不拔取兵刃，空手走近。丁敏君出聲警告：「周師妹，這鬼丫頭功夫邪門得緊。」那女郎點點頭，斯斯文文的說道：「請問兩位尊姓大名？因何傷我師姊？」

自她走近之後，張無忌一直覺得她好生面熟，待得聽到她說話，登時想起：「原來她便是在漢水中的船家小女孩周芷若姑娘。太師父携她上武當山去，如何卻投入了峨嵋門下？」胸口一熱，便想探問張三丰的近況，但轉念想到：「張無忌已然死了，我這時是鄉巴佬、醜八怪、曾阿牛。只要我少有不忍，日後便是無窮無盡的禍患。我決不能洩露自己身分，以免害及義父，使爹媽白白的寃死於九泉之下。」

那村女冷冷一笑，說道：「令師姊一招『推窗望月』，雙掌擊我背心，自己折了手腕，難道也怪得我麼？你倒問問令師姊，我可有向她發過一招半式？」

周芷若轉眼瞧着丁敏君，意存詢問。丁敏君怒道：「你帶這兩人去見師父，請她老人家發落便是。」周芷若道：「倘若這兩位並未存心得罪師姐，以小妹之見，不如一笑而罷，化敵爲友。」丁敏君大怒，喝道：「甚麼？你反而相助外人？」

張無忌眼見丁敏君這副神色，想起那一年晚上彭瑩玉和尙在林中受人圍攻，紀曉芙因而和丁敏君反臉，今日舊事重演，丁敏君又來逼迫這個小師妹，不禁暗暗爲周芷若擔心。

可是周芷若對丁敏君卻極是尊敬，躬身道：「小妹聽由師姊吩咐，不敢有違。」丁敏君道：「好，你去將這臭丫頭拿下，把她雙手也打折了。」周芷若道：「是，請師姊給小妹掠陣照應。」轉身向那村女道：「小妹無禮，想請教姊姊的高招。」那村女冷笑道：「那裏來的這許多囉唆！」心想：「難道我會怕了你這小姑娘？」自不須張無忌相助，一躍而起，快如閃電般連擊三掌。周芷若斜身搶進，左掌擒拿，以攻爲守，招數頗見巧妙。

張無忌內力雖強，武術上的招數卻未融會貫通，但見周芷若和那村女都以快打快，周芷若的峨嵋綿掌輕靈迅捷，那村女的掌法則古怪奇奧。他看得又是佩服，又是關懷，也不知盼望誰勝，只望兩個都別受傷。

兩女折了二十餘招，便各遇凶險，猛聽得那村女叫聲：「着！」左掌已斬中了周芷若肩頭。跟着嗤的一響，周芷若反手扯脫了那村女的半幅衣袖。兩人各自躍開，臉上微紅。那村女喝道：「好擒拿手！」待欲搶步又上，只見周芷若眉頭深皺，按着心口，身子幌了兩下，搖搖欲倒。張無忌忍不住叫道：「你……你……」臉上滿是關切之情。

周芷若見這個長鬚長髮的男子居然對自己大是關心，暗自詫異。丁敏君道：「師妹，你怎麼啦？」周芷若左手搭住師姐的肩膀，搖了搖頭。

丁敏君吃過那村女的苦頭，知道她的厲害，只是師父常自稱許這個小師妹，說她悟性奇高，進步神速，本派將來發揚光大，多半要着落在她身上，丁敏君心下不服，是以叫她上去一試，只盼也令她吃些苦頭。見她竟能和那村女拆上二十餘招方始落敗，已遠遠勝過自己，心中不免頗爲妒忌，待得覺得她搭在自己肩上的那隻手全無力氣，才知她受傷不輕，生怕那村女上前追擊，忙道：「咱們走罷！」兩人攜扶着向東北方而去。

那村女瞧着張無忌臉上神色，冷笑道：「醜八怪，見了美貌姑娘便魂飛天外。」張無忌欲待解釋，但想：「若不吐露身世，這件事便說不清楚，還不如不說。」便道：「她美不美，關我甚麼事？我是關心你，怕你受了傷。」那村女道：「你這話是眞是假？」張無忌想：「我本是對這兩個姑娘都關心。」說道：「我騙你作甚？想不到峨嵋派中一個年輕姑娘，武藝竟恁地了得。」那村女道：「厲害，厲害！」

張無忌望着周芷若的背影，見她來時輕盈，去時蹣跚，想起當年漢水舟中她對自己餵飲餵食、贈巾抹淚之德，心想但願她受傷不重。那村女忽然冷笑道：「你不用擔心，她壓根兒就沒受傷。我說她厲害，不是說她武功，是說她小小年紀，心計卻如此厲害。」張無忌奇道：

「她沒受傷？」那村女道：「不錯！我一掌斬中她肩頭，她肩上生出內力，將我手掌彈開，原來她已練過峨嵋九陽功，倒震得我手臂微微酸痲。她那裏會受甚麼傷？」張無忌大喜，心想：「原來滅絕師太對她青眼有加，竟將峨嵋派鎮派之寶的峨嵋九陽功傳了給她？」

那村女忽然翻過手背，重重打了他一個耳光，這一下突如其來，張無忌毫沒防備，半邊面頰登時紅腫，怒道：「你……你幹甚麼？」

那村女恨恨道：「見了人家閨女生得好看，你靈魂兒也飛上天啦。我說她沒受傷，要你樂得這個樣子幹甚麼？」張無忌道：「我就是為她歡喜，跟你又有甚麼相干？」那村女又揮掌劈來，這一次張無忌卻頭一低，讓了開去。那村女大怒，說道：「你說過要娶我為妻的。這句話說了還不上半天，便見異思遷，瞧上人家美貌姑娘了。」

張無忌道：「你早說過我不配，又說你心中自有情郎，決計不能嫁我的。」那村女道：「不錯，可是你答應了我，這一輩子要待我好，照顧我。」張無忌道：「我說過的話自然算數。」那村女怒道：「既是如此，你怎地見了這個美貌姑娘，便如此失魂落魄，教人瞧着好不惹氣？」張無忌笑道：「我又沒有失魂落魄。」那村女道：「我不許你喜歡她，不許你想她。」張無忌道：「我也沒說歡喜她，但你為甚麼心中又牽記着旁人，一直念念不忘呢！」那村女道：「我識得那人在先啊。要是我先識得你，就一生一世只對你一人好，再不會去想念旁人，這叫做『從一而終』。一個人要是三心兩意，便是天也不容。」

張無忌心想：「我相識周家姑娘，遠在識得你之前。」但這句話不便出口，便道：「要是你只對我一人好，我也只對你一人好。要是你心中想着旁人，我也去想旁人。」

那村女沉吟半晌，數度欲言又止，突然間眼中珠淚欲滴，轉過頭來，乘張無忌不覺，伸袖拭了拭眼淚。張無忌心下不忍，輕輕握住了她的手，柔聲道：「咱們沒來由的說這些幹甚麼？再過得幾天，我的腿傷便全好了。咱們一起到處去遊玩，豈不甚美？」

那村女回過頭來，愁容滿臉，說道：「阿牛哥哥，我求你一件事，你別生氣。」張無忌道：「甚麼事啊？但教我力之所及，總會給你做到。」那村女道：「你答應我不生氣，我才跟你說。」張無忌道：「不生氣就是。」那村女躊躇了一會，道：「你口中說不生氣，心裏也不可生氣才成。」張無忌道：「好，我心裏也不生氣。」

那村女反握着他手，說道：「阿牛哥哥，我從中原萬里迢迢的來到西域，爲的就是找他。以前還聽到一點蹤迹，但到了這裏，卻如石沉大海，再也問不到他的消息了。你腿好之後，幫我去找到他，然後我再陪你去遊山玩水，好不好？」

張無忌忍不住心中不快，哼了一聲。那村女道：「你答應我不生氣的，這不是生氣了麼？」張無忌沒精打采的道：「好，我幫你去找他。」

那村女大喜，道：「阿牛哥，你眞好。」望着遠處天地相接的那一綫，心搖神馳，輕聲道：「咱們找到了他，他想着我找了他這麼久，就會不惱我了。他說甚麼，我就做甚麼，一切全聽他的話。」張無忌道：「你這個情郎到底有甚麼好，教你如此念念不忘？」那村女微笑道：「他有甚麼好，我怎說得上來？阿牛哥，你說咱們能找到他麼？他見了我還會打我罵我麼？」張無忌見她如此痴情，不忍叫她傷心，低聲道：「不會了，他不會打你罵你了。」那村女櫻口微動，眼波欲流，也低聲道：「是啊，他愛我憐我，再也不會打我罵我了。」

張無忌心想：「這姑娘對她情郎痴心如此，倘若世界上也有一人如此關懷我，思念我，我這一生便再多吃些苦，也是快活。」瞧着周芷若和丁敏君並排在雪地中留下的兩行足印，心想：「倘若丁敏君這行足印是我留下的，我得能和周姑娘並肩而行……」

那村女突然叫道：「啊喲，快走，再遲便來不及了。」張無忌從幻想中醒了過來，道：「怎麼？」那村女道：「那峨嵋少女不願跟我拚命，假裝受傷而去，可是那丁敏君口口聲聲說要拿我們去見她師父，滅絕師太必在左近。這老賊尼極是好勝，怎能不來？」

張無忌想起滅絕師太一掌擊死紀曉芙的殘忍狠辣，不禁心悸，驚道：「這老尼姑厲害得緊，咱們可不是她的對手。」那村女道：「你見過她麼？」張無忌道：「峨嵋掌門，豈同等閒？我不能行走，你快逃走罷。」那村女怒道：「哼，我怎能拋下你不顧，獨自逃生？你當我良心這樣壞？」眉頭微皺，沉吟片刻，取下柴堆中的硬柴，再用軟柴搓成繩子，紮了個雪橇，抱起張無忌，讓他雙腿伸直，躺在雪橇上，拉了他向西北方跑去。

張無忌但見她身形微幌，宛似曉風中一朵荷蕖，背影婀娜，姿態美妙，拖着雪橇，一陣風般掠過雪地。

她奔馳不停，趕了三四十里路。張無忌心中過意不去，說道：「喂，好歇歇啦！」那村女笑道：「甚麼喂不喂的，我沒名字麼？」張無忌道：「你不肯說，我有甚麼法子？你要我叫你『醜姑娘』，可是我覺得你好看啊。」那村女嗤的一笑，一口氣洩了，便停了脚步，掠了掠頭髮，說道：「好罷，跟你說也不打緊，我叫蛛兒。」

張無忌道：「珠兒，珠兒，珍珠寶貝兒。」那村女道：「呸！不是珍珠的珠，是毒蜘蛛的蛛。」張無忌一怔，心想：「那有用這個『蛛』字來作名字的？」

蛛兒道：「我就是這個名字。你若害怕，便不用叫了。」張無忌道：「是你爸爸給你取的麼？」蛛兒道：「哼，若是爸爸取的，你想我還肯要麼？是媽取的。她教我練『千蛛萬毒手』，說就用這個名字。」張無忌聽到「千蛛萬毒手」五字，不由得心中一寒。

蛛兒道：「我從小練起，還差着好多呢。等得我練成了，也不用怕滅絕這老賊尼啦。你要不要瞧瞧？」說着便從懷中取出一個黃澄澄的金盒來，打開盒蓋，盒中兩隻拇指大小的蜘蛛蠕蠕而動。蜘蛛背上花紋斑斕，鮮明奪目。張無忌一看之下，驀地想起王難姑的「毒經」中言道：「蜘蛛身有彩斑，乃劇毒之物，螫人後極難解救。」不由得心下驚懼。

蛛兒見他臉色鄭重，笑道：「你倒知道我這寶貝蛛兒的好處。你等一等。」說着飛身上了一棵大樹，眺望周遭地勢，躍回地上，道：「咱們且走一程，慢慢再說蜘蛛的事。」拉着雪橇，又奔出七八里地，來到一處山谷邊上，將張無忌扶下雪橇，然後搬了幾塊石頭，放在橇中，拉着急奔，衝向山谷。她奔到山崖邊上，猛地收步，那雪橇卻帶着石塊，轟隆隆的滾下深谷，聲音良久不絕。張無忌回望來路，只見雪地之中，柴橇所留下的兩行軌迹遠遠的蜿蜒而來，至谷方絕，心想：「這姑娘心思細密。滅絕師太若是順着軌迹找來，只道我們已摔入雪谷之中，跌得屍骨無存了。」

蛛兒蹲下身來，道：「你伏在我背上！」張無忌道：「你負着我走嗎？那太累了。」蛛兒白了他一眼，道：「我累不累，自己不知道麼？」張無忌不敢多說，便伏在她背上，輕輕摟住她頭頸。蛛兒笑道：「你怕握死我麼？輕手輕脚的，教人頭頸裏癢得要命。」張無忌見她對自己一無猜嫌，心下甚喜，手上便摟得緊了些。蛛兒突然躍起，帶着他飛身上樹。

這一排樹木一直向西延伸，蛛兒從一株大樹躍上另一株大樹，她身材纖小，張無忌卻甚高大，但她步法輕捷，竟也不見累贅，過了七八十棵樹，躍到一座山壁之旁，便跳下地來，輕輕將他放在地上，笑道：「咱們在這兒搭個牛棚，倒是不錯。」張無忌奇道：「牛棚？搭牛棚幹甚麼？」蛛兒笑道：「給大牯牛住啊，你不是叫阿牛麼？」張無忌道：「那不用了，再過得四五天，我斷骨的接續處便硬朗啦，其實這時勉強要走，也對付得了。」

蛛兒道：「哼！勉強走，已經是個醜八怪，牛腿再跛了，很好看麼？」說着便折下一條樹枝，掃去山石旁的積雪。

張無忌聽着「牛腿再跛了，很好看麼？」這句話，驀地裏體會到她言語中的關切之意，不由得心中一動。只聽她輕輕哼着小曲，攀折樹枝，在兩塊大石之間搭了個上蓋，便成了一間足可容身的小屋，茅頂石牆，倒也好看。蛛兒搭好小屋，又抱起地下一大塊一大塊雪團，堆在小屋頂上，忙了半天，直至外邊瞧不出半點痕迹，方始罷手。

她取出手帕，擦了擦臉上的汗珠，道：「你等在這裏，我去找些吃的來。」張無忌道：「我也不怎麼餓，你太累啦，歇一會兒再去罷。」蛛兒道：「你要待我好，要真的待我好，嘴裏說得甜甜的，又有甚麼用？」說着快步鑽入樹林。

張無忌在山石之上，想起蛛兒語音嬌柔，舉止輕盈，無一不是個絕色美女的風範，可就是一張臉蛋兒卻生得這麼醜陋，又想起母親臨終時說過的話來：「越是美麗的女子，越會騙人，你越是要小心提防。」蛛兒相貌不美，待自己又是極好，有心和她終身相守，可是她心中另有情郎，全沒有把自己放在意下。

他胡思亂想，心念如潮，不久蛛兒已提了兩隻雪鷄回來，生火烤了，味美絕倫。張無忌將一隻雪鷄吃得乾乾淨淨，猶未饜足。蛛兒抿着嘴笑了，將預先留下的兩條鷄腿又擲了給他。那是她在自己那隻雪鷄上省下來的，原是雞上的精華。張無忌欲待推辭，蛛兒怒道：「你想吃便吃，誰對我假心假意，言不由衷，我用刀子在他身上刺三個透明窟窿。」張無忌不敢多說，便把兩條鷄腿吃了。他滿嘴油膩，從地下抓起一塊雪來擦了擦臉，伸衣袖抹去。

蛛兒回過頭來，看到他用雪塊擦乾淨了的臉，不禁怔住了，呆呆的望着他。張無忌被她瞧得不好意思，問道：「怎麼啦？」蛛兒道：「你幾歲啦？」張無忌道：「二十一歲。」蛛兒道：「嗯，原來你只比我大三歲。爲甚麼留了這麼長的鬍子？」張無忌笑道：「我一直獨個兒在深山荒谷中住，從不見人，就沒有想到要剃鬚。」

蛛兒從身旁取出一把金柄小刀來，抵着他臉，慢慢將鬍子剃去了。張無忌只覺刀鋒極是銳利，所到之處，鬍鬚紛落，她手掌手指卻是柔膩嬌嫩，摸在面頰上，忍不住怦然心動。

那小刀漸漸剃到他頸中，蛛兒笑道：「我稍一用力，在你喉頭一割，立時一命嗚呼。你怕不怕？」張無忌笑道：「死在姑娘玉手之下，做鬼也是快活。」

蛛兒反過刀子，用刀背在他咽喉上用力一斬，喝道：「叫你做個快活鬼！」

張無忌嚇了一跳，但她出手太快，刀子又近，待得驚覺，一刀已然斬下，半點反抗之力也無，但體內九陽神功自然而然的生出反彈之力，將刀子震開，隨後才知她用的只是刀背。

蛛兒手臂一震，叫聲：「哎唷！」隨即格格笑道：「快活麼？」張無忌笑着點了點頭。他本來爲人樸實，但在蛛兒面前，不知怎的，心中無拘無束，似乎是跟她自幼一塊長大一般，說不出的逍遙自在，忍不住要說幾句笑話。

蛛兒替他剃乾淨鬍鬚，向他呆望半晌，突然長長嘆了口氣。張無忌道：「怎麼啦？」蛛兒不答，又替他割短頭髮，梳個髻兒，用樹枝削了根釵子，插在他髮髻之中。但見他這麼一打扮，雖然衣衫襤褸不堪，又實在太短太窄，便像是偷來的一般，但神采煥發，醜八怪變成了英俊少年。蛛兒又嘆了口氣，說道：「眞想不到，原來你生得這麼好看。」

張無忌知她是爲自身的醜陋難過，便道：「我也沒甚麼好看。再說，天地間極美的物事之中，往往含有極醜。孔雀羽毛華美，其膽卻是劇毒，仙鶴丹頂殷紅，何等好看，那知卻是最厲害的毒藥。諸凡蛇豸昆蟲，也都是越美的越具毒性。你那兩隻毒蜘蛛可不是美麗得很麼？一個人相貌俊美有甚麼好，要心地良善那才好啊。」蛛兒冷笑道：「心地良善有甚麼好，你倒說說看。」張無忌一時倒答不上來，怔了一怔才道：「心地良善，便不會去害人。」蛛兒道：「不去害人又有甚麼好？」張無忌道：「你不去害人，自己心裏就平安喜樂，處之泰然。」蛛兒道：「我不害人便不痛快，要害得旁人慘不可言，自己心裏才會平安喜樂，才會處之泰然。」張無忌搖頭道：「你強辭奪理。」

蛛兒冷笑道：「我若非爲了害人，練這千蛛萬毒手又幹甚麼？自己受這無窮無盡的痛苦熬煎，難道貪好玩麼？」說着盤膝坐下，行了一會兒內功，從懷裏取出黃金小盒，打開盒蓋，將雙手兩根食指伸進盒中。

盒中的一對花蛛慢慢爬近，分別咬住了她兩根指頭。她深深吸一口氣，雙臂輕微顫抖，潛運內功和蛛毒相抗。花蛛吸取她手指上的血液爲食，但蛛兒手指上血脈運轉，也帶了花蛛體內毒液，回入自己血中。

張無忌見她滿臉莊嚴肅穆之容，同時眉心和兩旁太陽穴上淡淡的罩上了一層黑氣，咬緊牙關，竭力忍受痛楚。再過一會，又見她鼻尖上滲出細細的一粒粒汗珠。她這功夫練了幾有半個時辰，雙蛛直到吸飽了血，肚子漲得和圓球相似，這才跌在盒中，沉沉睡去。

蛛兒又運功良久，臉上黑氣漸退，重現血色，一口氣噴了出來，張無忌聞着，只覺一股甜香，隨即微覺暈眩，似乎她所噴的這口氣中也含了劇毒。蛛兒睜開眼來，微微一笑。

張無忌問道：「要練到怎樣，才算大告成功？」蛛兒道：「要每隻花蛛的身子從花轉黑，再從黑轉白，去淨毒性而死，蜘蛛體中的毒液便都到了我手指之中。至少要練過一百隻花蛛，才算是小成。眞要功夫深啊，那麼一千隻、兩千隻也不嫌多。」

張無忌聽她說着，心中不禁發毛，道：「那裏來這許多花蛛？」蛛兒道：「一面得自己養，他們會生小蜘蛛，一面須得到產地去捉。」

張無忌嘆道：「天下武功甚多，何必非練這門毒功不可？這蛛毒猛烈之極，吸入體內，雖然你有抵禦之法，但日子久了，終究沒有好處。」

蛛兒冷笑道：「天下武功固然甚多，可是有那一門功夫，能及得上這千蛛萬毒手的厲害？你別自恃內功了得，要是我這門功夫練成了，你未必能擋得住我手指的一戳。」說着凝氣於指，隨手在身旁的一株樹上戳了一下。她功力未到，只戳入半寸來深。

張無忌又問：「怎地你媽媽教你練這功夫？她自己練成了麼？」

蛛兒眼中突然射出狠毒的光芒，恨恨的道：「練這千蛛萬毒手，只要練到二十隻花蛛以上，身體內毒質積得多了，容貌便會起始變形，待得千蛛練成，更會其醜無比。我媽本已練到將近一百隻，偏生遇上了我爹，怕自己容貌變醜，我爹爹不喜，硬生生將畢身的功夫散了，成爲一個手無縛鷄之力的平庸女子。她容貌雖然好看，但受二娘和我兩個哥哥的欺侮凌辱，竟無半點還手的本事，到頭來還是送了自己性命。哼，相貌好看有甚麼用？我媽是個極美麗極秀雅的女子，只因年長無子，我爹爹還是另娶妾侍……」

張無忌的眼光在她臉上一掠而過，低聲道：「原來……你是爲了練功夫……」蛛兒道：「不錯，我是爲了練功夫，才將一張臉毒成這樣。哼，那個負心人不理我，等我練成了千蛛萬毒手之後，找到了他，他若無旁的女子，那便罷了……」張無忌道：「你並未和他成婚，也無白頭之約，不過是……不過是……」蛛兒道：「爽爽快快的說好啦，怕甚麼？你要說我不過是自己單相思，是不是？單相思怎樣？我既愛上了他，便不許他心中另有別的女子。他負心薄倖，教他嚐嚐我這『千蛛萬毒手』的滋味。」

張無忌微微一笑，也不跟她再行辯言，心想她脾氣奇特，好起來很好，兇野起來卻全然的蠻不講理，又想起太師父、二師伯們常說的武林中正邪之別，看來她所練的「千蛛萬毒手」必是極歹毒的邪派功夫，她母親也必是妖邪一流，想到此處，不由得對她多了幾分戒懼之意。

蛛兒卻並未察覺他心情異樣，在小屋中奔進奔出。採了許多野花布置起來。張無忌見她將這間小小的屋子整治得頗具雅趣，可見愛美出自天性，然而一副容貌卻毒成這個樣子，便道：「蛛兒，我腿好了之後，去採些藥來，設法治好你臉上的毒腫。」

蛛兒聽了這幾句話，臉上突現恐懼之色，說道：「不……不……不要，我熬了多少痛苦才到今日的地步，你要散去我的千蛛萬毒功麼？」張無忌道：「咱們或能想到一個法子，功夫不散，卻能消去你臉上的毒腫。」

蛛兒道：「不成的，要是有這法子，我媽媽是祖傳的功夫，怎能不知？天下除非是蝶谷醫仙胡青牛，方有這等驚人的本事，可是他……他早已死去多年。」張無忌奇道：「你也知道胡青牛？」蛛兒瞪了他一眼，道：「怎麼啦？甚麼事奇怪？蝶谷醫仙名滿江湖，誰都知道。」說着又嘆了口氣，說道：「便是他還活着，這人號稱『見死不救』，又有甚麼用？」

張無忌心想：「她不知蝶谷醫仙的一身本事已盡數傳了給我，這時我且不說，日後我想到了治她臉上毒腫之法，也好讓她大大的驚喜一場。」

說話間天已黑，兩人便在這小屋中倚靠着山石睡了。

睡到半夜，張無忌睡夢中忽聽到一兩下低泣之聲，登時醒轉，定了定神，原來蛛兒正在哭泣。他坐直身子，伸手在她肩頭輕輕拍了兩下，安慰她道：「蛛兒，別傷心。」

那知他柔聲說了這兩句話，蛛兒更是難以抑止，伏在他的肩頭，放聲大哭起來。張無忌問道：「蛛兒，甚麼事？你想起了媽媽，是不是？」蛛兒點了點頭，抽抽噎噎的道：「媽媽死了！我一個人孤零零的，誰也不喜歡我，誰也不同我好。」張無忌拉起衣襟，緩緩替她擦去眼淚，輕聲道：「我喜歡你，我會待你好。」

蛛兒道：「我不要你待我好。我心中只喜歡一個人，他不睬我，打我、罵我，還要咬我。」

張無忌顫聲道：「你忘了這個薄倖郎罷。我娶你爲妻，我一生好好的待你。」

蛛兒大聲道：「不！不！我不忘記他。你再叫我忘了他，我永遠不睬你了。」

張無忌大是羞慚，幸好在黑暗之中，蛛兒沒瞧見他滿臉通紅的尷尬模樣。

好一會兒，誰都沒有說話。

過了良久，蛛兒道：「阿牛哥，你惱了我麼？」張無忌道：「我沒惱你，我是生自己的氣，不該跟你說這些話。」蛛兒忙道：「不，不！你說願意娶我爲妻，一生要好好待我，我很愛聽。你再說一遍罷。」張無忌怒道：「你旣忘不了那人，我還能說甚麼？」

蛛兒伸過手去，握住了他手，柔聲道：「阿牛哥，你別着惱，我得罪了你，是我不好。你如眞的娶了我爲妻，我會刺瞎了你的眼睛，會殺了你的。」

張無忌身子一顫，驚道：「你說甚麼？」蛛兒道：「你眼睛瞎了，就瞧不見我的醜模樣，就不會去瞧峨嵋派那個周姑娘。倘若你還是忘不了她，我便一指戳死你，一指戳死峨嵋派的周姑娘，再一指戳死我自己。」她說着這些奇怪的話，但聲調自然，似乎這是天經地義的道理一般。張無忌聽她說得兇惡狠毒，心頭怦的一跳。

便在此時，忽然遠遠傳來一個蒼老的聲音：「峨嵋派周姑娘，碍着你們甚麼事了？」

蛛兒一驚躍起，低聲道：「是滅絕師太！」

她說得很輕，但外面那人還是聽見了，森然道：「不錯，是滅絕師太。」

外面那人說第一句話時，相距尚遠，但第二句話卻已是在小屋近旁發出。蛛兒知道事情不妙，已不及抱起張無忌設法躲避，只得屏息不語。

只聽得外面那人冷冷的道：「出來！還能在這裏面躲一輩子麼？」蛛兒握了握張無忌的手，掀開茅草，走了出來。只見小屋兩丈外站着一個白髮蕭然的老尼，正是峨嵋派掌門人滅絕師太。她身後遠處有數十人分成三排奔來。奔到近處，衆人在滅絕師太兩側一站，其中約有半數是尼姑，其餘的有男有女，丁敏君和周芷若也在其內。男弟子站在最後，原來滅絕師太不喜男徒，峨嵋門下男弟子不能獲傳上乘武功，地位也較女弟子爲低。

滅絕師太冷冷的向蛛兒上下打量，半晌不語。張無忌提心吊膽的伏在蛛兒身後，心中打定了主意，她若向蛛兒下手，明知不敵，也要竭力一拚。只聽滅絕師太哼了一聲。轉頭問丁敏君道：「就是這個小女娃麼？」丁敏君躬身道：「是！」

猛聽得喀喇、喀喇兩響，蛛兒悶哼一聲，身子已摔出三丈以外，雙手腕骨折斷，暈倒在雪地中。

張無忌但見眼前灰影一閃，滅絕師太以快捷無倫的身法欺到蛛兒身旁，以快捷無倫的手法斷她腕骨，摔擲出外，又以快捷無倫的身法退回原處，顫巍巍的有如一株古樹，又詭怪又雄偉的挺立在夜風裏。這幾下出手，每一下都是乾淨利落，張無忌都瞧得清清楚楚，但實是快得不可思議，他竟被這駭人的手法鎮懾住了，失卻了行動之力。

滅絕師太刺人心魄的目光瞧向張無忌，喝道：「出來！」周芷若走上一步，稟道：「師父，這人斷了雙腿，一直行走不得。」滅絕師太道：「做兩個雪橇，帶了他們去。」

衆弟子齊聲答應。十餘名男弟子快手快脚的紮成兩個雪橇。兩名女弟子抬了蛛兒，兩名男弟子抬了張無忌，分別放上雪橇，拖橇跟在滅絕師太身後，向西奔馳。

張無忌凝神傾聽蛛兒的動靜，不知她受傷輕重如何，奔出里許，才聽得蛛兒輕輕呻吟了一聲。張無忌大聲問道：「蛛兒，傷得怎樣？受了內傷沒有？」蛛兒道：「她折斷了我雙手腕骨，胸腹間似乎沒傷。」張無忌道：「內臟沒傷，那就好了。你用左手手肘去撞右手臂彎下三寸五分處，再用右手手肘去撞左手臂彎下三寸五分處，便可稍減疼痛。」

蛛兒還沒答話，滅絕師太「咦」的一聲，回過頭來，瞪了張無忌一眼，說道：「這小子倒還精通醫理，你叫甚麼名字？」張無忌道：「在下姓曾，名阿牛。」滅絕師太道：「你師父是誰？」張無忌道：「我師父是鄉下小鎮上的一位無名醫生，說出來師太也不知道。」滅絕師太哼了一聲，不再理他。

一行人直走到天明，才歇下來分食乾糧。

周芷若拿了幾個冷饅頭，分給張無忌和蛛兒。她將饅頭遞給張無忌時，向他瞧了一眼，便轉開了頭。張無忌心中一陣激動，再也忍耐不住，輕聲說道：「漢水舟中餵飯之德，永不敢忘。」周芷若全身一震，轉頭向他瞧去，這時張無忌已剃去了鬍鬚，她瞧了好一會，突然間「啊」的一聲，臉現驚喜之色，道：「你……你……」張無忌知她終於認出了自己，緩緩點了點頭。周芷若輕聲問道：「身上寒毒，已好了嗎？」聲細如蚊，幾不可聞。張無忌輕聲道：「已經好了。」周芷若臉上一陣暈紅，便走了開去。

其時蛛兒在張無忌身後，見周芷若驀地裏喜不自勝，隨即嘴唇微動，臉上又現羞色，雙目中卻是光采明亮，待她走開，便問張無忌：「她跟你說甚麼？」張無忌臉上一紅，道：「沒……沒……甚麼？」蛛兒哼了一聲，怒道：「當面撒謊！」

各人歇了三個時辰，又即趕路，如此向西急行，直趕了三天，看來顯有要務在身。一衆男女弟子不論趕路休息，若不是非說話不可，否則誰都一言不發，似乎都是啞巴一般。

這時張無忌腿上骨傷早已愈合復元，隨時可以行走，但他不動聲色，有時還假意呻吟幾聲，好令滅絕師太不防，只待時機到來，便可救了蛛兒逃走。只是一路上所經之處都是莽莽平野，逃不多遠，立時便給追上，一時卻也不敢妄動。他替蛛兒接上腕骨，滅絕師太冷冷的瞧着，卻也沒加干預。日間休息、晚間歇宿之時，張無忌忍不住總要向周芷若瞧上幾眼，但她始終沒再走到他跟前。

又行了兩天，這日午後來到一片大沙漠中，地下積雪已融，兩個雪橇便在沙上滑行。

正走之間，忽聽得馬蹄聲自西而來。滅絕師太做個手勢，衆弟子立時在沙丘之後隱身伏下。兩人分挺短劍，對住張無忌和蛛兒的後心，意思非常明白，峨嵋派是在伏擊敵人，張無忌等若出聲示警，短劍向前一送，立時便要了他們的性命。

聽馬蹄聲奔得甚急，但相距尚遠，過了好半天方始馳到近處，馬上乘客突然見到沙地上的足迹，勒馬注視。

峨嵋大弟子靜玄師太拂塵一舉，數十名弟子分從埋伏處躍出，將乘者團團圍住。

張無忌探首張望，只見共有四騎馬，乘者均穿白袍，袍上繡着一個紅色火焰。四人陡見中伏，齊聲吶喊，拔出兵刃，便往東北角上突圍。

靜玄師太大叫：「是魔教的妖人，一個也不可放走！」

峨嵋派雖然人多，卻不以衆攻寡。兩名女弟子、兩名男弟子遵從靜玄師太呼喝號令，分別上前堵截。魔教的四人手持彎刀，出手甚是悍狠。但峨嵋派這次前來西域的弟子皆是派中英萃，個個武藝精強，鬥不七八合，三名魔教徒衆分別中劍，從馬上摔了下來。

餘下那人卻厲害得多，砍傷了一名峨嵋男弟子的左肩，奪路而走，縱馬奔出數丈。峨嵋派排行第三的靜虛師太叫道：「下來！」步法迅捷，欺到那人背後，拂塵揮出，捲他左腿。那人迴刀擋架，靜虛拂塵突然變招，刷的一聲，正好打在他的後腦。這一招擊中要害，拂塵中蘊蓄深厚內力，那人登時倒撞下馬。不料那人極是剽悍，身受重傷之下，竟圖與敵人同歸於盡，張開雙臂，疾向靜虛撲來。靜虛側身閃開，一拂塵又擊在他的胸口。

便在此時，掛在那人坐騎項頸的籠子中忽有三隻白鴿振翅飛起。靜玄叫道：「玩甚麼古怪？」衣袖一抖，三枚鐵蓮子分向三鴿射去。兩鴿應手而落。第三枚鐵蓮子卻被躺在地下的一名白袍客打出暗器撞歪了準頭。一隻白鴿衝入雲端。峨嵋諸弟子暗器紛出，卻再也打牠不着，眼見那鴿投東北方去了。靜玄左手一擺，男弟子拉起四名白袍客，站在她面前。

自攻敵以至射鴿、擒人，滅絕師太始終冷冷的負手旁觀。張無忌心想：「她親自對蛛兒動手，那是對蛛兒十分看重了，想是因丁敏君雙腕震斷之故。這老尼若要攔下那隻白鴿，只一舉手之勞，有何難處？可是她偏生不理，任由衆弟子自行處理。」想起當年靜玄帶同紀曉芙等人上武當山向太師父祝壽，隱然與崑崙、崆峒諸派掌門人分庭抗禮，這些峨嵋派的大弟子顯然在江湖上都已頗有名望，任誰都能獨當一面，處分大事，對付魔教中的幾名徒衆，自不能再由滅絕師太出手，靜玄、靜虛親自動手，已然將對方的身分抬高了。

一名女弟子拾起地上兩頭打死了的白鴿，從鴿腿上的小筒中取出一個紙捲，呈給靜玄。靜玄打開一看，說道：「師父，魔教已知咱們圍剿光明頂，這信是向天鷹教告急的。」她再看另一個紙捲，道：「一模一樣。可惜有一頭鴿兒漏網。」滅絕師太冷冷的道：「有甚麼可惜？羣魔聚會，一舉而殲，豈不痛快？省得咱們東奔西走的四處搜尋。」靜玄道：「是！」

張無忌聽到「向天鷹教告急」這幾個字，心下一怔：「天鷹教教主是我外公，不知他老人家會不會來？哼，你這老尼如此傲慢自大，卻未必是我外公的對手。」他本來想乘機救了蛛兒逃走，這時好戲當前，卻要瞧瞧熱鬧，不想便走了。

靜玄向四名白袍人喝問：「你們還邀了甚麼人手？如何得知我六派圍剿魔教的消息？」四個白袍人仰天慘笑，突然間一起撲倒在地，一動也不動了。衆人吃了一驚。兩名男弟子俯身一看，但看四人臉上各露詭異笑容，均已氣絕，驚叫：「師姊，四個人都死了！」

靜玄怒道：「妖人服毒自盡，這毒藥倒是厲害得緊，發作得這麼快。」靜虛道：「搜身。」四名男弟子應道：「是！」便要分別往屍體的衣袋中搜查。

周芷若忽道：「衆位師兄小心，提防袋中藏有毒物。」四名男弟子一怔，取兵刃去挑屍體的衣袋，只見袋中蠕蠕而動，每人衣袋中各藏着兩條極毒小蛇，若是伸手入袋，立時便會給毒蛇咬中。衆弟子臉上變色，人人斥罵魔教徒衆行事毒辣。

滅絕師太冷冷的道：「咱們從中土西來，今日首次和魔教徒衆周旋。這四人不過是無名小卒，已然如此陰毒，魔教中的主腦人物，卻又如何？」她哼了一聲，又道：「靜虛年紀不小了，處事這等草率，還不及芷若細心。」靜虛滿臉通紅，躬身領責。

張無忌心中，卻儘在思量靜玄所說「六派圍剿魔教」這六個字：「六派？六派？我武當派在不在內？」

二更時分，忽聽得丁玲、丁玲的駝鈴聲響，有一頭駱駝遠遠奔來。衆人本已睡倒，聽了一齊驚醒。駝鈴聲本從西南方響來，但片刻間便自南而北，響到了西北方。隨即轉而趨東，鈴聲竟又在東北方出現。如此忽東忽西，行同鬼魅。衆人相顧愕然，均想不論那駱駝的脚程如何迅速，決不能一會兒在東，一會兒在西，聽聲音卻又絕不是數人分處四方，先後振鈴。過了一會兒，駝鈴聲自近而遠，越響越輕，陡然之間，東南方鈴聲大振，竟似那駱駝像飛鳥般飛了過去。峨嵋派諸人從未來過大漠，聽這鈴聲如此怪異，人人都暗暗驚懼。

滅絕師太朗聲道：「是何方高手，便請現身相見，這般裝神弄鬼，成何體統？」話聲遠遠傳送出去。她說了這句話後，鈴聲便此斷絕，似乎鈴聲的主人怕上了她，不敢再弄玄虛。

第二日白天平安無事。到得晚上二更時分，駝鈴聲又作，忽遠忽近，忽東忽西，滅絕師太又再斥責，這一次駝鈴卻對她毫不理會，一會兒輕，一會兒響，有時似乎是那駱駝怒馳而至，但驀地裏卻又悄然而去，吵得人人頭昏腦脹。

張無忌和蛛兒相視而笑，雖然不明白這鈴聲如何響得這般怪異，但定知是魔教中的高手所爲，這般攪得峨嵋衆人束手無策，六神不安，倒也好笑。

滅絕師太手一揮，衆弟子躺下睡倒，不再去理會鈴聲。這鈴聲響了一陣，雖然花樣百出，但峨嵋眾人不加理睬，似乎自己覺得無趣，突然間在正北方大響數下，就此寂然無聲，看來滅絕師太這「見怪不怪，其怪自敗」的法子，倒也頗具靈效。

次晨眾人收拾衣毯，起身欲行，兩名男弟子突然不約而同的一聲驚呼。只見身旁有一人躺着，呼呼大睡。這人自頭至脚，都用一塊污穢的毯子裹着，不露出半點身體，屁股翹得老高，鼾聲大作。

峨嵋派餘人也隨即驚覺，昨夜各人輪班守夜，如何竟會不知有人混了進來？滅絕師太何等功夫，便是風吹草動，花飛葉落，也逃不過她的耳目，怎地人羣中突然多了一人，直到此時才見？各人又驚又愧，早有兩人手挺長劍，走到那人身旁，喝道：「是誰，弄甚麼鬼？」

那人仍是呼呼打鼾，不理不睬。一名男弟子伸出長劍，挑起毯子，只見毯子底下赫然是個身披青條子白色長袍的男子，伏在沙裏，睡得正酣。

靜虛心知這人膽敢如此，定然大有來頭，走上一步，說道：「閣下是誰？來此何事？」那人鼻鼾聲更響，簡直便如打雷一般。靜虛見這人如此無禮，心下大怒，揮動拂塵，刷的一下，便朝那人高高翹起的臀部打去。

猛聽得呼的一聲，靜虛師太手中的那柄拂塵，不知如何，竟爾筆直的向空中飛去，直飛上十餘丈高，眾人不自禁的抬頭觀看。

滅絕師太叫道：「靜虛，留神！」話聲甫落，只見那身穿青條袍子的男子已在數丈之外，正自飛步疾奔，靜虛卻被他橫抱在雙臂之中。靜玄和另一名年長女弟子蘇夢淸各挺兵刃，提氣追去。可是那人身法之快，直是匪夷所思，眼見萬萬追趕不上。

滅絕師太一聲清嘯，手執倚天寶劍，隨後趕去。峨嵋掌門的身手果眞與衆不同，瞬息間已越過靜玄、蘇夢淸兩人，青光閃處，挺劍向那人背上刺出。但那人奔得快極，這一劍差了尺許，沒能刺中。那人雖抱着靜虛，但奔行之速，絲毫不遜於滅絕師太。他似乎有意炫耀功夫，竟不遠走，便繞着衆人急兜圈子。滅絕師太連刺數劍，始終刺不到他身上。

只聽得拍的一響，靜虛的拂塵才落下地來。

這時靜玄和蘇夢淸也停了脚步，各人凝神屏息，望着數十丈外那兩大高手的追逐。此處雖是沙漠，但兩人急奔飛跑，塵沙卻不飛揚。峨嵋衆弟子見靜虛被那人擒住，便似死了一般，一動也不動，無不心驚。各人有心向前攔截，但想以師父的威名，怎能自己拾奪不下，卻要門人弟子相助？這以衆欺寡的名聲傳了出去，豈不被江湖上好漢恥笑？各人提心吊膽，卻誰也不敢向前，只盼師父奔快一步，一劍便刺入那怪客的後心。

片刻之間，那人和滅絕師太已繞了三個大圈，眼見滅絕師太只須多跨一步，劍尖便能傷敵，但總是差了這麼一步。那人雖然起步在先，滅絕師太是自後趕上，可是那人手中抱着一人，多了百來斤的重量，這番輕功較量就算打成平手，無論如何也是滅絕師太輸了一籌。

待奔到第四個圈子時，那人突然回身，雙手送出，將靜虛向滅絕師太擲來。滅絕師太只覺狂風撲面，這一擲之力勢不可當，忙氣凝雙足，使個「千斤墜」功夫，輕輕將靜虛接住。

那人哈哈長笑，說道：「六大門派圍剿光明頂，只怕沒這麼容易罷！」說着向北疾馳。他初時和滅絕師太追逐時脚下塵沙不驚，這時卻踢得黃沙飛揚，一路滾滾而北，聲勢威猛，宛如一條數十丈的大黃龍，登時將他背影遮住了。

峨嵋衆弟子湧向師父身旁，只見滅絕師太臉色鐵青，一語不發。蘇夢淸突然失聲驚呼：「靜虛師姊……」但見靜虛臉如黃蠟，喉頭有個傷口，已然氣絕。傷口血肉模糊，卻齒痕宛然，竟是給那怪人咬死的。衆女弟子都大哭起來。

滅絕師太大喝：「哭甚麼？把她埋了。」衆人立止哭聲，就地將靜虛的屍身掩埋立墓。

靜玄躬身道：「師父，這妖人是誰？咱們當牢記在心，好爲師妹報仇。」滅絕師太冷冷的道：「此人吸人頸血，殘忍狠毒，定是魔教四王之一的『靑翼蝠王』，早聽說他輕功天下無雙，果然是名不虛傳，遠勝於我。」

張無忌對滅絕師太本來頗存憎恨之心，但這時看她身遭大變，仍是絲毫不動聲色，鎭定如恆，而且當衆讚揚敵人，自愧不如，確是一派宗匠的風範，不由得心下欽服。

丁敏君恨恨的道：「他便是不敢和師父動手過招，一味奔逃，算甚麼英雄？」

滅絕師太哼了一聲，突然間拍的一響，打了她一個嘴巴，怒道：「師父沒追上他，沒能救得靜虛之命，便是他勝了。勝負之數，天下共知，難道英雄好漢是自己封的麼？」

丁敏君半邊臉頰登時紅腫，躬身道：「師父教訓得是，徒兒知錯了。」心中卻道：「你奈何不得人家，丟了臉面，這口惡氣卻來出在我頭上。算我倒霉！」

靜玄道：「師父，這『靑翼蝠王』是甚麼來頭，還請師父示知。」滅絕師太將手一擺，不答靜玄的話，自行向前走去。衆弟子見大師姊都碰了這麼一個釘子，還有誰敢多言？一行人默默無言的走到傍晚，生了火堆，在一個沙丘旁露宿。

滅絕師太望着那一堆火，一動也不動，有如一尊石像。

羣弟子見師父不睡，誰都不敢先睡。這般呆坐了一個多時辰，滅絕師太突然雙掌推出，一股勁風撲去，蓬的一響，一堆大火登時熄了。衆人仍是默坐不動。冷月淸光，洒在各人肩頭。

張無忌心中忽起憐憫之意：「難道威名赫赫的峨嵋派竟會在西域一敗塗地，甚至全軍覆沒？」又想：「周姑娘我卻非救不可。可是魔教人物這等厲害，我又有甚麼本事救人？」

只聽得滅絕師太喝道：「熄了這妖火，滅了這魔火！」她頓了一頓，緩緩說道：「魔教以火爲聖，尊火爲神。魔教自從第三十三代教主陽頂天死後，便沒了教主。左右光明使者，四大護教法王，五散人，以及金、木、水、火、土五旗掌旗使，誰都覬覦這教主之位，自相爭奪殘殺，魔教便此中衰。也是正大門派合當興旺，妖邪數該覆滅，倘若魔教不起內鬨，要想挑了這批妖孽，倒是大大的不易呢。」

張無忌自幼便聽到魔教之名，可是自己母親和魔教頗有牽連，每當多問幾句，父母均各不喜，問到義父時，他不是呆呆出神，便是突然暴怒，因之魔教到底是怎麼一回事，始終莫名其妙。其後跟着太師父張三丰，他對魔教也是深惡痛絕，一提起來，便是諄諄告誡，叫他千萬不可和魔教中人沾惹結交。可是張無忌後來遇到胡青牛、王難姑、常遇春、徐達、朱元璋等好漢，都是魔教中人，這些人慷慨仗義，未必全是惡人，只是各人行動詭秘，外人瞧着頗感莫測高深而已。這時他聽滅絕師太說起魔教，當即全神貫注的傾聽。

滅絕師太說道：「魔教歷代教主，都以『聖火令』作爲傳代的信物，可是到了第三十一代教主手中，天奪其魄，聖火令不知如何地竟會失落，第三十二代、第三十三代兩代教主有權無令，這教主便做得頗爲勉強。陽頂天突然死去，實不知是中毒還是受人暗算，不及指定繼承之人。魔教中本事了得的大魔頭着實不少，有資格當教主的，少說也有五六人，你不服我，我不服你，內部就此大亂。直到此時，仍是沒推定教主。咱們今日所遇，也是個想做教主的。他便是魔教中四大護教法王之一，青翼蝠王，韋一笑。」

羣弟子都沒聽見過「青翼蝠王韋一笑」的名字，均默不作聲。

滅絕師太道：「這人絕足不到中原，魔教中人行事又鬼祟得緊，因此這人武功雖強，在中原卻是半點名氣也無。但白眉鷹王殷天正、金毛獅王謝遜這兩個人你們總知道罷？」

張無忌心中一凜。蛛兒輕輕「啊」的一聲驚呼。

殷天正和謝遜的名頭何等響亮，武林中可說誰人不知，那人不曉。靜玄問道：「師父，這兩人也都在魔教？」

滅絕師太道：「哼！豈僅『都在魔教』而已？『魔教四王，紫白金青』。紫衫龍王、白眉鷹王、金毛獅王、青翼蝠王，是爲魔教四王。青翼排名最末，身手如何，今日大家都眼見了，那紫衫、白眉和金毛可想而知。金毛獅王喪心病狂，倒行逆施，二十多年前突然濫殺無辜，終於不知所終，成爲武林中的一個大謎。殷天正沒能當上魔教的教主，一怒而另創天鷹教，自己過一過教主的癮。我只道殷天正既然背叛魔教，和光明頂已勢成水火，那知光明頂遇上危難之時，還是會去向天鷹教求救。」

張無忌心中混亂之極，他早知義父和外祖父行事邪僻，均爲正派人士所不容，卻沒料到他二人居然都屬魔教中的「護教法王」，一時自己想着心事，沒聽到峨嵋弟子說些甚麼。

過了一會，才聽得滅絕師太說道：「咱們六大門派這次進剿光明頂，志在必勝，衆妖邪便齊心合力，咱們又有何懼？只是相鬥時損傷必多，各人須得先心存決死之心，不可意圖僥倖，心有畏懼，臨敵時墮了峨嵋派的威風。」衆弟子一齊站起，躬身答應。

滅絕師太又道：「武功強弱，關係天資機緣，半分勉強不來。像靜虛這般一招未交，便中了暗算，死於吸血惡魔之手，誰都不會恥笑於她。咱們平素學武，所爲何事？還不是要鋤強扶弱，撲滅妖邪？今日靜虛第一個先死，說不定第二個便是你們師父。少林、武當、峨嵋、崑崙、崆峒、華山六大派此番圍剿魔教，吉凶禍福，咱們峨嵋早就置之度外……」

張無忌心道：「我武當派果在其內。」隱隱覺到此番西去，定將遇上無數目不忍覩、耳不忍聞的大慘事，眞想就此帶了蛛兒轉身逃走，永不見到這些江湖上的爭鬥兇殺。

只聽滅絕師太道：「俗語說得好：『千棺從門出，其家好興旺。子存父先死，孫在祖乃喪。』人孰無死？只須留下子孫血脈，其家便是死了千人百人，仍能興旺。最怕是你們都死了，老尼卻孤零零的活着。」她頓了一頓，又道：「嘿嘿，但縱是如此，亦不足惜。百年之前，世上又有甚麼峨嵋派？只須大夥兒轟轟烈烈的死戰一場，峨嵋派就是一舉覆滅，又豈足道哉？」

羣弟子人人熱血沸騰，拔出兵刃，大聲道：「弟子誓決死戰，不與妖魔邪道兩立。」

滅絕師太淡淡一笑，道：「很好！大家坐下罷！」

張無忌見峨嵋派衆人雖然大都是弱質女流，但這番慷慨決死的英風豪氣，絲毫不讓鬚眉，心想峨嵋位列六大門派，自非偶然，不僅僅以武功取勝而已，眼前她們這副情景，大有荊軻西入強秦，「風蕭蕭兮易水寒，壯士一去兮不復還」之概。本來這些話在出發之前便該說了，但想來當時以爲魔教內亂，舉手可滅，沒料到魔教在分崩離析之際，羣魔仍能聯手以抗外侮。今者青翼蝠王這一出手，局面登時大不相同。

果然滅絕師太又道：「青翼蝠王既然能來，白眉鷹王和金毛獅王自然亦能來，紫衫龍王、五散人和五大掌旗使更加能來。咱們原定傾六派之力先取光明左使楊逍，然後逐一掃蕩妖魔餘孽，豈知華山派的神機先生鮮于掌門這一次料事不中，嘿嘿，全盤錯了。」

靜玄問道：「那紫衫龍王，又是甚麼惡毒的魔頭？」

滅絕師太搖頭道：「紫衫龍王惡迹不著，我也是僅聞其名而已。聽說此人爭教主不得，便遠逸海外，不再和魔教來往。這一次他若能置身事外，自是最好。『魔教四王，紫白金青』，這人位居四王之首，不用說是極不好鬥的。魔教的光明使者除了楊逍之外，另有一人。魔教歷代相傳，光明使者必是一左一右，地位在四大護教法王之上。楊逍是光明左使，可是那光明右使的姓名，武林中卻誰也不知。少林派空智大師、武當派宋遠橋宋大俠，都是博聞廣見之士，但他們兩位也不知道。咱們和楊逍正面爲敵，明槍交戰，勝負各憑武功取決，那倒罷了，但若那光明右使暗中偷放冷箭，這才是最爲可慮之事。」

衆弟子心下悚然，不自禁的回頭向身後瞧瞧，似乎那光明右使或是紫衫龍王會斗然奄至、前來偷襲一般。冷冷的月光照得人人臉色慘白。

滅絕師太冷然道：「楊逍害死你們孤鴻子師伯，又害死紀曉芙，韋一笑害死靜虛，峨嵋派和魔教此仇不共戴天。本派自創派師祖郭師祖以來，掌門之位，慣例由女子擔任，別說男兒無份，便是出了閣的婦人，也不能身任掌門。但本派今日面臨存亡絕續的大關頭，豈可墨守成規？這一役之中，只要是誰立得大功，不論他是男子婦人，都可傳我衣缽。」

羣弟子默然俯首，都覺得師父鄭而重之的安排後事、計議門戶傳人，似乎自料不能生還中土，各人心中都有三分不祥之感、淒然之意。

滅絕師太縱聲長笑，哈哈，哈哈，哈哈，笑聲從大漠上遠遠的傳了出去。羣弟子相顧愕然，暗自驚駭。滅絕師太衣袖一擺，喝道：「大家睡罷！」

靜玄就如平日一般，分派守夜人手。滅絕師太道：「不用守夜了。」靜玄一怔，隨即領會，要是青翼蝠王這一等高手半夜來襲，衆弟子那能發覺？守夜也不過是白守。

這一晚峨嵋派的戒備外弛內緊，似疏實密，卻無意外之事。

驀地裏青光一閃，一柄長劍從殷梨亭手中擲出，急飛向北，射向那道人背心。長劍穿過他身子，仍是向前疾飛。那道人脚下兀自不停，又奔了兩丈有餘，這才撲地倒斃。

十八　倚天長劍飛寒鋩

次日續向西行，走出百餘里後，已是正午，赤日當頭，雖然隆冬，亦覺炎熱。正行之際，西北方忽地傳來隱隱幾聲兵刃相交和呼叱之聲，衆人不待靜玄下令，均各加快脚步，向聲音來處疾馳。

不久前面便出現幾個相互跳盪激鬥的人形，奔到近處，見是三個白袍道人手持兵刃，在圍攻一個中年漢子。三個道人左手衣袖上都繡着一個紅色火焰，顯是魔教中人。那中年漢子手舞長劍，劍光閃爍，和三個道人鬥得甚是激烈，以一敵三，絲毫不落下風。

張無忌腿傷早愈，但仍是假裝不能行走，坐在雪橇之中，好讓峨嵋派諸人不加提防，以便俟機和蛛兒脫身逃走。這時他眼光被身前一名峨嵋男弟子擋住了，須得側身探頭，方能見到那四人相鬥。只見那中年漢子長劍越使越快，突然間轉身過來，一聲呼喝，刷的一劍，在一名魔教道人胸口穿過。

峨嵋衆人喝采聲中，張無忌忍不住輕聲驚呼，這一招「順水推舟」，正是武當劍法的絕招，使這一招劍法的中年漢子，卻是武當派的六俠殷梨亭。

峨嵋羣弟子遠遠觀鬥，並不上前相助。餘下兩名魔教道人見己方傷了一人，對方又來了幫手，心中早怯，突然呼嘯一聲，兩人分向南北急奔。

殷梨亭飛步追逐那逃向南方的道人。他脚下快得多，搶出七八步，便已追到道人身後。那道人回過身來，狂舞雙刀，想與他拚個兩敗俱傷。

峨嵋衆人眼見殷梨亭一人難追兩敵，逃向北方的道人輕功又極了得，越奔越快，瞧這情勢，殷梨亭待得殺了南方那纏戰的道人，無論如何不及再回身追殺北逃之敵。峨嵋弟子和魔教中人仇深似海，都望着靜玄，盼她發令攔截。衆女弟子大都和紀曉芙交好，心想若非魔教奸人作惡，這位武當六俠本該是本派的女壻，此時均盼能助他一臂之力。靜玄心下也頗躊躇，但想武當六俠在武林中地位何等尊崇，他若不出聲求助，旁人貿然伸手，便是對他不敬，署一沉吟，便不發令攔截，心想寧可讓這妖道逃走，也不能得罪了武當殷六俠。

便在此時，驀地裏青光一閃，一柄長劍從殷梨亭手中擲出，急飛向北，如風馳電掣般射向那道人背心。那道人陡然驚覺，待要閃避時，長劍已穿心而過，透過了他的身子，仍是向前疾飛。那道人脚下兀自不停，又向前奔了兩丈有餘，這才撲地倒斃。那柄長劍卻又在那道人身前三丈之外方始落下，青光閃耀，筆直的插在沙中，雖是一柄無生無知的長劍，卻也是神威凜凜。

衆人看到這驚心動魄的一幕，無不神馳目眩，半晌說不出話來。待得回頭再看殷梨亭時，只見和他纏鬥的那個魔教道人身子搖搖幌幌，便似喝醉了酒一般，拋下了雙刀，兩手在空中亂舞亂抓，殷梨亭不再理他，自行向峨嵋衆人走來。他跨出幾步，那道人一聲悶哼，仰天倒下，就此不動，至於殷梨亭用甚麼手法將他擊斃，卻是誰也沒有瞧見。

峨嵋羣弟子這時才大聲喝起采來。連滅絕師太也點了點頭，跟着嘆息一聲。這一聲長嘆也許是說：武當派有這等佳弟子，我峨嵋派卻無如此了得的傳人。更也許是說：曉芙福薄，沒能嫁得此人，卻傷在魔教淫徒之手。在滅絕師太心中，紀曉芙當然是爲楊逍所害，而不是她自已擊死的。

張無忌一句「六師叔」衝到了口邊，卻強行縮回。在衆師伯叔中，殷梨亭和他父親最爲交好，待他也親厚殊甚。他瞧着這位相別九年的六師叔時，只見他滿臉風塵之色，兩鬢微見斑白，想是紀曉芙之死於他心靈有極大打擊。張無忌乍見親人，亟想上前相認，終於想到眼下耳目衆多，不能在旁人之前吐實，以免惹起無窮後患。周芷若雖已知道了自己眞相，但顯然沒向別人洩露。

殷梨亭向滅絕師太躬身行禮，說道：「敝派大師兄率領衆師弟及第三代弟子，一共三十二人，已到了一綫峽畔。晚輩奉大師兄之命，前來迎接貴派。」

滅絕師太道：「好，還是武當派先到了。可和妖人接過仗麼？」殷梨亭道：「曾和魔教的木、火兩旗交戰三次，殺了幾名妖人，七師弟莫聲谷受了一點傷。」

滅絕師太點了點頭，她知殷梨亭雖然說得輕描淡寫，其實這三場惡鬥定是慘酷異常，以武當五俠之能，尚且殺不了魔教的掌旗使，七俠莫聲谷甚至受傷。滅絕師太又問：「貴派可曾查知光明頂上實力如何？」殷梨亭道：「聽說天鷹教等魔教支派大舉赴援光明頂，有人還說，紫衫龍王和青翼蝠王也到了。」滅絕師太一怔，道：「紫衫龍王也來了麼？」

兩人一面說，一面並肩而行。羣弟子遠遠跟在後面，不敢去聽兩人說些甚麼。

兩人說了一陣，殷梨亭舉手作別，要再去和華山派聯絡。靜玄說道：「殷六俠，你來回奔波，定必餓了，吃些點心再走。」殷梨亭也不客氣，道：「如此叨擾了。」

峨嵋衆女俠紛紛取出乾糧，有的更堆沙爲灶，搭起鐵鍋煮麵。她們自己飲食甚是簡樸，但欵待殷梨亭卻是十分殷勤，自然是爲了紀曉芙之故。

殷梨亭明白她們的心意，眼圈微紅，哽咽道：「多謝衆位師姊師妹。」

蛛兒一直旁觀不語，這時突然說道：「殷六俠，我跟你打聽一個人，成麼？」殷梨亭手中捧着一碗湯麵，回過頭來，說道：「這位小師妹尊姓大名？不知要查問何事？但教所知，自當奉告。」神態很是謙和。蛛兒道：「我不是峨嵋派的。我是給他們捉了來的。」

殷梨亭起先只道她是峨嵋派的小弟子，聽她這麼說，不禁一呆，但想這小姑娘倒很率直，問道：「你是魔教的麼？」蛛兒道：「不是，我是魔教的對頭。」殷梨亭不暇細問她的來歷，爲了尊重主人，眼望靜玄，請她示意。靜玄道：「你要問殷六俠何事？」蛛兒道：「我想請問：令師兄張翠山張五俠，也到了一綫峽麼？」

此話一出，殷梨亭和張無忌都是大吃一驚。

殷梨亭道：「你打聽我五師哥，爲了何事？」蛛兒紅暈生臉，低聲道：「我是想知道他的公子張無忌，是不是也來了。」張無忌自是更加吃驚，心道：「原來她早知道了我的眞相，這時要揭露出來了。」殷梨亭道：「你這話可眞？」蛛兒道：「我是誠心向殷六俠打聽，怎敢相欺？」殷梨亭道：「我五師哥逝世已過十年，墓木早拱，難道姑娘不知麼？」

蛛兒一驚站起，「啊」的一聲，道：「原來張五俠早死了，那麼……他……他早就是個孤兒了。」殷梨亭道：「姑娘認得我那無忌姪兒麼？」蛛兒道：「五年之前，我曾在蝶谷醫仙胡青牛家中見過他一面，不知他現下到了何處。」殷梨亭道：「我奉家師之命，也曾到蝴蝶谷去探視過，但胡青牛夫婦為人所害，無忌不知去向，後來多方打聽，音訊全無，唉，那知……那知……」說到這裏，神色淒然，不再說下去了。

蛛兒忙問：「怎麼？你聽到甚麼惡耗麼？」殷梨亭凝視着她，問道：「姑娘何以如此關切？我那無忌姪兒與你有恩，還是有仇？」

蛛兒眼望遠處，幽幽的道：「我要他隨我去靈蛇島上……」殷梨亭插口道：「靈蛇島？金花婆婆和銀葉先生是你甚麼人？」蛛兒不答，仍是自言自語：「……他非但不肯，還打我罵我，咬得我一隻手掌鮮血淋漓……」她一面說，一面左手輕輕撫摸着右手的手背：「……可是……可是……我還是想念他。我又不是要害他，我帶他去靈蛇島，婆婆會教他一身武功，設法治好他身上玄冥神掌的陰毒，那知他兇得很，將人家一番好心，當作了歹意。」

張無忌心中一團混亂，這時才知：「原來蛛兒便是在蝴蝶谷中抓住我的那個少女阿離，她心中念念不忘的情郎，居然便就是我。」側頭細看，見她臉頰浮腫，那裏還有初遇時的半分俏麗？但眼如秋水，澄澈清亮，依稀記得仍如當年。

滅絕師太冷冷的道：「她師父金花婆婆，聽說也是跟魔教有樑子的。但金花婆婆實非正人，此刻我們不想多結仇家，暫且將她扣着。」

殷梨亭道：「嗯，原來如此。姑娘，你對我無忌姪兒倒是一片好心，只可惜他福薄，前幾日我遇到朱武連環莊的武莊主武烈，得知無忌已於五年多之前，失足摔入萬丈深谷之中，屍骨無存。唉，我和他爹爹情逾手足，那知皇天不祐善人，竟連僅有的這點骨血……」

他話未說完，拍的一聲，蛛兒仰天跌倒，竟爾暈了過去。

周芷若搶上去扶了她起來，在她胸口推拿好一會，蛛兒方始醒轉。張無忌甚是難過，眼見殷梨亭和蛛兒如此傷心，自己卻硬起心腸置身事外，一抬頭，只見周芷若正瞧向自己，目光中大有疑問之色，似乎在問：「怎麼她會不認得你？」張無忌卻知自己這些年來身材相貌均已大變，若不是自己先行提到漢水舟中之事，周芷若也必認不出來。

蛛兒咬了咬牙，說道：「殷六俠，張無忌是給誰害死的？」殷梨亭道：「不是給誰害死的。據那朱武連環莊的武烈說，他親眼見到無忌自行失足，摔下深谷，武烈的結義兄弟『驚天一筆』朱長齡，也是一起摔死的。」蛛兒長嘆一聲，頹然坐下。

殷梨亭道：「姑娘尊姓大名？」蛛兒搖頭不答，怔怔下淚，突然間伏在沙中，放聲大哭。

殷梨亭勸道：「姑娘也不須難過。我那無忌姪兒便是不摔入雪谷，此刻陰毒發作，也已難於存活。唉，他跌得粉身碎骨，未始非福，勝於受那無窮無盡陰毒的熬煎。」

滅絕師太忽道：「張無忌這孽種，早死了倒好，否則定是爲害人間的禍胎。」

蛛兒大怒，厲聲道：「老賊尼，你胡說八道甚麼？」峨嵋羣弟子聽她竟然膽敢辱罵師尊，早有四五人拔出長劍，指住她胸口背心。蛛兒毫不畏懼，仍然罵道：「老賊尼，張無忌的父親是這位殷六俠的師兄，俠名播於天下，有甚麼不好？」滅絕師太冷笑不答。靜玄道：「你嘴裏放乾淨些。張無忌的父親固是名門正派的弟子，可是他母親呢？魔教妖女生的兒子，不是孽種禍胎是甚麼？」蛛兒問道：「張無忌的母親是誰？怎會是魔教妖女？」

峨嵋衆弟子齊聲大笑，只有周芷若垂頭瞧着地下。殷梨亭神態頗爲尷尬。張無忌面紅耳赤，熱淚盈眶，若不是決意隱瞞自己的身世，便要站起來爲母親申辯。

靜玄爲人忠厚，對蛛兒道：「張五俠的妻子便是天鷹教教主殷天正的女兒，名叫殷素素……」蛛兒「啊」的一聲，神色大變。靜玄續道：「張五俠便因娶了這妖女，以致身敗名裂，在武當山上自刎而死。這件事天下皆聞，難道姑娘竟然不知麼？」蛛兒道：「我……我住在靈蛇島上，中原武林之事，全無聽聞。」靜玄道：「這便是了。你得罪了我師父，趕快謝罪。」蛛兒卻問：「那殷素素呢？她在何處？」靜玄道：「她和張五俠一齊自刎。」蛛兒身子又是一顫，道：「她……她也死了？」靜玄奇道：「你認得殷素素？」

便在此時，突見東北方一道藍燄衝天而起。殷梨亭道：「啊喲，是我青書姪兒受敵人圍攻。」一轉身向滅絕師太彎腰行禮，對餘人一抱拳，便即向藍焰奔去。

靜玄手一揮，峨嵋羣弟子跟着前去。

衆人奔到近處，只見又是三人夾攻一個的局面。那三人羅帽直身，都作僮僕打扮，手中各持單刀。衆人只瞧了幾招便暗暗吃驚，這三人雖穿僮僕裝束，出手之狠辣卻竟不輸於一流好手，比之殷梨亭所殺那三個道人武功高得多了。三人繞着一個青年書生，走馬燈似的轉來轉去廝殺。那書生已大落下風，但一口長劍仍將門戶守得嚴密異常。

在酣鬥的四人之旁，站着六個身穿黃袍的漢子，袍上各繡紅色火焰，自是魔教中人。這六人遠遠站着，並不參戰，眼見殷梨亭和峨嵋派衆人趕到，六人中一個矮矮胖胖的漢子叫道：「殷家兄弟，你們不成了，夾了尾巴走罷，老子給你們殿後。」穿僕人裝束的一人怒道：「厚土旗爬得最慢，姓顏的，還是你先請。」

靜玄冷冷道：「死到臨頭，還在自己吵嘴。」周芷若道：「師姊，這些人是誰？」靜玄道：「那三個穿傭僕衣帽的，是殷天正的奴僕，叫做殷無福、殷無祿、殷無壽。」周芷若驚道：「三個奴僕，也這麼……這麼了得？」靜玄道：「他們本是黑道中成名的大盜，原非尋常之輩。那些穿黃袍的是魔教厚土旗下的妖人。這個矮胖子說不定便是厚土旗的掌旗使顏垣。師父說魔教五旗掌旗使和天鷹教教主爭位，向來不和……」

這時那青年書生已迭遇險招，嗤的一聲，左手衣袖被殷無壽的單刀割去了一截。殷梨亭一聲淸嘯，長劍遞出，指向殷無祿。殷無祿橫刀便封，刀劍相交。此時殷梨亭內力渾厚，已是非同小可，拍的一聲，殷無祿的單刀震得陡然彎了過去，變成了一把曲尺。殷無祿吃了一驚，向旁躍開三步。

突然之間，蛛兒急縱而上，右手食指疾伸，戳中了殷無祿的後頸，立即躍回原處。

殷無祿武功原非泛泛，但在殷梨亭內力撞激之下，胸口氣血翻湧，亢自立足不定，竟被蛛兒一指戳中，他痛得彎下了腰，只是低哼，全身不住顫抖。

殷無福、殷無壽大驚之下，顧不得再攻那青年書生，搶到殷無祿身旁扶住，只見他身子不住扭曲，顯是受傷極重。兩人眼望蛛兒，突然齊聲說道：「原來是三小姐。」蛛兒道：「哼，還認得我麼？」衆人心想這兩人定要上前和蛛兒廝拚，那知兩人抱起殷無祿，一言不發，便向北方奔去。這變故突如其來，人人目瞪口呆，摸不着頭腦。

那身穿黃袍的矮胖子左手一揚，手裏已執了一面黃色大旗，其餘五人一齊取出黃旗揮舞，雖只六人，但大旗獵獵作響，氣勢甚是威武，緩緩向北退卻。

峨嵋衆人見那旗陣古怪，都是一呆。兩名男弟子發一聲喊，拔足追去。殷梨亭身形一幌，後發先至，轉身攔在兩人之前，横臂輕輕一推，那兩人不由自主的退了三步，滿臉脹得通紅。靜玄喝道：「兩位師弟回來，殷六俠是好意，這厚土旗追不得。」殷梨亭道：「前日我和莫七弟追擊烈火旗陣，吃了個大虧，莫七弟頭髮眉毛燒掉了一半。」一面拉起左手衣袖，只見他手臂上紅紅的一大塊燒炙傷痕。兩名峨嵋男弟子不禁暗自心驚。

滅絕師太寒森森的眼光在蛛兒臉上轉了幾圈，冷冷的道：「你這是『千蛛萬毒手』？」蛛兒道：「還沒練成。」滅絕師太道：「倘若練成了，那還了得？你爲甚麼要傷害這人？」蛛兒道：「可惜沒當場戳死他。」滅絕師太問道：「爲甚麼？」蛛兒道：「是我自己的事，你管得着麼？」

滅絕師太身形微側，已從靜玄手中接過長劍，只聽得錚的一聲，蛛兒急忙向後躍開，臉色有如白紙。原來滅絕師太在這一瞬間，已在蛛兒的右手食指上斬了一劍，手法奇快，誰都沒有看清。那知蛛兒因斷腕未愈，手上無力，兼之千蛛萬毒手亦未練成，這次出手之前先在手指上套了精鋼套子，滅絕師太所用的不是倚天劍，這一劍竟然沒能斬去她手指。

滅絕師太將長劍擲還靜玄，哼了一聲道：「這次便宜了你，下次再使這等邪惡功夫，休教撞在我手中。」她對小輩既然一擊不中，就自重身分，不肯再度出手。

殷梨亭見蛛兒練這門歹毒陰狠的武功，原是武家的大忌，但她指戳殷無祿，乃是相助自己，再者見她牽掛張無忌，一往情深，也不禁爲之感動，不願滅絕師太傷她，便勸道：「師叔，這孩子學錯了功夫，咱們慢慢再叫她另從名師，嗯，或者……或者……」他本覺滅絕師太如肯將她收入峨嵋門下，實是最好不過，但立即想起這小姑娘剛才罵她爲「老賊尼」，當即住口不說下去了，拉着那書生過來，說道：「青書，快拜見師太和衆位師伯師叔。」

那書生搶上三步，跪下向滅絕師太行禮，待得向靜玄行禮時，衆人連稱不敢，一一還禮。張三丰年過百歲，算起輩份來比滅絕師太高了實不止一輩。殷梨亭只因曾和紀曉芙有婚姻之約，才算比滅絕師太低了一輩，倘若張三丰和峨嵋派祖師郭襄平輩而論，那麼滅絕師太反過來要稱殷梨亭爲師叔了。好在武當和峨嵋門戶各別，互相不敍班輩，大家各憑年紀，隨口亂叫。但那青年書生稱峨嵋弟子爲師伯師叔，靜玄等人自非謙讓不可。

衆人適才見他力鬥殷氏三兄弟，法度嚴謹，招數精奇，的是名門子弟的風範，而在三名高手圍攻之下，顯然已大落下風，但仍是鎮靜拒敵，絲毫不見慌亂，尤其不易，此時走到臨近一看，衆人心中不禁暗暗喝采：「好一個美少年！」但見他眉目清秀，俊美之中帶着三分軒昂氣度，令人一見之下，自然心折。

殷梨亭道：「這是我大師哥的獨生愛子，叫做青書。」靜玄道：「近年來頗聞玉面孟嘗的俠名，江湖上都說宋少俠慷慨仗義，濟人解困。今日得識尊範，幸何如之。」峨嵋衆弟子竊竊私議，臉上均有「果然名不虛傳」的讚佩之意。

蛛兒站在張無忌身旁，低聲道：「阿牛哥，這人可比你俊多啦。」張無忌道：「當然，那還用說？」蛛兒道：「你喝醋不喝？」張無忌道：「笑話，我喝甚麼醋？」蛛兒道：「他在瞧你那位周姑娘，你還不喝醋？」

張無忌向宋青書望去，果見他似乎在瞧周芷若，也不在意。他自得知蛛兒即是當年在蝴蝶谷遇見過的阿離之後，心中一直思潮翻湧，當時蛛兒用強，要拉他前赴靈蛇島，他掙扎不脫，只得在她手上狠命咬了一口，豈知她竟會對自己這般念念不忘，不由得好生感激。

殷梨亭道：「青書，咱們走罷。」宋青書道：「崆峒派預定今日中午在這一帶會齊，但這時候還不到，只怕出了岔子。」殷梨亭臉有憂色，道：「此事甚為可慮。」宋青書道：「殷六叔，不如咱們便和峨嵋派衆位前輩同向西行罷。」殷梨亭點頭道：「甚好。」

滅絕師太和靜玄等均想：「近年來張三丰眞人早就不管俗務，實則宋遠橋才是眞正的武當掌門。看來第三代武當掌門將由這位宋少俠接任。殷梨亭雖是師叔，反倒聽師姪的話。」她們卻不知殷梨亭性子隨和，不大有自己的主張，別人說甚麼，他總是不加反對。

一行人向西行了十四五里，來到了一個大沙丘前。靜玄見宋青書快步搶上沙丘，便左手一揮，兩名峨嵋弟子奔了上去，不肯落於武當派之後。三人一上沙丘，不禁齊聲驚呼，只見沙丘之西，沙漠中橫七豎八的躺着三十來具屍體。

衆人聽得三人驚呼，都急步搶上沙丘，只見那些死者有老有少，不是頭骨碎裂，便是胸口陷入，似乎個個受了巨棍大棒的重擊。

殷梨亭見識甚多，說道：「江西鄱陽幫全軍覆沒，是給魔教巨木旗殲滅的。」滅絕師太皺眉道：「鄱陽幫來幹甚麼？貴派邀了他們麼？」言中頗有不悅之意。武林中的名門正派對各幫會向來頗有歧視，滅絕師太不願和他們混在一起。殷梨亭忙道：「沒邀鄱陽幫。不過鄱陽幫劉幫主是崆峒派的記名弟子，他們想必聽到六派圍剿光明頂，便自告奮勇，前來為師門效力。」滅絕師太哼了一聲，不再言語了。

衆人將鄱陽幫幫衆的屍體在沙中埋了，正要繼續趕路，突然間最西一座墳墓從中裂開，沙塵飛揚中躍出一個人來，抓住一名男弟子，疾馳而去。

這一下衆人當眞嚇得呆了。七八個峨嵋女弟子尖聲大叫。但見滅絕師太、殷梨亭、宋青書、靜玄四人一齊發足追趕。過了好一陣，衆人這才醒悟，從墳墓中跳出來的那人正是魔教的青翼蝠王。他穿了鄱陽幫幫衆的衣服，混在衆屍首之中，閉住呼吸，假裝死去，峨嵋羣弟子不察，竟將他埋入沙墳。他藝高人膽大，當時卻不發作，好在黃沙鬆軟，在沙下屏息片時，也自無礙，直將衆人作弄夠了，這才突然破墳而出。

初時滅絕師太等四人並肩齊行，奔了大半個圈子，已然分出高低，變成二前二後。殷梨亭和滅絕師太在前，宋青書和靜玄在後。可是那青翼蝠王輕功之高，當眞世上無雙，手中雖抱着一個男子，殷梨亭等又那裏追趕得上？

第二個圈將要兜完，宋青書猛地立定，叫道：「趙靈珠師叔、貝錦儀師叔，請向離位包抄，丁敏君師叔、李明霞師叔，請向震位堵截……」

他隨口呼喝，號令峨嵋派的三十多名弟子分佔八卦方位。峨嵋衆人正當羣龍無首之際，聽到他的號令之中自有一番威嚴，人人立即遵從。這麼一來，青翼蝠王韋一笑已無法順利大兜圈子，縱聲尖笑，將手中抱着那人向空中擲去，疾馳而逝。

滅絕師太伸手接住從空中落下的弟子，只聽得韋一笑的聲音隔着塵沙遠遠傳來：「峨嵋派居然有這等人才，滅絕老尼了不起啊。」這幾句話顯是稱讚宋青書的。滅絕師太臉一沉，看手中那名弟子時，只見他咽喉上鮮血淋漓，露出兩排齒印，已然氣絕。

衆人圍在她身旁，愴然不語。隔了良久，殷梨亭道：「曾聽人說過，這青翼蝠王每次施展武功之後，必須飽吸一個活人的熱血，果是所言不虛。只是可惜這位師弟……唉……」

滅絕師太又是慚愧，又是痛恨，她自接任掌門以來，峨嵋派從未受過如此重大的挫折，兩名弟子接連被敵人吸血而死，但連敵人面目如何竟也沒能瞧清。

她呆了半晌，瞪目問宋青書道：「我門下這許多弟子的名字，你怎地竟都知道？」宋青書道：「適才靜玄師叔給弟子引見過了。」滅絕師太道：「嘿，入耳不忘！我峨嵋派那有這樣的人才？」

當日晚間歇宿，宋青書恭恭敬敬的走到滅絕師太跟前，行了一禮，說道：「前輩，晚輩有一不情之請相求。」滅絕師太冷冷的道：「既是不情之請，便不必開口了。」宋青書恭恭敬敬的行了一個禮，道：「是。」回到殷梨亭身旁坐下。

衆人聽到他向滅絕師太出言懇求，可是被拒絕，隨即不再多言，都是好奇心起，不知他想求甚麼事。丁敏君沉不住氣，便過去問他：「宋兄弟，你想求我師父甚麼事？」

宋青書道：「家父傳授晚輩劍法之時，說道當世劍術通神，自以本門師祖爲第一，其次便是峨嵋派掌門滅絕前輩。家父說道，武當和峨嵋劍法各有長短，例如本門這一招『手揮五弦』，招式和貴派的『輕羅小扇』大同小異。但劍刃上勁力強了，出招時便不夠輕靈活潑，難免及不上『輕羅小扇』的揮洒自如。」他一面說，一面拔出長劍比劃了兩招，使那一招「輕羅小扇」時卻有些不倫不類。

丁敏君笑道：「這一招不對。」接過他手中長劍，試給他看，說道：「我手腕還痛着，使不出力，但就是這麼一個模樣。」

宋青書大為嘆服，說道：「家父常自言道，他自恨福薄，沒能見到尊師的劍術。今日晚輩見到了丁師叔這招『輕羅小扇』，當眞是開了眼界。晚輩適才是想請師太指點幾手，以解晚輩心中關於劍法上的幾個疑團，但晚輩非貴派子弟，這些話原本不該出口。」

滅絕師太坐在遠處，將他的話都聽在耳裏，聽他說宋遠橋推許自己為天下劍法第二，心中極是樂意。張三丰是當世武學中的泰山北斗，人人都是佩服的，她從未想過能蓋過這位古今罕見的大宗師。但武當派大弟子居然認為她除張三丰外劍術最精，不自禁的頗感得意，眼見丁敏君比劃這一招，精神勁力都只三四分火候，名震天下的峨嵋劍法豈僅如此而已？當下走近身去，一言不發的從丁敏君手中接過長劍，手齊鼻尖，輕輕一顫，劍尖嗡嗡連響，自右至左、又自左至右的連幌九下，快得異乎尋常，但每一幌卻又都清清楚楚。

衆弟子見師父施展如此精妙劍法，無不看得心中劇跳，掌心出汗。

殷梨亭大叫：「好劍法，好劍法！妙極！」

宋青書凝神屏氣，暗暗心驚。他初時不過為向滅絕師太討好，稱讚一下峨嵋劍法，那知她施將出來，實有難以想像的高妙，不由得衷心欽服，誠心誠意的向她討教起來。宋青書問甚麼，滅絕師太便教甚麼，竟比傳授本門弟子還要盡力。宋青書武學修爲本高，人又聰明，每一句都問中了竅要。峨嵋羣弟子圍在兩人之旁，見師父所施展的每一記劍招，無不精微奇奧，妙到顛毫，有的隨師十餘年，也未見師父顯過如此神技。

張無忌與蛛兒站在人圈之外，均覺不便偷看峨嵋的劍術絕技。蛛兒忽向張無忌道：「阿牛哥，我若能學到青翼蝠王那樣的輕功，眞是死也甘心。」張無忌道：「這些邪門功夫，學他作甚？殷六……殷六俠說，這韋一笑每施展一次武功，便須吸飲人血，那不是成了魔鬼麼？」蛛兒道：「他武功好，便殺死峨嵋派的弟子，要是他輕功差了些，給老尼姑他們捉住，還不是一樣給人殺死，只是不吸他的血而已。可是人都死了，吸不吸血又有甚麼相干？名門正派，邪魔外道，又怎生不同了？」

張無忌一時無言可答，忽見人叢中飛起一柄明晃晃的長劍，直向天空。原來宋青書和滅絕師太拆招，被她在第五招上使一招「黑沼靈狐」，將宋青書的長劍震上了天空。這一招是峨嵋派祖師郭襄爲紀念當年楊過和她同到黑沼捕捉靈狐而創。

衆人一齊抬頭瞧着那柄長劍，突見東北角上十餘里外一道黃焰衝天升起。殷梨亭叫道：「崆峒派遇敵，快去赴援。」這次六大派遠赴西域圍剿魔教，爲了隱蔽行動，採取分進合擊的方略，議定以六色火焰爲聯絡信號，黃焰火箭是崆峒派的信號。

當下衆人疾向火箭升起處奔去，但聽得廝殺聲大作，聲音越來越是慘厲，不時傳來一兩聲臨死時的呼叫。待得馳到臨近，各人都大吃一驚。眼前竟是一個大屠殺的修羅場，雙方各有數百人參戰，明月照耀之下，刀光劍影，人人均在捨死忘生的惡鬥。

張無忌一生之中，從未見過如此大戰的場面，但見刀劍飛舞，血肉橫濺，情景慘不忍覩。他並不盼望魔教得勝，但也不願殷六叔他們得勝，一面是父親的一派，一面是母親的一派，可是雙方卻在勢不兩立的惡鬥，每一個人被殺，他都心中一凜，一陣難過。

殷梨亭一面觀戰，說道：「敵方是銳金、洪水、烈火三旗，嗯，崆峒派在這裏，華山派到了，崑崙派也到了。我方三派會鬥敵方三旗。青書，咱們也參戰罷。」長劍在空中虛劈一招，嗡嗡作響。宋青書道：「且慢，六叔你瞧，那邊尚有大批敵人，待機而動。」

張無忌順着他手指向東方瞧去，果見戰場數十丈外黑壓壓的站着三隊人馬，行列整齊，每隊均有一百餘人。戰場中三派鬥三旗，眼前是勢均力敵的局面，但若魔教這三隊投入戰鬥，崆峒、華山、崑崙三派勢必大敗，只是不知如何，這三隊始終按兵不動。

滅絕師太和殷梨亭都暗暗心驚。殷梨亭問宋青書道：「這些人幹麼不動手？」宋青書搖頭道：「想不通。」蛛兒突然冷笑道：「那有甚麼想不通？再明白也沒有了。」宋青書臉一紅，默然不語。滅絕師太想要開口相詢，但終於忍住。殷梨亭道：「還請姑娘指點。」

蛛兒道：「那三隊人是天鷹教的。天鷹教雖是明教的旁支，但向來和五行旗不睦，你們若把五行旗殺光了，天鷹教反而會暗暗歡喜。殷天正說不定便能當上明教的教主啦。」

滅絕師太等登時恍然大悟。殷梨亭道：「多謝姑娘指點。」滅絕師太向蛛兒瞪了一眼，點了點頭，心想：「金花婆婆武功不弱，想不到她一個小小徒兒，卻也如此了得。」

這時峨嵋羣弟子已先後到達，站在滅絕師太身後。靜玄道：「宋少俠，說到布陣打仗，咱們誰也不及你，大夥兒都聽你號令，但求殺敵，你不用客氣。」宋青書道：「六叔，這個……這個……姪兒如何敢當？」滅絕師太道：「這當兒還講究甚麼虛禮？發號令罷。」

宋青書眼見戰場中情勢急迫，崑崙派對戰銳金旗頗佔上風，華山派和洪水旗鬥得勢均力敵，崆峒派卻越來越感不支，給烈火旗圍在垓心，大施屠戮，便道：「咱們分三路衝下去，一齊攻擊銳金旗。師太領人從東面殺入，六叔領人從西面殺入，靜玄師叔和晚輩等從南面殺入……」

靜玄奇道：「崑崙派並不吃緊啊，我看倒是崆峒派十分危急。」宋青書道：「崑崙派已佔上風，咱們再以雷霆萬鈞之勢殺入，當能一舉而殲銳金旗，餘下兩旗便望風披靡。倘若去救援崆峒，殺了個難解難分，天鷹教來個漁翁得利，那便糟了。」靜玄大是欽服，道：「宋少俠說得不錯。」當即將羣弟子分爲三路。

蛛兒拉着張無忌的雪橇，道：「咱們走罷，在這兒沒甚麼好處。」說着轉身便行。宋青書發足追上，橫劍攔住，叫道：「姑娘休走。」蛛兒奇道：「你攔住我幹麼？」宋青書道：「姑娘來歷甚奇，不能如此容你走開。」蛛兒冷笑道：「我來歷奇便怎樣？不奇又怎樣？」

滅絕師太心急如焚，恨不得立時大開殺戒，將魔教人衆殺個乾淨，聽得蛛兒和宋青書鬥口，身形一幌，已欺近身去，伸手點了她背上、腰間、腿上三處穴道。蛛兒和她武功相去太遠，這一下全無招架之功，膝彎一軟，倒在地下。

滅絕師太長劍揮動，喝道：「今日大開殺戒，除滅妖邪。」和殷梨亭、靜玄各率一隊，直向銳金旗衝去。

崑崙派何太沖、班淑嫻領着門人弟子對抗銳金旗本已頗佔優勢，峨嵋、武當兩派一衝入，聲勢更是大盛。滅絕師太劍法凌厲絕倫，沒一名明教的教衆能擋得了她三劍，但見她高大的身形在人叢中穿來插去，東一刺，西一劈，瞬息間便有七名教衆喪生在她長劍之下。

銳金旗掌旗使莊錚見情勢不對，手挺狼牙棒搶上迎敵，才將滅絕師太擋住。十餘招一過，滅絕師太展開峨嵋劍法，越打越快，竭力搶攻。但莊錚武藝甚精，一時竟和她鬥了個旗鼓相當。這時殷梨亭、靜玄、宋青書、何太沖、班淑嫻等人放手大殺，銳金旗下雖也不乏高手，但如何敵得過峨嵋、崑崙、武當三派聯手，頃刻間死傷慘重。

莊錚砰砰砰三棒，將滅絕師太向後逼退一步，跟着又是一棒，摟頭蓋腦的壓將下來。滅絕師太長劍斜走，在狼牙棒上一點，使一招「順水推舟」，要將他狼牙棒帶開。那知莊錚是明教中非同小可的人物，在武林中實可算得是一流高手，他天生膂力奇大，內外功俱臻上乘。這時狼牙棒上感到對方劍上內力，大喝一聲，一股剛猛的臂力反彈出去，拍的一響，滅絕師太長劍斷爲三截。

滅絕師太兵刃斷折，手臂酸麻，卻不退開閃避，反手抽出背上負着的倚天劍，寒芒吞吐，電閃星飛，一招「鐵鎖橫江」推送而上。莊錚猛覺手下一輕，狼牙棒生滿尖齒的棒頭已被倚天劍從中剖開，跟着半個頭顱也被這柄鋒利無匹的利劍削下。

銳金旗旗下諸人眼見掌旗使喪命，盡皆大聲呼叫，紅了眼不顧性命的狠鬥，崑崙和峨嵋門下接連數人被殺。

洪水旗中一人叫道：「莊旗使殉教歸天，銳金、烈火兩旗退走，洪水旗斷後。」烈火旗陣中旗號一變，應命向西退卻。但銳金旗衆人竟是愈鬥愈狠，誰也不退。

洪水旗中那人又高聲叫道：「洪水旗唐旗使有令，情勢不利，銳金旗諸人速退，日後再爲莊旗使報仇。」銳金旗中數人齊聲叫道：「請洪水旗速退，將來爲我們報仇雪恨。銳金旗兄弟，人人和莊旗使同生共死。」

洪水旗中突然揚起黑旗，一人聲如巨雷，叫道：「銳金旗諸位兄弟，洪水旗決爲你們復仇。」銳金旗中這時尙剩下七十餘人，齊聲叫道：「多謝唐旗使。」只見洪水旗旗幟翻動，向西退走。華山、崆峒兩派見敵人陣容嚴整，斷後者二十餘人手持金光閃閃的圓筒，不知有何古怪，便也不敢追擊。各人回過頭來，向銳金旗夾攻。

這時情勢已定，崑崙、峨嵋、武當、華山、崆峒五派圍攻明教銳金旗，除了武當派只到了二人，其餘四派都是菁英盡出。銳金旗掌旗使已死，羣龍無首，自然不是敵手，但旗下諸人竟然個個重義，視死如歸，決意追隨莊錚殉教。

殷梨亭殺了數名教衆，頗覺勝之不武，大聲叫道：「魔教妖人聽者：你們眼前只有死路一條，趕快拋下兵刃投降，饒你們不死。」那掌旗副使哈哈笑道：「你把我明教教衆忒也瞧得小了。莊大哥已死，我們豈願再活？」殷梨亭叫道：「崑崙、峨嵋、華山、崆峒諸派的朋友，大夥兒退後十步，讓這批妖人投降。」各人紛紛後退。

滅絕師太卻恨極了魔教，兀自揮劍狂殺。倚天劍劍鋒到處，劍折刀斷，肢殘頭飛。峨嵋派弟子見師父不退，已經退下了的又再搶上廝殺，變成了峨嵋派獨鬥銳金旗的局面。

明教銳金旗下教衆尙有六十餘人，武功了得的好手也有二十餘人，在掌旗副使吳勁草率領下，與峨嵋派的三十餘人相抗，以二敵一，原可穩佔上風。但滅絕師太的倚天劍實在太過鋒銳，她劍招又是凌厲之極，青霜到處，所向披靡，霎時之間，又有七八人喪於劍下。

張無忌看得不忍，對蛛兒道：「咱們走罷！」伸手去解她身上穴道，那知在她背心和腰間推拿幾下，蛛兒只感一陣酸麻，穴道卻解不開，才知滅絕師太內力渾厚，出手輕輕一點，勁力直透穴道深處，他解法雖然對路，卻非片刻之間所能奏功。

他嘆了一口氣。轉過頭來，只見銳金旗數十人手中兵刃已盡數斷折，一來四面崑崙、華山、崆峒諸派人衆團團圍住，二來教衆也不想逃遁，各憑空手和峨嵋羣弟子搏鬥。

滅絕師太雖然痛恨魔教，但以她一派掌門之尊，不願用兵刃屠殺赤手空拳之徒，左手手指連伸，脚下如行雲流水般四下飄動，片刻之間，已將銳金旗的五十多人點住穴道。各人呆呆直立，無法動彈。旁觀衆人見滅絕師太顯了這等高強身手，盡皆喝采。

這時天將黎明，忽見天鷹教三隊人衆分自東南北三方影影綽綽的移近，走到十餘丈外，便停步不動，顯是遠遠在旁監視着，不即上前挑戰。

蛛兒道：「阿牛哥，咱們快走，要是落入了天鷹教手中，可糟糕得緊。」張無忌心中對天鷹教卻有一片難以形容的親近之感。那是他母親的教派，當想念母親之時，往往便想：「母親是見不到了，幾時能見外公和舅舅一面呢？」這時天鷹教人衆便在附近，只想看看外公舅舅是不是也在其間，實不願便此離去。

宋青書走上一步，對滅絕師太道：「前輩，咱們快些處決了銳金旗，轉頭再對付天鷹教，免有後顧之憂。」滅絕師太點點頭。

東方朝日將升，朦朦朧朧的光芒射在滅絕師太高大的身形之上，照出長長的影子，威武之中，帶着幾分淒涼恐怖之感。她有心要挫折魔教的銳氣，不願就此一劍將他們殺了，厲聲喝道：「魔教的人聽者：那一個想活命的，只須出聲求饒，便放你們走路。」

隔了半晌，只聽得嘿嘿、哈哈、呵呵之聲不絕，明教衆人一齊大笑，聲音響亮。

滅絕師太怒道：「有甚麼好笑？」銳金旗掌旗副使吳勁草朗聲道：「我們和莊大哥誓共生死，快快將我們殺了。」滅絕師太哼了一聲，說道：「好啊，這當兒還充英雄好漢！你想死得爽快，沒這麼容易。」長劍輕輕一顫，已將他的右臂斬了下來。

吳勁草哈哈一笑，神色自若，說道：「明教替天行道，濟世救民，生死始終如一。老賊尼想要我們屈膝投降，乘早別妄想了。」

滅絕師太愈益憤怒，刷刷刷三劍，又斬下三名教衆的手臂，問第五人道：「你求不求饒？」那人罵道：「放你老尼姑的狗臭屁！」

靜玄閃身上前，手起一劍，斬斷了那人右臂，叫道：「讓弟子來誅斬妖孽！」她連問數人，明教教衆無一屈服。靜玄殺得手也軟了，回頭道：「師父，這些妖人刁頑得緊……」意下是向師父求情。滅絕師太全不理會，道：「先把每個人的右臂斬了，若是倔強到底，再斬左臂。」靜玄無奈，又斬了幾人的手臂。

張無忌再也忍耐不住，從雪橇中一躍而起，攔在靜玄身前，叫道：「且住！」靜玄一怔，退了一步。張無忌大聲道：「這般殘忍凶狠，你不慚愧麼？」

衆人突然見到一個衣衫襤褸不堪的少年挺身而出，都是一怔，待得聽到他質問靜玄的這兩句話理正詞嚴，便是名派的名宿高手，也不禁爲他的氣勢所懾。

靜玄一聲長笑，說道：「邪魔外道，人人得而誅之，有甚麼殘忍不殘忍的？」張無忌道：「這些人個個輕生重義，慷慨求死，實是鐵錚錚的英雄好漢，怎麼說是邪魔外道？」靜玄道：「他們魔教徒衆難道還不是邪魔外道？那個青翼蝠王吸血殺人，害死我師妹師弟，乃是你親眼目覩，這不是妖邪，甚麼才是妖邪？」

張無忌道：「那青翼蝠王只殺二人，你們所殺之人已多了十倍。他用牙齒殺人，尊師用倚天劍殺人，一般的殺，有何善惡之分？」

靜玄大怒，喝道：「好小子，你竟敢將我師父與妖邪相提並論？」呼的一掌，往他面門擊去，張無忌急忙閃身相避。靜玄是峨嵋門下大弟子，武功已頗得師門眞傳，這一掌擊他面門，實是虛招，待得張無忌一閃身，立時飛出左腿，一脚踢中他的胸口。

但聽得砰嘭、喀喇兩聲，靜玄左腿早斷，身子向後飛出，摔在數丈之外。原來張無忌胸口中了敵招，體內九陽神功自然而然的發生抗力，他招數之精固遠遠不及靜玄，但九陽神功威力何等厲害，敵招勁力愈大，反擊愈重，靜玄這一腿便如踢在自己身上一般。幸好靜玄並沒想傷他性命，這一腿只使了五成力，自己才沒受厲害內傷。

張無忌歉然道：「眞對不住！」搶上去欲扶。靜玄怒道：「滾開，滾開！」張無忌道：「是！」只得退開。峨嵋派兩名女弟子忙奔過去扶起了大師姊。

旁觀衆人大都識得靜玄，知道她是滅絕師太座下數一數二的好手，怎地如此不濟，一招之間便給這破衫少年摔出數丈？若說徒負虛名，卻又不然，適才她會鬥銳金旗時劍法凌厲，那是人人見到的。難道人不可以貌相，這襤褸少年竟具絕世武功？

滅絕師太也是暗暗吃驚：「這少年到底是甚麼路道？我擒獲他多日，一直沒留心於他，原來眞人不露相，竟是個了不起的人物。我便要將靜玄如此震出，也是有所不能，當今之世，只怕唯有張三丰那老道，以百年的修爲，才有這等能耐。」滅絕師太是薑桂之性，老而彌辣，雖然不敢小覷了張無忌，卻也無半分畏懼之心，橫着眼向他上上下下的打量。

這時張無忌正忙於替銳金旗的各人止血裹傷，手法熟練之極，伸指點了各人數處穴道，斷臂處血流立時大減。旁觀各人中自有不少療傷點穴的好手，但他所使的手法卻令人人自愧不如，至於他所點的奇穴，更是人所不知。掌旗副使吳勁草道：「多謝少俠仗義，請問高姓大名。」張無忌道：「在下姓曾，名阿牛。」

滅絕師太冷冷的道：「回過身來，好小子，接我三劍。」

張無忌道：「對不起，請師太稍候，救人要緊。」直到替最後一個斷臂之人包紮好了傷口，這才回身，抱拳說道：「滅絕師太，我不是你的對手，更不想和你老人家動手，只盼你們兩下罷鬥，揭開了過去的怨仇。」他說到「兩下罷鬥」這四個字之時，辭意十分誠懇。他心中所想到的雙方，正是已去世的父母，一邊是父親武當派的名門正派，一邊是母親天鷹教的邪魔外道。

滅絕師太道：「哈哈，憑你這臭小子一言，便要我們罷鬥？你是武林至尊麼？」張無忌心念一動，問道：「請問是武林至尊便怎樣？」滅絕師太道：「他便有屠龍刀在手，也得先跟我的倚天劍爭個高下。當眞成了武林至尊，那時候再來發號施令不遲。」峨嵋羣弟子聽師父出言譏刺張無忌，都笑了起來。別派中也頗有人附和訕笑。

以張無忌的身分年紀，說出「罷鬥」的話來原是大大不配，他聽得各人譏笑，登時面紅耳赤，但忍不住說道：「你爲甚麼要殺死這許多人？每個人都有父母妻兒，你殺死了他們，他們家中孩兒便要伶仃孤苦，受人欺辱。你老人家是出家人，請大發慈悲罷。」他原本不擅詞令，但想到自己身世，出言便即眞摰。這幾句話情辭懇切，衆人聽了都是心中一動。

滅絕師太臉色木然，冷冰冰的道：「好小子，我用得着你來教訓麼？你自負內力深厚，在這兒胡吹大氣。好，你接得住我三掌，我便放了這些人走路。」

張無忌道：「我連你徒兒的一掌都躲不開，何況是師太？我不敢跟你比武，只求你慈悲爲懷，體念上天好生之德。」

吳勁草大聲叫道：「曾相公，不用跟這老賊尼多說。我們寧可個個死在老賊尼的手下，何必要她假作寬大。」

滅絕師太斜眼瞧着張無忌，問道：「你師父是誰？」

張無忌心想：「父親、義父雖都教過我武功，卻都不是我的師父。」說道：「我沒師父。」此言一出，衆人均是大感奇怪，本來心想他在一招之間震跌靜玄，自是高人之徒，各人心中都還存着三分顧忌，那知他竟說沒有師父。武林中人最尊師道，不肯吐露師父姓名，那是常事，但決不敢有師而說無師，他說他沒有師父，那便是眞的沒有師父了。

滅絕師太不再跟他多言，說道：「接招罷！」右手一伸，隨隨便便的拍了出去。

當此情勢，張無忌不能不接，當下不敢大意，雙掌並推，以兩隻手同時來接她一掌。不料滅絕師太手掌忽低，便像一尾滑溜無比，迅捷無倫的小魚一般，從他雙掌之下穿過，波的一響，拍在他的胸前。

張無忌一驚之下，護體的九陽神功自然發出，和對方拍來的掌力一擋，就在這兩股巨大的內勁將觸未撞、方遇未接之際，滅絕師太的掌力忽然無影無蹤的消失了。張無忌一呆，抬頭看她時，猛地裏胸口猶似受了鐵鎚的一擊。他立足不定，向後接連摔了兩個觔斗，哇的一聲，噴出一口鮮血，委頓在地，便似一堆軟泥。

滅絕師太的掌力如此忽吞忽吐，閃爍不定，引開敵人的內力，然後再行發力，實是內家武學中精奧之極的修爲。旁觀衆人中武功深湛之士識得這一掌的妙處，都忍不住喝采。

蛛兒大急，搶到張無忌身旁，伸手待去相扶，不料腿膝一痲，便又摔倒。原來她雖得張無忌解穴，但血脈未曾行開，眼見他受傷，焦急之下，便即奔出相救，但過得片刻，終於站立不定，叫道：「阿牛哥，你……你……」

張無忌但覺胸口熱血翻湧，搖了搖手，道：「死不了。」慢慢爬起身來。只聽得滅絕師太對三名女弟子道：「將一干妖人的右臂全都砍了。」那三名女弟子應道：「是！」挺劍走向鋭金旗衆人。張無忌忙道：「你……你說我受得你三掌，就要放他們走路，我……我挨過你一掌，還有……還有兩掌。」

滅絕師太擊了他一掌，已試出他的內功正大渾厚，絕非妖邪一路，甚至和自己所學頗有相似之處，又見他雖然袒護魔教教衆，實則不是魔教中人，說道：「少年人別多管閒事，正邪之分，該當清清楚楚。適才這一掌，我只用了三分力道，你知道麼？」

張無忌知她以一派掌門人之尊，自是不會虛言，她說只用三分力道，那便是眞的只用三分，但不論餘下的兩掌如何難挨，總不能顧全自己性命，眼睁睁讓銳金旗人衆受她宰割，便道：「在下不自量力，再受……再受師太兩掌。」

吳勁草大叫道：「曾相公，我們深感你的大德！你英雄仗義，人人感佩。餘下兩掌千萬不可再挨。」

滅絕師太見蛛兒倒在張無忌身旁，嫌她碍手碍脚，左手袍袖一拂，已將她身子捲起，向後擲出。周芷若搶上一步接住，將她輕輕放在地下。蛛兒急道：「周姊姊，你快勸他別再挨那兩掌，你的說話，他會聽的。」周芷若奇道：「他怎會聽我的話？」蛛兒道：「他心中很歡喜你，難道你不知道麼？」周芷若滿臉通紅，啐道：「那有此事？」

只聽滅絕師太朗聲道：「你既要硬充英雄好漢，那是自己找死，須怪我不得。」右手一起，風聲獵獵，直襲張無忌胸口。

張無忌這一次不敢伸手抵擋，身形側過，意欲避開她掌力。滅絕師太右臂斜彎急轉，手掌竟從絕不可能的彎角橫將過來，拍的一聲，已擊中他背心。他身子便如一綑稻草般，在空中平平的飛了出去，重重摔在地下，動也不動的伏在沙裏，似已斃命。滅絕師太這一招手法精妙無比，本來旁觀衆人都會喝采，但各人對張無忌的俠義心腸均已忍不住暗中欽佩，見他慘遇不幸，只有驚呼嘆息，竟沒一人叫好。

蛛兒道：「周姊姊，求求你，快去瞧他傷得重不重。」周芷若一顆心突突跳動，聽蛛兒求得懇切，原想過去瞧瞧，但衆目睽睽之下，以她一個十八九歲的少女，如何敢去看視一個青年的傷勢？何況傷他之人正是自己師父，這一過去，雖非公然反叛本門，究是對師父大大不敬，是以跨了一步，卻又縮回。

這時天已大明，陽光燦爛，過了片刻，只見張無忌背脊一動，掙扎着慢慢坐起，但手肘撐高尺許，突然支持不住，一大口鮮血噴出，重新跌下。他昏昏沉沉，只盼一動也不動的躺着，但仍是記着尚有一掌未挨，救不得銳金旗眾人的性命。

他深深吸一口氣，終於硬生生坐起，但見他身子發顫，隨時都能再度跌下，各人屏住了呼吸注視，四周雖有數百眾人，但靜得連一針落地都能聽見。

便在這萬籟俱寂的一剎那間，張無忌突然間記起了九陽眞經中的幾句話：「他強由他強，清風拂山岡。他橫任他橫，明月照大江。」他在幽谷中誦讀這幾句經文之時，始終不明其中之理，這時候猛地裏想起，以滅絕師太之強橫狠惡，自己決非其敵，照着九陽眞經中要義，似乎不論敵人如何強猛、如何凶惡，儘可當他是清風拂山，明月映江，雖能加於我身，卻不能有絲毫損傷。然則如何方能不損我身？經文下面說道：「他自狠來他自惡，我自一口眞氣足。」他想到此處，心下豁然有悟，盤膝坐下，依照經中所示的法門調息，只覺丹田中暖烘烘地、活潑潑地，眞氣流動，頃刻間便遍於四肢百骸。那九陽神功的大威力，這時方才顯現出來。他外傷雖重，嘔血成升，但內力眞氣，竟是半點也沒損耗。

滅絕師太見他運氣療傷，心下也不禁暗自訝異，這少年果是有非常之能。她打張無忌的第一掌乃是「飄雪穿雲掌」中的一招，第二掌更加厲害，是「截手九式」的第三式，這都是峨嵋派掌法中精華所在。第一掌她只出三分力，第二掌將力道加到七成，料想便算不能將他一掌斃命於當場，至少要叫他筋斷骨折，全身萎癱，再也動彈不得。那知他俯伏半晌，便又坐起，實是大出她意料之外。依照武林中的比武慣例，滅絕師太原可不必等候他運息療傷，但她自重身分，自不會在此時乘人之危，對一個後輩動手。

丁敏君大聲大叫道：「喂，姓曾的，你若是不敢再接我師父第三掌，乘早給我滾得遠遠的。你在這兒養一輩子傷，我們也在這兒等你一輩子嗎？」周芷若細聲細氣的道：「丁師姊，讓他多休息一會，那也礙不了事。」丁敏君怒道：「你……你也來袒護外人，是不是瞧着這小子……」她本來想說：「瞧着這小子英俊，對他有了意思啦。」但立即想到有各大門派不少知名之士在旁，這些粗俗的言語可不能出口，因此一句話沒說完，便即住口。但她言下之意，旁人怎不明白？下面半句話雖然沒說完，還是和說出口一般無異。

周芷若又羞又急，氣得臉都白了，卻不分辯，淡淡的道：「小妹只是顧念本門和師尊的威名，盼望別讓旁人說一句閒話。」丁敏君愕道：「甚麼閒話？」

周芷若道：「本門武功天下揚名，師父更是當世數一數二的前輩高人，自不會跟這種後生小子一般見識。只不過見他大膽狂妄，這才出手教訓於他，難道眞的會要了他的性命不成？本門俠義之名已垂之百年，師尊仁俠寬厚，誰不欽仰？這年輕人螢燭之光，如何能與日月爭輝？便讓他再去練一百年，也不能是咱們師尊的對手，多養一會兒傷，又算得甚麼？」這一番話說得人人暗中點頭。滅絕師太心下更喜，覺得這個小徒兒識得大體，在各派的高手之前替本門增添光采。

張無忌體內眞氣一加流轉，登時精神煥發，把周芷若的話句句聽在耳裏，知道她是在極力迴護自己，又以言語先行扣住，使滅絕師太不便對自己痛下殺手，不由得心中感激，站起身來，說道：「師太，晚輩捨命陪君子，再挨你一掌。」

滅絕師太見他只這麼盤膝一坐，立時便精神奕奕，暗道：「這小子的內力如此渾厚，當眞邪門。」說道：「你只管出手擊我，誰叫你挨打不還手？」張無忌道：「晚輩這點兒粗陋功夫，連師太的衣角也碰不到半分，說甚麼還手？」滅絕師太道：「你既有自知之明，那便乘早走開。少年人有這等骨氣，也算難得。滅絕師太掌下素不饒人，今日對你破一破例。」

張無忌躬身道：「多謝前輩。這些銳金旗的大哥們你也都饒了麼？」滅絕師太的長眉斜斜垂下，冷笑道：「我的法名叫作甚麼？」張無忌道：「前輩的尊名是上『滅』下『絕』。」滅絕師太道：「你知道就好了。妖魔邪徒，我是要滅之絕之，決不留情，難道『滅絕』兩字，是白叫的麼？」張無忌道：「既然如此，請前輩發第三掌。」

滅絕師太斜眼相睨，似這般頑強的少年，一生之中確是從未見過，她素來心冷，但突然間起了愛才之念，心想：「我第三掌一出，他非死不可。這人究非妖邪一流，年紀輕輕的如此送命，不免有些可惜！」微一沉吟，心意已決，第三掌要打在他丹田的要穴之上，運內力震盪他的丹田，使他立時閉氣暈厥，待誅盡魔教銳金旗的妖人之後，再將他救醒。

她左袖一拂，第三掌正要擊出，忽聽得一人叫道：「滅絕師太，掌下留人！」這八個字的聲音有如針尖一般的鑽入各人耳中，人人覺得極不舒服。

只見西北角上一個白衫男子手搖摺扇，穿過人羣，走將過來，行路足下塵沙不起，便如是在水面上飄浮一般。這人白衫的左襟上繡着一隻小小黑鷹，雙翅展開。衆人一看，便知他是天鷹教中的高手人物。原來天鷹教教衆的法服和明教一般，也是白袍，只是明教教袍上繡一個紅色火焰，天鷹教則繡一頭黑鷹。

那人走到離滅絕師太三丈開外，拱手笑道：「師太請了，這第三掌嘛，便由區區代領如何？」滅絕師太道：「你是誰？」那人道：「在下姓殷，草字野王。」

他「殷野王」三字一出口，旁觀衆人登時起了鬨。殷野王的名聲，這二十年來在江湖上着實響亮，武林中人多說他武功之高，跟他父親白眉鷹王殷天正實已差不了多少，他是天鷹教天微堂堂主，權位僅次於教主。

滅絕師太見這人不過四十來歲年紀，但一雙眼睛猶如冷電，精光四射，氣勢懾人，倒也不能小覷於他，何況平時也頗聽到他的名頭，當下冷冷的道：「這小子是你甚麼人，要你代接我這一掌？」

張無忌心中只叫：「他是我舅舅，是我舅舅。難道他認出我來了？」

殷野王哈哈一笑，道：「我跟他素不相識，只是見他年紀輕輕，骨頭倒硬，頗不像武林中那些假仁假義、沽名釣譽之徒。心中一喜，便想領教一下師太的功力如何？」最後一句話說得頗不客氣，意下似乎全沒將滅絕師太放在眼裏。

滅絕師太卻也並不動怒，對張無忌道：「小子，你倘若還想多活幾年，這時候便走，還來得及。」張無忌道：「晚輩不敢貪生忘義。」滅絕師太點了點頭，向殷野王道：「這小子還欠我一掌。咱們的帳一筆歸一筆，回頭不教閣下失望便是。」

殷野王嘿嘿一笑，說道：「滅絕師太，你有本事便打死這個少年。這少年若是活不了，我教你們人人死無葬身之地。」一說完，立時飄身而退，穿過人叢，喝道：「現身！」

突然之間，沙中湧出無數人頭，每人身前支着一塊盾牌，各持強弓，一排排的利箭對着衆人。原來天鷹教教衆在沙中挖掘地道，早將衆人團團圍住了。

衆人全神注視滅絕師太和張無忌對掌，毫沒分心，便是宋青書等有識之士，也只防備天鷹教教衆突然奔前衝擊，那料得他們乘着沙土鬆軟，竟然挖掘地道，冷不防佔盡了周遭有利的地形。這麼一來，人人臉上色變，眼見利箭上的箭頭在日光下發出暗藍光芒，顯是餵有劇毒，只消殷野王一聲令下，各派除了武功最高強的數人之外，其餘的只怕都要性命難保。當地五派之中，論到資望年歲，均以滅絕師太爲長，各人一齊望着她，聽她號令。

滅絕師太的性子最是執拗不過，雖然眼見情勢惡劣，竟是絲毫不爲所動，對張無忌道：「小子，你只好怨自己命苦。」突然間全身骨骼中發出劈劈拍拍的輕微爆裂之聲，炒豆般的響聲未絕，右掌已向張無忌胸口擊去。

這一掌是峨嵋的絕學，叫做「佛光普照」。任何掌法劍法總是連綿成套，多則數百招，最少也有三五式，但不論三式或是五式，定然每一式中再藏變化，一式抵得數招乃至十餘招。可是這「佛光普照」的掌法便只一招，而且這一招也無其他變化，一招拍出，擊向敵人胸口也好，背心也好，肩頭也好，面門也好，招式平平淡淡，一成不變，其威力之生，全在於以峨嵋派九陽功作爲根基。一掌既出，敵人擋無可擋，避無可避。當今峨嵋派中，除了滅絕師太一人之外，再無第二人會使。她本來只想擊中張無忌的丹田，將他擊暈便罷，但殷野王出來一加威嚇之後，她再手下留情，那便不是寬大，而是貪生怕死、向敵人屈膝投降了。因此這一招乃是使上了全力，絲毫不留餘地。

張無忌見她手掌擊出，骨骼先響，也知這一掌非同小可，自己生死存亡，便決於這頃刻之間，那敢有些微怠忽？在這一瞬之間，只是記着「他自狠來他自惡，我自一口眞氣足」這兩句經文，絕不想去如何出招抵禦，但把一股眞氣匯聚胸腹。

猛聽得砰然一聲大響，滅絕師太一掌已打中在他胸口。

旁觀衆人齊聲驚呼，只道張無忌定然全身骨骼粉碎，說不定竟被這排山倒海般的一擊將身子打成了兩截。那知一掌過去，張無忌臉露訝色，竟好端端的站着，滅絕師太卻是臉如死灰，手掌微微發抖。

原來適才滅絕師太這一招「佛光普照」純以峨嵋九陽功爲基，偏生張無忌練的正是九陽神功。峨嵋九陽功乃當年郭襄聽覺遠背誦九陽眞經後記得若干片段而化成，和原本的九陽神功相較，威力自是不可同日而語。但兩門內功威力有大小，本質卻是一致，峨嵋九陽功一遇到九陽神功，猶如江河入海，又如水乳交融，登時無影無蹤。滅絕師太擊他的第一掌是「飄雪穿雲掌」，第二掌是「截手九式」，均非九陽神功所屬，是以擊在張無忌身上，卻能使他受傷嘔血。

這中間的道理，當時卻無一人能理會得，張無忌固然茫無所知，滅絕師太雖見識廣博，也只道這小子內功深湛、自己傷他不得而已。是以圈子內外的數百人，除了滅絕師太自己，個個均以爲她手下留情，有的以爲她愛惜張無忌的骨氣，有的以爲她顧全大局，不願五派在天鷹教的毒箭下傷亡慘重，更有的以爲她膽小害怕，屈服於殷野王的威嚇之下。

張無忌躬身一揖，說道：「多謝前輩掌底留情。」滅絕師太哼了一聲，大是尷尬，若是上前再打，自己明明說過只擊他三掌，倘若就此作罷，那更是向天鷹教屈服的奇恥大辱。

便在她這微一遲疑之間，殷野王哈哈大笑，說道：「識時務者爲俊傑，滅絕師太不愧爲當世高人。」喝令：「撤去弓箭！」一衆教徒陡然間翻翻滾滾的退了開去，一排盾牌，一排弓箭，排列得極是整齊，看來這殷野王以兵法部勒教衆，進退攻拒之際，頗具陣法。

滅絕師太臉上無光，卻又如何能向衆人分辯，說自己這一掌並非手下留情？各人明明見到她輕輕兩掌，便將張無忌打得重傷，但給殷野王一嚇之後，第三掌竟徒具威勢，一點力道也沒使上。她便竭力申辯，各人也不會相信，何況她向來高傲慣了的，豈肯去求人相信？當下狠狠的向張無忌瞪了一眼，朗聲道：「殷野王，你要考較我的掌力，這就請過來。」

殷野王拱手道：「今日承師太之情，不敢再行得罪，咱們後會有期。」

滅絕師太左手一揮，不再言語，領了衆弟子向西奔去。崑崙、華山、崆峒各派人衆，以及殷梨亭、宋青書等跟隨而去。

蛛兒雙足尚自行走不得，急道：「阿牛哥，快帶我走。」

張無忌卻很想和殷野王說說幾句話，道：「等一會。」迎着向殷野王走了過去，說道：「前輩援手大德，晚輩決不敢忘。」

殷野王拉着他的手，向他打量了一會，問道：「你姓曾？」

張無忌眞想撲在他懷裏，叫出聲來：「舅舅，舅舅！」但終於強行忍住，雙眼卻不自禁的紅了。有道是：「見舅如見娘」，他父母雙亡，殷野王是他十年多來第一次見到的親人，如何不教他心情激動？

殷野王見他眼色中顯得對自己十分親近，只道他感激自己救他性命，也不放在心上，眼光轉到在地下的蛛兒，淡淡一笑，說道：「阿離，你好啊！」

蛛兒抬起頭來，眼光中充滿了怨毒，隨即低頭，過了一會，叫道：「爹！」

這個「爹」字一出口，張無忌大吃一驚，但心中念頭迅速轉動，頃刻間明白了許多事情：「原來蛛兒是舅舅的女兒，那麼便是我的表妹了。她殺了二娘，累死了自己母親，又說爹爹一見到便要殺她……哦，她使『千蛛萬毒手』戳傷殷無祿，想來這個家人跟着主人，也對她母女不好。殷無福、殷無壽雖然心中痛恨，卻不能跟她動手，是以說了一句『原來是三小姐』，便抱了殷無祿而去。」他回頭瞧着蛛兒時，忽又想到：「怪不得我總覺得她舉動像我媽媽，原來她和我有血肉之親，我媽是她的嫡親姑母。」

只聽殷野王冷笑道：「你還知道叫我一聲爹，哼，我只道你跟了金花婆婆，便將天鷹教不瞧在眼裏了。沒出息的東西，跟你媽一模一樣，練甚麼『千蛛萬毒手』，哼，你找面鏡子自己瞧瞧，我姓殷的家中有你這樣的醜八怪？」

蛛兒本來嚇得全身發顫，突然間轉過頭來，凝視父親的臉，朗聲道：「爹，你不提從前的事，我也不提。你既要說，我倒要問你，媽好好的嫁了你，你為甚麼要另娶二娘？」

殷野王道：「這……這……死丫頭，男子漢大丈夫，那一個沒有三妻四妾？你忤逆不孝，今日狡辯也是無用。甚麼金花婆婆、銀葉先生，天鷹教也沒放在眼裏。」回手一揮，對着殷無福、殷無壽兩人道：「帶了這丫頭走。」
張無忌雙手一攔，道：「且慢！殷……殷前輩，你要拿她怎樣？」殷野王道：「這丫頭是我的親生逆女，她害死庶母，累死母親，如此禽獸不如之人，怎能留於世間？」
張無忌道：「那時殷姑娘年幼，見母親受人欺辱，一時不忿，做錯了事，還望前輩念在父女之情，從輕責罰。」
殷野王仰天大笑，說道：「好小子，你究竟是那一號的人物，甚麼閒事都管。連我殷家的家事也要插手？你是『武林至尊』不是？」
張無忌心下激動，眞想便說：「我是你外甥，可不是外人。」但終究忍住了。
殷野王笑道：「小子，你今天的性命是撿來的，再這般多管江湖上的閒事，再有十條小命，也不夠賠。」說着左手一擺。殷無福、殷無壽二人上前架起蛛兒，拉到殷野王身後。
張無忌知道蛛兒這一落入她父親手中，性命多半無倖，情急之下，衝上去便要搶人。殷野王眉頭一皺，左手陡地伸出，抓住他胸口輕輕往外一揮，張無忌身不由主，便如騰雲駕霧般的直摔出去，砰的一聲，重重摔在黃沙之中。他有九陽神功護體，自是不致受傷，但陷身沙內，眼耳口鼻之中塞滿了沙子，難受之極。他不肯干休，爬起來又搶上去。
殷野王冷笑道：「小子，第一下我手下留情，再來可不客氣了。」張無忌懇求道：「她……她是你的親生女兒啊，她小的時候你抱過她，親過她，你饒了她罷。」
殷野王心念一動，回頭瞧了蛛兒一眼，但見到她浮腫的臉，不由得厭惡之情大增，喝道：「走開！」張無忌反而走上一步，便想搶人。蛛兒叫道：「阿牛哥，你別理我，我永遠記得你待我的好處。你快走開，你打不過我爹爹的。」

便在這時，黃沙中突然間鑽出一個青袍人來，雙手一長，已抓住殷無福、殷無壽兩人的後領，跟着併臂一合，兩人額頭對額頭猛撞一下，登時暈去。那人抱起蛛兒，疾馳而去。

殷野王怒喝：「韋蝠王，你也來多管閒事？」

青翼蝠王韋一笑縱聲長笑，抱着蛛兒向前急馳，他名叫「一笑」，這笑聲卻是連綿不絕，何止百笑千笑？殷野王和張無忌一齊發足急追。

這一次韋一笑不再大兜圈子，逕向西南方飄行。這人身法之快，實是匪夷所思，殷野王內力深厚，輕功了得，張無忌體內眞氣流轉，更是越奔越快，但韋一笑快得更加厲害。眼見初時和他相距數丈，到後來變成十餘丈、二十餘丈、三十餘丈……終於人影不見。

殷野王怒極而笑，見張無忌始終和自己並肩疾奔，半步也沒落後，心下暗自驚異，這時明知已無法追上韋一笑，卻要考一考這少年的脚力，足底加勁，身子如箭離弦，激射而出，卻見他不即不離，仍是和自己並肩而行，忽聽他說道：「殷前輩，這青翼蝠王奔跑雖快，未必長力也夠，咱們跟他死纏到底。」

殷野王吃了一驚，立時停步，自忖：「我施展如此的輕功，已是竭盡平生之力，別說開口說話，便是換錯了一口氣也不成。這小子隨口說話，居然足下絲毫不慢，那是甚麼功夫？」他陡然間停步，張無忌一竄已在數丈之外，忙轉身回頭，退回到殷野王身旁，聽他示下。

殷野王道：「曾兄弟，你師父是誰？」張無忌忙道：「不，不！你千萬不能叫我兄弟，我是你晚輩，你老人家叫我『阿牛』便了，我沒師父。」殷野王心念一動：「這小子的武功如此怪異，留着大是禍胎，不如出其不意，一掌打死了他。」

便在此時，忽聽得幾下極尖銳的海螺聲遠遠傳來，正是天鷹教有警的訊號。殷野王眉頭一皺，心想：「定是洪水、烈火各旗怪我不救銳金旗，又起了亂子。倘若一掌打不死這小子，這時候卻沒有功夫跟他纏鬥。不如借刀殺人，讓他去送命在韋一笑手裏。」便道：「天鷹教遇上了敵人，我須得趕回應付，你獨自去找韋一笑罷。這人凶惡陰險，待得遇上了，你須先下手爲強。」

張無忌道：「我本領低微，怎打得過他？你們有甚麼敵人來攻？」殷野王側耳聽了一下號角，道：「果然是明教的洪水、烈火、厚土三旗都到了。」張無忌道：「大家都是明教一脈，又何必自相殘殺？」

殷野王臉一沉，道：「小孩子懂得甚麼？又來多管閒事！」轉身向來路奔回。

張無忌心想：「蛛兒落入了大惡魔韋一笑手中，倘若給他在咽喉上咬了一口，吸起血來，那裏還有命在？」想到此處，更是着急，當即吸一口眞氣，發足便奔。好在韋一笑輕功雖佳，手上抱了一個人後，總不能踏沙無痕，沙漠之中還是留下了一條足迹。張無忌打定了主意：「他休息，我不休息，他睡覺，我不睡覺，奔跑三日三夜，好歹也追上了他。」

可是在烈日之下，黃沙之中，奔跑三日三夜當眞是談何容易，他奔到傍晚，已是口乾脣燥，全身汗如雨下。但說也奇怪，脚下卻毫不疲累，積蓄了數年的九陽神功一點一滴的發揮出來，越是使力，越是精神奕奕。

他在一處泉水中飽飽的喝了一肚子水，足不停步，循着韋一笑的足印奔跑。

奔到半夜，眼見月在中天，張無忌忽地恐懼起來，只怕突然之間，蛛兒被吸乾了血的屍體在眼前出現。就在這時，隱隱聽得身後似有足步之聲，他回頭一看，卻沒有人。他不敢躭擱，發足又跑，但背後的脚步聲立時跟着出現。

他心中大奇，回頭再看，仍是無人，仔細一看，沙漠中明明有三道足迹，一道是韋一笑的，一道是自己的，另一道卻是誰的？再回過頭來，身前只韋一笑的一道足迹。那麼有人在跟蹤自己，定然無疑的了，怎麼總是瞧不見他，難道這人有隱身術不成？

他滿腹疑團，拔足又跑，身後的足步聲又即響起。

張無忌叫道：「是誰？」身後一個聲音道：「是誰？」張無忌大吃一驚，喝道：「你是人是鬼？」那聲音也道：「你是人是鬼？」

張無忌急速轉過身來，這一次看到了身後那人在地下的一點影子，才知是個身法奇快之人躱在自己背後，叫道：「你跟着我幹麼？」那人道：「我跟着你幹麼？」張無忌笑道：「我怎麼知道？這才問你啊。」那人道：「我怎麼知道？這才問你啊。」

張無忌見這人似乎並無多大惡意，否則他在自己身後跟了這麼久，隨便甚麼時候一出手，都能致自己死命，便道：「你叫甚麼名字？」那人道：「說不得。」張無忌道：「爲甚麼說不得？」那人道：「說不得就是說不得，還有甚麼道理好講。你叫甚麼名字？」張無忌道：「我……我叫曾阿牛。」那人道：「你半夜三更的狂奔亂跑，在幹甚麼？」

張無忌知道這是一位身懷絕技的異人，便道：「我一個朋友給青翼蝠王捉了去，我要去救回來。」那人道：「你救不回來的。」張無忌道：「爲甚麼？」那人道：「青翼蝠王的武功比你強，你打他不過。」張無忌道：「打他不過也要打。」

那人道：「很好，有志氣。你朋友是個姑娘麼？」張無忌道：「是的，你怎知道？」那人道：「要不是姑娘，少年人怎會甘心拚命。很美罷？」張無忌道：「醜得很！」那人道：「你自已呢，醜不醜？」張無忌道：「你到我面前，就看到了。」那人道：「我不要看，那姑娘會武功麼？」張無忌道：「會的，是天鷹教殷野王前輩的女兒，曾跟靈蛇島金花婆婆學武。」那人道：「不用追了，韋一笑捉到了她，一定不肯放。」張無忌道：「爲甚麼？」

那人哼了一聲，道：「你是個傻瓜，不會用腦子。殷野王是殷天正的甚麼人？」張無忌道：「他們兩位是父子之親。」那人道：「白眉鷹王和青翼蝠王的武功誰高？」張無忌道：「我不知道。請問前輩，是誰高啊？」那人道：「各有所長。兩人誰的勢力大些？」張無忌道：「鷹王是天鷹教教主，想必是勢力大些。」那人道：「不錯。因此韋一笑捉了殷天正的孫女，那是奇貨可居，不肯就還的，他想要挾殷天正就範。」

張無忌搖頭道：「只怕做不到，殷野王前輩一心一意想殺了他自已的女兒。」那人奇道：「爲甚麼啊？」張無忌於是將蛛兒殺父親愛妾、累死親母之事簡畧說了。

那人聽完後，嘖嘖讚道：「了不起，了不起，當眞是美質良材。」張無忌奇道：「甚麼美質良材？」那人道：「小小年紀，就會殺死庶母、害死母親，再加上靈蛇島金花婆婆的一番調教，當眞是我見猶憐。韋一笑要收她作個徒兒。」張無忌吃了一驚，問道：「你怎知道？」那人道：「韋一笑是我好朋友，我自然明白他的心性。」

張無忌一呆之下，大叫一聲：「糟糕！」發足便奔。那人仍是緊緊的跟在他背後。

張無忌一面奔跑，一面問道：「你爲甚麼跟着我？」那人道：「我好奇心起，要瞧瞧熱鬧。你還追韋一笑幹麼？」張無忌怒道：「蛛兒已經有些邪氣，我決計不許她再拜韋一笑爲師。倘若她也學成一個吸飲人血的惡魔，那怎生是好？」

那人道：「你很喜歡蛛兒麼？爲甚麼這般關心她？」張無忌嘆了一口氣，道：「我也不知道歡不歡喜她，不過她……她有點兒像我媽媽。」那人道：「嗯，原來你媽媽也是個醜八怪，想來你也好看不了。」張無忌急道：「我媽媽很好看的，你別胡說八道。」

那人道：「可惜，可惜！」張無忌道：「可惜甚麼？」那人道：「你這少年有肝膽，有血性，着實不錯，可惜轉眼便是一具給吸乾了鮮血的僵屍。」

張無忌心念一動：「他的話確也不錯，我就算追上了韋一笑，又怎能救得蛛兒，也不過是白白饒上自己的性命而已。」說道：「前輩，你幫幫我，成不成？」那人道：「不成。一來韋一笑是我好朋友，二來我也打不過他。」

張無忌道：「韋一笑既是你好朋友，你怎地不勸勸他？」那人道：「勸有甚麼用？韋一笑自己又不想吸飲人血，他是迫不得已的，實是痛苦難當。」張無忌奇道：「迫不得已？那有此事？」那人道：「韋一笑練內功時走火，自此每次激引內力，必須飲一次人血，否則全身寒戰，立時凍死。」張無忌沉吟道：「那是三陰脈絡受損麼？」

那人奇道：「咦，你怎麼知道？」張無忌道：「我只是猜測，不知對不對。」那人道：「我曾三入長白山，想替他找一頭火蟾，治療此病，但三次都是徒勞無功。第一次還見到了火蟾，差着兩丈沒捉到，第二次第三次連火蟾的影子也沒有見到。待眼前的難關過了之後，我總還得再去一次。」張無忌道：「我同你一起去，好不好？」那人道：「嗯，你的內力倒夠，就是輕功太差，簡直沒半點火候，到那時再說罷。喂，我問你，幹麼你要去幫忙捉火蟾？」

張無忌道：「倘若捉到了，不但治好韋一笑的病，也救了很多人，那時候他不用再吸人血了。啊，前輩，他奔跑了這麼久，激引內力，是不是迫不得已，只好吸蛛兒的血呢？」

那人一呆，說道：「這倒說不定。他雖然想收蛛兒為徒，但是打起寒戰來，自己血液要凝結成冰，那時候啊，只怕便是自己的親生女兒……」

張無忌越想越是害怕，捨命狂奔。那人忽道：「咦，你後面是甚麼？」張無忌回過頭來想看，突然間眼前一黑，全身已被一隻極大的套子套住，跟着身子懸空，似乎是處身在一隻布袋之中，被那人提了起來。他忙伸手去撕布袋，豈知那布袋非綢非革，堅韌異常，摸上去布紋宛然，顯是粗布所製，但撕上去卻紋絲不動。

那人提起袋子往地下一擲，哈哈大笑，說道：「你能鑽出我的布袋，算你本事。」張無忌運起內力，雙手往外猛推，但那袋子軟軟的絕不受力。他提起右脚，用力一脚踢出，波的一聲悶響，那袋子微微向外一凸，不論他如何拉推扯撕，翻滾頂撞，這隻布袋總是死樣活氣的不受力道。那人笑道：「你服了麼？」張無忌道：「服了！」

那人拍的一下，隔着袋子在他屁股上打了一記，笑道：「小子，乖乖的在我的乾坤一氣袋中別動，我帶你到一個好地方去。你開口說一句話，給人知覺了，我可救不得你。」張無忌道：「你帶我到那裏去？」那人道：「你已落入我乾坤一氣袋中，我要取你小命，你逃得了麼？你只要不動不作聲，總有你的好處。」張無忌一想這話倒也不錯，當下便不掙扎。

那人道：「你能鑽進我的布袋，是你的福緣。」提起布袋往肩頭上一掮，拔足便奔。

張無忌道：「蛛兒怎麼辦啊？」那人道：「我怎知道？你再囉唆一聲，我把你從布袋裏抖了出來。」張無忌心想：「你把我抖出來，正是求之不得。」嘴裏卻不敢答話，只覺那人腳下迅速之極。

那人走了幾個時辰，張無忌在布袋中覺得漸漸熱了起來，知道已是白天，太陽晒在袋上，過了一會，只覺那人越走越高，似在上山。這一上山，又走了兩個多時辰，張無忌這時身上已頗有寒意，心想：「多半是到了極高的山上，峯頂積雪，因此這麼冷。」突然之間，身子飛了起來，他大吃一驚，忍不住叫出聲來。

他叫聲未絕，只覺身子一頓，那人已然着地，張無忌這才明白，原來適才那人是帶了自己蹤躍了一下，心想身處之地多半是極高山峯上的危崖絕壁，那人揹負了自己如此跳躍，山巖積了冰雪，甚是滑溜，倘若一個失足，豈不兩人都一齊粉身碎骨？心中剛想到此處，那人又已躍起。這人不斷的跳躍，忽高忽低，忽近忽遠，張無忌雖在布袋之中，見不到半點光亮，也猜得到當地的地勢必定險峻異常。

圓眞拔出匕首，猛力向布袋上刺去。那布袋遇到刀尖時只凹陷入內，卻不穿破。圓眞連刺數刀，怎奈何得了它？當即飛起一脚，將布袋踢了出去。

十九　禍起蕭牆破金湯

張無忌被那人帶着又一次高高躍起，忽聽得遠處有人叫道：「說不得，怎麼到這時候才來？」負着張無忌的那人道：「路上遇到了一點小事。韋一笑到了麼？」遠處那人道：「沒見啊！眞奇怪，連他也會遲到。說不得，你見到他沒有？」一面問，一面走近。

張無忌暗自奇怪：「原來這個人就叫『說不得』，無怪我問他叫甚麼名字，他說是『說不得』，再問他爲甚麼說不得，他說道『說不得就是說不得，那有甚麼道理好講。』怎麼一個人會取這樣一個怪名？」又想：「原來他和韋一笑約好了在此相會，不知蛛兒是否無恙？他是韋一笑的好朋友，不知要如何對付我？」

只聽說不得道：「鐵冠道兄，咱們找找韋兄去，我怕他出了甚麼亂子。」鐵冠道人道：「青翼蝠王機警聰明，武功卓絕，會有甚麼亂子。」說不得道：「我總覺得有些不對。」

忽聽得一個聲音從底下山谷中傳了上來，叫着：「說不得臭和尚，鐵冠老雜毛，快來幫個忙，糟糕之極了，糟糕之極了。」

說不得和鐵冠道人齊聲驚道：「是周顛，他甚麼事情糟糕？」說不得又道：「他好像受了傷，怎地說話中氣如此弱？」不等鐵冠道人答話，揹了張無忌便往下躍去。鐵冠道人跟在後面，忽道：「啊！周顛負着甚麼人？是韋一笑！」

說不得道：「周顛休慌，我們來助你了。」周顛叫道：「慌你媽的屁，我慌甚麼？吸血蝙蝠的老命要歸天！」說不得驚道：「韋兄怎麼啦，受了甚麼傷？」說着加快脚步。

張無忌身在袋中，更如騰雲駕霧一般，忍不住低聲道：「前輩，你暫且放下我，下去救人要緊。」說不得突然提起袋子，在空中轉了三個圈子，張無忌大吃一驚，若他一脫手，將布袋擲了出去，後果當眞不堪設想。

只聽說不得沉着嗓子道：「小子，我跟你說，我是『布袋和尚說不得』，後面那人是鐵冠道人張中，下面說話的是周顛。我們三個，再加上冷面先生冷謙，彭瑩玉彭和尚，是明教的五散人。你知道明教麼？」張無忌道：「知道。原來大師也是明教中人。」說不得道：「我和冷謙不大愛殺人，鐵冠道人、周顛、彭和尚他們，卻是素來殺人不眨眼的。他們倘若知道你藏在我這乾坤一氣袋中，隨隨便便的給你一下子，你就變成一團肉泥。」張無忌道：「我又沒得罪貴教，爲甚麼……」說不得道：「鐵冠道人他們殺人，還要問得罪不得罪嗎？從此之後，你若想活命，不得再在我袋中說出一個字來，知道麼？」張無忌點了點頭。說不得道：「你怎麼不回答？」張無忌道：「你不許我說出一個字來。」說不得微微一笑，道：「你知道就好……啊，韋兄怎麼了？」

最後一句話，卻是跟周顛說的，只聽周顛啞着嗓子道：「他……他……糟之透頂，糕之透頂。」說不得道：「嗯，韋兄心口還有一絲暖氣，周顛，是你救他來的？」周顛道：「廢話，難道是他救我來的？」鐵冠道人道：「周顛，你受了甚麼傷？」

周顛道：「我見吸血蝙蝠僵在路旁，凍得氣都快沒有了，不合強盜發善心，運氣助他，那知吸血蝙蝠身上的陰毒當眞厲害，就是這麼一回事。」

說不得道：「周顛，你這一次當眞是做了好事。」周顛道：「甚麼好事壞事，吸血蝙蝠此人又陰毒又古怪，我平素瞧着最不順眼，不過這一次他做的事很合周顛的胃口，周顛便救他一救。那知道沒救到吸血蝙蝠，寒毒入體，反要陪上周顛一條老命。」鐵冠道人驚道：「你傷得這般厲害？」周顛道：「報應，報應。吸血蝙蝠和周顛生平不做好事，那知一做好事便橫禍臨頭。」說不得道：「韋兄做了甚麼好事？」

周顛道：「他激引內毒，陰寒發作，本來只須吸飲人血，便能抑制。他身旁明明有一個女娃子，可是他寧願自己送命，也不吸她的血。周顛一見之下，說道：『啊喲不對，吸血蝙蝠既然倒行逆施，周顛也只好胡作非爲一下，要救他一救。』」

張無忌聽得韋一笑沒吸飲蛛兒的血，一喜非同小可。說不得反手在布袋外一拍，問道：「那女娃子是誰？」周顛道：「我也這般問吸血蝙蝠。他說這是白眉老兒的孫女，他說眼前明教有難，大夥兒需當齊心合力，因此萬萬不能吸她的血。」說不得和鐵冠道人一齊鼓掌，說道：「正該如此。白鷹、青蝠兩王携手，明教便聲勢大振了。」

說不得將韋一笑身子接了過來，驚道：「他全身冰冷，那怎麼辦？」周顛道：「是啊，我說你們快活得太早了，吸血蝙蝠這條老命十成中已去了九成，一隻死蝙蝠和白眉鷹王携手，於明教有甚麼好處？」鐵冠道人道：「你們在這兒等一會，我下山去找個活人來，讓韋兄飽飲一頓人血。」說罷縱身便欲下山。

周顛叫道：「且慢！鐵冠雜毛，這兒如此荒涼，等你找到了人，韋一笑早就變成韋不笑。死屍倘若會笑，那就可怕得很了。說不得，你布袋中那個小子，拿出來給韋兄吃了罷。」張無忌一驚：「原來他們早瞧出我藏身布袋之中。」

說不得道：「不成！這個人於本教有恩，韋兄若是吃了他，五行旗非跟韋兄拚老命不可。」於是將張無忌如何身受滅絕師太三掌重擊、救活銳金旗數十人的事簡畧說了，又道：「這麼一來，五行旗還不死心塌地的服了這個小子麼？」

鐵冠道人問道：「你把他裝在袋中，奇貨可居，想收服五行旗麼？」

說不得道：「說不得，說不得！總而言之，本教四分五裂，眼前大難臨頭，天鷹教遠來相助，偏又跟五行旗的人算起舊帳來，打了個落花流水。咱們總得携手一致，才免覆滅。袋中這人有利於本教諸路人馬携手，那是決然無疑的。」

他說到這裏，伸右手貼在韋一笑的後心「靈台穴」上，運氣助他抵禦寒毒。周顛嘆道：「說不得，你爲朋友賣命，那是沒得說的，可是你小心自己的老命。」鐵冠道人道：「我也來相助一臂之力。」伸右手和說不得的左掌相接。兩股內力同時衝入韋一笑體內。

過了一頓飯時分，韋一笑低低呻吟一聲，醒了過來，但牙關仍是不住相擊，顯然冷得厲害，顫聲道：「周顛、鐵冠道兄，多謝你兩位相救。」他對說不得卻不言謝，他兩人是過命的交情，口頭的道謝反而顯得多餘。鐵冠道人功力深湛，但被韋一笑體內的陰毒逼了過來，奮力相抗，一時說不出話來。說不得也是如此。

忽聽得東面山峯上飄下錚錚的幾下琴聲，中間挾着一聲清嘯，周顛道：「冷面先生和彭和尚尋過來啦。」提高聲音叫道：「冷面先生，彭和尚，有人受了傷，還是你們滾過來罷！」那琴聲錚的一響，示意已經聽到。

彭和尚卻問：「誰……受……了……傷……啦……」聲音遠遠傳來，山谷鳴響。跟着又問：「到底是誰受了傷？說不得沒事罷？鐵冠兄呢？周顛，你怎麼說話中氣不足？」他問一句，人便躍近數丈，待得問完，已到了近處，驚道：「啊喲，是韋一笑受了傷。」周顛道：「你慌慌張張，老是先天下之急而急。冷面兄，你來給想個法子。」最後那句話，卻是向冷面先生冷謙說的。冷謙嗯了一聲，並不答話，他知彭和尚定要細問端詳，自己大可省些精神。果然彭和尚一連串問話連珠價迸將出來，周顛說話偏又顛三倒四，待得說完經過，說不得和鐵冠道人也已運氣完畢。彭和尚與冷謙運起內力，分別為韋一笑、周顛驅除寒毒。

待得韋周二人元氣畧復。彭和尚道：「我從東北方來，得悉少林派掌門空聞親率師弟空智、空性，以及諸代弟子百餘人，正趕來光明頂，參與圍攻我教。」

冷謙道：「正東，武當五俠！」他說話極是簡潔，便是殺了他頭也不肯多說半句廢話，他說這六個字，意思是說：「正東方有武當五俠來攻。」至於武當五俠是誰，反正大家都知是宋遠橋、兪蓮舟、張松溪、殷梨亭和莫聲谷，那也不必多費唇舌。

彭和尚道：「六派分進合擊，漸漸合圍。五行旗接了數仗，情勢很不利，眼前之計，咱們只有先上光明頂去。」周顛怒道：「放你媽的狗臭屁！楊逍那小子不來求咱們，五散人便挨上門去嗎？」彭和尙道：「周顚，倘若六派攻破光明頂，滅了聖火，咱們還能做人嗎？楊逍得罪五散人當然不對，但咱們助守光明頂，卻非爲了楊逍，而是爲了明教。」說不得也道：「彭和尙的話不錯。楊逍雖然無禮，但護教事大，私怨事小。」

周顚罵道：「放屁，放屁！兩個禿驢一齊放屁，臭不可當。鐵冠道人，楊逍當年打碎你的左肩，你還記得嗎？」鐵冠道人沉吟了半晌，才道：「護教禦敵，乃是大事。楊逍的帳，待退了外敵再算。那時咱們五散人聯手，不怕這小子不低頭。」

周顚「哼」了一聲，道：「冷謙，你怎麼說？」冷謙道：「同去！」周顚道：「你也向楊逍屈服？當時咱們立過重誓，說明教之事，咱們五散人決計從此袖手不理。難道從前說過的話都是放屁麼？」冷謙道：「都是放屁！」

周顚大怒，霍地站起，道：「你們都放屁，我可說的是人話。」鐵冠道人道：「事不宜遲，快上光明頂罷！」彭和尙勸周顚道：「顚兄，當年大家爲了爭立教主之事，翻臉成仇，楊逍固然心胸狹窄，但細想起來，五散人也有不是之處……」周顚怒道：「胡說八道，咱們五散人誰也不想當教主，又有甚麼錯了？」

說不得道：「本教過去的是是非非，便再爭他一年半載，也無法分辯明白。周顚，我問你，你是明尊火聖座下的弟子不是？」周顚道：「那還有甚麼不是的？」說不得道：「今日本教大難當頭，咱們倘若袖手不顧，死後見不得明尊和陽教主。你要是怕了六大派，那就休去。咱們在光明頂上戰死殉教，你來收我們的骸骨罷！」

周顚跳起身來，一掌便往說不得臉上打去，罵道：「放屁！」只聽得拍的一聲響，說不得已重重挨了一掌。他慢慢張口，吐出幾枚被打落的牙齒，一言不發，但見他半邊面頰由白變紅，再由紅變瘀，腫起老高。

彭和尚等人大吃一驚，周顛更是呆了。要知說不得的武功和周顛乃在伯仲之間，周顛隨手一掌，他或是招架，或是閃避，無論如何打他不中，那知他聽由挨打，竟在這一掌之下受傷不輕。周顛好生過意不去，叫道：「說不得，你打還我啊，不打還我，你就不是人。」說不得淡淡一笑，道：「我有氣力，留着去打敵人，打自己人幹麼？」

周顛大怒，提起手掌，重重在自己臉上打了一掌，波的一聲，也吐出了幾枚牙齒。

彭和尚驚道：「周顛，你搗甚麼鬼？」周顛怒道：「我不該打了說不得，叫他打還，他又不打，我只好自己動手。」說不得道：「周顛，你我情若兄弟，我們四人便要去戰死在光明頂上。生死永別，你打我一掌，算得甚麼？」周顛心中激動，放聲大哭，說道：「我也去光明頂。楊逍的舊帳，暫且不跟他算了。」彭和尚大喜，說道：「這才是好兄弟呢。」

張無忌身在袋中，五人的話都聽得清清楚楚，心想：「這五人武功極高，那是不必說的，難得的是大家義氣深重。明教之中高人當眞不少。難道個個都是邪魔外道麼？」正自思量，忽覺身子移動，想是說不得又負了自己，直上光明頂去。他得悉蛛兒無恙，心中已無掛慮，所關懷者，只是武林六大門派圍攻明教，不知如何了局；又想上到光明頂後，當可遇到幼時小友楊不悔，她長大之後，不知是否還認得自己。

一行人又行了一日一夜，每過幾個時辰，說不得便解開袋上一道縫，讓張無忌透透氣，又將袋口緊緊縛上。到了次日午後，張無忌忽覺布袋是在着地拖拉，初時不明其理，後來自己的腦袋稍稍一抬，額頭便在一塊巖石上重重碰了一下，好不疼痛，這才明白，原來各人是在山腹的隧道中行走。隧道中寒氣奇重，透氣也不大順暢，直行了大半個時辰，這才鑽出山腹，又向上升。但上升不久，又鑽入了隧道。前後一共過了五個隧道，才聽周顛叫道：「楊逍，吸血蝙蝠和五散人來找你啦！」

過了半晌，聽得前面一人說道：「眞想不到蝠王和五散人大駕光臨，楊逍沒能遠迎，還望恕罪。」周顛道：「你假惺惺作甚？你肚中定在暗罵，五散人說話有如放屁，說過永遠不上光明頂，永遠不理明教之事，今日卻又自己送上門來。」楊逍道：「六大派四面圍攻，小弟孤掌難鳴，正自憂愁，今得蝠王和五散人瞧在明尊面上，仗義相助，實是本教之福。」周顛道：「你知道就好啦。」當下楊逍請五散人入內，僮兒送上茶水酒飯。

突然之間，那僮兒「啊」的一聲慘呼。張無忌身在袋中，也覺毛骨悚然，不知是何緣故，過了好一會，卻聽韋一笑說道：「楊左使，傷了你一個僮兒，韋一笑以後當圖報答。」他說話時精神飽滿，和先前的氣息奄奄大不相同。張無忌心中一凜：「他吸了這僮兒的熱血，自己的寒毒便抑制住了。」聽楊逍淡淡的道：「咱們之間，還說甚麼報答不報答？蝠王上得光明頂來，便是瞧得起我。」

這七人個個是明教中的頂兒尖兒的高手，雖然眼下大敵當前，但七人一旦相聚，均是精神一振。食用酒飯後，便即商議禦敵之計。說不得將布袋放在脚邊，張無忌又飢又渴，卻記着說不得的吩咐，不敢稍有動彈作聲。

七人商議了一會兒。彭和尚道：「光明右使和紫衫龍王不知去向，金毛獅王存亡難卜，這三位是不必說了。眼前最不幸的事，是五行旗和天鷹教的樑子越結越深，前幾日大鬥一場，雙方死傷均重。倘若他們也能到光明頂上，携手抗敵，別說六大派圍攻，便是十二派、十八派，明教也能兵來將擋，水來土掩。」

說不得在布袋上輕輕踢了一脚，說道：「袋中這個小子，和天鷹教頗有淵源，最近又於五行旗有恩，將來或能着落在這小子身上，調處雙方嫌隙。」

韋一笑冷冷的道：「教主的位子一日不定，本教的紛爭一日不解，憑他有天大的本事，這嫌隙總是不能調處。楊左使，在下要問你一句，退敵之後，你擁何人爲主？」楊逍淡淡的道：「聖火令歸誰所有，我便擁誰爲教主。這是本教的祖規，你又問我作甚？」韋一笑道：「聖火令失落已近百年，難道聖火令不出，明教便一日沒有教主？六大門派所以膽敢圍攻光明頂，沒將本教瞧在眼裏，還不是因爲知道本教乏人統屬、內部四分五裂之故。」

說不得道：「韋兄這話是不錯的。我布袋和尚既非殷派，亦非韋派，是誰做教主都好，總之要有個教主。就算沒教主，有個副教主也好啊，號令不齊，如何抵禦外侮？」鐵冠道人道：「說不得之言，正獲我心。」

楊逍變色道：「各位上光明頂來，是助我禦敵呢，還是來跟我爲難？」

周顛哈哈大笑，道：「楊逍，你不願推選教主，這用心難道我周顛不知道麼？明教沒有教主，便以你光明左使爲尊。哼哼，可是啊，你職位雖然最高，旁人不聽你的號令，又有何用？你調得動五行旗麼？四大護教法王肯服你指揮麼？我們五散人更是閒雲野鶴，沒當你光明左使者是甚麼東西！」

楊逍霍地站起，冷冷的道：「今日外敵相犯，楊逍無暇和各位作此口舌之爭，各位若是對明教存亡甘願袖手旁觀，便請下光明頂去罷！楊逍只要不死，日後再圖一一奉訪。」

彭和尚勸道：「楊左使，你也不必動怒。六大派圍攻明教，凡是本教弟子，人人護教有責，又不是你一個人之事。」

楊逍冷笑道：「只怕本教卻有人盼望楊逍給六大派宰了，好拔去了這口眼中之釘。」周顛道：「你說的是誰？」楊逍道：「各人心中明白，何用多言？」周顛怒道：「你是說我嗎？」楊逍眼望他處，不予理睬。

彭和尚見周顛眼中放出異光，似乎便欲起身和楊逍動手，忙勸道：「古人說得好：兄弟鬩於牆，外禦其侮。咱們且商量禦敵之計。」楊逍道：「瑩玉大師識得大體，此言甚是。」

周顛大聲道：「好啊，彭賊禿識得大體，周顛便只識小體？」他激發了牛性，甚麼也不顧了，喝道：「今日偏要議定這教主之位，周顛主張韋一笑出任明教教主。吸血蝙蝠武功高強，機謀多端，本教之中誰也及不上他。」其實周顛平時和韋一笑也沒有甚麼交情，相互間惡感還多於好感，但他存心氣惱楊逍，便推了韋一笑出來。

楊逍哈哈一笑，道：「我瞧還是請周顛來當教主的好。明教眼下已是四分五裂的局面，再請周大教主來顛而倒之、倒而顛之一番，那才教好看呢！」

周顛大怒，喝道：「放你媽的狗臭屁！」呼的一掌，便向楊逍頭頂拍落。

適才周顛一掌打落說不得多枚牙齒，乃因說不得不避不架之故，但楊逍豈是易與之輩？

他於十餘年前，便因立教主之事，與五散人起了重大爭執，當時五散人立誓永世不上光明頂，今日卻又破誓重來，他心下已暗自起疑，待見周顛突然出手，只道五散人約齊韋一笑前來圖謀自己，驚怒之下，右掌揮出，往周顛手掌上迎去。

韋一笑素知楊逍之能，周顛傷後元氣未復，萬萬抵敵不住，立即手掌拍出，搶在頭裏，接了楊逍這一掌。兩人手掌相交，竟是無聲無息。

原來楊逍雖和周顛有隙，但念在同教之誼，究不願一掌便傷他性命，因此這一掌未使全力，但韋一笑武功深湛，一招「寒冰綿掌」拍到，楊逍右臂一震，登覺一股陰寒之氣從肌膚中直透進來，忙運內力抵禦。兩人功力相若，登時相持不下。

周顛叫道：「姓楊的，再吃我一掌！」剛才一掌沒打到，這時第二掌又擊向他胸口。

說不得叫道：「周顛，不可胡鬧。」彭瑩玉也道：「楊左使，韋蝠王，兩位快快罷手，不可傷了和氣！」伸手欲去擋開周顛那一掌，楊逍身形一側，左掌已和周顛右掌黏住。

說不得叫道：「周顛，你以二攻一，算甚麼好漢？」伸手往周顛的肩頭抓落，想要將他拉開，手掌未落，突見周顛身子微微發顫，似乎已受內傷，說不得吃了一驚，他素知光明左使功力通神，是本教絕頂高手，只怕一掌之下已將周顛傷了，眼見周顛右掌仍和楊逍左掌黏住，不肯撤掌，叫道：「周顛，自己兄弟，拚甚麼老命？」往他肩頭一扳，同時說道：「楊左使，掌下留情。」生怕楊逍不撤掌力，順勢追擊。

不料一拉之下，周顛身子一幌，沒能拉開，同時一股透骨冰冷的寒氣從手掌心中直傳至胸口，說不得更是吃驚，暗想：「這是韋兄的獨門奇功『寒冰綿掌』啊，怎地楊逍也練成了？」

當下急運功力與寒氣相抗。但寒氣越來越厲害，片刻之間，說不得牙關相擊，堪堪抵禦不住。

鐵冠道人和彭瑩玉雙雙搶上，一護周顛，一護說不得。四人之力聚合，寒氣已不足為患，然而只覺楊逍掌心傳過來的力道一陣輕一陣重，時急時緩，瞬息萬變，四人不敢撤手，生怕便在撤手收力的一剎那間，楊逍突然發力，那麼四人不死也得重傷。彭瑩玉叫道：「楊左使，咱們大敵當前，豈可……豈可……豈可……」牙齒相擊，再也說不下去了，似乎全身血液都要凍結成冰，原來他一開口說話，真氣暫歇，便即抵擋不住自掌中傳來的寒氣。

如此支持了一盞茶時分，冷面先生冷謙在旁冷眼旁觀，但見韋一笑和四散人都是神色緊張，楊逍卻悠然自若，心下好生懷疑：「楊逍武功雖高，但和韋一笑也不過在伯仲之間，未必便能勝得了他，再加上說不得等四個人，楊逍萬萬抵敵不住，何以他以一敵五，反而似操勝算，其中必有古怪？」低頭沉思，一時會不過意來。

只聽周顛叫道：「冷面鬼……打……打他的背心……打……」冷謙未曾想明白其中原因，不肯便此出手，眼下五散人只有自己一個閒着，解危脫困，全仗自己，倘若也和楊逍一起硬拚，多一人之力雖然好得多，卻也未必定能制勝。然見周顛和彭瑩玉臉色發青，如再支持下去，陰毒入了內臟，那便是無窮之禍，當下伸手入懷，取出五枚爛銀小筆，托在手中，說道：「五筆，打你曲池、巨骨、陽谿、五里、中都。」這五處穴道都是在手足之上，並非致命的要穴，他又先行說了出來，意思是通知楊逍，並非和你為敵，乃是要你撤掌罷鬥。

楊逍微微一笑，並不理會。冷謙叫道：「得罪了！」左手一揚，右手一揮，五點銀光直向楊逍射去。楊逍待五枚銀筆飛近，突然左臂橫劃，拉得周顛等四人擋在他的身前，但聽周顛和彭瑩玉齊聲悶哼，五枚小筆分別打在他二人身上，周顛中了兩枚，彭瑩玉中了三枚。好在冷謙意不在傷人，出手甚輕，所中又不在穴道，雖然傷肉見血，卻無大碍。

彭瑩玉低聲道：「是乾坤大挪移！」冷謙聽到「乾坤大挪移」五字，登時省悟。「乾坤大挪移」是明教歷代相傳一門最厲害的武功，其根本道理也並不如何奧妙，只不過先求激發自身潛力，然後牽引挪移敵勁，但其中變化神奇，卻是匪夷所思。自前任教主陽頂天逝世，明教中再也無人會這門功夫，是以六人一時都沒想到。如此看來，楊逍其實毫不出力，只是將韋一笑的掌力引着攻向四散人，反過來又將四散人的掌力引去攻擊韋一笑，他居中悠閒而立，不過將雙方內力牽引傳遞，隔山觀虎鬥而已。

冷謙道：「恭喜！無惡意，請罷鬥。」他說話簡潔，「恭喜」兩字，是慶賀楊逍練成了明教失傳已久的「乾坤大挪移」神功；「無惡意」是說我們六人這次上山，對你絕無惡意，原是誠心共抗外敵而來；「請罷鬥」是雙方罷鬥，不可誤會。

楊逍知他平素決不肯多說一個字廢話，正因爲不肯多說一個字，自是從來不說假話。他既說「無惡意」，那是眞的沒有惡意了，而且他適才出手擲射的五枚銀筆，顯爲解圍，不在傷人，於是哈哈一笑，說道：「韋兄，四散人，我說一、二、三，大家同時撤去掌力，免有誤傷！」見韋一笑和周顛等都點了點頭，便緩緩叫道：「一、二、三！」

那「三」字剛出口，楊逍便即收起「乾坤大挪移」神功，突然間背心一寒，一股銳利的指力已戳中了他背上的「神道穴」。楊逍大吃一驚：「蝠王好不陰毒，竟然乘勢偷襲。」待要回掌反擊，只見韋一笑身子一幌，已然跌倒，顯是也中了暗算。

楊逍一生之中不知見過多少大陣仗，雖然這一下變起倉卒，卻不慌張，向前一衝，先行脫卻身後敵人的控制，回過身來，一瞥之下，只見周顛、彭瑩玉、鐵冠道人、說不得四人各已倒地，冷謙正向一個身穿灰色布袍之人拍出一掌。那人回手一格，冷謙「哼」了一聲，聲音中微帶痛楚。

楊逍吸一口氣，縱身上前，待欲相助冷謙，突覺一股寒冰般的冷氣從「神道穴」疾向上行，霎時之間自身柱、陶道、大椎、風府，遊遍了全身督脈諸穴。楊逍心知不妙，敵人武功既高，心又陰毒，抓正了自己與韋一笑、四散人一齊收功撤力的瞬息時機，閃電般猛施突襲，當下只得疾運眞氣相抗，這股寒氣與韋一笑所發的「寒冰綿掌」掌力全然不同，只覺是細絲般一縷冰綫，但遊到何處穴道，何處便感酸麻，若是正面對敵，楊逍有內力護體，決不致任這指力透體侵入，此刻既已受了暗算，只先行強忍，助冷謙擊倒敵人再說。

他拔步上前，右掌揚起，剛要揮出，突然全身劇烈冷戰，掌上勁力已然無影無蹤。這時冷謙已和那人拆了二十餘招，眼見不敵。楊逍心中大急，只見冷謙右足踢出，被那人搶上一步，一指戳在臂上，冷謙身形一幌，向後便倒。楊逍驚怒交集，拚起全身殘餘內力，右肘一個肘錘向那灰袍人胸口撞去。

灰袍人左指彈出，正中楊逍肘底「小海穴」，楊逍登時全身冰冷酸麻，再也不能移動半步。那灰袍人冷冷的道：「光明左使名不虛傳，連中我兩下『幻陰指』，居然仍能站立。」楊逍道：「你這彈指功夫是少林派手法，可是這甚麼『幻陰指』的內勁，哼哼，少林派中卻沒這門陰毒武功。你是何人？」

灰袍人哈哈一笑，說道：「貧僧圓眞，座師法名上『空』下『見』。這次六大派圍剿魔教，你們死在少林弟子手下，也不枉了。」

楊逍道：「六大門派和我明教爲敵，眞刀眞槍，決一死戰，那才是男子漢大丈夫的行逕。空見神僧仁俠之名播於天下，那知座下竟有你這等卑鄙無恥之徒……」說到這裏，再也支持不住了，雙膝一軟，坐倒在地。

圓眞哈哈大笑，說道：「出奇制勝，兵不厭詐，那是自古已然。我圓眞一人，打倒明教七大高手，難道你們輸得還不服氣麼？」

楊逍搖頭嘆道：「你怎麼能偷入光明頂來？這秘道你如何得知？若蒙相示，楊逍死亦瞑目。」他想圓眞此次偷襲成功，固是由於身負絕頂武功，但最主要的原因，還在知道偷上光明頂的秘道，越過明教教衆的十餘道哨綫，神不知鬼不覺的突然出手，才能將明教七大高手一舉擊倒。明教經營總壇光明頂已數百年，憑藉危崖天險，實有金城湯池之固，豈知禍起於內，猝不及防，竟至一敗塗地，心中忽地想起了「論語」中孔子的幾句話：「邦分崩離析，而不能守也；而謀動干戈於邦內。吾恐季孫之憂，不在顓臾，而在蕭牆之內也。」

圓眞笑道：「你魔教光明頂七巓十三崖，自已當作天險，在我少林僧侶眼中，也不過是康莊大道而已，何足道哉？你們都中了我的幻陰指，三日之內，各赴西天，那也不在話下。貧僧這便上坐忘峯去，埋下幾十斤火藥，再滅了魔教的魔火，甚麼天鷹敎啦、五行旗啦，急急忙忙上來相救，轟的一聲大響，地下埋着的火藥炸將起來，烟飛火滅，不可一世的魔教從此無影無蹤。有分教：少林僧獨指滅明教，光明頂七魔歸西天。」

楊逍等聽了這番話，均是大感驚懼，知他說得出做得到，自己送命不打緊，只怕這傳了三十三世的明教，便要亡在這少林僧手下。

只聽圓眞越說越得意：「明教之中，高手如雲，你們若非自相殘殺，四分五裂，何致有覆滅之禍？以今日之事而論，你們七人若不是正在自拚掌力，貧僧便悄悄上得光明頂來，又焉能一擊成功？這叫做天作孽，猶可活，自作孽，不可活！哈哈，想不到當年威風赫赫的明教，陽頂天一死，便落得如此下場。」

楊逍、彭瑩玉、周顚等面臨身死教滅的大禍，聽了他這一番話，回想過去二十年來的往事，均是後悔無已，心想：「這和尙的話倒也不錯。」

周顚大聲道：「楊逍，我周顚實在該死！過去對不起你。你這個人雖然不大好，但當了教主，也勝於沒有教主而鬧得全軍覆沒。」楊逍苦笑道：「我何德何能，能當教主？大家都錯了，咱們弄得一團糟，九泉之下，也沒面目去見歷代明尊教主。」

圓眞笑道：「各位此時後悔，已然遲了。當年陽頂天任魔教頭子之時，氣燄何等不可一世，只可惜他死得早了，沒能親眼見到明教的慘敗。」

周顚怒罵：「放屁！陽教主倘若在世，大夥兒聽他號令，你這賊禿會偷襲得手麼？」

圓眞冷笑道：「陽頂天死也好，活也好，我總有法子令他身敗名裂……」

突然間拍的一響，跟着「啊」的一聲，圓眞背上已中了韋一笑的一掌，便在同時，韋一笑也被圓眞反戳一指，正中胸口的「膻中穴」。兩人搖搖幌幌的各退幾步。

原來韋一笑被圓眞一指點中後，雖然受傷極重，但他內力畢竟高人一籌，並非登時全無反擊之力，只是裝作暈去，等到圓眞得意洋洋、絕不防備之際，暴起襲擊。這一掌他逼出了全身勁力，爲了挽救明教浩刦，意圖與敵同歸於盡。圓眞雖然厲害，但青翼蝠王是明教四大護教法王之一，向與殷天正、謝遜等人齊名，這奮力一擊，豈同小可？「寒冰綿掌」的掌力入體，圓眞但覺胸口煩惡欲嘔，數番潛運內力欲圖穩住身子，總是天旋地轉，便欲摔倒，只得盤膝坐下，運氣與那「寒冰綿掌」的寒氣相抗。

韋一笑連中兩下「幻陰指」，更是立足不定，摔倒後便即動彈不得。

刹那之間，廳堂上寂靜無聲，八大高手一齊身受重傷，誰也不能移動半步。八人各運內力，企盼早一步能恢復行動，只要一方早得片刻，便能制死對方。各人心中都是憂急萬狀，均知明教存亡、八人生死，實繫於這一綫之間。假若圓眞能先一步行動，他雖傷重，卻能提劍一一將七人刺死；要是明教七人中有任何一個能先動彈，殺了圓眞，明教便此得救。

本來七人這邊人多，大佔便宜，但五散人功力較淺，中了一下「幻陰指」後勁力全失，而內功深湛的楊逍和韋一笑卻均連中兩指。「寒冰綿掌」和「幻陰指」的勁力原是不易分別高下，可是韋一笑拍出那一掌時已然受傷在先，圓眞點他一指時卻未曾受傷，看來對耗下去，倒是圓眞先能移動的局面居多。

楊逍等暗暗心焦，但這運氣引功之事，實在半分勉強不得，越是心煩氣躁，越易大出岔子，這些人個個是內家高手，這中間的道理如何不省得？冷謙等吐納數下，料知無法趕在圓眞的前頭，但盼光明頂上楊逍的下屬能有一人走進廳來。只須有明教的一名教衆入內，便是他不會絲毫武藝，這時只要提根木棍，輕輕一棍便能將圓眞打死。

可是等了良久，廳外那裏有半點聲息？其時已在午夜，光明頂上的教衆或分守哨防，或各自安臥，不得楊逍召喚，誰敢擅入議事廳堂？至於服侍楊逍的僮兒，一人被韋一笑吸血而死，其餘的個個嚇得魂飛魄散，早已遠遠散開，別說楊逍沒扯鈴叫人，就算叫到，只怕一時之間也未必敢踏入廳堂，走到這吸血魔王的身前。

張無忌藏身布袋之中，雖然眼不見物，但於各人說話、一切經過，全都聽得清清楚楚。此刻但聽得一片寂靜，也知道寂靜之中隱藏着極大的殺機。過了半晌，忽聽得說不得道：「喂，布袋中的小朋友，你非救我們一救不可。」

張無忌問道：「怎麼救啊？」

圓眞丹田中一口氣正在漸漸通暢，猛地裏聽得布袋中發出人聲，一驚非同小可，眞氣立時逆運，全身劇烈顫抖起來。他自潛入議事堂之後，一心在對付韋一笑、楊逍等諸位高手，那有餘暇去觀察地下一隻絕無異狀的布袋？突聞袋中有人說話，不禁倒抽了一口涼氣，暗叫：「我命休矣！」

只聽說不得道：「這布袋的口子用『千纏百結』縛住，除我自己之外，旁人是萬萬解不開的，但你可站起身來。」張無忌道：「是！」從布袋中站了起來。

說不得道：「小兄弟，你捨身相救銳金旗數十位兄弟的性命，義烈高風，人人欽佩。眼下我們數人的性命，也全賴你相救，請你走將過來，一拳一掌，將那惡僧打死了罷。」張無忌心下沉吟，半晌不答。說不得道：「這惡僧乘人之危，忽施偷襲，這般卑鄙行逕，你是親耳聽到的。你若不打死他，明教上下數萬人衆，都要被人盡數誅滅。你去打死他，乃是大仁大義的俠義行為。」張無忌仍是躊躇不答。

圓眞說道：「我此刻半點動彈不得，你過來打死我，豈不被天下好漢恥笑？」周顚怒道：「臭賊禿，你少林派自稱正大門派，卻偷偷摸摸的上來暗襲，天下好漢就不恥笑麼？」

張無忌向圓眞走了一步，便即停住，說道：「說不得大師，貴教和六大門派之間的是非曲直，小可實不深知。小可極願為各位援手，卻不願傷了這位少林派的大和尚。」

彭瑩玉道：「小兄弟你有所不知，你此時若不殺他，待這和尚功力一復，他非連你也害了不可。」圓眞笑道：「我和這位小施主無怨無仇，怎能隨便傷人？何況這位小施主又非魔教中人，看來還是被布袋和尚不懷好意的擒上山來。你們魔教中人無惡不作，對他還有甚麼好事做將出來。」一雙方氣喘吁吁，說話都極艱難，但均力下說辭，要打動張無忌之心。

張無忌甚感為難，耳聽得這圓眞和尚出手偷襲，極不光明，但要上前出掌將他打死，卻非本心所願，何況這一掌打下了，那便是永遠站在明教一面，和六大門派為敵。太師父、武當六俠、周芷若等等，全成了自己的敵人。又想：「明教素被武林中人公認為邪魔異端，如韋一笑吸食人血、義父濫殺無辜，確有許多不該之處，太師父當年諄諄告誡，千萬不可和魔教中人結交，以免終身受禍，我父親便因和身屬魔教的母親成親，因而自刎武當山頭，殷鑑不遠，覆轍在前。何況這圓眞是神僧空見的弟子，空見大師甘受一十三掌七傷拳，只盼能感化我義父，結果卻身死拳下，這等大仁大義慈悲心懷，實是武林中千古罕有，我怎能再傷他弟子？」

只聽說不得又在催促勸說，張無忌道：「說不得大師，請你教我一個法子，不用傷害這位大和尚，而他也傷你們不得，小可定然照辦。」

說不得心想：「眼下局面，定須拚個你死我活。那裏還能雙方都可保全？不是圓眞死，便是我們亡。」正自沉吟未答，彭瑩玉道：「小兄弟仁人心懷，至堪欽佩。便請你伸出手指，在圓眞胸口『玉堂穴』上輕輕一點。這一下對他決無損傷，不過令他幾個時辰內不能運使內力。我們派人送他下光明頂去，決不損他一根毫毛。你知道『玉堂穴』的所在嗎？」

張無忌深明醫理，知道在「玉堂穴」上輕點一指，確能暫阻丹田中眞氣上行，但並不損傷身體，便道：「知道。」卻聽圓眞道：「小施主千萬別上了他們的當。你點我穴道，固然不打緊，但他們內力一復，立時便來殺我，你又如何阻止得了？」周顚罵道：「放你媽的狗臭屁！我們說過不傷你，自然不傷你，明教五散人說過的話，幾時不算數了？」

張無忌心想楊逍和五散人都非出爾反爾之輩，只有韋一笑一人可慮，便問：「韋前輩，你說如何？」韋一笑顫聲道：「我也暫不傷他便是，下次見面，大家再拚……再拚你死我……我……我活。」他說到「你死我活」這四字時，聲音已微弱異常，上氣不接下氣。

張無忌道：「這便是了，光明使者、青翼蝠王、五散人七位，個個是當世的英雄豪傑，豈能自毀諾言，失信於人？圓眞大師，晚輩可要得罪了。」說着走到圓眞身前。

他身在袋中，每一步只能邁前尺許，但十餘步後，終於到了圓眞面前。這樣一隻大布袋慢慢向前移動，本來甚是滑稽古怪，但此刻各人生死繫於一綫，誰也笑不出來。

張無忌聽着圓眞的呼吸，待得離他二尺，便即停步，說道：「圓眞大師，晚輩是爲了周全雙方，你別見怪。」說着緩緩提起手來。

圓眞苦笑道：「此刻我全身動彈不得，只有任你小輩胡作非爲。」

自從「蝶谷醫仙」胡青牛一死，張無忌辨認穴道之技已是當世無匹，他與圓眞之間雖然隔着一隻布袋，但伸指出去便是點向「玉堂穴」，竟無厘毫之差。那「玉堂穴」是在人身胸口，位於「紫宮穴」下一寸六分，「膻中穴」上一寸六分，屬於任脈。這穴道並非致命的大穴，但位當氣脈必經的通道，若是一加阻塞，全身眞氣立受干撓。

猛聽得楊逍、冷謙、說不得齊叫道：「啊喲！快縮手！」

張無忌只覺右手食指一震，一股冷氣從手尖上直傳過來，有如閃電一般，登時全身皆冷。只聽得周顚、鐵冠道人等一齊破口大罵：「臭賊禿，膽敢如此使奸！」張無忌全身簌簌發抖，心裏已然明白，那圓眞雖然脚步不能移動，但勉力提起手指，放在自己「玉堂穴」之前。張無忌苦在隔着布袋，瞧不見他竟會使出這一招，一指點去，兩根指尖相碰，圓眞的「幻陰指」指力已隔着布袋傳到他體內。

這一下圓眞是將全身殘存的內力盡數逼出在手指之上，雙指一觸之後，他全身癱瘓，臉色青白，便如僵屍。

廳堂上本來有八人受傷後不能移動，這麼一來，又多了一個張無忌。

周顚最是暴躁，雖然說話上氣不接下氣，還是硬要破口大罵少林賊禿奸詐無恥，楊逍等人卻想，這倒也怪圓眞不得，敵人要點他穴道，他伸手自衞，原無甚麼不當。

圓眞一時之間疲累欲死，心中卻自暗喜，心想這小子年紀不大，能有多少功力，中了幻陰指後，料他不到半日便即身死，自己散了的眞氣當可在一個時辰後慢慢凝聚，仍是任由自己爲所欲爲的局面。

廳堂之上，又回復了寂靜無聲，過了大半個時辰，四枝蠟燭逐一熄滅，廳中漆黑一片。

楊逍等聽着圓眞的呼吸由斷斷續續而漸趨均勻，由粗重而逐步漫長，知他體內眞氣正自凝聚，但自己畧一運功，那幻陰指寒冰般的冷氣便即侵入丹田，忍不住的發抖。各人越來越是失望，心中難受之極，反盼圓眞早些回復功力，上來每人一掌，痛痛快快的將自己打死，勝於慘受這種無窮無盡的折磨。

冷謙、周顚等人索性瞑目待死，倒也爽快，說不得和彭瑩玉兩人卻甚是放心不下。五散人中，說不得和彭瑩玉都是出家的和尙，但偏偏這兩人最具雄心，最關心世人疾苦，立志要大大做一番事業。這時局勢已定，最後終於是非喪生在圓眞的手下不可，各人生平壯志，盡付流水。

說不得淒然道：「彭和尙，咱們處心積慮只想趕走蒙古韃子，那知到頭來還是一場空。唉，想是天下千千萬萬的百姓刦難未盡，還有得苦頭吃呢。」

張無忌守住丹田一股熱氣，和幻陰指的寒氣相抗，於說不得這幾句話卻聽得清清楚楚，不禁奇怪：「他說要趕走蒙古韃子？難道惡名遠播的魔教，還眞能爲天下百姓着想麼？」

只聽彭瑩玉道：「說不得，我早就說過，單憑咱們明教之力，蒙古韃子是趕不了的，總須聯絡普天下的英雄豪傑，一齊動手，才能成事。你師兄棒胡，我師弟周子旺，當年造反起事，這等轟轟烈烈的聲勢，到後來仍然一敗塗地，還不是為了沒有外援麼？」

周顛大聲道：「死到臨頭，你們兩個賊禿還在爭不清楚，一個說要以明教為主，一個說要聯絡正大門派。依我周顛來看，都是廢話！都是放屁，咱們明教自己四分五裂，六神無主，還主他媽個屁！彭和尚要聯絡正大門派，更是放屁之至，屁中之尤，六大門派正在圍剿咱們，咱們還跟他聯絡個屁？」

鐵冠道人插口道：「倘若陽教主在世，咱們將六大門派打得服服貼貼，何愁他們不聽本教號令。」周顛哈哈大笑，說道：「牛鼻子雜毛放的牛屁更是臭不可當，陽教主倘若在世，自然一切好辦，這個誰不知道？要你多說……啊喲……啊喲……」他張口一笑，氣息散渙，幻陰指寒氣直透到心肺之間，忍不住叫了出來。

冷謙道：「住嘴！」他這兩個字一出口，各人一齊靜了下來。

張無忌心中思潮起伏：「看來明教這一教派，中間包藏着許多原委曲折，並非單是專做壞事而已。」便道：「說不得大師，貴教宗旨到底是甚麼？可能見示否？」

說不得道：「哈，你還沒死麼？小兄弟，你莫名其妙的為明教送了性命，我們很是過意不去。反正你已沒幾個時辰好活，本教的秘密就跟你說了，也沒干係。冷面先生，你說是麼！」冷謙道：「說！」他本該說「你對他說好了」，六個字卻以一個「說」字來包括了。

說不得道：「小兄弟，我明教源於波斯國，唐時傳至中土。當時稱為祆教。唐皇在各處勅建大雲光明寺，為我明教的寺院。我教教義是行善去惡，衆生平等，若有金銀財物，須當救濟貧衆，不茹葷酒，崇拜明尊。明尊即是火神，也即是善神。只因歷朝貪官汚吏欺壓我教，教中兄弟不忿，往往起事，自北宋方臘方教主以來，已算不清有多少次了。」

張無忌也聽到過方臘的名頭，知他是北宋宣和年間的「四大寇」之一，和宋江、王慶、田虎等人齊名，便道：「原來方臘是貴教的教主？」

說不得道：「是啊。到了南宋建炎年間，有王宗石教主在信州起事，紹興年間有余五婆教主在衢州起事，理宗紹定年間有張三槍教主在江西、廣東一帶起事。只因本教素來和朝廷官府作對，朝廷便說我們是『魔教』，嚴加禁止。我們爲了活命，行事不免隱秘詭怪，以避官府的耳目。正大門派和本教積怨成仇，更是勢成水火。當然，本教教衆之中，也不免偶有不自檢點、爲非作歹之徒，仗着武功了得，濫殺無辜者有之，姦淫擄掠者有之，於是本教聲譽便如江河之日下了……」

楊逍突然冷冷插口道：「說不得，你是說我麼？」說不得道：「我的名字叫做『說不得』，凡是說不得之事，我是不說的。各人做事，各人自己明白，這叫做啞子吃餛飩，肚裏有數。」楊逍哼了一聲，不再言語。

張無忌猛地一驚：「咳，怎地我身上不冷了？」他初中圓眞的幻陰指時寒冷難當，但隔了這些時候，寒氣竟已消失得無影無蹤。原來他在十歲那一年身中「玄冥神掌」陰毒，直至十七歲上方才去淨，七年之間，日日夜夜均在與體內寒毒相抗，運氣禦寒已和呼吸、霎眼一般，不須意念，自然而成。何況他修練九陽神功雖未功行圓滿，最後的大關未過，但體內陽氣已然充旺之極，過不多時，早已將陰毒驅除乾淨。

只聽說不得道：「自從我大宋亡在蒙古韃子手中，明教更成朝廷死敵，我教向以驅除胡虜爲己任。只可惜近年來明教羣龍無首，教中諸高手爲了爭奪教主之位，鬧得自相殘殺。終於有的洗手歸隱，有的另立支派，自任教主。教規一墮之後，與名門正派結的怨仇更深，才有眼前之事。圓眞和尚，我說的可沒半句假話罷？」

圓眞哼了一聲，說道：「不假，不假！你們死到臨頭，何必再說假話？」他一面說，一面緩緩站了起來，向前跨了一步。

楊逍和五散人一齊「啊」的一聲驚呼，各人雖明知他終於會比自己先復行動，卻沒想到此人功力居然如此深厚，中了青翼蝠王韋一笑的「寒冰綿掌」後，仍然如此迅速的提氣運功。只見他身形凝重，左足又向前跨了一步，身子卻沒半點搖幌。

楊逍冷笑道：「空見神僧的高足，果然非同小可，可是你還沒回答我先前的話啊。難道此中頗有曖昧，說不出口嗎？」

圓眞哈哈一笑，又邁了一步，說道：「你若不知曉其中底細，當眞是死不瞑目。你問我怎能知道光明頂的秘道，何以能越過重重天險，神不知鬼不覺的上了山巔。好，我跟各位實說了，是貴教陽頂天教主夫婦兩人，親自帶我上來的。」

楊逍一凜，暗道：「以他身分，決不致會說謊話，但此事又怎能夠？」

只聽周顚已罵了起來：「放你十八代祖宗的累世狗屁！這秘道是光明頂的大秘密，是本教的莊嚴聖境。楊左使雖是光明使者，韋大哥是護教法王，也從來沒有走過，自來只有教主一人，才可行此秘道。陽教主怎會帶你一個外人行此秘道？」

圓眞嘆了一口氣，出神半晌，幽幽的道：「你既非查根問底不可，我便將二十五年前的一件隱事跟你說了。反正你們終不能活着下山，洩漏此事。唉！周顛，你說的不錯，這秘道是明教的莊嚴聖境，歷來只有教主一人，方能進入，否則便是犯了教中決不可赦的嚴規。可是陽頂天的夫人是進去過的，陽頂天犯了教規，曾私帶夫人偷進秘道……（周顛插口罵道：「放屁！大放狗屁！」彭瑩玉喝道：「周顛，別吵！」）……陽夫人又私自帶我走進秘道……（周顛插口大罵：「他媽的，呸，呸！胡說八道。」）……我不是明教中人，走進秘道也算不得犯了教規。唉，就算是明教教徒，就算犯下重罪，我又怕甚麼了？」他說起這段往事之時，聲音竟然甚是淒涼。

鐵冠道人問道：「陽夫人何以帶你走進秘道？」

圓眞道：「那是很久很久以前的事了，老衲今日已是七十餘歲的老人……少年時的舊事……好，一起跟你們說了，各位可知老衲是誰？陽夫人是我師妹，老衲出家之前的俗家姓氏，姓成名崑，外號『混元霹靂手』的便是！」

這幾句話一出口，楊逍等固然驚訝無比，布袋中的張無忌更是險些驚呼出聲。冰火島上那日晚間義父所說的故事登時清清楚楚的出現在腦海中：義父的師父成崑怎地殺了他父母妻子全家、他怎地濫殺武林人士圖逼成崑出面、怎地拳傷空見神僧而成崑卻不守諾言現身……張無忌猛地裏想起：「原來那時這惡賊成崑已拜空見神僧爲師，空見神僧爲要化解這場冤孽，才甘心受我義父那一十三記七傷拳。豈知成崑竟連他自己的師父也欺騙了，累得空見神僧飲恨而終。」

他又想：「義父所以狂性發作、濫殺無辜，各幫各派所以齊上武當，逼死我爹爹媽媽，推究這一切事情的罪魁禍首，都是由於這成崑在從中作怪。」霎時之間，心中憤怒無比，只覺全身燥熱，有如火焚。說不得這乾坤一氣袋密不通風，他在袋中躭了這許多時候，早已氣悶之極，仗着內功深湛，以綿綿龜息之法呼吸，需氣極少，這才支持了下來。此時猛地裏心神一亂，蘊蓄在丹田中的九陽眞氣失卻主宰，茫然亂闖起來，登時便似身處洪爐，忍不住大聲呻吟。

周顚喝道：「小兄弟，大家命在頃刻，誰都苦楚難當，是好漢子便莫示弱出聲。」

張無忌應道：「是！」當即以九陽眞經中運功之法鎭懾心神，調勻內息。平時只須依法施爲，立時便心如止水，神遊物外，這時卻越是運功，四肢百骸越是難受，似乎每處大穴之中，同時有幾百枚燒紅了的小針在不住刺入。

原來他修習九陽眞經數年，雖然得窺天下最上乘武學的奧秘，但以未經明師指點，只是自己暗中摸索，體內積蓄的九陽眞氣越儲越多，卻不會導引運用以打破最後一個大關。本來不加引發，倒也罷了，那圓眞的幻陰指卻是武林中最陰毒的功夫，一經加體，猶如在一桶火藥上點燃了藥引。偏生他又身處乾坤一氣袋中，激發了的九陽眞氣無處宣洩，反過來又向他身上衝激。在這短短的一段時刻中，他正經歷修道練氣之士一生最艱難、最凶險的關頭，生死成敗，懸於一綫。周顚等那想到他竟會遲不遲，早不早，偏偏就在此時撞到水火求濟、龍虎交會的大關頭，只道他中了幻陰指後垂死的呻吟。

他竭力抵禦至陽熱氣的煎熬，圓眞的話卻是一句句淸淸楚楚的傳入耳中：「我師妹和我兩家乃是世交，兩人從小便有婚姻之約，豈知陽頂天暗中也在私戀我師妹，待他當上明教教主，威震天下，我師妹的父母固是勢利之輩，我師妹也心志不堅，竟爾嫁了他，可是她婚後並不見得快活，有時和我相會，不免要找一個極隱秘的所在。陽頂天對我這師妹事事依從，絕無半點違拗，她要去看看秘道，陽頂天雖然極不願意，但經不起她的軟求硬逼，終於帶了她進去。自此之後，這光明頂的秘道，明教數百年最神聖莊嚴的聖地，便成爲我和你們教主夫人私相幽會之地，哈哈、哈哈……我在這秘道中來來去去走過數十次，今日重上光明頂，還會費甚麼力氣？」

周顚、楊逍等聽了他這番話，人人啞口無言。周顚只罵了一個「放」字，下面這「屁」字便接不下去。每人胸中怒氣充塞，如要炸裂，對於明教的侮辱，再沒比這件事更爲重大的了；而今日明教覆滅，更由這秘道而起。衆人雖然聽得眼中如欲噴出火來，卻都知圓眞的話並非虛假。

圓眞又道：「你們氣惱甚麼？我好好的姻緣被陽頂天活生生拆散了，明明是我愛妻，只因陽頂天當上了魔教的大頭子，便將我愛妻霸佔了去，我和魔教此仇不共戴天。陽頂天和我師妹成婚之日，我曾去道賀，喝着喜酒之時，我心中立下重誓：『成崑只教有一口氣在，定當殺了陽頂天，定當覆滅魔教。』我立下此誓已有四十餘年，今日方見大功告成，哈哈，我成崑心願已了，死亦瞑目。」

楊逍冷冷的道：「多謝你點破了我心中的一個大疑團。陽教主突然暴斃，死因不明，原來是你下的手。」

圓眞森然道：「當年陽頂天武功高出我甚多，別說當年，只怕現下我仍然及不上他當年的功力……」周顛接口道：「因此你只有暗中加害陽教主了，不是下毒，便是如這一次般忽施偷襲。」圓眞嘆了口氣，搖頭道：「不是。我師妹怕我偷下毒手，不斷向我告誡，倘若陽頂天被我害死，她決計饒不過我。她說她暗中和我私會，已是萬分對不起丈夫，我若再起毒心，那是天理不容。陽頂天，唉，陽頂天，他……他是自己死的。」

楊逍、彭瑩玉等都「啊」了一聲。

圓眞續道：「假如陽頂天眞是死在我掌底指下，我倒饒了你們明教啦……」他聲音漸轉低沉，回憶着數十年前的往事，緩緩的道：「那一天晚間，我又和我師妹在秘道中相會，突然之間，聽到左首傳過來一陣極重濁的呼吸聲音，這是從來沒有的事，這秘道隱秘之極，外人決計無法找到入口，而明教中人，卻又誰也不敢進入。我二人聽到這呼吸聲音，登即大吃一驚，便即悄悄過去察看，只見陽頂天坐在一間小室之中，手裏執着一張羊皮，滿臉殷紅如血。他見到我們，說道：『你們兩個，很好，很好，對得我住啊！』說了這幾句話，忽然間滿臉鐵青，但臉上這鐵青之色一顯即隱，立即又變成血紅之色，忽青忽紅，在瞬息之間接連變換了三次。楊左使，你知道這門功夫罷？」

楊逍道：「這是本教的『乾坤大挪移』神功。」周顛道：「楊逍，你也已練會了，是不是？」楊逍道：「『練會』兩字，如何敢說？當年陽教主看得起我，曾傳過我一些神功的粗淺入門功夫。我練了十多年，也只練到第二層而已。再練下去，便即全身眞氣如欲破腦而出，不論如何，總是無法克制，陽教主能於瞬息間變臉三次，那是練到第四層了。他曾說，本教歷代衆位教主之中，第八代鍾教主武功最高，據說能將『乾坤大挪移』神功練到第五層，但便在練成的當天，走火入魔身亡，自此之後，從未有人練到過第四層。」周顛道：「這麼難？」鐵冠道人道：「倘若不這麼難，哪能說得上是明教的護教神功？」

這些明教中的武學高手，對這「乾坤大挪移」神功都是聞之已久，向來神往，因此一經提及，雖然身處危境，仍是忍不住要談上幾句。

彭瑩玉道：「楊左使，陽教主將這神功練到第四層，何以要變換臉色？」他這時詢問這些題外文章，卻是另有深意，他知圓眞只要再走上幾步，各人便即一一喪生在他手底，好容易引得他談論往事，該當盡量拖延時間，只要本教七高手中有一人能回復行動，便可和他抵擋一陣，縱然不敵，事機或有變化，總勝於眼前這般束手待斃。

楊逍豈不明白他的心意？便道：「『乾坤大挪移』神功的主旨，乃在顛倒一剛一柔、一陰一陽的乾坤二氣，臉上現出青色紅色，便是體內血液沉降、眞氣變換之象。據說練至第六層時，全身都能忽紅忽青，但到第七層時，陰陽二氣轉換於不知不覺之間，外形上便半點也瞧不出表徵了。」

彭瑩玉生怕圓眞不耐煩，便問他道：「圓眞大師，我們陽教主到底是因何歸天？」

圓眞冷笑道：「你們中了我的幻陰指後，我聽着你們呼吸運氣之聲，便知兩個時辰之內萬難行動。想拖延時候，自行運氣解救，老實跟各位說，那是來不及的。各位都是武學高手，便是受了再厲害的重傷，運了這麼久的內息，也該有些好轉了。卻怎麼全身越來越僵硬呢？」

楊逍、彭瑩玉等早已想到了這一層，但只教有一口氣在，總是不肯死心。

只聽圓眞又道：「那時我見陽頂天臉色變幻，心下也不免驚慌。我師妹知他武功極高，一出手便能致我們於死地，說道：『頂天，這一切都是我不好，你放我成師哥下山，任何責罰，我都甘心領受。』陽頂天聽了她的話，搖了搖頭，緩緩說道：『我娶到你的人，卻娶不到你的心。』只見他雙目瞪視，忽然眼中流下兩行鮮血，全身僵硬，一動也不動了。我師妹大驚，叫道：『頂天，頂天！你怎麼了？』」

圓眞叫着這幾句話時，聲音雖然不響，但各人在靜夜之中聽來，又想到陽頂天雙目流血的可怖情狀，無不心頭大震。

圓眞續道：「她叫了好幾聲，陽頂天仍是毫不動彈。我師妹大着膽子上前去拉他的手，卻已僵硬，再探他鼻息，原來已經氣絕。我知她心下過意不去，安慰她道：『看來他是在練一門極難的武功，突然走火，眞氣逆衝，以致無法挽救。』我師妹道：『不錯，他是在練明教的不世奇功「乾坤大挪移」，正在要緊關頭，陡然間發現了我和你私下相會，雖不是我親手殺他，可是他卻因我而死。』

「我正想說些甚麼話來開導勸解，她忽然指着我身後，喝道：『甚麼人？』我急忙回頭，不見半個人影。再回過頭來時，只見她胸口插了一柄匕首，已然自殺身死。

「嘿嘿，陽頂天說道：『我娶到你的人，卻娶不到你的心。』我得到了師妹的心，卻終於得不到她的人。她是我生平至敬至愛之人，若不是陽頂天從中搗亂，我們的美滿姻緣何至有如此悲慘下場？若不是陽頂天當上魔教教主，我師妹也決計不會嫁給這個大上她二十多歲之人。陽頂天是死了，我奈何他不得，但魔教還是在世上橫行。當時我指着陽頂天和我師妹兩人的屍身，說道：『我成崑立誓要竭盡所能，覆滅明教。大功告成之日，當來兩位之前自刎相謝。』哈哈，楊逍、韋一笑，你們馬上便要死了，我成崑也已命不久長，只不過我是心願完成，欣然自刎，可勝於你們萬倍了。這些年來，我沒一刻不在籌思摧毀魔教。唉，我成崑一生不幸，愛妻為人所奪，唯一的愛徒，卻又恨我入骨……」

張無忌聽他提到謝遜，更是凝神注意，可是心志專一，體內的九陽眞氣越加充沛，竟似四肢百骸無一處不是脹得要爆裂開來，每一根頭髮都好像脹大了幾倍。

只聽圓眞續道：「我下了光明頂後，回到中原，去探訪我那多年不見的愛徒謝遜。那知一談之下，他竟已是魔教中的四大護教法王之一。我雖在光明頂上逗留，但一顆心全放在師妹身上，於你們魔教的勾當全不留心，我師妹也從不跟我說教中之事。我徒兒謝遜在魔教中身居高位，竟要他自己提到，我才得知。他還竭力勸我也入魔教，說甚麼戮力同心，驅除胡虜，我這一氣自是非同小可。但我轉念又想：魔教源遠流長，根深蒂固，教中高手如雲，以我一人之力，是決計毀它不了的。別說是我一人，便是天下武林豪傑聯手，也未必毀它得了。惟一的指望，只有從中挑撥，令它自相殘殺，自己毀了自己。」

楊逍等人聽到這裏，都不禁惕然心驚，這些年來個個都如蒙在鼓裏，渾不知有大敵窺伺在旁，處心積慮的要毀滅明教，各人為了爭奪教主之位，鬧得混亂不堪，圓眞這番話眞如當頭棒喝，發人猛省。

只聽他又道：「當下我不動聲色，只說茲事體大，須得從長計議。過了幾天，我忽然假裝醉酒，意欲逼姦我徒兒謝遜的妻子，乘機便殺了他父母妻兒全家。我知這麼一來，他恨我入骨，必定找我報仇。倘若找不到，更會不顧一切胡作非為。哈哈，知徒莫若師，謝遜這孩兒甚麼都好，文才武功都是了不起的，便是易於憤激，不會細細思考一切前因後果……」

張無忌聽到此處，心中憤怒再也不可抑制，暗想：「原來義父這一切不幸遭遇，全是成崑這老賊在暗中安排。這老賊不是酒後亂性，乃是處心積慮的陰謀。」

只聽圓眞得意洋洋又道：「謝遜濫殺江湖好漢，到處留下我的姓名，想要逼我出來，哈哈，我那會挺身而出？若要人不知，除非己莫爲，謝遜結下無數冤家，這些血仇最後終於會盡數算到明教的帳上，他殺人之時偶爾遇到凶險，我便在暗中解救，他是我手中的殺人之刀，怎能讓他給人毀了？你們魔教外敵是樹得夠多了，再加上衆高手爭做教主，內鬨不休，正好一一墮在我的計中。謝遜沒殺了宋遠橋，雖是憾事，但他拳斃少林神僧空見，掌傷崆峒五老，王盤山上傷斃各家各派的好手不計其數，連他老朋友殷天正天鷹教的壇主也害了……好徒兒啊好徒兒。不枉我當年盡心竭力，傳了他一身好武功！」

楊逍冷冷的道：「如此說來，連你那師父空見神僧，也是你毒計害死的。」

圓眞笑道：「我拜空見爲師，難道是眞心的麼？他受我磕了幾個頭，送上一條老命，也不算吃虧啊，哈哈，哈哈！」

圓眞大笑聲中，張無忌怒發欲狂，只覺耳中嗡的一聲猛響，突然暈了過去，但片刻之間，又即醒轉。他一生受了無數欺凌屈辱，都能淡然置之，但想義父如此鐵錚錚的一條好漢子，竟在成崑的陰謀毒計之下弄得家破人亡、身敗名裂、盲了雙目，孤零零在荒島上等死，這等深仇大恨，豈能不報？

他胸中怒氣一衝，布滿周身的九陽眞氣更加鼓盪疾走，眞氣呼出不能外洩，那乾坤一氣袋漸漸膨脹起來，但楊逍等均在凝神傾聽圓眞的說話，誰也沒留神這布袋已起了變化。

只聽圓眞說道：「楊逍、韋一笑、彭和尚、周顛，你們再沒甚麼話說了麼？」

楊逍嘆了口氣，說道：「事已如此，還有甚麼說的？圓眞大師，你能饒我女兒一命麼？她母親是峨嵋派的紀曉芙，出身名門正派，尚未入我明教。」

圓眞道：「養虎貽患，斬草除根！」說着走前一步，伸出手掌，緩緩往楊逍頭頂拍去。

張無忌在布袋中聽得事態緊急，顧不得全身有如火焚，聽聲辨位，縱身一躍，擋在圓眞的面前，左掌反撩，隔着布袋架開了他的手掌。

圓眞這時勉能恢復行動，畢竟元氣未復，被張無忌這麼一架，身子一幌，退了一步，喝道：「好小子！你……你……」一定神，上前揮掌向布袋上拍去。這一掌拍不到張無忌身子，卻被鼓起的布袋一彈，竟退了兩步，他大吃一驚，不明所以。

這時張無忌口乾舌燥，頭腦暈眩，體內的九陽眞氣已脹到即將爆裂，倘若乾坤一氣袋先行炸破，他便能脫困，否則駕御不了體內猛烈無比的眞氣，勢必肌膚寸裂，焚爲焦炭。

圓眞見布袋古怪，當下踏上兩步，又發掌擊去，這一次他又被布袋反彈，退了一步，但布袋卻也被他掌力推倒，像個大皮球般在地下打了幾個滚。張無忌人在袋中，跟着連接不斷的亂翻觔斗，胸中氣悶，竭力鼓腹，欲將體內眞氣呼出。可是那布袋中這時也已脹足了氣，再要呼出一口氣已是越來越難。圓眞跟着發了三拳，踢出兩脚，都被袋中眞氣反彈出來，張無忌在袋中卻是渾然不覺。圓眞這幾下幸好只碰在袋上，要是眞的擊中張無忌身子，此時他體內眞氣充溢，圓眞手足非受重傷不可。

楊逍、韋一笑等七人見了這等奇景，也都驚得呆了。這乾坤一氣袋是說不得之物，他自己卻也想不出如何會鼓脹成球，更不知張無忌在這布袋中是死是活。

只見圓眞從腰間拔出一柄匕首，猛力向布袋上刺去，那布袋遇到刀尖時只凹陷入內，卻不穿破。這布袋質料奇妙，非絲非革，乃天地間的一件異物，圓眞這柄匕首又非寶刀，連刺數刀，卻那裏奈何得了它？圓眞見掌擊刀刺都是無效，心想：「跟這小子糾纏甚麼？」飛起一脚，猛力踢出，大布袋骨溜溜的從廳門中直滾出去。

這時布袋已膨脹成一個大圓球，在廳門上一撞，立即反彈，疾向圓眞衝去。圓眞見勢道來得猛烈，雙掌豎起擊出，發力將那大球推開。

只聽得砰的一聲大響，猶似晴天打了個霹靂，布片四下紛飛，乾坤一氣袋已被張無忌的九陽眞氣脹破，炸成了碎片。

圓眞、楊逍、韋一笑、說不得等人都覺一股炙熱之極的氣流衝向身來，又見一個衣衫襤褸的青年站在當地，滿臉露出迷惘之色。

原來便在這頃刻之間，張無忌所練的九陽神功已然大功告成，水火相濟，龍虎交會。要知布袋內眞氣充沛，等於是數十位高手各出眞力，同時按摩擠逼他周身數百處穴道，他內內外外的眞氣激盪，身上數十處玄關一一衝破，只覺全身脈絡之中，有如一條條水銀在到處流轉，舒適無比。這等機緣自來無人能遇，而這寶袋一碎，此後也再無人有此巧遇。

圓眞眼見這袋中少年神色不定，茫然失措，自己重傷之下，若不抓住這稍縱即逝的良機，一被對方佔先，那就危乎殆哉，當即搶上一步，右手食指伸出，運起「幻陰指」內勁，直點他胸口的「膻中穴」。

張無忌揮掌擋格，這時他神功初成，武術招數卻仍是平庸之極，前時謝遜和父親所教的武功也尚未融會貫通，如何能和圓眞這樣的絕頂高手相抗？只一招之間，他手腕上「陽池穴」已被圓眞點中，登時機伶伶的打了個冷戰，退後了一步。可是他體內充沛欲溢的眞氣，便也在這瞬息間傳到了圓眞指上，這兩股力道一陰一陽，恰好互尅，但張無忌的內力來自九陽神功，遠爲渾厚。圓眞手指一熱，全身功勁如欲散去，再加重傷之餘，平時功力已賸不了一成，知道眼前情勢不利，脫身保命要緊，當即轉身便走。

張無忌怒罵：「成崑，你這大惡賊，留下命來！」拔足追出了廳門，只見圓眞背影一幌，已進了一道側門。張無忌氣憤塡膺，發足急追，這一發勁，砰的一響，額頭在門框上重重的撞了一下。原來他自己尚不知神功練成之後，一舉手，一提足，全比平時多了十倍勁力，一大步跨將出去，失了主宰，竟爾撞上門框。

他一摸額頭，隱隱有些疼痛，心想：「怎地這等邪門，這一步跨得這麼遠？」忙從側門中進去，見是一座小廳。他一心一意要爲義父復仇，穿過廳堂，便追了下去。

廳後是個院子，院子中花卉暗香浮動，但見西廂房的窗子中透出燈火之光，他縱身而前，推開房門，眼見灰影一閃，圓眞掀開一張繡帷，奔了進去。

張無忌跟着掀帷而入，那圓眞卻已不知去向。他凝神看時，不由得暗暗驚奇，原來置身所在竟似是一間大戶人家小姐的閨房。靠窗邊的是一張梳妝枱，枱上紅燭高燒，照耀得房中花團錦簇，堂皇富麗，頗不輸於朱九眞之家。另一邊是張牙床，床上羅帳低垂，床前還放着一對女子的粉紅繡鞋，顯是有人睡在床中。這閨房只有一道進門，窗戶緊閉，明明見到圓眞進房，怎地一剎那間便無影無蹤，竟難道有隱身法不成？又難道他不顧出家人的身分，居然躲入了婦女床中？

正自打不定主意要不要揭開羅帳搜敵，忽聽得步聲細碎，有人過來。張無忌閃身躲在西壁的一塊掛毯之後，便有兩人進了房中。張無忌在掛毯後向外張望，見兩個都是少女，一個穿着淡黃綢衫，服飾華貴，另一個少女年紀更小，穿着青衣布衫，是個小鬟，嘶聲道：「小姐，夜深了，你請安息了罷。」

那小姐反手一記巴掌，出手甚重，打在那小鬟臉上，那小鬟一個踉蹌，倒退了一步。那小姐身子微幌，轉過臉來，張無忌在燭光下看得分明，只見她大大眼睛，眼球深黑，一張圓臉，正是他萬里迢迢從中原護送來到西域的楊不悔。

此時相隔數年，她身材長得高大了，但神態絲毫不改，尤其嘴角邊使小性兒時微微撇嘴的模樣，更加分明。只聽她罵道：「你叫我睡，哼，六大派圍攻光明頂，我爹爹和人會商對策，說了一夜，還沒說完，他老人家沒睡，我睡得着麼？最好是我爹爹給人害死了，你再害死我，那便是你的天下了。」那小鬟不敢分辯，扶着她坐下。楊不悔道：「快取我劍來！」

那小鬟走到壁前，摘下掛着的一柄長劍，她雙脚之間繫着一根鐵鍊，雙手腕上也鎖着一根鐵鍊，左足跛行，背脊駝成弓形，待她摘了長劍回過身來時，張無忌更是一驚，但見她右目小，左目大，鼻子和嘴角也都扭曲，形狀極是怕人，心想：「這小姑娘相貌之醜尤在蛛兒之上，蛛兒是因中毒而面目浮腫，總能治愈，這小姑娘卻是天生殘疾。」

楊不悔接過長劍，說道：「敵人隨時可來，我要出去巡查。」那小鬟道：「我跟着小姐，若是遇上敵人，也好多個照應。」她說話的聲音也是嘶啞難聽，像個粗魯的中年漢子，楊不悔道：「誰要你假好心？」左手一翻，已扣住那小鬟右手脈門，那小鬟登時動彈不得，顫聲道：「小姐，你……你……」

楊不悔冷笑道：「敵人大舉來攻，我父女命在旦夕之間，你這丫頭多半是敵人派到光明頂來臥底的麼？我父女豈能受你的折磨？今日先殺了你！」說着長劍翻過，便往那小鬟的頸中刺落。

張無忌自見這小鬟周身殘廢，心下便生憐憫，突見楊不悔挺劍相刺，危急中不及細思，當即飛身而出，手指在劍刃上一彈。楊不悔拿劍不定，叮噹一響，長劍落地，她右手離劍，食中雙指直取張無忌的兩眼，那本來只是平平無奇的一招「雙龍搶珠」，但她經父親數年調教，使將出來時已頗具威力。張無忌向後躍開，衝口便道：「不悔妹妹，是我！」

楊不悔聽慣了他叫「不悔妹妹」四字，一怔之下，說道：「是無忌哥哥嗎？」她只是認出了「不悔妹妹」這四個字的聲音語調，卻沒認出張無忌的面貌。

張無忌心下微感懊悔，但已不能再行抵賴，只得說道：「是我！不悔妹妹，這些年來你可好？」

楊不悔定神一看，見他衣衫破爛，面目污穢，心下怔忡不定，道：「你……你……當眞是無忌哥哥麼？怎麼……怎麼會到了這裏？」

張無忌道：「是說不得帶我上光明頂來的。那圓眞和尚到了這房中之後，突然不見，這裏另有出路麼？」楊不悔奇道：「甚麼圓眞和尚？誰來到這房中？」張無忌急欲追趕圓眞，此事說來話長，便道：「你爹爹在廳上受了傷，你快瞧瞧去。」楊不悔吃了一驚，忙道：「我瞧爹爹去。」說着順手一掌，往那小鬟的天靈蓋擊落，出手極重。張無忌驚叫：「使不得！」伸手在她臂上一推，楊不悔這掌便落了空。

楊不悔兩次要殺那小鬟，都受到他的干預，厲聲道：「無忌哥哥，你和這丫頭是一路的嗎？」張無忌奇道：「她是你的丫鬟，我剛才初見，怎會和她一路？」楊不悔道：「你既不明內情，那就別多管閒事。這丫鬟是我家的大對頭，我爹爹用鐵鍊鎖住她的手足，便是防她害我，此刻敵人大舉來襲，這丫頭要趁機報復。」

張無忌見這小鬟楚楚可憐，雖然形相奇特，卻絕不似兇惡之輩，說道：「姑娘，你可有趁機報復之意麼？」那小鬟搖了搖頭，道：「決計不會。」張無忌道：「不悔妹妹，你聽她說是不會的，還是饒了她罷！」

楊不悔道：「好，既然是你講情，啊喲……」身子一側，搖搖幌幌的立足不定。張無忌忙伸手相扶，突然間後腰「懸樞」、「中樞」兩穴上一下劇痛，撲地跌倒。原來楊不悔嫌他礙手礙脚，賺得他近身，以套在中指上的打穴鐵環打了他兩處大穴。她打倒張無忌後，回過右手，便往那小鬟的右太陽穴上擊了下去。

這一下將落未落，楊不悔忽感丹田一陣火熱，全身痳木，不由自主的放脫了那小鬟的手腕，雙膝一軟，坐在椅中。原來她使勁擊打張無忌的穴道，張無忌神功初成，九陽眞氣尙無護體之能，卻已自行反激出來，衝盪楊不悔周身脈絡。

那小鬟拾起地下的長劍，說道：「小姐，你總是疑心我要害你。這時我要殺你，不費吹灰之力，可是我並無此意。」說着將長劍插入劍鞘，還掛壁間。

張無忌站起身來，說道：「你瞧，我沒說錯罷！」他被點中穴道之後，片刻間便以眞氣衝解，立即回復行動。

楊不悔眼睜睜的瞧着他，心下大爲駭異，這時她手足上麻木已消，心中記掛着父親的安危，站起身來，說道：「我爹爹傷得怎樣？無忌哥哥，你在這裏等我，回頭再見。這些年來你好嗎？我時時記着你……」一面說，一面奔了出去。

張無忌問那小鬟道：「姑娘，那和尙逃到這房裏，卻忽然不見了，你可知此間另有通道嗎？」那小鬟道：「你當眞非追他不可嗎？」張無忌道：「這和尙傷天害理，作下了無數罪孽，我……我……便到天涯海角，也要追到他。」

那小鬟抬起頭來，凝視着他的臉。張無忌道：「姑娘，要是你知道，求你指點途逕。」那小鬟咬着下唇，微一沉吟，低聲道：「我的性命是你救的，好，我帶你去。」張口吹滅了燭火，拉着張無忌的手便走。

小昭坐在地下，曼聲唱起曲來。張無忌聽到曲中「吉藏凶，凶藏吉」這六字，心想我一生遭際，果眞如此，又聽她歌聲嬌柔清亮，圓轉自然，滿腹煩憂登時大減。

二十　與子共穴相扶將

張無忌跟了她沒行出幾步，已到床前。那小鬟揭開羅帳，鑽進帳去，拉着張無忌的手卻沒放開。張無忌吃了一驚，心想這小鬟雖然既醜且稚，總是女子，怎可和她同睡一床？何況此刻追敵要緊，當下縮手一掙。那小鬟低聲道：「通道在床裏！」他聽了這五個字，精神為之一振，再也顧不得甚麼男女之嫌，但覺那小鬟揭開錦被，橫臥在床，便也躺在她身旁。不知那小鬟扳動了何處機括，突然間床板一側，兩人便摔了下去。

這一摔直跌下數丈，幸好地上鋪着極厚的軟草，絲毫不覺疼痛，只聽得頭頂輕輕一響，床板已然回復原狀。他心下暗讚：「這機關布置得妙極！誰料得到秘道的入口處，竟會是在小姐香閨的牙床之中。」拉着小鬟的手，向前急奔。

跑出數丈，聽到那小鬟足上鐵鍊曳地之聲，猛然想起：「這姑娘是個跛子，足上又有鐵鍊，怎地跑得如此迅速？」便即停步。那小鬟猜中了他的心意，笑道：「我的跛脚是假裝的，騙騙老爺和小姐。」張無忌心道：「怪不得我媽媽說天下女子都愛騙人。今日連不悔妹妹也來暗算我一下。」此時忙於追敵，這念頭在心中一轉，隨即撇開，在甬道中曲曲折折的奔出數十丈，便到了盡頭，那圓眞卻始終不見。

那小鬟道：「這甬道我只到過這裏，相信前面尙有通路，可是我找不到開門的機括。」張無忌伸手四下摸索，前面是凹凹凸凸的石壁，沒一處縫隙，在凹凸處用力推擊，紋絲不動。那小鬟嘆道：「我已試了幾十次，始終沒能找到機括，眞是古怪之極。我曾帶了火把進來細細察看，也沒發見半點可疑之處，但那和尙卻又逃到了那裏？」

張無忌提一口氣，運勁雙臂，在石壁上左邊用力一推，毫無動靜，再向右邊推，只覺石壁微微一幌。他心下大喜，再吸兩口眞氣，使勁推時，石壁緩緩退後，卻是一堵極厚、極巨、極重、極實的大石門。原來光明頂這秘道構築精巧，有些地方使用隱秘的機括，這座大石門卻全無機括，若非天生神力或負上乘武功，萬萬推移不動，像那小鬟一般雖能進入秘道，但武功不到，仍只能半途而廢。張無忌這時九陽神功已成，這一推之力何等巨大，自能推開了。待石壁移後三尺，他拍出一掌，以防圓眞躲在石後偷襲，隨即閃身而入。

過了石壁，前面又是長長的甬道，兩人向前走去，只覺甬道一路向前傾斜，越行越低，約莫走了五十來丈，忽然前面分了幾道岔路。張無忌逐一試步，岔路竟有七條之多，正沒做理會處，忽聽得左前方有人輕咳一聲，雖然立即抑止，但靜夜中聽來，已是十分清晰。

張無忌低聲道：「走這邊！」搶步往最左一條岔道奔去。這條岔道忽高忽低，地下也是崎嶇不平，他鼓勇向前，聽得身後鐵鍊曳地聲響個不絕，便回頭道：「敵人在前，情勢凶險，你還是慢慢來罷。」那小鬟道：「有難同當，怕甚麼？」

張無忌心道：「你也來騙我麼？」順着甬道不住左轉，走着螺旋形向下，甬道越來越窄，到後來僅容一人，便似一口深井。

突然之間，驀覺得頭頂一股烈風壓將下來，當下反手一把抱住那小鬟腰間，急縱而下，左足剛着地，立即向前撲出，至於前面一步外是萬丈深淵，還是堅硬石壁，怎有餘暇去想？幸好前面空盪盪地頗有容身之處。只聽得砰的一聲巨響，泥沙細石，落得滿頭滿臉。

張無忌定了定神，只聽那小鬟道：「好險，那賊禿躲在旁邊，推大石來砸咱們。」張無忌已從斜坡回身走去，右手高舉過頂，只走了幾步，手掌便已碰到頭頂粗糙的石面。只聽得圓眞的聲音隱隱從石後傳來：「賊小子，今日葬了你在這裏，有個女孩兒相伴，算你運氣。賊小子力氣再大，瞧你推得開這大石麼？一塊不夠，再加上一塊。」只聽得鐵器撬石之聲，接着砰的一聲巨響，又有一塊巨石給他撬了下來。壓在第一塊巨石之上。

那甬道僅容一人可以轉身，張無忌伸手摸去，巨石雖不能將甬道口嚴密封死，但最多也只能伸得出一隻手去，身子萬萬不能鑽出。他吸口眞氣，雙手挺着巨石一搖，石旁許多泥沙撲簌而下，巨石卻是半動不動，看來兩塊數千斤的巨石叠在一起，當眞便有九牛二虎之力，只怕也拉曳不開。他雖練成九陽神功，畢竟人力有時而窮，這等小丘般兩塊巨石，如何挪動得它半尺一寸？

只聽圓眞在巨石之外呼呼喘息，想是他重傷之後，使力撬動這兩塊巨石，也累得筋疲力盡，只聽他喘了幾口氣，問道：「小子……你……叫……叫甚麼……名……」說到這個「名」字，卻又無力再說了。

張無忌心裏想：「這時他便回心轉意，突然大發慈悲，要救我二人出去，也是絕不能夠。不必跟他多費唇舌，且看甬道之下是否另有出路。」於是回身而下，順着甬道向前走去。

那小鬟道：「我身邊有火摺，只是沒蠟燭火把，生怕一點便完。」張無忌道：「且不忙點火。」順着甬道只走了數十步，便已到了盡頭。

兩人四下裏摸索。張無忌摸到一隻木桶，喜道：「有了！」手起一掌，將木桶劈散，只覺桶中散出許多粉末，也不知是石灰還是麵粉，他撿起一片木材，道：「你點火把！」

那小鬟取出火刀，火石，火絨，打燃了火，湊過去點那木片，突然間火光耀眼，木片立時猛烈燒將起來，兩人嚇了一大跳，鼻中聞到一股硝磺的臭氣。那小鬟道：「是火藥！」把木片高高舉起，瞧那桶中粉末時，果然都是黑色的火藥。她低聲笑道：「要是適才火星濺了開來，火藥爆炸，只怕連外邊那個惡和尚也炸死了。」只見張無忌呆呆望了自己，臉上充滿了驚訝之色，神色極是古怪，便微微一笑，道：「你怎麼啦？」

張無忌嘆了口氣，道：「原來你……你這樣美？」那小鬟抿嘴一笑，說道：「我嚇得傻了，忘了裝假臉？」說着挺直了身子。原來她既非駝背，更不是跛脚，雙目湛湛有神，修眉端鼻，頰邊微現梨渦，直是秀美無倫，只是年紀幼小，身材尚未長成，雖然容貌絕麗，卻掩不住容顏中的稚氣。張無忌道：「爲甚麼要裝那副怪樣子？」

那小鬟笑道：「小姐十分恨我，但見到我醜怪的模樣，心中就高興了。倘若我不裝怪樣，她早就殺了我啦。」張無忌道：「她爲甚麼要殺你？」那小鬟道：「她總疑心我要害死她和老爺。」張無忌搖搖頭，道：「眞是多疑！適才你長劍在手，她卻已動彈不得，你並沒害她。

自今而後，她再也不會疑心你了。」那小鬟道：「我帶了你到這裏，小姐只有更加疑心。咱們也不知能不能逃得出去，她疑不疑心，也不必理會了。」

她一面說，一面高擧木條，察看周遭情景。只見處身之地似是一間石室，堆滿了弓箭兵器，大都鐵銹斑斑，顯是明教昔人以備在地道內用以抵禦外敵。再察看四周牆壁，卻無半道縫隙，看來此處是這條岔道的盡頭，圓眞所以故意咳嗽，乃是故意引兩人走入死路。

那小鬟道：「公子爺，我叫小昭。我聽小姐叫你『無忌哥哥』，你大名是叫作『無忌』嗎？」張無忌道：「不錯，我姓張……」突然間心念一動，俯身拾起一枝長矛，拿着手中掂了一掂，覺得甚是沉重，似有四十來斤，說道：「這許多火藥或能救咱們脫險，說不定便能將大石炸了。」小昭拍手道：「好主意，好主意！」

她拍手時腕上鐵鍊相擊，錚錚作聲。張無忌道：「這鐵鍊碍手碍脚，把它弄斷了罷。」

小昭驚道：「不，不！老爺要大大生氣的。」張無忌道：「你說是我弄斷的，我才不怕他生氣呢。」說着雙手握住鐵鍊兩端，用勁一崩。那鐵鍊不過筷子粗細，他這一崩少說也有三四百斤力道，那知只聽得嗡的一聲，鐵鍊震動作響，卻崩它不斷。

他「咦」的一聲，吸口眞氣，再加勁力，仍是奈何不得這鐵鍊半分。小昭道：「這鍊子古怪得緊，便是寶刀利劍，也傷它不了。鎖上的鑰匙在小姐手裏。」張無忌點頭道：「咱們若是出得去，我向她討來替你開鎖解鍊。」小昭道：「只怕她不肯給。」張無忌道：「我跟她交情非同尋常，她不會不肯的。」說着提起長矛，走到大石之下，側身靜立片刻，聽不到圓眞的呼吸之聲，想已遠去。

小昭舉起火把，在旁照着。張無忌道：「一次炸不碎，看來要分開幾次。」當下勁運雙臂，在大石和甬道之間的縫隙中用長矛慢慢刺了一條孔道。小昭遞過火藥，張無忌便將火藥放入孔道之中，倒轉長矛，用矛柄打實，再鋪設一條火藥綫，通到下面石室，作爲引子。他從小昭手裏接過火把，小昭便伸雙手掩住了耳朵。張無忌擋在她身前，俯身點燃了藥引，眼見一點火花沿着火藥綫向前燒去。

猛地裏轟隆一聲巨響，一股猛烈的熱氣衝來，震得他向後退了兩步，小昭仰後便倒。他早有防備，伸手攬住了她腰。石室中烟霧瀰漫，火把也被熱氣震熄了。

張無忌道：「小昭，你沒事罷？」小昭咳嗽了幾下，道：「我……我沒事。」張無忌聽她說話有些哽咽，微感奇怪，待得再點燃火把，只見她眼圈紅了，問道：「怎麼？你不舒服麼？」

小昭道：「張公子，你……你和我素不相識，爲甚麼對我這麼好？」張無忌奇道：「甚麼呀？」小昭道：「你爲甚麼要擋在我身前？我是個低三下四的奴婢，你……你貴重的千金之軀，怎能遮擋在我身前？」

張無忌微微一笑，說道：「我有甚麼貴重了？你是個小姑娘，我自是要護着你些兒。」

待見石室中烟霧淡了些，便向斜坡上走去，只見那塊巨石安然無恙，巍巍如故，只炸去了極小的一角。張無忌頗爲沮喪，道：「只怕再炸七八次，咱們才鑽得過去。可是所餘火藥，最多只能再炸兩次。」提起長矛，又在石上鑽孔，鑽刺了幾下，一矛刺在甬道壁上，忽然一塊斗大的巖石滾了下來，露出一孔。他又驚又喜，伸手進去，扳住旁邊的巖石搖了搖，微覺幌動，使勁一拉，又扳了一塊下來。他連接扳下四塊尺許方圓的巖石，孔穴已可容身而過。原來甬道的彼端另有通路，這一次爆炸沒炸碎大石，卻將甬道的石壁震鬆了。這甬道乃是用一塊塊斗大花岡石砌成。

他手執火把先爬了進去，招呼小昭入來。那甬道仍是一路盤旋向下，他這次學得乖了，左手挺着長矛，提防圓眞再加暗算，約莫走了四五十丈，到了一處石門。他將長矛和火把交給小昭，運勁推開石門，裏邊又是一間石室。

這間石室極大，頂上垂下鐘乳，顯是天然的石洞。他接過火把走了幾步，突見地下倒着兩具骷髏。骷髏身上衣服尙未爛盡，看得出是一男一女。

小昭似感害怕，挨到他身邊。張無忌高舉火把，在石洞中巡視了一遍，道：「這裏看來又是盡頭了，不知能不能再找到出路？」伸出長矛，在洞壁上到處敲打，每一處都極沉實，找不到有聲音空洞的地方。

他走近兩具骷髏，只見那女子右手抓着一柄晶光閃亮的匕首，揷在她自己胸口，他一怔之下，立時想起了圓眞的話。圓眞和陽夫人在秘道之下私會，給陽頂天發見。陽頂天憤激之下，走火身亡，陽夫人便以匕首自刎殉夫。「難道這兩人便是陽頂天夫婦？」再走到那男子的骷髏之前，見已化成枯骨的手旁攤着一張羊皮。

張無忌拾起一看，只見一面有毛，一面光滑，並無異狀。

小昭接了過來，喜形於色，叫道：「恭喜公子，這是明教武功的無上心法。」說着伸出左手食指，在陽夫人胸前的匕首上割破一條小小口子，將鮮血塗在羊皮之上，慢慢便顯現了字迹，第一行是「明教聖火心法：乾坤大挪移」十一個字。

張無忌無意中發見了明教的武功心法，卻並不如何歡喜，心想：「這秘道中無水無米，倘若走不出去，最多不過七八日，我和小昭便要餓死渴死。再高的武功學了也是無用。」向兩具骷髏瞧了幾眼，又想：「那圓眞如何不將這『乾坤大挪移』的心法取了去？想是他做了這件大虧心事後，不敢再來看一眼陽氏夫婦的屍體，當然，他決不知道這張羊皮上竟寫着武功心法，否則別說陽氏夫婦已死，便是活着，他也要來設法盜取了。」問小昭道：「你怎知道這羊皮上的秘密？」

小昭低頭道：「老爺跟小姐說起時，我暗中偷聽到的。他們是明教教徒，不敢違犯教規，到這秘道中來找尋。」

張無忌瞧着兩堆骷髏，頗爲感慨，說道：「把他們葬了罷。」兩人去搬了些炸下來的泥沙石塊，堆在一旁，再將陽頂天夫婦的骸骨移在一起。

小昭忽在陽頂天的骸骨中撿起一物，說道：「張公子，這裏有封信。」

張無忌接過來一看，見封皮上寫着「夫人親啓」四字。年深日久，封皮已霉爛不堪，那四個字也已腐蝕得筆劃殘缺，但依稀仍可看得出筆致中的英挺之氣，那信牢牢封固，火漆印仍然完好。張無忌道：「陽夫人未及拆開，便已自殺。」將那信恭恭敬敬的放在骸骨之中，正要堆上沙石。小昭道：「拆開來瞧瞧好不好？說不定陽教主有甚遺命。」

張無忌道：「只怕不敬。」小昭道：「倘若陽教主有何未了心願，公子去轉告老爺小姐，讓他們爲陽教主辦理，那也是好的。」張無忌一想不錯，便輕輕拆開封皮，抽出一幅極薄的白綾來，只見綾上寫道：

「夫人粧次：夫人自歸陽門，日夕鬱鬱。余粗鄙寡德，無足爲歡，甚可歉咎，茲當永別，唯夫人諒之。三十二代衣教主遺命，令余練成乾坤大挪移神功後，率衆前赴波斯總教，設法迎回聖火令。本教雖發源於波斯，然在中華生根，開枝散葉，已數百年於茲。今韃子佔我中土，本教誓與周旋到底，決不可遵波斯總教無理命令，而奉蒙古元人爲主。聖火令若重入我手，我中華明教即可與波斯總教分庭抗禮也。」

張無忌心想：「原來明教的總教在波斯國。這衣教主和陽教主不肯奉總教之命而降順元朝，實是極有血性骨氣的好漢子。」心中對明教又增了幾分欽佩之意，接着看下去：

「今余神功第四層初成，即悉成崑之事，血氣翻湧不克自制，眞力將散，行當大歸。天也命也，復何如耶？」

張無忌讀到此處，輕輕嘆了口氣，說道：「原來陽教主在寫這信之時，便已知道他夫人和成崑在秘道私會的事了。」見小昭想問又不敢問，於是將陽頂天夫婦及成崑間的事簡畧說了。小昭道：「我說都是陽夫人不好。她若是心中一直有着成崑這個人，原不該嫁陽教主，既已嫁了陽教主，便不該再和成崑私會。」

張無忌點了點頭，心想：「她小小年紀，倒是頗有見識。」繼續讀下去：

「今余命在旦夕，有負衣教主重託，實爲本教罪人，盼夫人持余親筆遺書，召聚左右光明使者、四大護教法王、五行旗使、五散人，頒余遺命曰：『不論何人重獲聖火令者，爲本教第三十四代教主。不服者殺無赦。令謝遜暫攝副教主之位，處分本教重務。』」

張無忌心中一震，暗想：「原來陽教主命我義父暫攝副教主之位。我義父文武全才，陽教主死後，我義父已是明教中第一位人物。只可惜陽夫人沒看到這信，否則明教之中也不致如此自相殘殺，鬧得天翻地覆。」想到陽頂天對謝遜如此看重，很是喜歡，卻又不禁傷感，出神半晌，接讀下去：

「乾坤大挪移心法暫由謝遜接掌，日後轉奉新教主。光大我教，驅除胡虜，行善去惡，持正除奸，令我明尊聖火普惠天下世人，新教主其勉之。」

張無忌心想：「照陽教主的遺命看來，明教的宗旨實在正大得緊啊。各大門派限於門戶之見，不斷和明教為難，倒是不該了。」見那遺書上續道：

「余將以身上殘存功力，掩石門而和成崑共處。夫人可依秘道全圖脫困。當世無第二人有乾坤大挪移之功，即無第二人能推動此『無妄』位石門，待後世豪傑練成，余及成崑骸骨朽矣。頂天謹白。」

最後是一行小字：「余名頂天，然於世無功，於教無勛，傷夫人之心，賚恨而沒，狂言頂天立地，誠可笑也。」

在書信之後，是一幅秘道全圖，註明各處岔道門戶。

張無忌大喜，說道：「陽教主本想將成崑關入秘道，兩人同歸於盡，那知他支持不到，死得早了，讓那成崑逍遙至今。幸好有此圖，咱們能出去了。」在圖中找到了自己置身的所在，再一查察，登如一桶冰水從頭上淋將下來，原來唯一的脫困道路，正是被圓真用大石塞阻了的那一條，雖得秘道全圖，卻和不得無異。

小昭道：「公子且別心焦，說不定另有通路。」接過圖去，低頭細細查閱，但見圖上寫得分明，除此之外，更無別處出路。

張無忌見她臉上露出失望神色，苦笑道：「陽教主的遺書說道，倘若練成乾坤大挪移神功，便可推動石門而出。當世似乎只有楊逍先生練過一些，可是功力甚淺，就算他在這裏，也未必管用。再說，又不知『無妄位』在甚麼地方，圖上也沒註明，卻到那裏找去？」

小昭道：「『無妄位』嗎？那是伏羲六十四卦的方位之一，乾盡午中，坤盡子中，其陽在南，其陰在北。『無妄』位在『明夷』位和『隨』位之間。」說着在石室中踏勘方位，走到西北角上，說道：「該在此處了。」

張無忌精神一振，道：「眞的麼？」奔到藏兵器的甬道之中，取過一柄大斧，將石壁上積附的沙土刮去，果然露出一道門戶的痕迹來，心想：「我雖不會乾坤大挪移之法，但九陽神功已成，威力未必便遜於此法。」當下氣凝丹田，勁運雙臂，兩足擺成弓箭步，緩緩推將出來。推了良久，石門始終絕無動靜。不論他雙手如何移動部位，如何催運眞氣，直累得雙臂疼痛，全身骨骼格格作響，那石門仍是宛如生牢在石壁上一般，連一分之微也沒移動。

小昭勸道：「張公子，不用試了，我去把賸下來的火藥拿來。」張無忌喜道：「好！我倒將火藥忘了。」兩人將半桶火藥盡數裝在石門之中，點燃藥引，爆炸之後，石門上炸得凹進了七八尺去，甬道卻不出現，看來這石門的厚度比寬度還大。

張無忌頗爲歉咎，拉着小昭的手，柔聲道：「小昭，都是我不好，害得你不能出去。」

小昭一雙明淨的眼睛凝望着他，說道：「張公子，你該當怪我才是，倘若我不帶你進來……那便不會……不會……」說到這裏，伸袖拭了拭眼淚，過了一會，忽然破涕爲笑，說道：「咱們既然出不去了，發愁也沒用。我唱個小曲兒給你聽，好不好？」

張無忌實在毫沒心緒聽甚麼小曲，但也不忍拂她之意，微笑道：「好啊！」

小昭坐在他身邊，唱了起來：

「世情推物理，人生貴適意，想人間造物搬興廢。吉藏凶，凶藏吉。」

張無忌聽到「吉藏凶，凶藏吉」這六字，心想我一生遭際，果眞如此，又聽她歌聲嬌柔清亮，圓轉自如，滿腹煩憂登時大減。又聽她繼續唱道：

「富貴那能長富貴？日盈昃，月滿虧蝕。地下東南，天高西北，天地尙無完體。」

張無忌道：「小昭，你唱得眞好聽，這曲兒是誰做的？」小昭笑道：「你騙我呢，有甚麼好聽？我聽人唱，便把曲兒記下來了，也不知是誰做的？」張無忌想着「天地尙無完體」這一句，順着她的調兒哼了起來。小昭道：「你是眞的愛聽呢，還是假的愛聽？」張無忌笑道：「怎麼愛聽不愛聽還有眞假之分嗎？自然是眞的。」

小昭道：「好，我再唱一段。」左手的五根手指在石上輕輕按捺，唱了起來：

「展放愁眉，休爭閒氣。今日容顏，老於昨日。古往今來，盡須如此，管他賢的愚的，貧的和富的。

「到頭這一身，難逃那一日。受用了一朝，一朝便宜。百歲光陰，七十者稀。急急流年，滔滔逝水。」

曲中辭意豁達，顯是個飽經憂患、看破了世情之人的胸懷，和小昭的如花年華殊不相稱，自也是她聽旁人唱過，因而記下了。張無忌年紀雖輕，十年來卻是艱苦備嘗，今日困處山腹，眼見已無生理，咀嚼曲中「到頭這一身，難逃那一日」那兩句，不禁魂爲之銷。所謂「那一日」，自是身死命喪的「那一日」。他以前面臨生死關頭，已不知凡幾，但從前或生或死，都不牽累別人，這一次不但拉了一個小昭陪葬，而且明教的存毀，楊逍、楊不悔諸人的安危，義父謝遜和圓眞之間的深仇，都和他有關，實在是不想就此便死。

他站起身來，又去推那石門，只覺體內眞氣流轉，似乎積蓄着無窮無盡的力氣，可是偏偏使不出來，就似滿江洪水給一條長堤攔住了，無法宣洩。

他試了三次，頹然而廢，只見小昭又已割破了手指，用鮮血塗在那張羊皮之上，說道：「張公子，你來練一練乾坤大挪移心法，好不好？說不定你聰明過人，一下子便練會了。」

張無忌笑道：「明教的前任教主們窮終身之功，也沒幾個練成的，他們既然當了教主，自是個個才智卓絕。我在旦夕之間，又怎能勝得過他們？」

小昭低聲唱道：「受用一朝，一朝便宜。便練一朝，也是好的。」

張無忌微微一笑，將羊皮接了過來，輕聲念誦，只見羊皮上所書，都是運氣導行、移宮使勁的法門，試一照行，竟是毫不費力的便做到了。見羊皮上寫着：「此第一層心法，悟性高者七年可成，次者十四年可成。」心下大奇：「這有甚麼難處？何以要練七年才成？」

再接下去看第二層心法，依法施爲，也是片刻眞氣貫通，只覺十根手指之中，似乎有絲絲冷氣射出。但見其中註明：第二層心法悟性高者七年可成，次焉者十四年可成，如練至二十一年而無進展，則不可再練第三層，以防走火入魔，無可解救。

他又驚又喜，接着去看第三層練法。這時字迹已然隱晦，他正要取過匕首割自己的手指，小昭搶先用指血塗抹羊皮。張無忌邊讀邊練，第三層、第四層心法勢如破竹般便練成了。

小昭見他半邊臉孔脹得血紅，半邊臉頰卻發鐵青，心中微覺害怕，但見他神完氣足，雙眼精光炯炯，料知無碍。待見他讀罷第五層心法續練時，臉上忽青忽紅，臉上青時身子微顫，如墮寒冰；臉上紅時額頭汗如雨下。

小昭取出手帕，伸到他額上去替他抹汗，手帕剛碰到他額角，突然間手臂一震，身子一仰，險些兒摔倒，張無忌站了起來，伸衣袖抹去汗水，一時之間不明其理，卻不知已然將這第五層心法練成了。

原來這「乾坤大挪移」心法，實則是運勁用力的一項極巧妙法門，根本的道理，在於發揮每人本身所蓄有的潛力，每人體內潛力原極龐大，只是平時使不出來，每逢火災等等緊急關頭，一個手無縛鷄之力的弱者往往能負千斤。張無忌練就九陽神功後，本身所蓄的力道已是當世無人能及，只是他未得高人指點，使不出來，這時一學到乾坤大挪移心法，體內潛力便如山洪突發，沛然莫之能禦。

這門心法所以難成，所以稍一不慎便致走火入魔，全由於運勁的法門複雜巧妙無比，而練功者卻無雄渾的內力與之相副。正如要一個七八歲的小孩去揮舞百斤重的大鐵鍾，鍾法越是精微奧妙，越會將他自己打得頭破血流，腦漿迸裂，但若舞鍾者是個大力士，那便得其所哉了。以往練這心法之人，只因內力有限，勉強修習，變成心有餘而力不足。

昔日的明教各位教主都明白這其中關鍵所在，但既得身任教主，個個是堅毅不拔、不肯服輸之人，又有誰肯知難而退？大凡武學高手，都服膺「精誠所至、金石為開」的話，於是孜孜兀兀，竭力修習，殊不知人力有時而窮，一心想要「人定勝天」，結果往往飲恨而終。張無忌所以能在半日之間練成，而許多聰明才智、武學修為遠勝於他之人，竭數十年苦修而不能練成者，其間的分別，便在於一則內力有餘，一則內力不足而已。

張無忌練到第五層後，只覺全身精神力氣無不指揮如意，欲發即發，欲收即收，一切全憑心意所之，周身百骸，當真說不出的舒服受用。這時他已忘了去推那石門，跟着便練第六層的心法，一個多時辰後，已練到第七層。

那第七層心法的奧妙之處，又比第六層深了數倍，一時之間實是難以盡解。好在他精通醫道脈理，遇到難明之處，以之和醫理一加印證，往往便即豁然貫通。練到一大半之處，猛地裏氣血翻湧，心跳加快。他定了定神，再從頭做起，仍是如此。自練第一層神功以來，從未遇上過這等情形。

他跳過了這一句，再練下去時，又覺順利，但數句一過，重遇阻難，自此而下，阻難叠出，直到末篇，共有一十九句未能照練。

張無忌沉思半晌，將那羊皮供在石上，恭恭敬敬的躬身下拜，磕了幾個頭，祝道：「弟子張無忌，無意中得窺明教神功心法，旨在脫困求生，並非存心窺竊貴教秘籍。弟子得脫險境之後，自當以此神功為貴教盡力，不敢有負列代教主栽培救命之恩。」

小昭也跪下磕了幾個頭，低聲禱祝道：「列代教宗在上，請你們保佑張公子重整明教，光大列祖列宗的威名。」

張無忌站起身來，說道：「我非明教教徒，奉我太師父的教訓，將來也決不敢身屬明教。但我展讀陽教主的遺書後，知道明教的宗旨光明正大，自當竭盡所能，向各大門派解釋誤會，請雙方息爭。」

小昭道：「張公子，你說有一十九句句子尚未練成，何不休息一會，養足精神，把它都練成了？」

張無忌道：「我今日練成乾坤大挪移第七層心法，雖有一十九句跳過，未免畧有缺陷，但正如你曲中所說：『日盈昃，月滿虧蝕。天地尚無完體。』我何可人心不足，貪多務得？想我有何福澤功德，該受這明教的神功心法？能留下一十九句練之不成，那才是道理啊。」

小昭道：「公子說得是。」接過羊皮，請他指出那未練的一十九句，暗暗念誦幾遍，記在心中。張無忌笑道：「你記着幹甚麼？」小昭臉一紅，說道：「不幹甚麼，我想連公子也練不會，倒要瞧瞧是怎樣的難法。」

那知道張無忌事事不爲已甚，適可而止，正應了「知足不辱」這一句話。原來當年創制乾坤大挪移心法的那位高人，內力雖強，卻也未到相當於九陽神功的地步，只能練到第六層而止。他所寫的第七層心法，自己已無法修練，只不過是憑着聰明智慧，縱其想像，力求變化而已。張無忌所練不通的那一十九句，正是那位高人單憑空想而想錯了的，似是而非，已然誤入歧途。要是張無忌存着求全之心，非練到盡善盡美不肯罷手，那麼到最後關頭便會走火入魔，不是瘋顛痴呆，便致全身癱瘓，甚至自絕經脈而亡。

當下兩人搬過沙石，葬好了陽頂天夫婦的遺骸，走到石門之前。

這次張無忌單伸右手，按在石門邊上，依照適才所練的乾坤大挪移心法，微一運勁，那石門便軋軋聲響，微微幌動，再加上一層力，石門緩緩的開了。

小昭大喜，跳起身來，拍手叫好，手足上鐵鍊相擊，叮叮噹噹的亂響。張無忌道：「我再拉一拉你的鐵鍊。」小昭笑道：「這一次定然成啦！」

張無忌拉住她雙手之間的鐵鍊，運勁分拉，鐵鍊漸漸延長，卻是不斷。小昭叫道：「啊喲，不好！你越拉越長，我可更加不便啦。」張無忌搖頭道：「這鍊子當眞邪門，只怕便拉成十幾丈長，它還是不斷。」原來明教上代教主得到一塊天上落下來的古怪殞石，其中所含金屬質地不同於世間任何金鐵，銳金旗中的巧匠以之試鑄兵刃不成，便鑄成此鍊。張無忌見小昭垂頭喪氣，安慰她道：「你放心，包在我身上給你打開鐵鍊。咱們困在這山腹之中，尙能出去，難道還奈何不了這兩根小小鐵鍊？」

他要找圓眞報仇，返身再去推那兩塊萬斤巨石，可是他雖練成神功，究非無所不能，兩塊巨石被他推得微微撼動，卻終難掀開。他搖搖頭，便和小昭從另一邊的石門中走了出去。他回身推攏石門，見那石門又那裏是門了？其實是一塊天然生成的大巖石，巖底裝了一個大鐵球作爲門樞。年深日久，鐵球生銹，大巖石更難推動了。他想當年明教建造這地道之時，動用無數人力，窮年累月，不知花了多少功夫，多少心血。

他手持地道秘圖，循圖而行，地道中岔路雖多，但毫不費力的便走出了山洞。出得洞來，強光閃耀，兩人一時之間竟然睜不開眼，過了一會，才慢慢睜眼，只見遍地冰雪，陽光照在冰雪之上，反射過來，倍覺光亮。

小昭吹熄手中的木條，在雪地裏挖了個小洞，將木條埋在洞裏，說道：「木條啊木條，多謝你照亮張公子和我出洞，倘若沒有你，我們可就一籌莫展了。」

張無忌哈哈大笑，胸襟爲之一爽，轉念又想：「世人忘恩負義者多，這小姑娘對一根木條尚且如此，想來當是厚道重義之人。」側頭向她一笑，冰雪上反射過來的強光照在她的臉上，更顯得她膚色晶瑩，柔美如玉，不禁讚嘆：「小昭，你好看得很啊。」

小昭喜道：「張公子，你不騙我麼？」張無忌道：「你別裝駝背跛脚的怪樣子，現下這樣子才好看。」小昭道：「你叫我不裝，我就不裝。小姐便是殺我，我也不裝。」

張無忌道：「瞎說！好端端的，她幹麼殺你？」又看了她一眼，但見她膚色奇白，鼻子較常女爲高，眼睛中卻隱隱有海水之藍意，說道：「你是本地西域人，是不是？比之我們中原女子，另外有一份好看。」小昭秀眉微蹙，道：「我寧可像你們中原的姑娘。」

張無忌走到崖邊，四顧身周地勢，原來是在一座山峯的中腰。當時說不得將他藏在布袋中負上光明頂來，他於沿途地勢一概不知，此時也不知身在何處。極目眺望，遙見西北方山坡上有幾個人躺着，一動不動，似已死去，道：「咱們過去瞧瞧。」携着小昭的手，縱身向那山坡疾馳而去。這時他體內九陽眞氣流轉如意，乾坤大挪移心法練到了第七層，一舉手，一抬足，在旁人看來似非人力所能，雖然帶着小昭，仍是身輕如燕。

到得近處，只見兩個人死在雪地之中，白雪中鮮血飛濺，四人身上都有刀劍之傷。其中三人穿明教徒服色，另一人是個僧人，似是少林派子弟。張無忌驚道：「不好！咱們在山腹中躭了這許多時候，六大派的人攻了上去啦！」一摸四人心口，都已冰冷，顯已死去多時。忙拉着小昭，循着雪地裏的足迹向山上奔去。走了十餘丈，又見七人死在地下，情狀可怖。

張無忌大是焦急，說道：「不知楊逍先生、不悔妹妹等怎樣了？」他越走越快，幾乎是將小昭的身子提着飛行，轉了一個彎，只見五名明教徒的屍首掛在樹枝之上，都是頭下脚上的倒懸，每人臉上血肉模糊，似被甚麼利爪抓過。小昭道：「是華山派的虎爪手抓的。」張無忌奇道：「小昭，你年紀輕輕，見識卻博，是誰教你的？」

他這句話雖然問出了口，但記掛着光明頂上各人安危，不等小昭回答，便即帶着她飛步上峯。一路上但見屍首狼藉，大多數是明教教徒，但六大派的弟子也有不少。想是他們在山腹中一日一夜之間，六大派發動猛攻。明教因楊逍、韋一笑等重要首領盡數重傷，無人指揮，以致失利，但衆教徒雖在劣勢之下，兀自苦鬥不屈，是以雙方死傷均重。

張無忌將到山頂，猛聽得兵刃相交之聲，乒乒乓乓的打得極為激烈，他心下稍寬，暗想：「戰鬥既然未息，六大派或許尚未攻入大廳。」快步往相鬥處奔去。

突然間呼呼風響，背後兩枚鋼鏢擲來，跟着有人喝道：「是誰？停步！」

張無忌脚下毫不停留，回手輕揮，兩枚鋼鏢立即倒飛回去，只聽得「啊」的一聲慘呼，跟着砰的一聲，有人摔倒在地。張無忌一怔，回過頭來，只見地下倒着一名灰袍僧人，兩枚鋼鏢釘在他右肩之上。他更是一呆，適才回手一揮，只不過想掠斜鋼鏢來勢，不致打到自己身上而已，那料到這麼輕輕一揮之力，竟如此大得異乎尋常。他忙搶上前去，歉然道：「在下誤傷大師，抱歉之至。」伸指拔出鋼鏢。

那少林僧雙肩上登時血如泉湧，豈知這僧人極是剽悍，飛起一脚，砰的一聲，踢在張無忌小腹之上。張無忌和他站得極近，沒料到他竟會突施襲擊，一呆之下，那僧人已然倒飛出去，背脊撞在一棵樹上，右足折斷，口中狂噴鮮血。張無忌此時體內眞氣流轉，一遇外力，自然而然生反擊，比之當日震斷靜玄的右腿，力道又大得多了。

他見那僧人重傷，更是不安，上前扶起，連聲致歉，那僧人惡狠狠的瞪他，驚駭之心更甚於憤怒，雖然仍想出招擊敵，卻已無能爲力了。

忽聽得圍牆之內傳出接連三聲悶哼，張無忌無法再顧那僧人，拉着小昭，便從大門中搶了進去，穿過兩處廳堂，眼前是好大一片廣場。

場上黑壓壓的站滿了人，西首人數較少，十之八九身上鮮血淋漓，或坐或臥，是明教的一方。東首的人數多出數倍，分成六堆，看來六大派均已到齊。這六批人隱然對明教作包圍之勢。

張無忌一瞥之下，見楊逍、韋一笑、彭和尙、說不得諸人都坐在明教人衆之內，看情形仍是行動艱難。楊不悔坐在她父親身旁。

廣場中心有兩人正在拚鬥，各人凝神觀戰，張無忌和小昭進來，誰也沒加留心。

張無忌慢慢走近，定神看時，見相鬥雙方都是空手，但掌風呼呼，威力遠及數丈，顯然二人都是絕頂高手。那兩人身形轉動，打得快極，突然間四掌相交，立時膠住不動，只在一瞬之間，便自奇速的躍動轉爲全然靜止，旁觀衆人忍不住轟天價叫了一聲：「好！」

張無忌看清楚兩人面貌時，心頭大震，原來那身材矮小、滿臉精悍之色的中年漢子，正是武當派的四俠張松溪。他的對手是個身材魁偉的禿頂老者，長眉勝雪，垂下眼角，鼻子鈎曲，有若鷹嘴。張無忌心想：「明教中還有這等高手，那是誰啊？」

忽聽得華山派中有人叫道：「白眉老兒，快認輸罷，你怎能是武當張四俠的對手？」張無忌聽到「白眉老兒」四個字，心念一動：「啊，原來他……他……他便是我外公白眉鷹王！」心中立時生出一股孺慕之意，便想撲上前去相認。

但見殷天正和張松溪頭頂都冒出絲絲熱氣，兩人便在這片刻之間，竟已各出生平苦練的內家眞力。一個是天鷹教教主、明教四大護教法王之一，一個是張三丰的得意弟子、身屬威震天下的武當七俠，眼看霎時之間便要分出勝敗。明教和六大派雙方都是屛氣凝息，爲自己人擔心，均知這一場比拚，不但是明教和武當雙方威名所繫，而且高手以眞力決勝，敗的一方多半有性命之憂。只見兩人猶似兩尊石像，連頭髮和衣角也無絲毫飄拂。

殷天正神威凜凜，雙目炯炯，如電閃動。張松溪卻是謹守武當心法中「以逸待勞、以靜制動」的要旨，嚴密守衞。他知殷天正比自己大了二十多歲，內力修爲是深了二十餘年，但自己正當壯年，長力充沛，對方年紀衰邁，時刻一久，便有取勝之機。豈知殷天正實是武林中一位不世出的奇人，年紀雖大，精力絲毫不遜於少年，內力如潮，有如一個浪頭又是一個浪頭般連綿不絕，從雙掌上向張松溪撞擊過去。

張無忌初見張松溪和殷天正時，心中一喜，但立即喜去憂來，一個是自己的外公，乃是骨肉至親；一個是父親的師兄，待他有如親子，當年他身中玄冥神掌，武當諸俠均曾不惜損耗內功，盡心竭力的爲他療傷，倘若兩人之中有一人或傷或死，在他都是畢生大恨。

張無忌微一沉吟，正想搶上去設法拆解，忽聽殷天正和張松溪齊聲大喝，四掌發力，各自退出了六七步。

張松溪道：「殷老前輩神功卓絕，佩服佩服！」殷天正聲若洪鐘，說道：「張兄的內家修爲超凡入聖，老夫自愧不如。閣下是小壻同門師兄，難道今日定然非分勝負不可麼？」張無忌聽他言中提到父親，眼眶登時紅了，心中不住叫着：「別打了，別打了！」

張松溪道：「晚輩適才多退一步，已輸了半招。」躬身一揖，神定氣閒的退了下去。

突然武當派中搶出一個漢子，指着殷天正怒道：「殷老兒，你不提我張五哥，那也罷了！今日提起，叫人好生惱恨。我俞三哥、張五哥兩人，全是傷折在你天鷹教手中，此仇不報，我莫聲谷枉居『武當七俠』之名。」嗆啷啷一聲，長劍出鞘，太陽照耀下劍光閃閃，擺了一招「萬嶽朝宗」的姿式。這是武當子弟和長輩動手過招時的起手式，莫聲谷雖然怒氣勃勃，但此時早已是武林中極有身分的高手，在衆目睽睽之下，一舉一動自不能失了禮數。

殷天正嘆了口氣，臉上閃過一陣黯然之色，緩緩道：「老夫自小女死後，不願再動刀劍。但若和武當諸俠空手過招，卻又未免托大不敬。」指着一個手執鐵棍的教徒道：「借你的鐵棍一用。」那明教教徒雙手橫捧齊眉鑌鐵棍，走到殷天正身前，恭恭敬敬的躬身呈上。殷天正接過鐵棍，雙手一拗，拍的一聲，那鐵棍登時斷爲兩截。

旁觀人「哦」的一聲，都沒有想到這老兒久戰之後，仍具如此驚人神力。

莫聲谷知他不會先行發招，長劍一起，使一招「百鳥朝鳳」，但見劍尖亂顫，霎時間便如化爲數十個劍尖，罩住敵人中盤，這一招雖然厲害，但仍是彬彬有禮的劍法。

殷天正左手斷棍一封，說道：「莫七俠不必客氣。」右手斷棍便斜砸過去。數招一過，旁觀衆人羣情聳動，但見莫聲谷劍走輕靈，光閃如虹，吞吐開闔之際，又飄逸，又凝重，的是名家風範。殷天正的兩根斷鐵棍本已笨重，招數更是呆滯，東打一棍，西砸一棍，當眞不成章法，但有識之士見了，卻知他大智若愚，大巧若拙，實已臻武學中的極高境界。他脚步移動也極緩慢，莫聲谷卻縱高伏低、東奔西閃，只在一盞茶時分，已接連攻出六十餘招凌厲無倫的殺手。

再鬥數十合後，莫聲谷的劍招愈來愈快。崑崙、峨嵋諸派均以劍法見長，這幾派的弟子見莫聲谷一柄長劍上竟生出如許變化，心下都暗暗欽服：「武當劍法果然名不虛傳，今日裏大開眼界。」可是不論他如何騰挪劈刺，總是攻不進殷天正兩根鐵棍所嚴守的門戶之內。莫聲谷心想：「這老兒連敗華山、少林三名高手，又和四哥對耗內力，我已是跟他相鬥的第五人，早就佔了不少便宜，若再不勝，師門顏面何存？」猛地裏一聲清嘯，劍法忽變，那柄長劍竟似成了一條軟帶，輕柔曲折，飄忽不定，正是武當派的七十二招「繞指柔劍」。

旁觀衆人看到第十二三招時，忍不住齊聲叫起好來。這時殷天正已不能守拙馭巧，身形遊走，也展開輕功，跟他以快打快。突然間莫聲谷長劍破空，疾刺殷天正胸膛，劍到中途，劍尖微顫，竟然彎了過去，斜刺他右肩。這路「繞指柔劍」全仗以渾厚內力逼彎劍刃，使劍招閃爍無常，敵人難以擋架。殷天正從未見過這等劍法，急忙沉肩相避，不料錚的一聲輕響，那劍反彈過來，直刺入他的左手上臂。殷天正右臂一伸，不知如何，竟爾陡然間長了半尺，在莫聲谷手腕上一拂，挾手將他長劍奪過，左手已按住他「肩貞穴」。白眉鷹王的鷹爪擒拿手乃百餘年來武林中一絕，當世無雙無對。莫聲谷肩頭落入他的掌心，他五指只須運勁一揑，莫聲谷的肩頭非碎成片片、終身殘廢不可。武當諸俠大吃一驚，待要搶出相救，其勢卻已不及。

殷天正嘆了口氣，說道：「一之為甚，其可再乎？」放開了手，右手一縮，拔出長劍，左臂上傷口鮮血如泉湧出。他向長劍凝視半晌，說道：「老夫縱橫半生，從未在招數上輸過一招半式。好張三丰，好張真人！」他稱揚張三丰，那是欽佩他手創的七十二招「繞指柔劍」神妙難測，自己竟然擋架不了。

莫聲谷呆在當地，自己雖然先贏一招，但對方終究是有意的不下殺手，沒損傷自己，怔了片刻，便道：「多蒙前輩手下留情。」殷天正一言不發，將長劍交還給他。莫聲谷精研劍法，但到頭來手中兵刃竟給對方奪去，心下羞愧難當，也不接劍，便即退下。

張無忌輕輕撕下衣襟，正想去給外公裹傷，忽見武當派中又步出一人，黑鬚垂胸，卻是武當七俠之首的宋遠橋，說道：「我替老前輩裹一裹傷。」從懷中取出金創藥，給殷天正敷在傷口之上，隨即用帕子紮住，天鷹教和明教的教眾見宋遠橋一臉正氣，料想他以武當七俠之首的身分，決不會公然下毒加害，殷天正說了聲：「多謝！」更是坦然不疑。

張無忌大喜，心道：「宋師伯給我外公裹傷，想是感激他不傷莫七叔，兩家就此和好了。」那知宋遠橋裹好傷後，退一步，長袖一擺，說道：「宋某領教老前輩的高招！」

這一着大出張無忌意料之外，忍不住叫道：「宋大……宋大俠，用車輪戰打他老人家，這不公平！」

這一言出口，衆人的目光都射向這衣衫襤褸的少年。除了峨嵋派諸人，以及宋青書、殷梨亭、楊逍、說不得等少數人之外，誰都不知他的來歷，均感愕然。

宋遠橋道：「這位小朋友的話不錯。武當派和天鷹敎之間的私怨，今日暫且擱下不提。現下是六大派和明教一決生死存亡的關頭，武當派謹向明教討戰。」

殷天正眼光緩緩移動，看到楊逍、韋一笑、彭和尙等人全身癱瘓，天鷹教和五行旗下的高手個個非死即傷，自己兒子殷野王伏地昏迷，生死未卜，明教和天鷹敎之中，除自己之外，再無一個能抵擋得住宋遠橋的拳招劍法，可是自己連戰五個高手之餘，已是眞氣不純，何況左臂上這一劍受傷實是不輕。

殷天正微微一頓之間，崆峒派中一個矮小的老人大聲說道：「魔敎已然一敗塗地，再不投降，還待怎的？空智大師，咱們這便去毀了魔敎三十三代敎主的牌位罷！」

少林寺方丈空聞大師坐鎭嵩山本院，這次圍剿明敎，少林弟子由空智率領。各派敬仰少林派在武林中的聲望地位，便舉他進攻光明頂的發號施令之人。

空智尙未答言，只聽華山派中一人叫道：「甚麼投不投降？魔敎之衆，今日不能留一個活口。除惡務盡，否則他日死灰復燃，又必爲害江湖。魔崽子們！見機的快快自刎，免得大爺們動手。」

殷天正暗暗運氣，但覺左臂上劍傷及骨，一陣陣作痛，素知宋遠橋追隨張三丰最久，已深得這位不世出的武學大師眞傳，自己神完氣足之時和他相鬥，也是未知鹿死誰手，何況此刻？但明教衆高手或死或傷，只賸下自己一人支撐大局，只有拚掉這條老命了，自己死不足惜，所惜者一世英名，竟在今日斷送。

只聽宋遠橋道：「殷老前輩，武當派和天鷹教仇深似海，可是我們卻不願乘人之危，這場過節，儘可日後再行清算。我們六大派這一次乃是衝着明教而來。天鷹教已脫離明教，自立門戶，江湖上人人皆知。殷老前輩何必淌這場渾水？還請率領貴教人衆，下山去罷！」

武當派為了俞岱巖之事，和天鷹教結下了極深的樑子，此事各派盡皆知聞，這時聽宋遠橋竟然替天鷹教開脫，各人盡皆驚訝，但隨即明白宋遠橋光明磊落，不肯撿這現成便宜。

殷天正哈哈一笑，說道：「宋大俠的好意，老夫心領。老夫是明教四大護教法王之一，雖已自樹門戶，但明教有難，豈能置身事外？今日有死而已，宋大俠請進招罷！」說着踏上一步，雙掌虛擬胸前，兩條白眉微微顫動，凜然生威。

宋遠橋道：「既然如此，得罪了！」說罷左手一揚，右掌抵在掌心，一招「請手式」揮擊出去，乃是武當派拳法中晚輩和長輩過招的招數。

殷天正見他彎腰弓背，微有下拜之態，便道：「不必客氣。」雙手一圈，封住心口。依照拳法，宋遠橋必當搶步上前，伸臂出擊，那知他伸臂出擊是一點不錯，卻沒搶步上前，這拳打出，竟和殷天正的身子相距一丈有餘。

殷天正一驚：「難道他武當拳術如此厲害，竟已練成了隔山打牛的神功？」當下不敢怠慢，運起內勁，右掌揮出，抵擋他的拳力。

不料這一掌揮出，前面空空蕩蕩，並未接到甚麼勁力，不由得心中大奇。只聽宋遠橋道：「久仰老前輩武功深湛，家師也常稱道。但此刻前輩已力戰數人，晚輩卻是生力，過招之際太不公平。咱們只較量招數，不比膂力。」一面說，一面踢出一腿。這一腿又是虛踢，離對方身子仍有丈許之地，但脚法精妙，方位奇特，當眞匪夷所思，倘是近身攻擊，可就十分難防。殷天正讚道：「好脚法！」以攻爲守，揮拳搶攻。宋遠橋側身閃避，還了一掌。

霎時之間，但見兩人拳來脚往，鬥得極是緊湊，可是始終相隔丈許之地。雖然招不着身，一切全是虛打，但他二人何等身分，那一招失利、那一招佔先，各自心知。兩人全神貫注，絲毫不敢怠忽，便和貼身肉搏無異。

旁觀衆人不少是武學高手，只見宋遠橋走的是以柔克剛的路子，拳脚出手卻是極快，殷天正大開大闔，招數以剛爲主，也絲毫沒慢了。兩人見招拆招，忽守忽攻，似乎是分別練拳，各打各的，其實是鬥得激烈無比。

張無忌初看殷天正和張松溪、莫聲谷兩人相鬥時，關懷兩邊親人的安危，並沒怎麼留神雙方出招，這時見殷天正和宋遠橋隔着遠遠的相鬥，知道只有勝負之分，卻無死傷之險，這才潛心察看兩人的招數。看了半晌，見兩人出招越來越快，他心下卻越來越不明白：「我外公和宋大伯都是武林中一流高手，但招數之中，何以竟存着這許多破綻？外公這一拳倘若偏左半尺，不就正打中宋大伯的胸口？宋大伯這一抓若再遲出片刻，那不恰好拿到了我外公左臂？難道他二人故意相讓？可是瞧情形又不像啊。」

其實殷天正和宋遠橋雖然離身相鬥，招數上卻絲毫不讓。張無忌學會乾坤大挪移心法後，武學上的修爲已比他們均要勝一籌。但說殷、宋二人的招數中頗有破綻，卻又不然。張無忌不知自己這麼想，只因身負九陽神功之故，他所設想的招數雖能克敵制勝，卻決不是比殷、宋二人更妙更精，常人更萬萬無法做到。正如飛禽見地下獅虎搏鬥，不免會想：「何不高飛下撲，可制必勝？」殊不知獅虎在百獸之中雖然最爲兇猛厲害，要高飛下撲，卻是力所不能。張無忌見識未夠廣博，一時想不到其中的緣故。

忽見宋遠橋招數一變，雙掌飛舞，有若絮飄雪揚，軟綿綿不着力氣，正是武當派「綿掌」。殷天正呼喝一聲，打出一拳。兩人一以至柔，一以至剛，各逞絕技。

鬥到分際，宋遠橋左掌拍出，右掌陡地裏後發先至，跟着左掌斜穿，又從後面搶了上來。殷天正見自己上三路全被他掌勢罩住，大吼一聲，雙拳「丁甲開山」，揮擊出去。兩人雙掌雙拳，便此膠在空中，呆呆不動。拆到這一招時，除了比拚內力，已無他途可循。兩人相隔一丈以外，四條手臂虛擬鬥力之狀，此時看來似乎古怪，但若是近身眞鬥，卻已面臨最爲凶險的關頭。

宋遠橋微微一笑，收掌後躍，說道：「老前輩拳法精妙，佩服佩服！」殷天正也即收拳，說道：「武當拳法，果然冠絕古今。」兩人說過不比內力，鬥到此處，無法再行繼續，便以和局收場。

武當派中尚有俞蓮舟和殷梨亭兩大高手未曾出場，只見殷天正臉頰脹紅，頭頂熱氣裊裊上升，適才時這一場比試雖然不耗內力，但對手實在太強，卻已是竭盡心智，眼見他已強弩之末，俞殷二俠任何一人下場，立時便可將他打倒，穩享「打敗白眉鷹王」的美譽。俞蓮舟和殷梨亭對望一眼，都搖了搖頭，均想：「乘人之危，勝之不武。」

他武當二俠不欲乘人之危，旁人卻未必都有君子之風，只見崆峒派中一個矮小老者縱身而出，正是適才高叫焚燒明教歷代教主牌位之人，輕飄飄的落在殷天正面前，說道：「我姓唐的跟你殷老兒玩玩！」說話的語氣極是輕薄。

殷天正向他橫了一眼，鼻中一哼，心道：「若在平時，崆峒五老如何在殷某眼下？今日虎落平陽被犬欺，殷某一世英名，若是斷送在武當七俠手底，那也罷了，可萬萬不能讓你唐文亮豎子成名！」雖然全身骨頭酸軟，只盼睡倒在地，就此長臥不起，但胸中豪氣一生，下垂的兩道白眉突然豎起，喝道：「小子，進招罷！」

唐文亮瞧出他內力已耗了十之八九，只須跟他鬥得片刻，不用動手，他自己就會跌倒，當下雙掌一錯，搶到殷天正身後，發拳往他後心擊去。殷天正斜身反勾，唐文亮已然躍開，他腳下靈活之極，猶如一隻猿猴，不斷的跳躍。鬥了數合，殷天正眼前一黑，喉頭微甜，一口鮮血噴了出來，再也站立不定，一交坐倒。

唐文亮大喜，喝道：「殷天正，今日叫你死在我唐文亮拳下！」

張無忌只見唐文亮縱起身子，凌空下擊，正要飛身過去救助外公，卻見殷天正右手斜翻，姿式妙到巔毫，正是對付敵人從上空進攻的一招殺手，眼看兩人處此方位之下，唐文亮已然無法自救。果然聽得喀喀兩響，唐文亮雙臂已被殷天正施展「鷹爪擒拿手」折斷，跟着又是喀喀兩響，連兩條大腿也折斷了，砰的一響，摔在數尺之外。他四肢骨斷，再也動彈不得。

旁觀衆人見殷天正於重傷之餘仍具如此神威，無不駭然。

崆峒五老中的第三老唐文亮如此慘敗，崆峒派人人臉上無光，眼見唐文亮躺在殷天正身畔，只因相距過近，竟然無人敢上前扶他回來。

過了半晌，崆峒派中一個弓着背脊的高大老人重重踏步而出，右足踢起一塊石頭，直向殷天正飛去，口中喝道：「白眉老兒，我姓宗的跟你算算舊帳。」這人是崆峒五老中的第二老，名叫宗維俠。他說「算算舊帳」，想是曾吃過殷天正的虧。

這塊石頭飛去，禿的一聲，正中殷天正的額角，立時鮮血長流。這一下誰都大吃一驚，宗維俠踢這塊石頭過去，原也沒想能擊中他，那知殷天正已是半昏半醒，沒能避讓。當此情勢之下，宗維俠上前只是輕輕一指，便能致他於死地。

但見宗維俠提起右臂，踏步上前，武當派中走出一人，身穿土布長衫，神情質樸，卻是二俠俞蓮舟，身形微幌，攔在宗維俠身前，說道：「宗兄，殷教主已身受重傷，勝之不武，不勞宗兄動手。殷教主跟敝派過節極深，這人交給小弟罷。」

宗維俠道：「甚麼身受重傷？這人最會裝死，適才若不是他故弄玄虛，唐三弟那會上他的這惡當。俞二俠，貴派和他有樑子，兄弟跟這老兒也有過節，讓我先打他三拳出氣。」

俞蓮舟不願殷天正一世英雄，如此喪命，又想到張翠山與殷素素，說道：「宗兄的七傷拳天下聞名，殷教主眼下這般模樣，怎還禁得起宗兄的三拳？」

宗維俠道：「好！他折斷我唐三弟四肢，我也打斷他四肢便了。這叫做眼前報，還得快！」他見俞蓮舟兀自猶豫，大聲說道：「俞二俠，咱們六大派來西域之前立過盟誓。今日你反而迴護魔教的頭子麼？」俞蓮舟嘆了口氣，說道：「此刻任憑於你。回歸中原以後，我再領教宗二先生的七傷拳神功。」宗維俠心下一凜：「這姓俞的何以一再維護他？」他對武當派確是頗有忌憚，但衆目睽睽之下，終不能示弱，當下冷笑道：「天下事抬不過一個理字。你武當派再強，也不能恃勢橫行啊。」這幾句話駸駸然牽扯到了張三丰身上。

宋遠橋便道：「二弟，由他去罷！」俞蓮舟朗聲道：「好英雄，好漢子！」便即退開。這「好英雄，好漢子」六個字，似乎是稱讚殷天正，又似乎是譏刺宗維俠的反話。

宗維俠不願和武當派惹下糾葛，假裝沒聽見，一見俞蓮舟走開，便向殷天正身前走去。

少林派空智大師大聲發令：「華山派和崆峒派各位，請將場上的魔教餘孽一概誅滅了。武當派從西往東搜索，峨嵋派從東往西搜索，別讓魔教有一人漏網。崑崙派預備火種，焚燒魔教巢穴。」他吩咐五派後，雙手合十，說道：「少林子弟各取法器，誦念往生經文，替六派殉難的英雄、魔教教衆超度，化除寃孽。」

衆人只待殷天正在宗維俠一拳之下喪命，六派圍剿魔教的豪舉便即大功告成。

當此之際，明教和天鷹教教衆俱知今日大數已盡，衆教徒一齊掙扎爬起，除了身受重傷無法動彈者之外，各人盤膝而坐，雙手十指張開，舉在胸前，作火燄飛騰之狀，跟着楊逍唸誦明教的經文：

「焚我殘軀，熊熊聖火，生亦何歡，死亦何苦？爲善除惡，惟光明故，喜樂悲愁，皆歸塵土。憐我世人，憂患實多，憐我世人，憂患實多！」

明教自楊逍、韋一笑、說不得諸人之下，天鷹教自李天垣以下，直至厨工伕役，個個神態莊嚴，絲毫不以身死教滅爲懼。

空智大師合十道：「善哉！善哉！」

俞蓮舟心道：「這幾句經文，想是他魔教教衆每當身死之前所要唸誦的了。他們不念自己身死，卻在憐憫衆人多憂多患，那實在是大仁大勇的胸襟啊。當年創設明教之人，眞是個了不起的人物。只可惜傳到後世，反而變成了爲非作歹的淵藪。」

張無忌在六大門派高手之前本來心存畏懼，遲遲不敢挺身而出，待聽得空智下了盡屠魔教人衆的號令，又見宗維俠逕自舉臂向外公走去，當下不暇多想，大踏步搶出，擋在宗維俠身前，說道：「且慢動手！你如此對付一個身受重傷之人，也不怕天下英雄恥笑麼？」

這幾句話聲音清朗，響徹全場。各派人衆奉了空智大師的號令，本來便要分別出手，突然聽到這幾句話，一齊停步，回頭瞧着他。

宗維俠見說話的是個衣衫襤褸的少年，絲毫不以爲意，伸手推出，要將他推在一旁，以便上前打死殷天正。

張無忌見他伸掌推到，便隨手一掌拍出，砰的一響，宗維俠倒退三步，待要站定，豈知對方這一掌雄渾無比，仍是立足不定，幸好他下盤功夫紮得堅實，但覺上身直往後仰，急忙右足在地下一點，縱身後躍，借勢縱開丈餘。落下地來時，這股掌勢仍未消解，又踉踉蹌蹌的連退七八步，這才站定。這麼一來，他和張無忌之間已相隔三丈以上。他心中驚怒莫名，旁觀衆人卻是大惑不解，都想：「宗維俠這老兒在鬧甚麼玄虛，怎地又退又躍，躍了又退，大搗其鬼？」便是張無忌自己，也想不透自己這麼輕輕拍出一掌，何以竟有如許威力。

宗維俠一呆之下，登時醒悟，向俞蓮舟怒目而視，喝道：「大丈夫光明磊落，怎地暗箭傷人？」他料定是俞蓮舟在暗中相助，多半還是武當諸俠一齊出手，否則單憑一人之力，不能有這麼強猛的勁道。

俞蓮舟給他說得莫名其妙，反瞪他一眼，暗道：「你裝模作樣，想幹甚麼？」

宗維俠大步上前，指着張無忌喝道：「小子，你是誰？」

張無忌道：「我叫曾阿牛。」一面說，一面伸掌貼在殷天正背心「靈台穴」上，將內力源源輸入。他的九陽眞氣渾厚之極，殷天正顫抖了幾下，便即睜開眼來，望着這少年，頗感奇怪。張無忌向他微微一笑，加緊輸送內力。

片刻之間，殷天正胸口和丹田中閉塞之處已然暢通無阻，低聲道：「多謝小友！」站起身來，傲然道：「姓宗的，你崆峒派的七傷拳有甚麼了不起，我便接你三拳！」

宗維俠萬沒想到這老兒竟會又是神完氣足的站起身來，眼看這個現成便宜是不易撿的了，忌憚他「鷹爪擒拿功」的厲害，便道：「崆峒派的七傷拳既然沒甚麼了不起，你便接我三招七傷拳罷！」他盼殷天正不使擒拿手，單是拳掌相對，比拚內力，那麼自己以逸待勞，當可仗七傷拳的內勁取勝。

張無忌聽他一再提起「七傷拳」三字，想起在冰火島的那天晚上，義父叫醒自己，講述以七傷拳打死神僧空見之事，後來他叫自己背誦七傷拳的拳訣，還因一時不能記熟，挨了他好幾個耳光。這時那拳訣在心中流動，當即明白了其中的道理。要知天下諸般內功，皆不逾九陽神功之藩籬，而乾坤大挪移運勁使力的法門，又是集一切武功之大成，一法通，萬法通，任何武功在他面前都已無秘奥之可言。

只聽殷天正道：「別說三拳，便接你三十拳卻又怎地？」他回頭向空智說道：「空智大師，姓殷的還沒死，還沒認輸，你便出爾反爾，想要倚多取勝麼？」

空智左手一揮，道：「好！大夥兒稍待片刻，又有何妨！」

原來殷天正上得光明頂後，見楊逍等人盡皆重傷，己方勢力單薄，當下以言語擠住空智，不得仗着人多混戰。空智依着武林規矩，便約定逐一對戰。結果天鷹教各堂各壇、明教五行旗，及光明頂上楊逍屬下的雷電風雲四門中的好手，還是一個個非死即傷，最後只賸下殷天正一人。但他既未認輸，便不能上前屠戮。

張無忌知道外公雖比先前好了些，卻萬萬不能運勁使力，他所以要接宗維俠的拳招，只不過是護教力戰，死而後已，於是低聲道：「殷老前輩，待我來替你先接，晚輩不成時，老前輩再行出馬。」

殷天正已瞧出他內力深厚無比，自己便在絕無傷勢之下，也是萬萬不及，但想自己為教而死，理所當然，這少年不知有何干係，他本領再強，也決計敵不過對方敗了一個又來一個、源源不絕的人手，到頭來還不是和自己一樣，重傷力竭，任人宰割，如此少年英才，何必白白的斷送在光明頂上？當下問道：「小友是那一位門下，似乎不是本教教徒，是嗎？」張無忌恭恭敬敬的躬身說道：「晚輩不屬明教，不屬天鷹教，但對老前輩心儀已久，今和前輩並肩抗敵，乃是份所應當。」

殷天正大奇，正想再問，宗維俠又踏上一步，大聲道：「姓殷的，我第一拳來了。」

張無忌道：「殷老前輩說你不配跟他比拳，你先勝得過我，再跟他老人家動手不遲。」

宗維俠大怒，喝道：「你這小子是甚麼東西？我叫你知道崆峒派七傷拳的厲害。」

張無忌尋思：「今日只有說明圓眞這惡賊的奸詐陰謀，才能設法使雙方罷手，若是單憑動手過招，我一人怎鬥得過六大門派這麼多英雄？何況武當門下的衆師伯叔都在此地，我又怎能跟他們爲敵？」當下朗聲說道：「崆峒派七傷拳的厲害，在下早就久仰了。少林神僧空見大師，不就是喪生在貴派七傷拳之下麼？」

他此言一出，少林派羣相聳動，那日空見大師喪身洛陽，屍身骨骼盡數震斷，外表卻一無傷痕，極似是中了崆峒派「七傷拳」的毒手。當時空聞、空智、空性三僧密議數日，認爲崆峒派眼下並無絕頂高手，能打死練就了「金剛不壞體」神功的空見師兄，雖然空見的傷勢令人起疑，但料想非崆峒派所能爲。後來空智又曾率領子弟暗加訪查，得知空見大師在洛陽圓寂之日，崆峒五老均在西南一帶。既然非五老所爲，那麼崆峒派中更無其他好手能對空見有絲毫損傷，因此便將對崆峒派起的疑心擱下了。何況當時洛陽客房外牆上寫着「成崑殺神僧空見於此牆下」十一個大字，少林派後來查知冒名成崑做下無數血案的均是謝遜所爲，那更是半點也沒疑惑了。衆高僧直至此時聽了張無忌這句話，心下才各自一凜。

宗維俠怒道：「空見大師爲謝遜惡賊所害，江湖上衆所週知，跟我崆峒又有甚麼干係？」張無忌道：「謝前輩打死神僧空見，是你親眼瞧見了麼？你是在一旁掠陣麼？是在旁相助麼？」宗維俠心想：「這乞兒不像乞兒、牧童不似牧童的小子，怎地跟我纏上了？多半是受了武當派的指使，要挑撥崆峒和少林兩派之間的不和。我倒要小心應付，不可入了人家圈套。」因此他雖沒重視張無忌，還是正色答道：「空見神僧喪身洛陽，其時崆峒五老都在雲南點蒼派柳大俠府上作客。我們怎能親眼見到當時情景？」

張無忌朗聲道：「照啊！你當時既在雲南，怎能見到謝前輩害死空見大師？這位神僧是喪生在崆峒派的七傷拳手下，人人皆知。謝老前輩又不是你崆峒派的，你怎可嫁禍於人？」

宗維俠道：「呸！呸！空見神僧圓寂之處，牆上寫着『成崑殺空見神僧於此牆下』十一個血字。謝遜冒着他師父之名，到處做下血案，那還有甚麼可疑的？」

張無忌心下一凜：「我義父沒說曾在牆上寫下這十一個字。他一十三拳打死神僧空見後，心中悲悔莫名，料來決不會再寫這些示威嫁禍的字句。」當下仰天哈哈一笑，說道：「這些字誰都會寫，牆上雖然有此十一個字，可有誰親眼見到謝前輩寫的？我偏要說這十一個字是崆峒派寫的。寫字容易，練七傷拳卻難。」

他轉頭向空智說道：「空智大師，令師兄空見神僧確是爲崆峒的七傷拳拳力所害，是也不是？金毛獅王謝遜前輩卻並非崆峒派，是也不是？」

空智尙未回答，突然一名身披大紅袈裟的高大僧人閃身而出，手中金光閃閃的長大禪杖在地下重重一頓，大聲喝道：「小子，你是那家那派的門下？憑你也配跟我師父說話。」

這僧人肩頭拱起，說話帶着三分氣喘，正是少林僧圓音，當年少林派上武當山興問罪之師，便是他力證張翠山打死少林弟子。張無忌其時滿腔悲憤，將這一干人的形相牢記於心，此刻一見之下，胸口熱血上衝，滿臉脹得通紅，身子也微微發抖，心中不住說道：「張無忌！張無忌！今日的大事是要調解六大門派和明教的仇怨，千萬不可爲了一己私嫌，鬧得難以收拾。少林派的過節，日後再去算帳不遲。」雖然心中想得明白，但父母慘死的情狀，霎時間隨着圓音的出現而湧向眼前，不由得熱淚盈眶，幾乎難以自制。

圓音又將禪杖重重在地下一頓，喝道：「小子，你若是魔教妖孽，快快引頸就戮，否則我們出家人慈悲爲懷，也不來難爲於你，即速下山去罷！」他見張無忌的服飾打扮絕非明教中人，又誤以爲他竭力克制悲憤乃是心中害怕，是以有這幾句說話。

張無忌道：「貴派有一位圓眞大師呢？請他出來，在下有幾句話請問。」

圓音道：「圓眞師兄？他怎麼還能跟你說話？你快快退開，我們沒空閒功夫跟你這野少年瞎耗。你到底是誰的門下？」他見張無忌適才一掌將名列崆峒五老的宗維俠擊得連連倒退，料想他師父不是尋常人物，這才一再盤問於他，否則此刻屠滅明教正大功告成之際，那裏還耐煩跟這來歷不明的少年糾纏。

張無忌道：「在下既非明教中人，亦非中原那一派的門下。這次六大門派圍攻明教，實則是受了奸人的挑撥，中間存着極大的誤會，在下雖然年少，倒也得知其中的曲折原委，斗膽要請雙方罷鬥，查明眞相，誰是誰非，自可秉公判斷。」

他語聲一停，六大派中登時爆發出哈哈、呵呵、嗬嗬、嘩嘩、嘻嘻……各種各樣大笑之聲。數十人同聲指斥：「這小子失心瘋啦，你聽他這麼胡說八道！」「他當自己是甚麼人？是武當派張眞人麼？少林派空聞神僧麼？」「哈哈，哈哈」「他發夢得到了屠龍寶刀，成爲武林至尊啦。」「他當咱們個個是三歲小孩兒，呵呵，我肚子笑痛了！」「六大門派死傷了這許多人，魔教欠下了海樣深的血債，嘿嘿，他想三言兩語，便將咱們都打發回去……」

峨嵋派中卻只有周芷若眉頭緊蹙，黯然不語。那日她和張無忌相認，知他便是昔日漢水舟中的少年，心中便有念舊之意，後來又見他甘受她師父三掌，仗義相救銳金旗人衆，對他更感欽佩，這時聽到這番不自量力的言語，又見衆人大肆譏笑，不自禁的心中難過。

張無忌站立當場，昂然四顧，朗聲道：「只須少林派圓眞大師出來，跟在下對質幾句，他所安排下的奸謀便能大白於世。」這三句話一個字一個字的吐將出來，雖在數百人的閧笑聲中，卻是人人聽得清清楚楚。六大派衆高手心下都是一凜，登時便將對他輕視之心收起幾分，均想：「這小子年紀輕輕，內功怎地如此了得？」

圓音待衆人笑聲停歇，氣喘吁吁的道：「臭小子恁地奸猾，明知圓眞師兄已不能跟你對質，便指名要他相見？你何以不叫武當派的張翠山出來對質？」

他最後一句話一出口，空智立時便喝：「圓音，說話小心！」但華山、崑崙、崆峒諸派中已有許多人大聲笑了出來。只有武當派的人衆臉有愠色，默不作聲。原來圓音一隻右眼被殷素素在西子湖畔用暗器打瞎，始終以爲是張翠山下的毒手，一生耿耿於心。

張無忌聽他辱及先父，怒不可遏，大聲喝道：「張五俠的名諱是你亂說得的麼？你……你……」圓音冷笑道：「張翠山自甘下流，受魔教妖女迷惑，便遭好色之報……」

張無忌心中一再自誡：「今日主旨是要使兩下言和罷鬥，我萬萬不可出手傷人。」但一聽到這幾句話，那裏還忍耐得住？縱身而前，左手探出，已抓住圓音後腰提了起來，右手搶過他手中禪杖，橫過杖頭，便要往他頭頂擊落。圓音被他這麼一抓，有如鷂鷄落入鷹爪，竟無半分抵禦之力。

少林僧隊中同時搶出兩人，兩根禪杖分襲張無忌左右，那是武學中救人的高明法門，所謂「圍魏救趙」，襲敵之所不得不救，便能解除陷入危境的夥伴。搶前來救的兩僧正是圓心、圓業。張無忌左手抓着圓音，右手提着禪杖，一躍而起，雙足分點圓心、圓業手中禪杖，只聽得嘿嘿兩聲，圓心和圓業同時仰天摔倒。幸好兩僧武功均頗不凡，臨危不亂，雙手運力急挺，那兩條數十斤重的鍍金鑌鐵禪杖才沒反彈過來，打到自己身上。

衆人驚呼聲中，但見張無忌抓着圓音高大的身軀微一轉折，輕飄飄的落地。六大派中有七八個人叫了出來：「武當派的『梯雲縱』！」

張無忌自幼跟着父親及太師父、諸師伯叔，於武當派武功雖只學過一套入門功夫的三十二勢「武當長拳」，但所見所聞畢竟不少，這時練成乾坤大挪移神功，不論那一家那一派的武功都能取而爲用。他對武當派的功夫耳濡目染，親炙最多，突然間不加思索的使用出來之時，自然而然的便使上了這當世輕功最著名的「梯雲縱」。俞蓮舟、張松溪等要似他這般縱起，再在空中輕輕迴旋數下，原亦不難，姿式之圓熟飄逸，尤有過之，但要一手抓一個胖大和尙，一手提一根沉重禪杖，仍要這般身輕如燕，卻萬萬無法辦到。

少林諸僧見這時和他相距已七八丈遠，眼見圓音給他抓住了要穴，全不動彈，他只須挺起禪杖，立時便能將圓音打得腦漿迸裂，要在這一瞬之間及時衝上相救，決難辦到。唯一的法門是發射暗器，但張無忌只須舉起圓音的身子一擋，借刀殺人，反而害了他的性命。雖有空智、空性這等絕頂高手在側，但以變起倉卒，任誰也料不到這少年有如此的身手，竟被他攻了個措手不及。只見他咬牙切齒，滿臉仇恨之心，高高舉起了禪杖，衆少林僧有的閉了眼睛不忍再看，有的便待一擁而上爲圓音報仇。

那知張無忌舉着禪杖的手並不落下，似乎心中有甚麼事難以決定，但見他臉色漸轉慈和，慢慢的將圓音放了下來。

原來這一瞬之間，他已克制了胸中的怒氣，心道：「倘若我打死打傷了六大派中任誰一人，我便成爲六大派的敵人，就此不能作居間的調人。武林中這場兇殺，再也不能化解，那豈不是正好墮入成崑這奸賊的計中？不管他們如何罵我辱我、打我傷我，我定當忍耐到底，這才是眞正爲父母及義父復仇雪恨之道。」他想通了這節，便即放下圓音，緩緩說道：「圓音大師，你的眼睛不是張五俠打瞎的，不必如此記恨。何況張五俠已自刎身死，甚麼寃仇也該化解了。大師是出家人，四大皆空，何必對舊事如此念念不忘？」

圓音死裏逃生，呆呆的瞧着張無忌，說不出話來，見他將自己禪杖遞了過來，自然而然的伸手接過，低頭退開，隱隱覺得自己這些年來滿懷怒憤，未免也有不是。

少林諸高僧、武當諸俠聽了張無忌這幾句話，都不由得暗暗點頭。

倚天屠龍記=The heaven sword and the dragon sabre
／金庸著. -- 三版. -- 台北市：遠流，
1996 [民 85]
冊； 公分.--(金庸作品集；16-19)
ISBN 957-32-2926-9(一套：平裝)

857.9 85008894